Cloe y su Unicornio

una amiga muy especial

y su Unicornio

una amiga muy especial

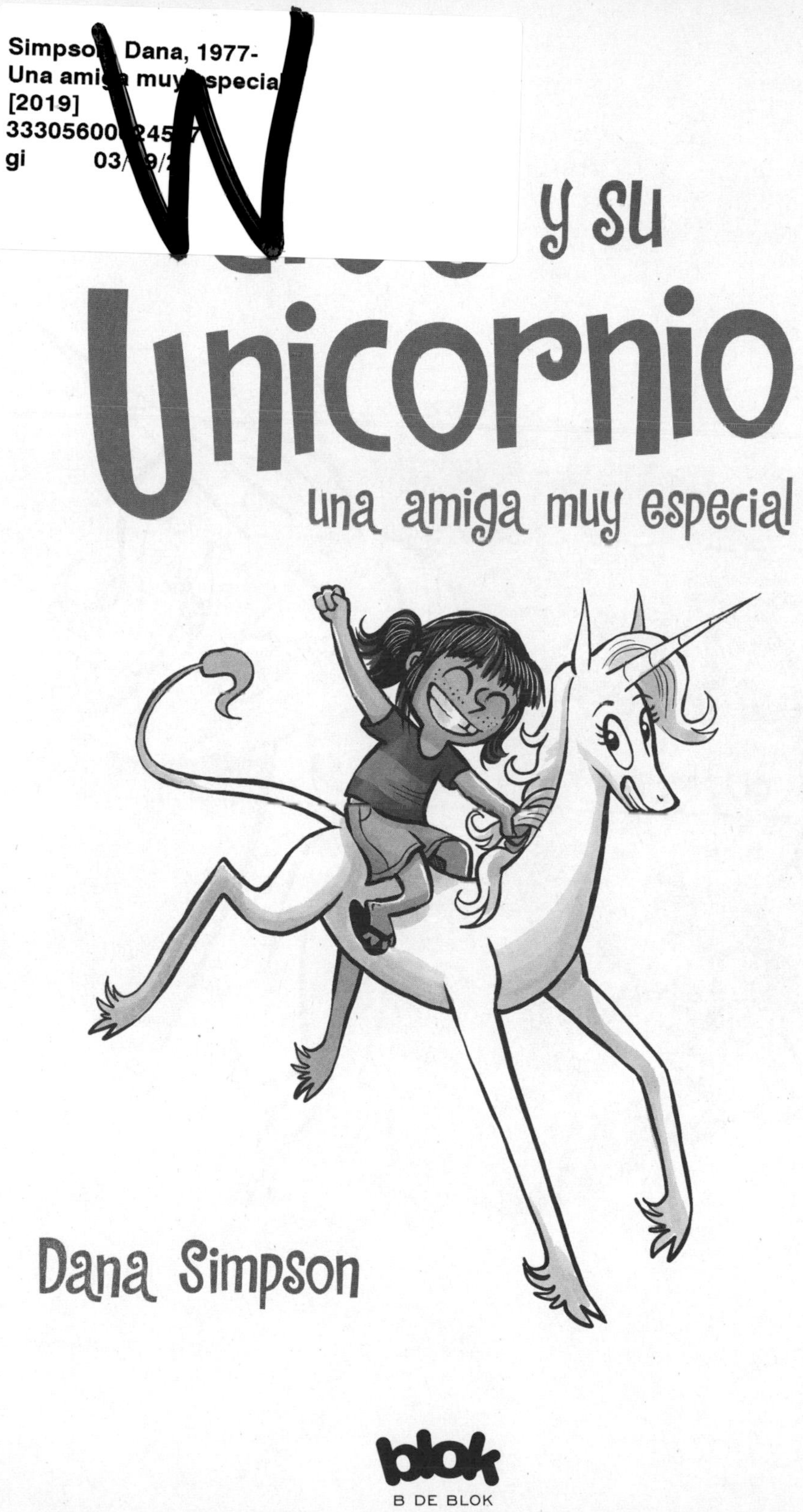

Dana Simpson

blok
B DE BLOK

INTRODUCCIÓN

Me encantaría reivindicar por lo menos una conexión con
los orígenes de Caléndula Nariz Celestial, la inocentemente
arrogante unicornio que con tanto encanto se prodiga a lo largo
de las deliciosas tiras cómicas de Dana Simpson. Y tal vez pueda.
Se han escrito artículos muy sesudos, después de todo, sobre
el hecho de que antes de mi novela de 1968 *The Last Unicorn**
no había unicornios hembra que encontrar en ninguna de las
variadas mitologías del mundo. Y en las primeras páginas de ese
libro realmente escribí que los unicornios son inmortales. «Está
en su naturaleza vivir solos en un único lugar: normalmente en
un bosque con sus charcas, lo bastante límpidas como para que
se vean a ellos mismos: son vanidosos, pues saben que además
de mágicas son las criaturas más hermosas del mundo...».

Bastante vanidosos... Caléndula tendría un ego monstruoso, estaría
tan imbuida de sí misma que sería imposible que despertara
simpatía, si no fuera por ese sentido del humor y por su capacidad
de compasión, tan ocasional como sorprendente. Humor y
compasión que resultan cruciales al implicarlos en un
deseo concedido a una niña de nueve años que necesita una amiga
íntima con la que compartir juegos de superhéroes inventados, con
la que celebrar fiestas de piyamas, con la que chismear y con la que
cabalgar al viento después de que la llamen «Princesa Zopenca» o
«rara» demasiadas veces. Porque Cloe es una niña de lo más real, tan

* Peter S. Beagle: *El último unicornio*, Martínez Roca, Madrid, 1988.

brillante e imaginativa como el Calvin de Bill Watterson, tan entrañablemente vulnerable como el Carlitos de Schulz. Y si esos parecen grandes nombres con los que lidiar, iré más allá y afirmaré para que conste que *Cloe y su unicornio* es nada menos que la mejor tira cómica que ha aparecido desde *Calvin and Hobbes*. Así de buena es Dana Simpson, y así de original.

Parte del encanto de *Cloe y su unicornio* reside en cómo Dana Simpson hace que las visiones opuestas —inmortal y contemporánea— del mundo que tienen sus protagonistas entren en conflicto, junto con sus egos. La determinación de Cloe para que se la reconozca como «impresionante» está a la par con la inexpugnable superioridad que Caléndula siente sobre toda la especie humana. De este modo, ambas se complacen en clavar la aguja en donde pueden, y en este sentido son iguales. Entre las dos el afecto es real, pero se acrecienta gradualmente. Dana Simpson se toma su tiempo y siempre mantiene todo su material controlado, incluyendo las referencias culturales artísticas y el desarrollo gradual de personajes y temas adicionales.

La tentación sería citar por lo menos cada uno de los gags, y cada viñeta, pero eso no sería correcto. El encanto no aguanta bien si viene de segunda mano. Como la definición de poesía que hace Robert Frost, se pierde en la traducción. Yo le sugeriría simplemente que se apresure y lea *Cloe y su unicornio* lo antes posible.

Como ahora mismo, por ejemplo.

Peter S. Beagle
Oakland, California
Septiembre de 2013

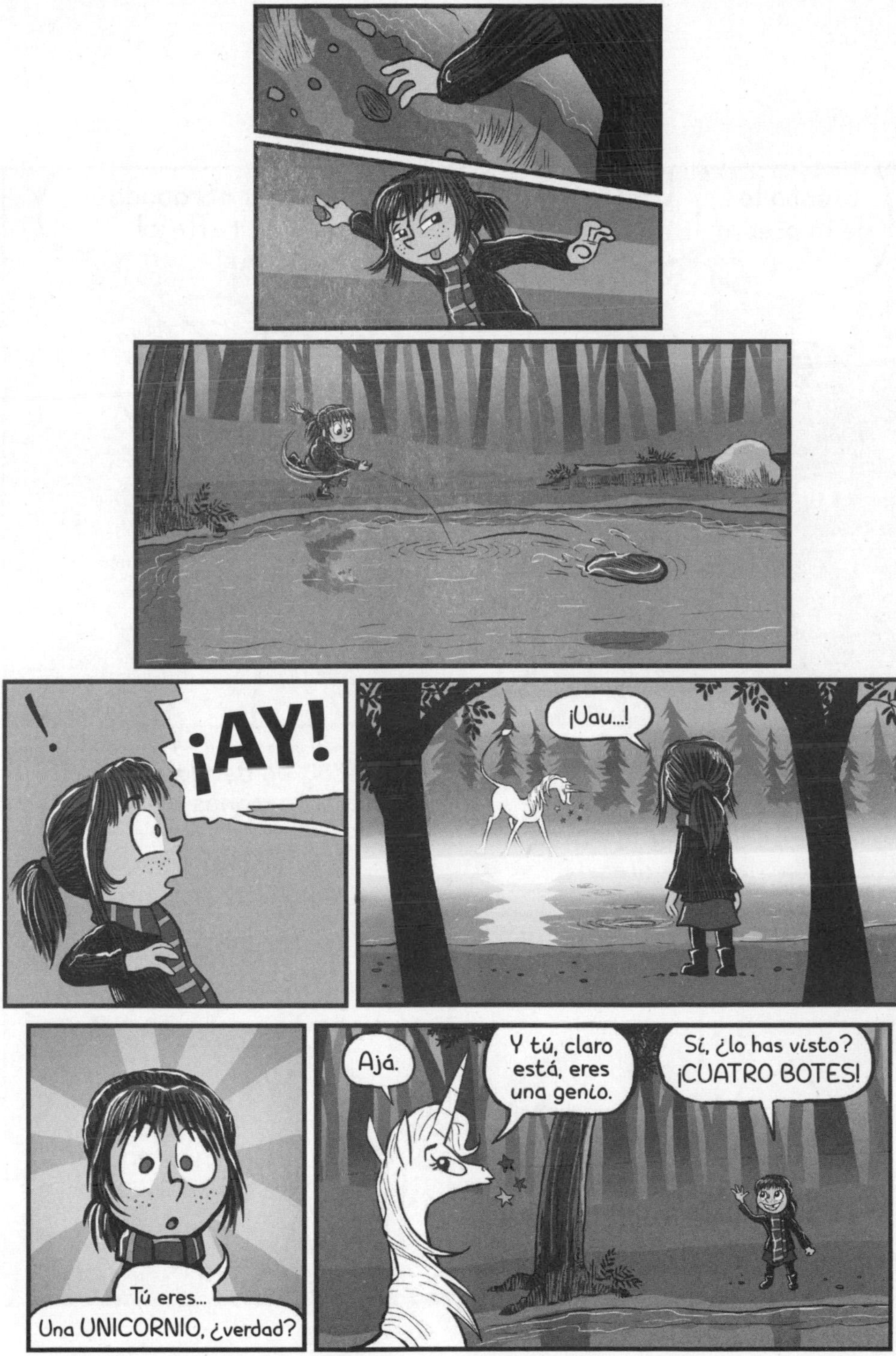
!
¡AY!
¡Uau...!
Tú eres...
Una UNICORNIO, ¿verdad?
Ajá.
Y tú, claro está, eres una genio.
Sí, ¿lo has visto? ¡CUATRO BOTES!

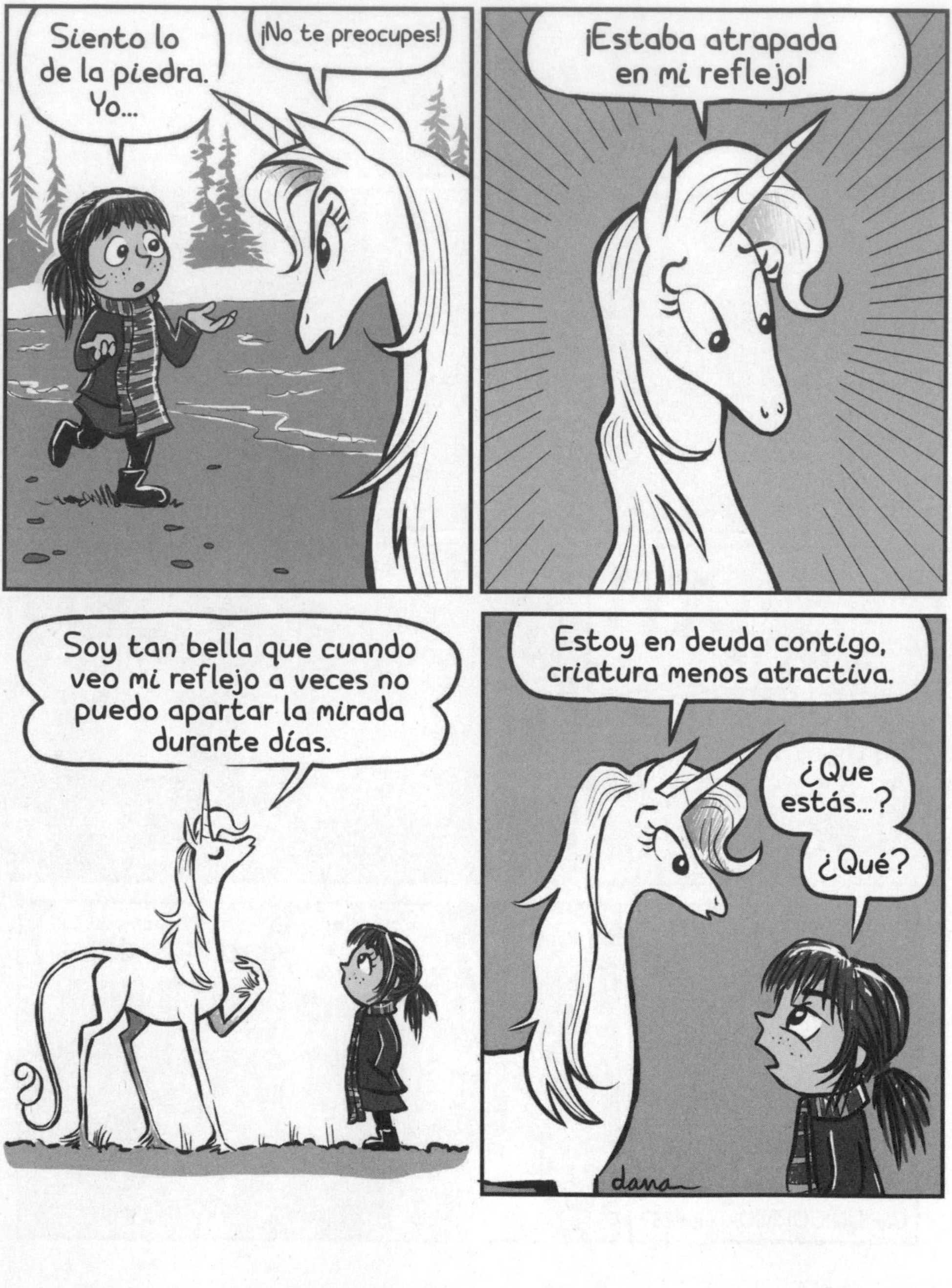
Siento lo de la piedra. Yo...
¡No te preocupes!
¡Estaba atrapada en mi reflejo!
Soy tan bella que cuando veo mi reflejo a veces no puedo apartar la mirada durante días.
Estoy en deuda contigo, criatura menos atractiva.
¿Que estás...?
¿Qué?
dana

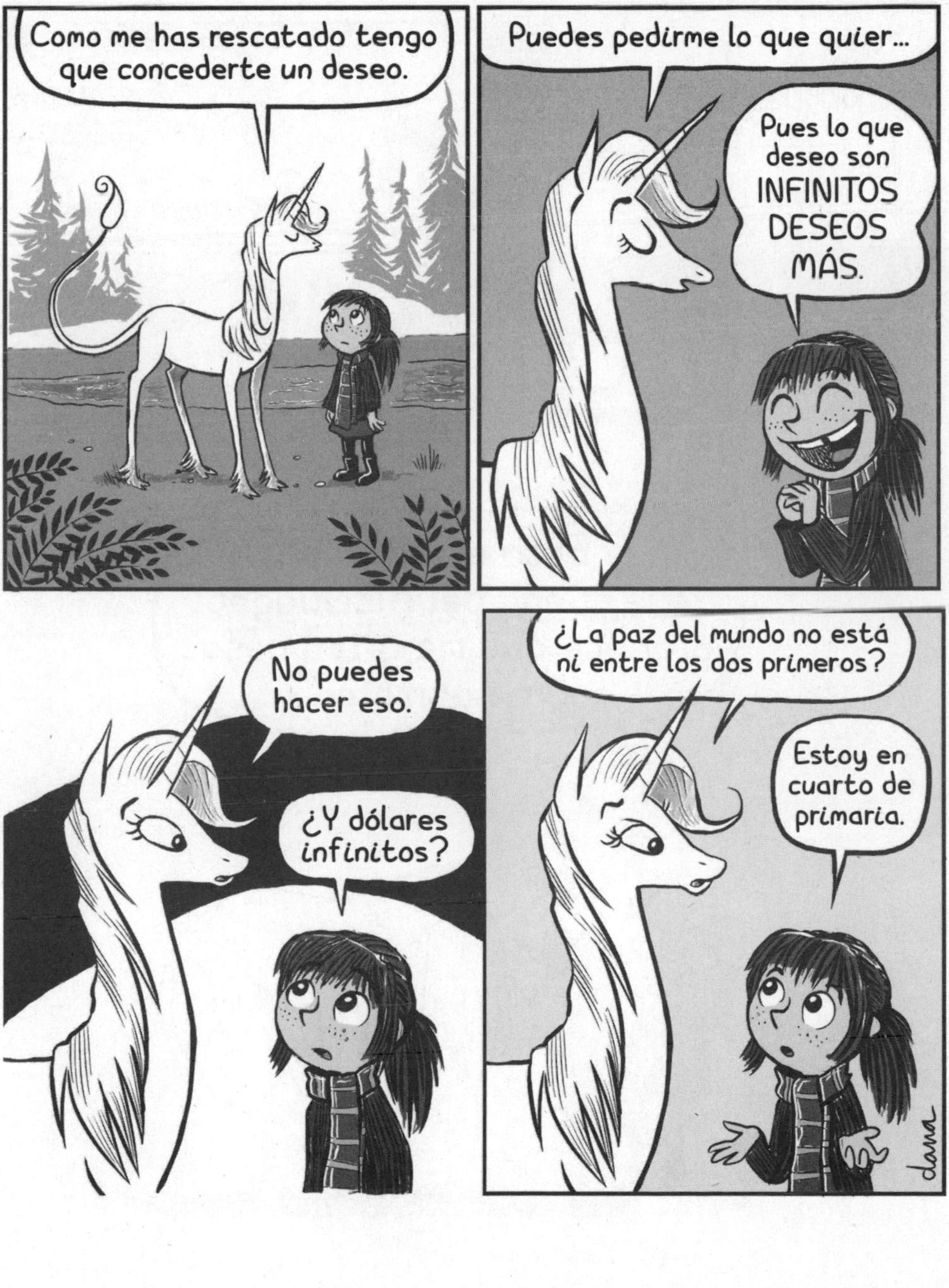
Como me has rescatado tengo que concederte un deseo.
Puedes pedirme lo que quier...
Pues lo que deseo son INFINITOS DESEOS MÁS.
No puedes hacer eso.
¿Y dólares infinitos?
¿La paz del mundo no está ni entre los dos primeros?
Estoy en cuarto de primaria.
dana

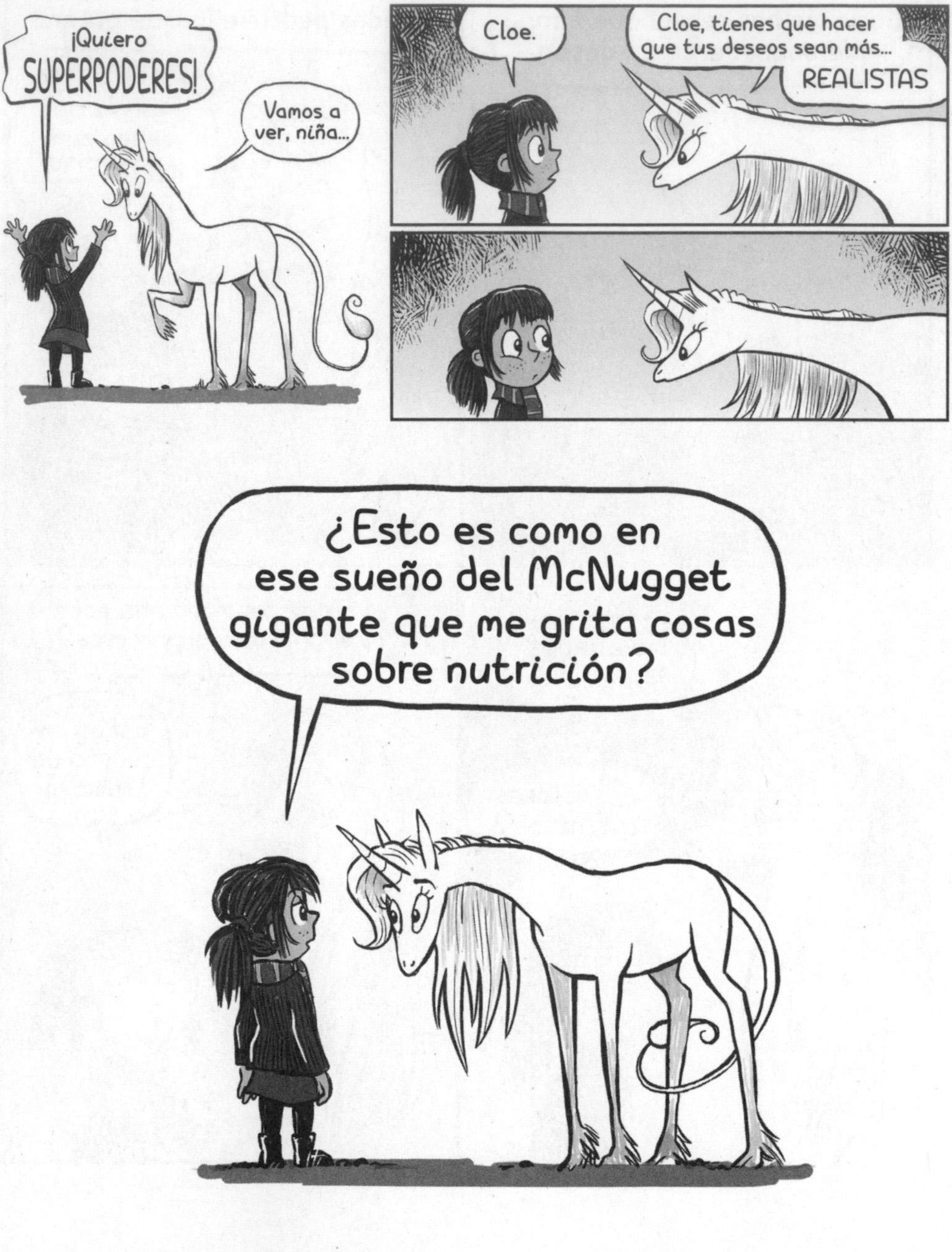
¡Quiero SUPERPODERES!
Vamos a ver, niña...
Cloe.
Cloe, tienes que hacer que tus deseos sean más... REALISTAS
¿Esto es como en ese sueño del McNugget gigante que me grita cosas sobre nutrición?

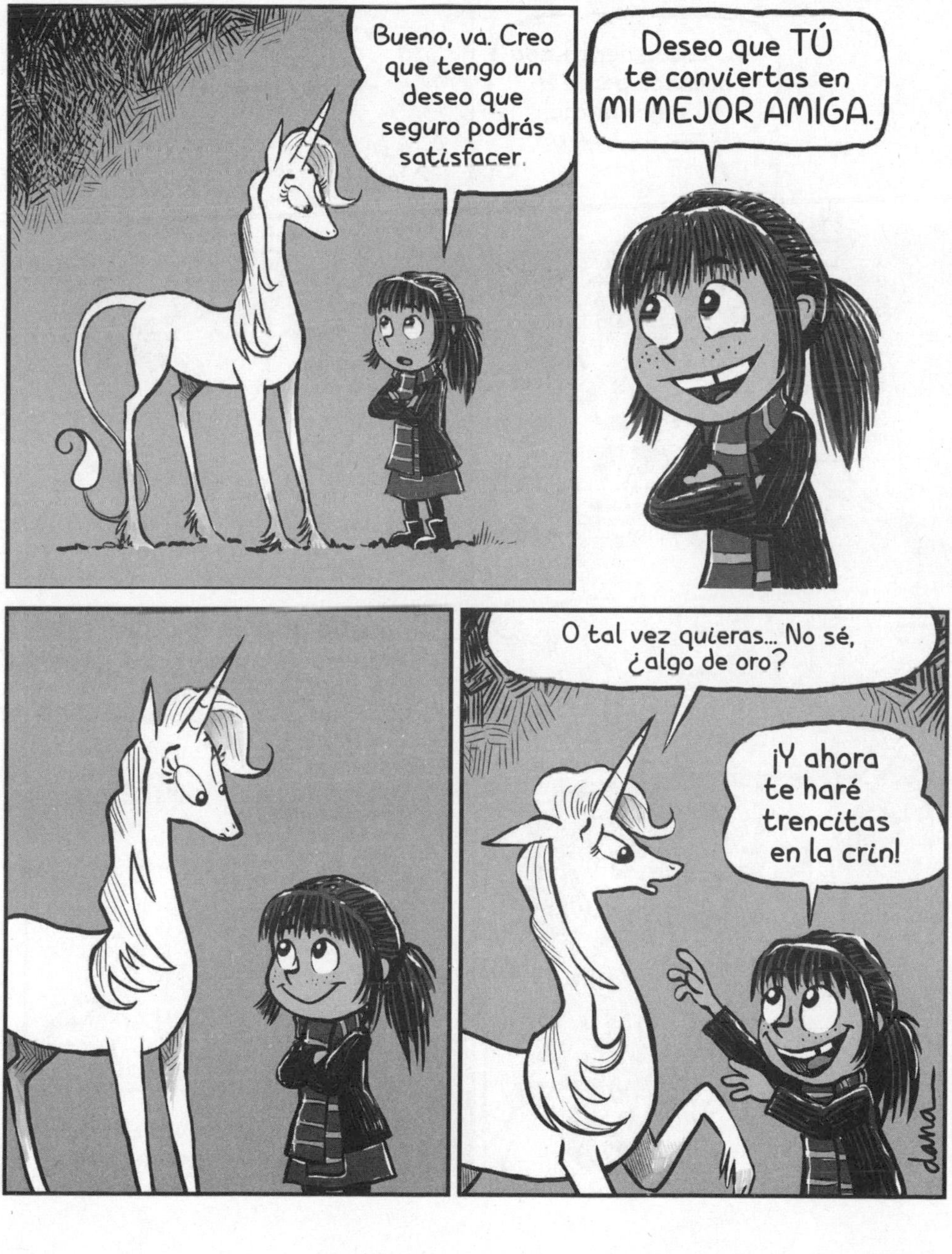

Bueno, va. Creo que tengo un deseo que seguro podrás satisfacer.
Deseo que TÚ te conviertas en MI MEJOR AMIGA.
O tal vez quieras... No sé, ¿algo de oro?
¡Y ahora te haré trencitas en la crin!
dana

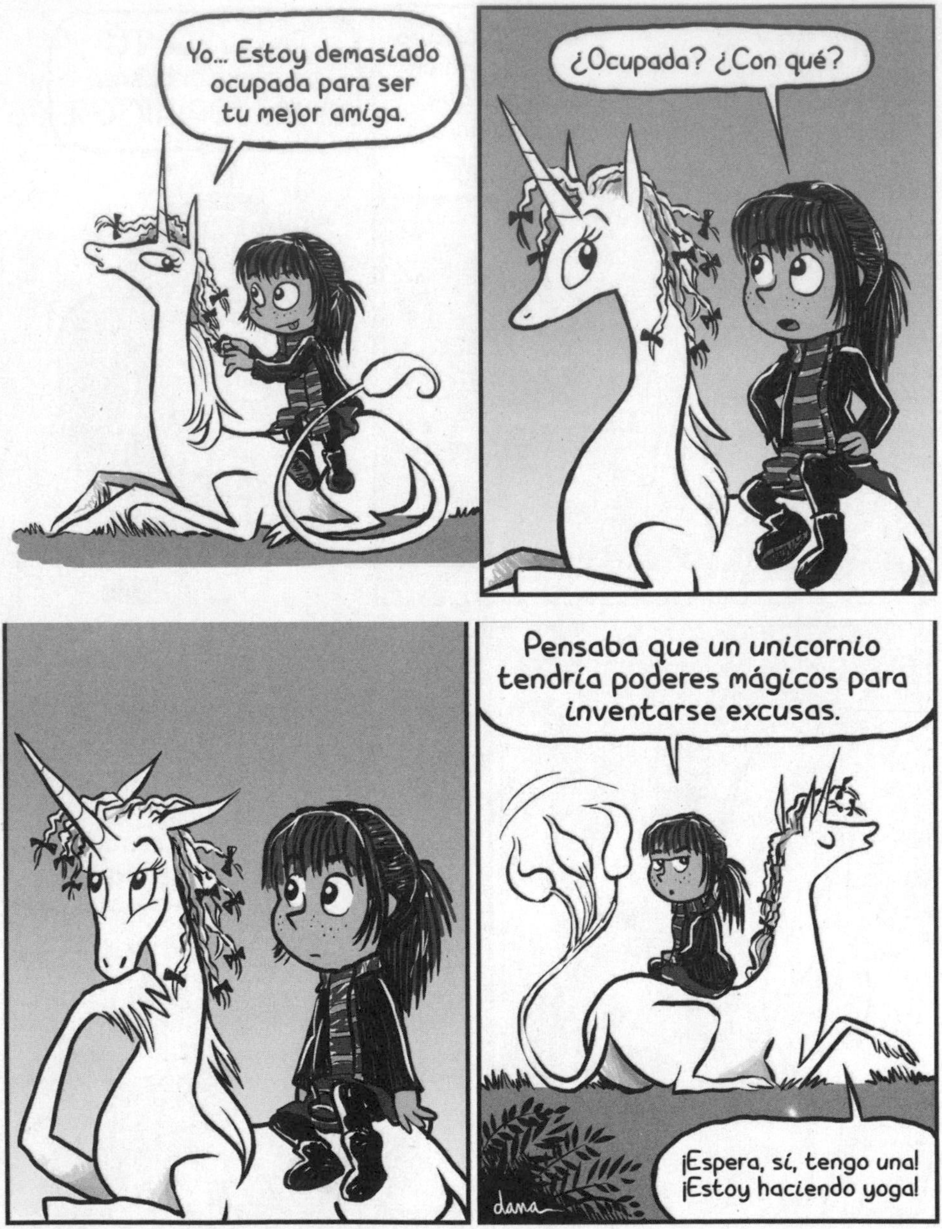
Yo... Estoy demasiado ocupada para ser tu mejor amiga.
¿Ocupada? ¿Con qué?
Pensaba que un unicornio tendría poderes mágicos para inventarse excusas.
¡Espera, sí, tengo una! ¡Estoy haciendo yoga!
dana

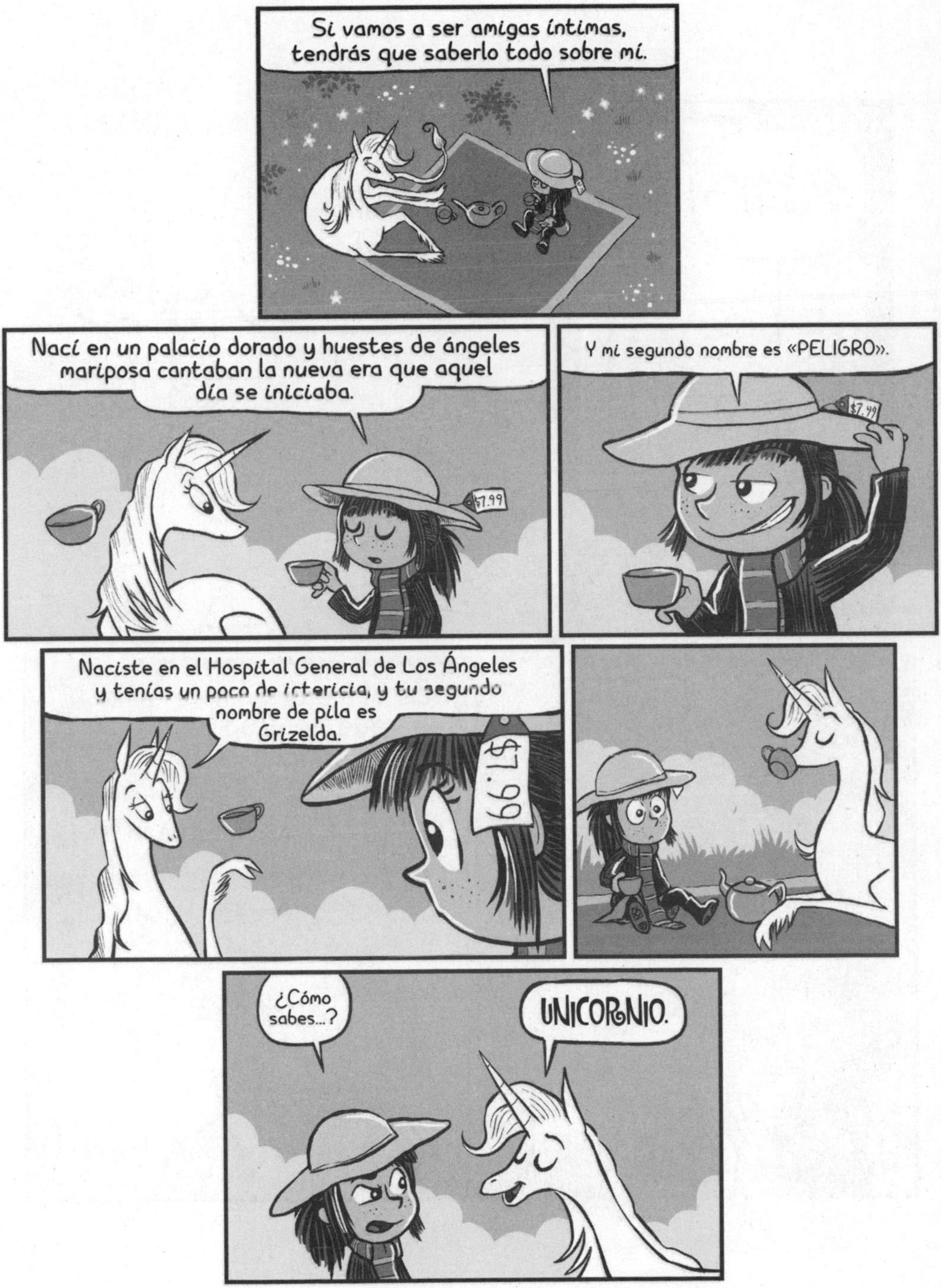

Si vamos a ser amigas íntimas, tendrás que saberlo todo sobre mí.
Nací en un palacio dorado y huestes de ángeles mariposa cantaban la nueva era que aquel día se iniciaba.
$7.99
Y mi segundo nombre es «PELIGRO».
$7.99
Naciste en el Hospital General de Los Ángeles y tenías un poco de ictericia, y tu segundo nombre de pila es Grizelda.
$7.99
¿Cómo sabes...?
UNICORNIO.

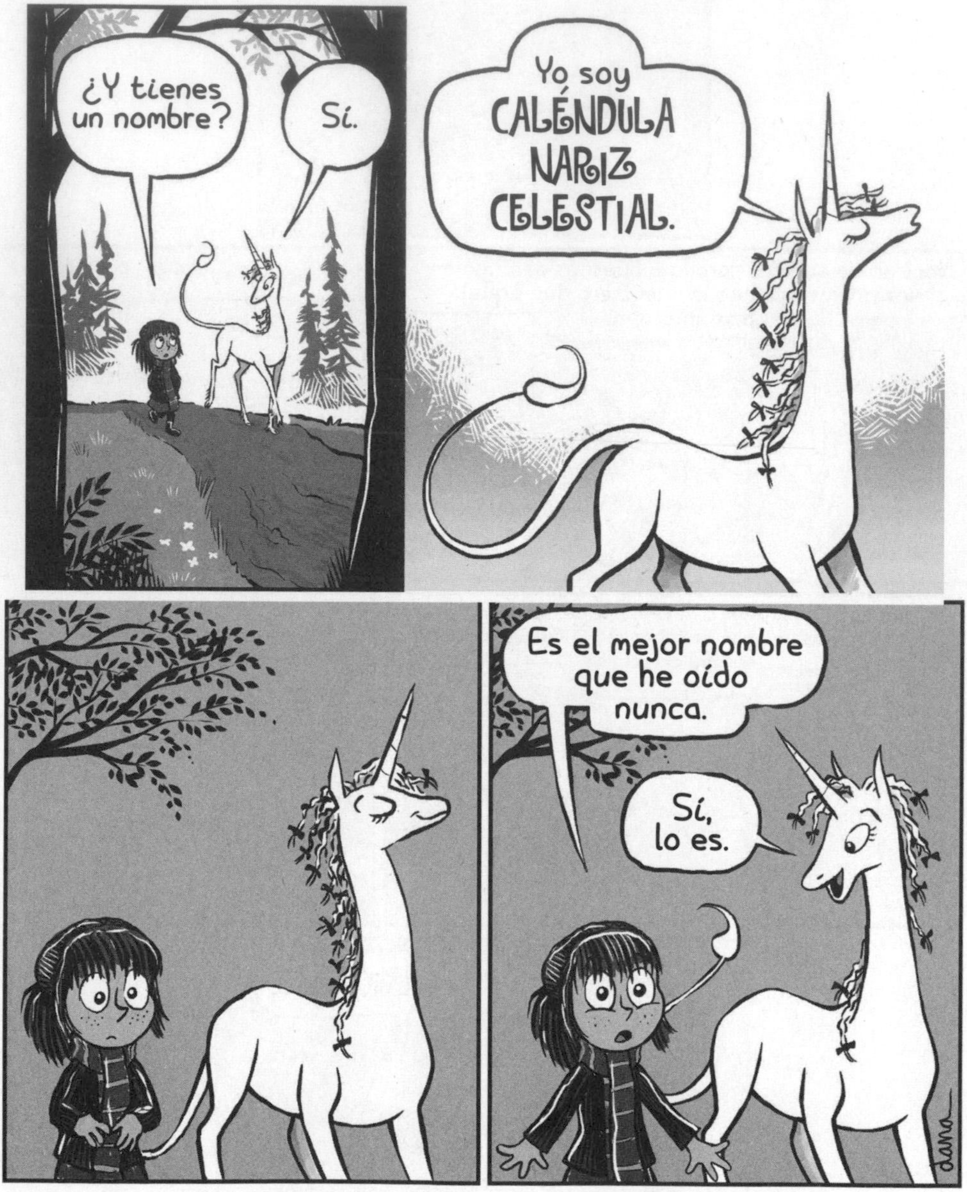
¿Y tienes un nombre?
Sí.
Yo soy CALÉNDULA NARIZ CELESTIAL.
Es el mejor nombre que he oído nunca.
Sí, lo es.

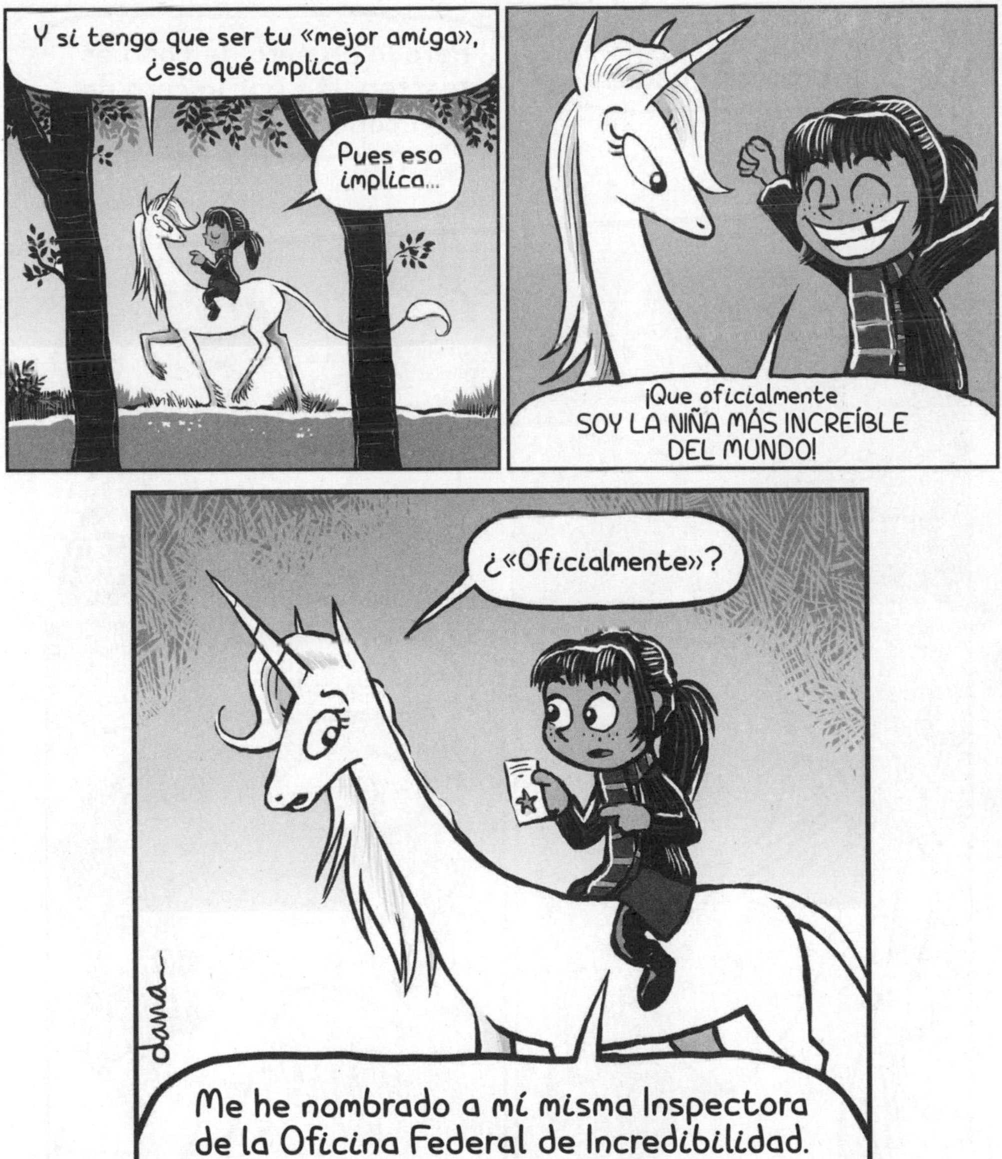
Y si tengo que ser tu «mejor amiga», ¿eso qué implica?
Pues eso implica...
¡Que oficialmente SOY LA NIÑA MÁS INCREÍBLE DEL MUNDO!
¿«Oficialmente»?
Me he nombrado a mí misma Inspectora de la Oficina Federal de Incredibilidad.
dana

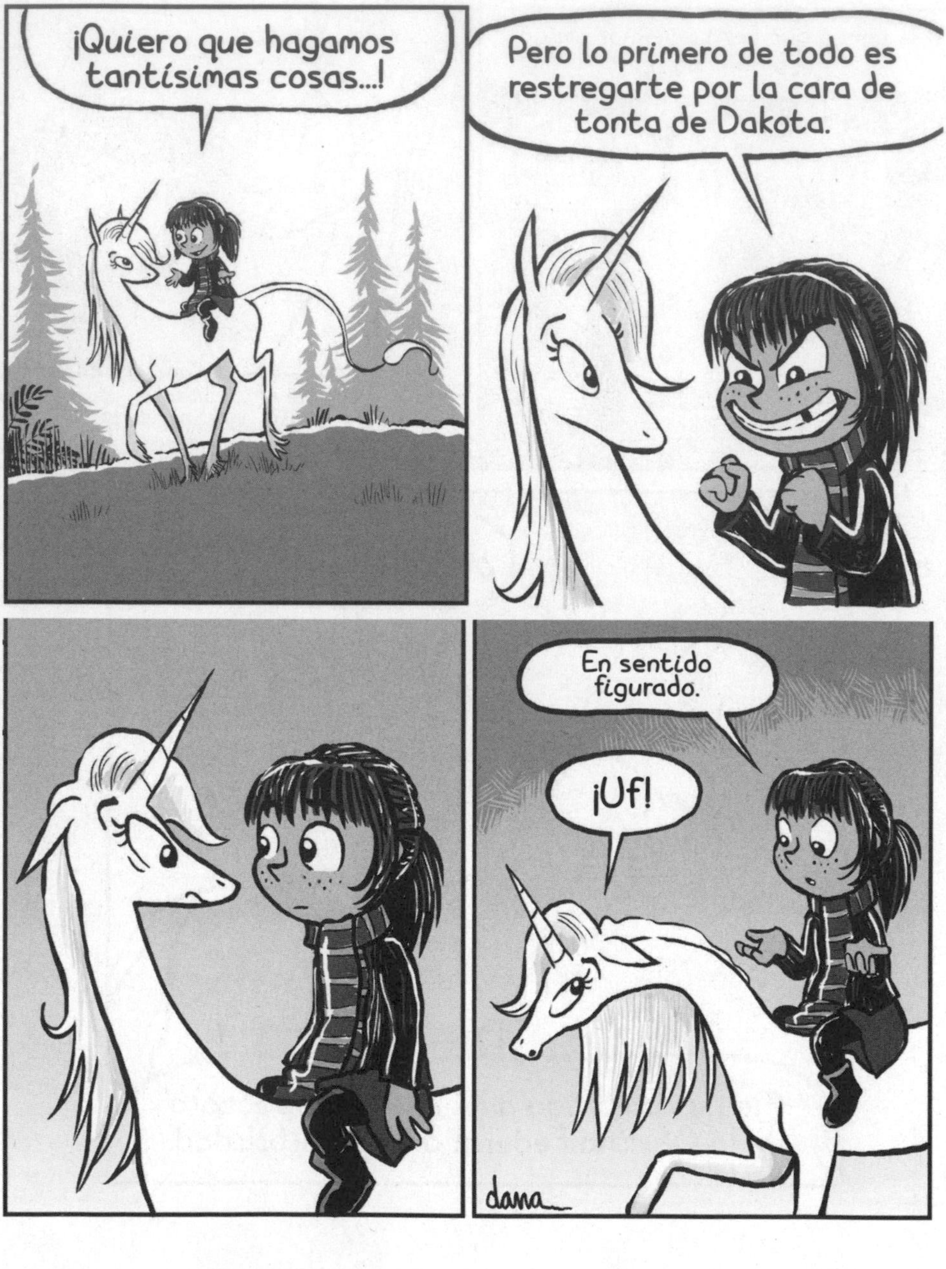
¡Quiero que hagamos tantísimas cosas...!
Pero lo primero de todo es restregarte por la cara de tonta de Dakota.
En sentido figurado.
¡Uf!
dana

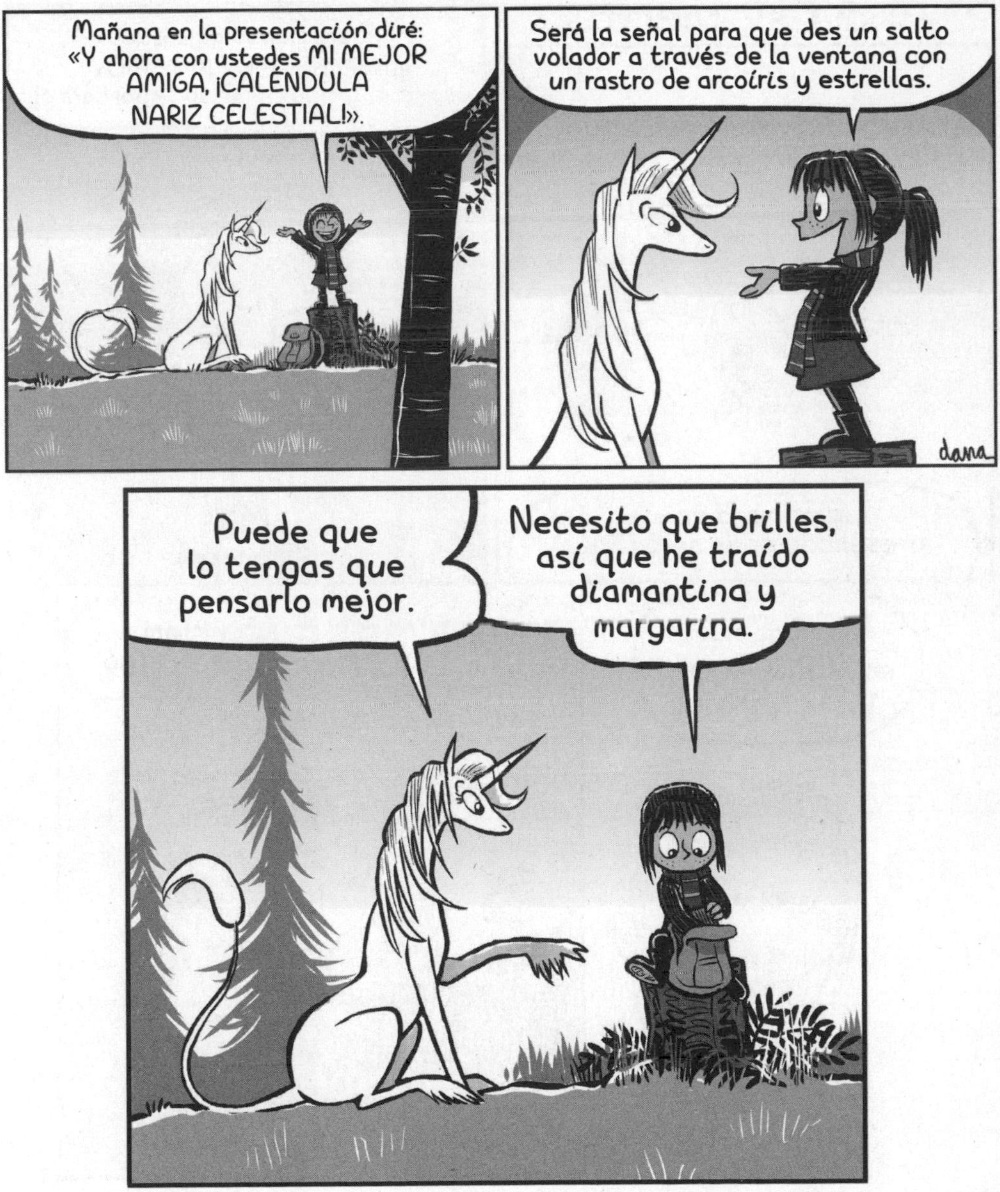
Mañana en la presentación diré: «Y ahora con ustedes MI MEJOR AMIGA, ¡CALÉNDULA NARIZ CELESTIAL!».
Será la señal para que des un salto volador a través de la ventana con un rastro de arcoíris y estrellas.
dana
Puede que lo tengas que pensarlo mejor.
Necesito que brilles, así que he traído diamantina y margarina.

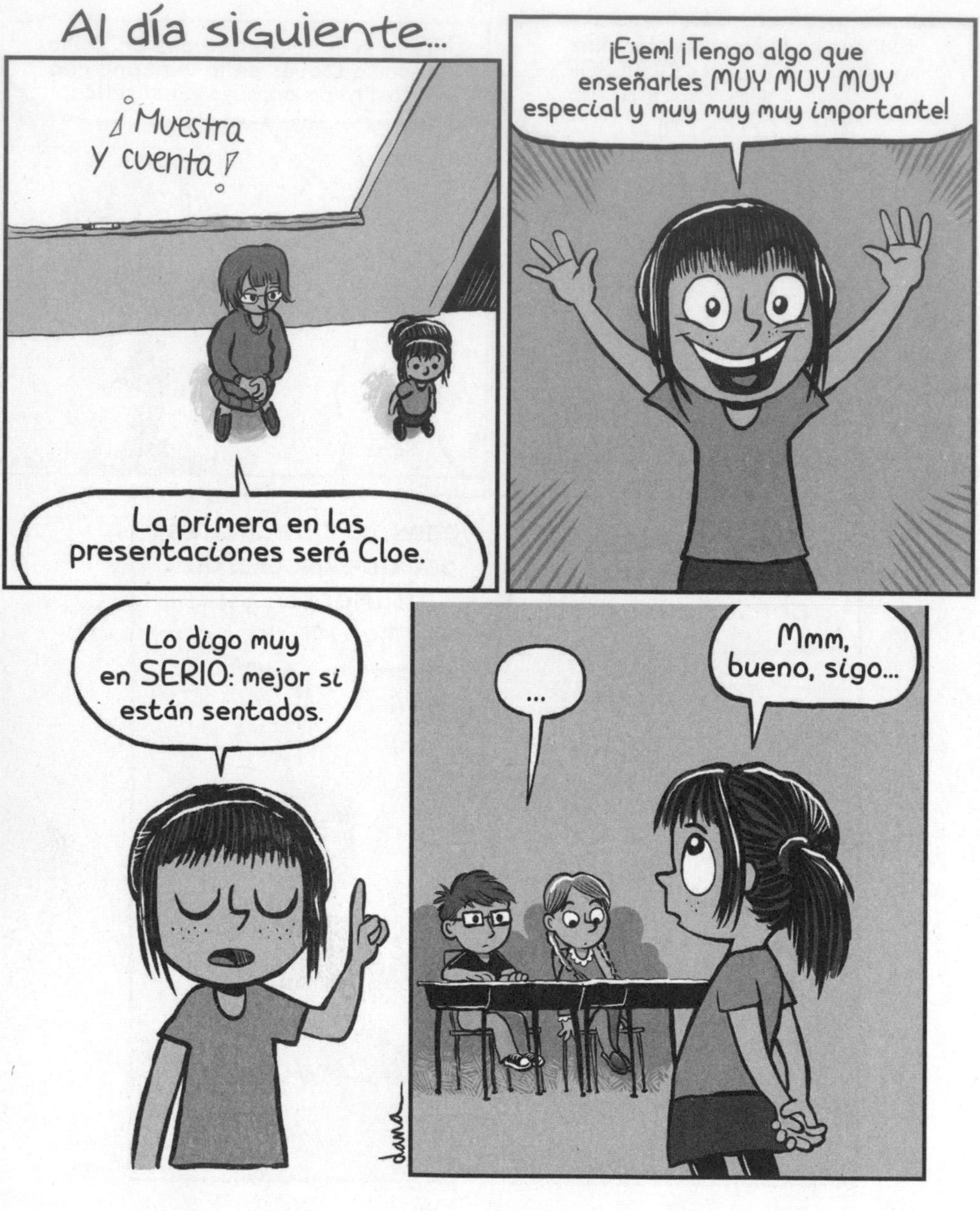
Al día siguiente...
¡Muestra y cuenta!
La primera en las presentaciones será Cloe.
¡Ejem! ¡Tengo algo que enseñarles MUY MUY MUY especial y muy muy muy importante!
Lo digo muy en SERIO: mejor si están sentados.
...
Mmm, bueno, sigo...
dana

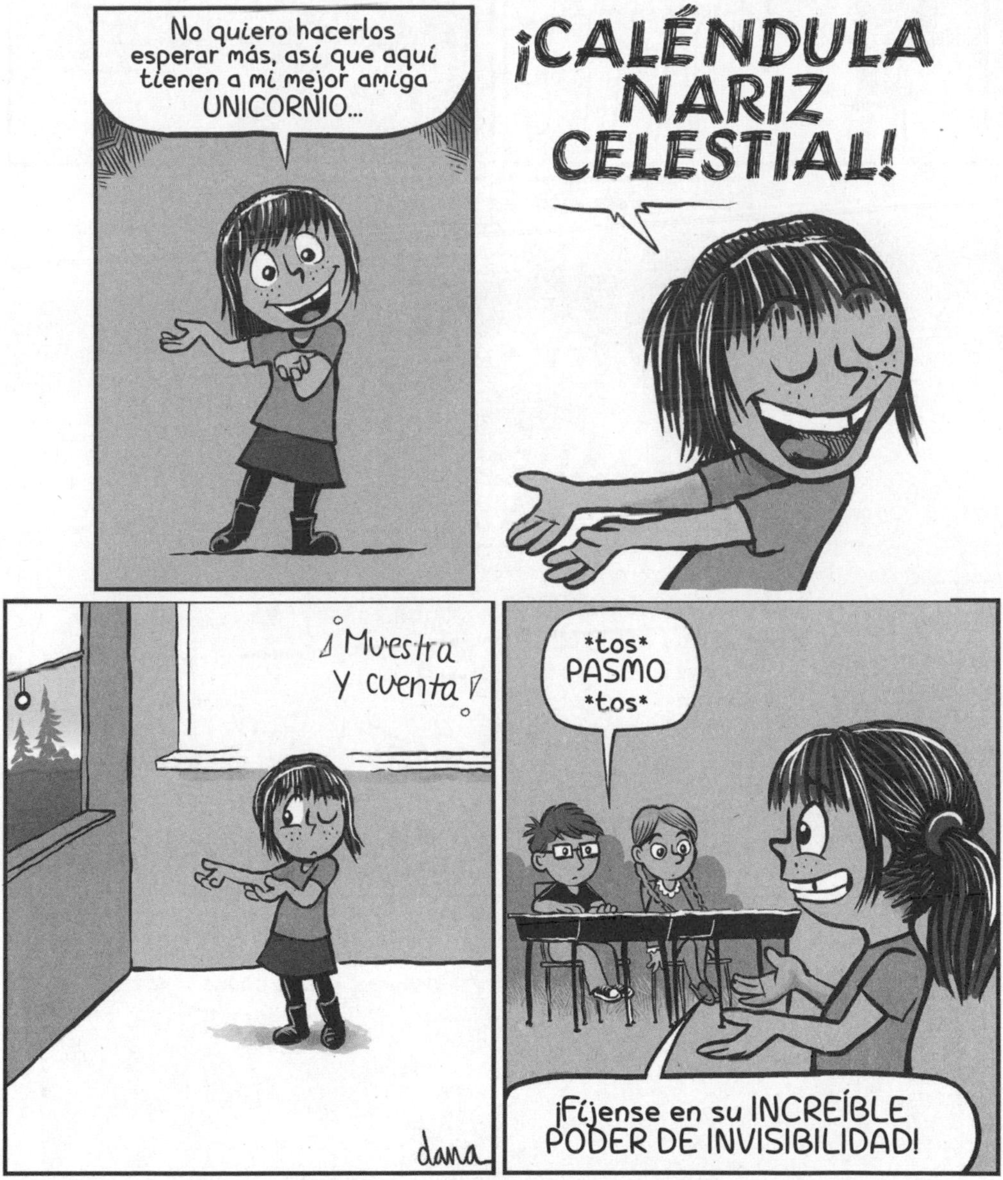
No quiero hacerlos esperar más, así que aquí tienen a mi mejor amiga UNICORNIO...
¡CALÉNDULA NARIZ CELESTIAL!
¡Muestra y cuenta!
dana
tos PASMO *tos*
¡Fíjense en su INCREÍBLE PODER DE INVISIBILIDAD!

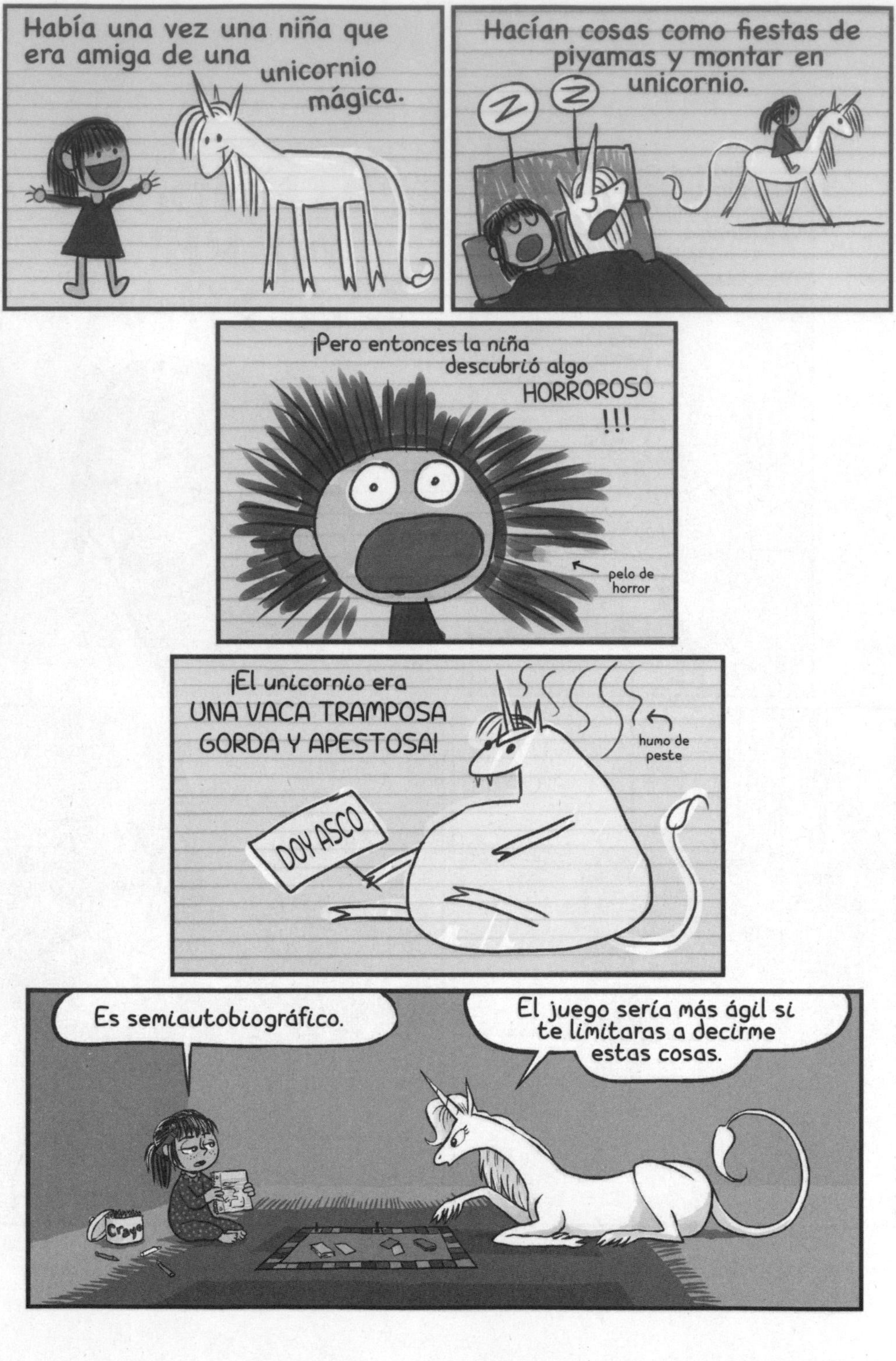

Había una vez una niña que era amiga de una unicornio mágica.
Hacían cosas como fiestas de piyamas y montar en unicornio.
¡Pero entonces la niña descubrió algo HORROROSO !!!
pelo de horror
¡El unicornio era UNA VACA TRAMPOSA GORDA Y APESTOSA!
humo de peste
DOY ASCO
Es semiautobiográfico.
El juego sería más ágil si te limitaras a decirme estas cosas.

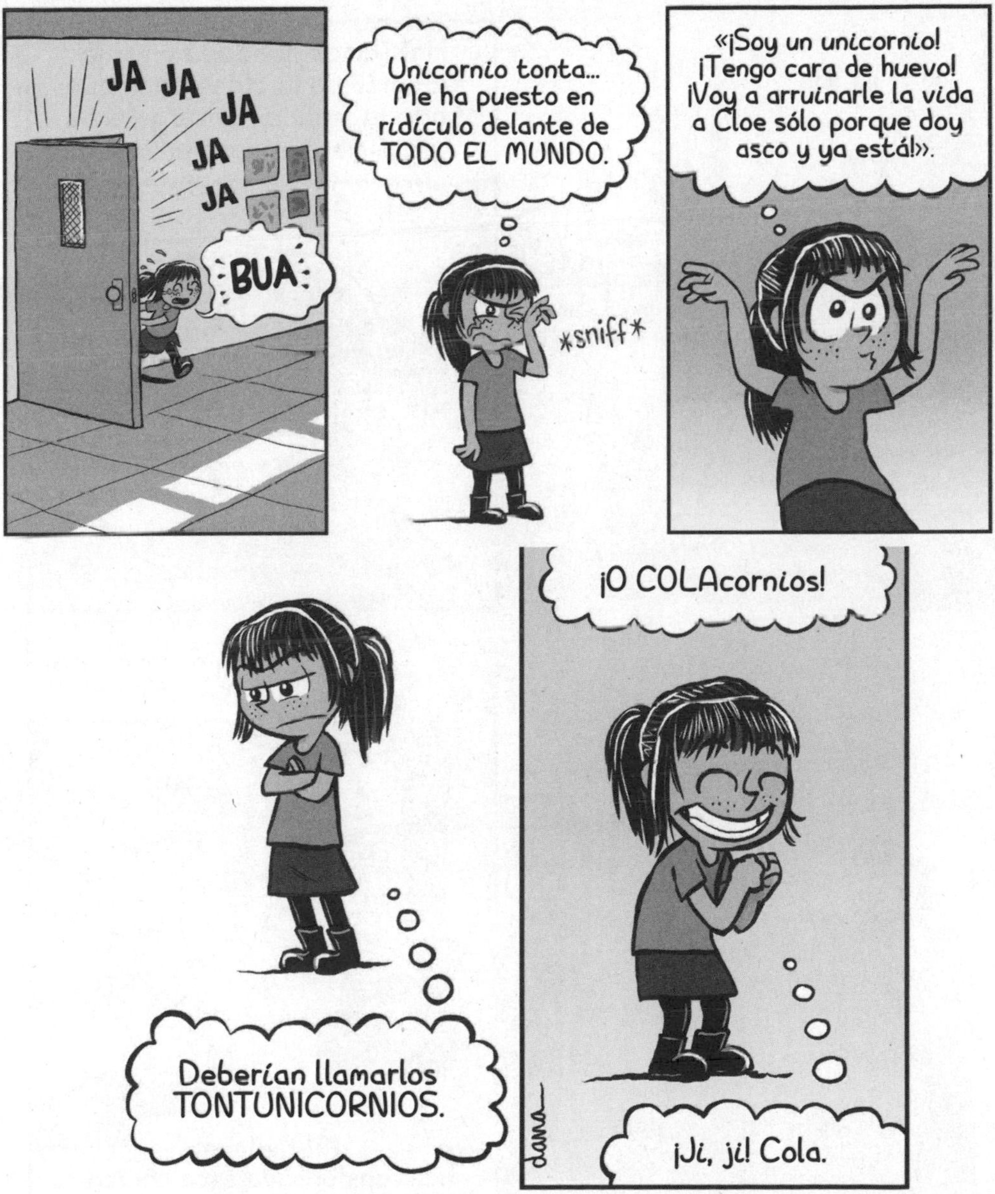
JA JA JA JA JA
BUA
Unicornio tonta... Me ha puesto en ridículo delante de TODO EL MUNDO.
sniff
«¡Soy un unicornio! ¡Tengo cara de huevo! ¡Voy a arruinarle la vida a Cloe sólo porque doy asco y ya está!».
Deberían llamarlos TONTUNICORNIOS.
¡O COLAcornios!
¡Ji, ji! Cola.
dana

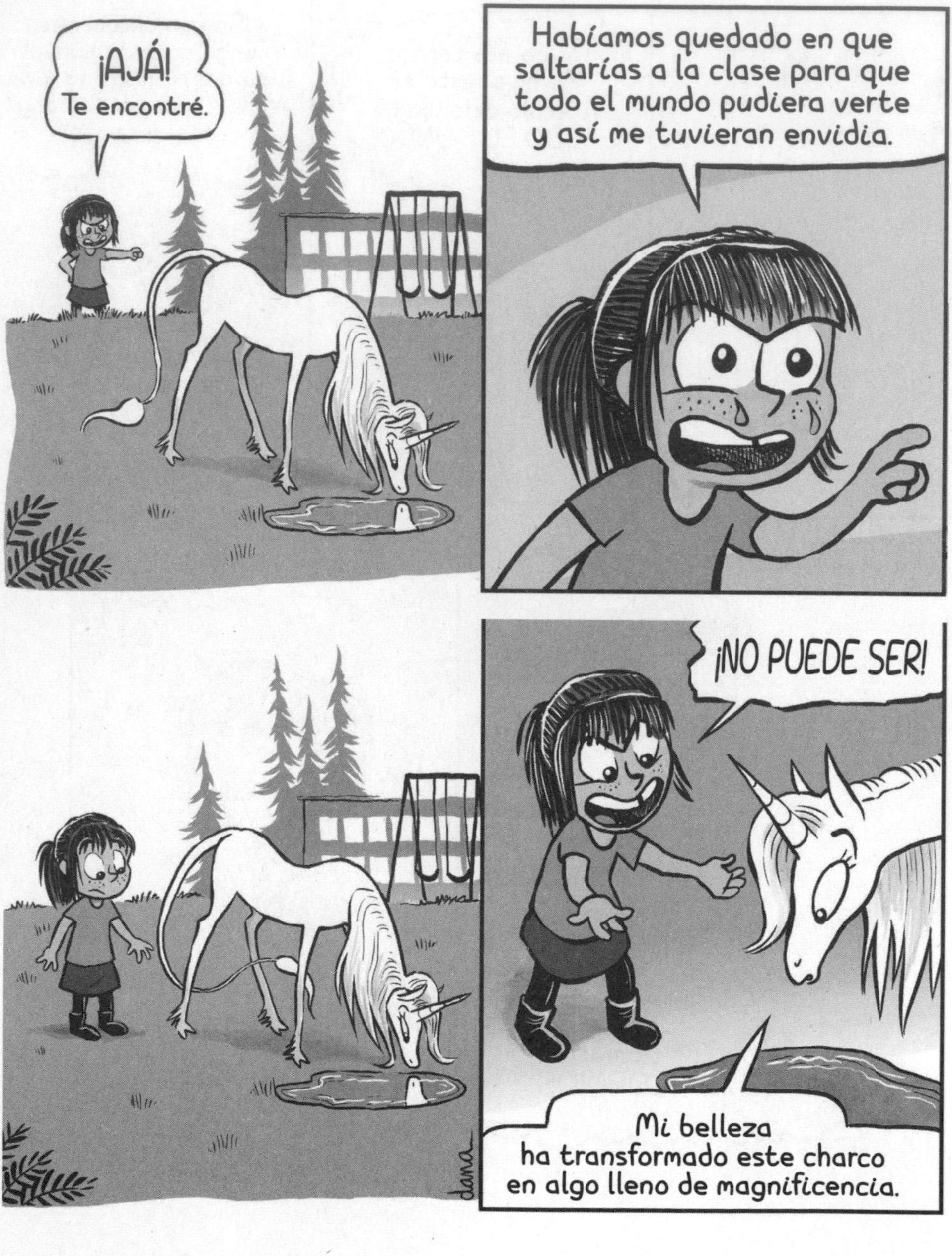
¡AJÁ!
Te encontré.
Habíamos quedado en que saltarías a la clase para que todo el mundo pudiera verte y así me tuvieran envidia.
¡NO PUEDE SER!
Mi belleza ha transformado este charco en algo lleno de magnificencia.
dana

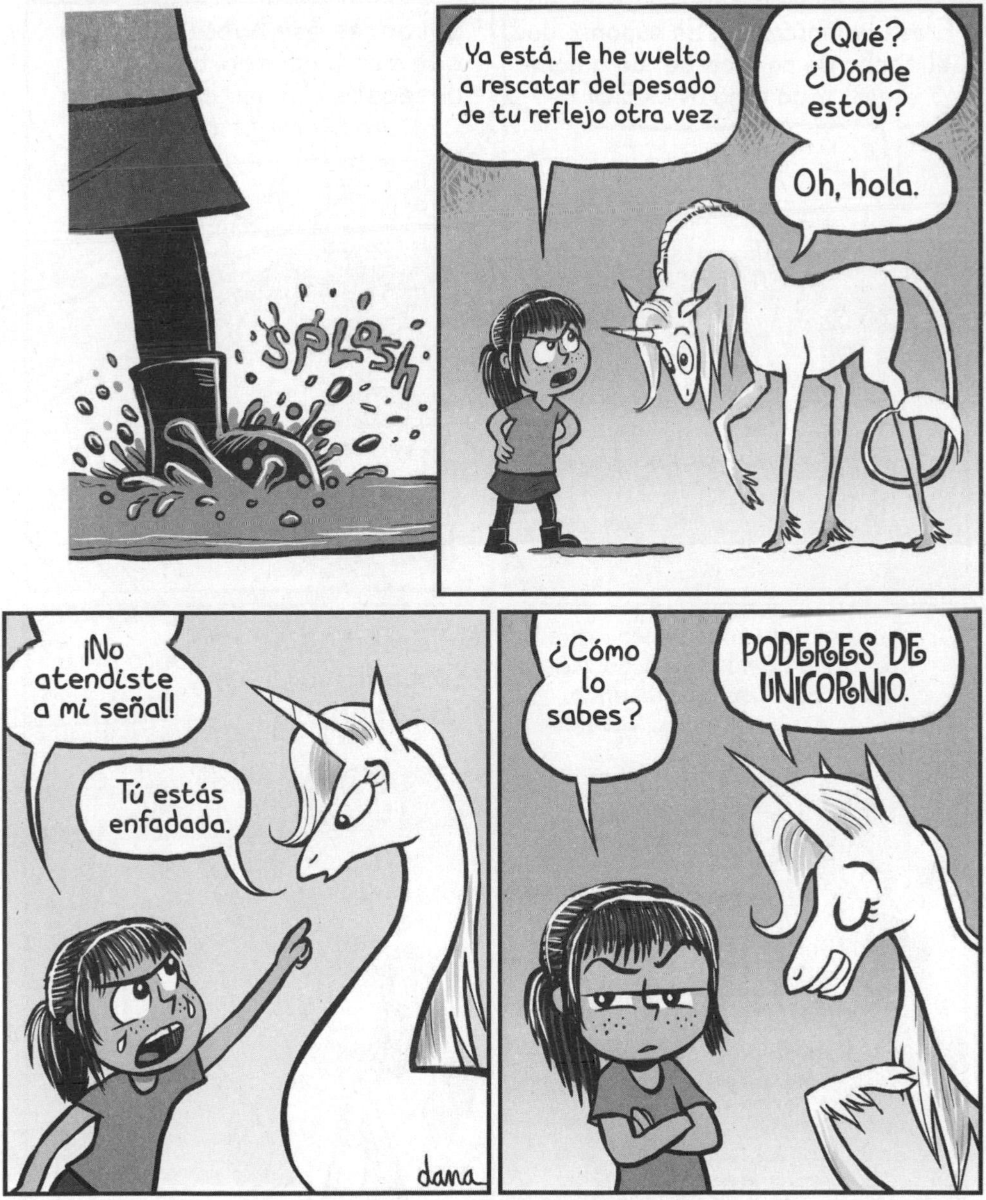
SPLASH
Ya está. Te he vuelto a rescatar del pesado de tu reflejo otra vez.
¿Qué? ¿Dónde estoy?
Oh, hola.
¡No atendiste a mi señal!
Tú estás enfadada.
dana
¿Cómo lo sabes?
PODERES DE UNICORNIO.

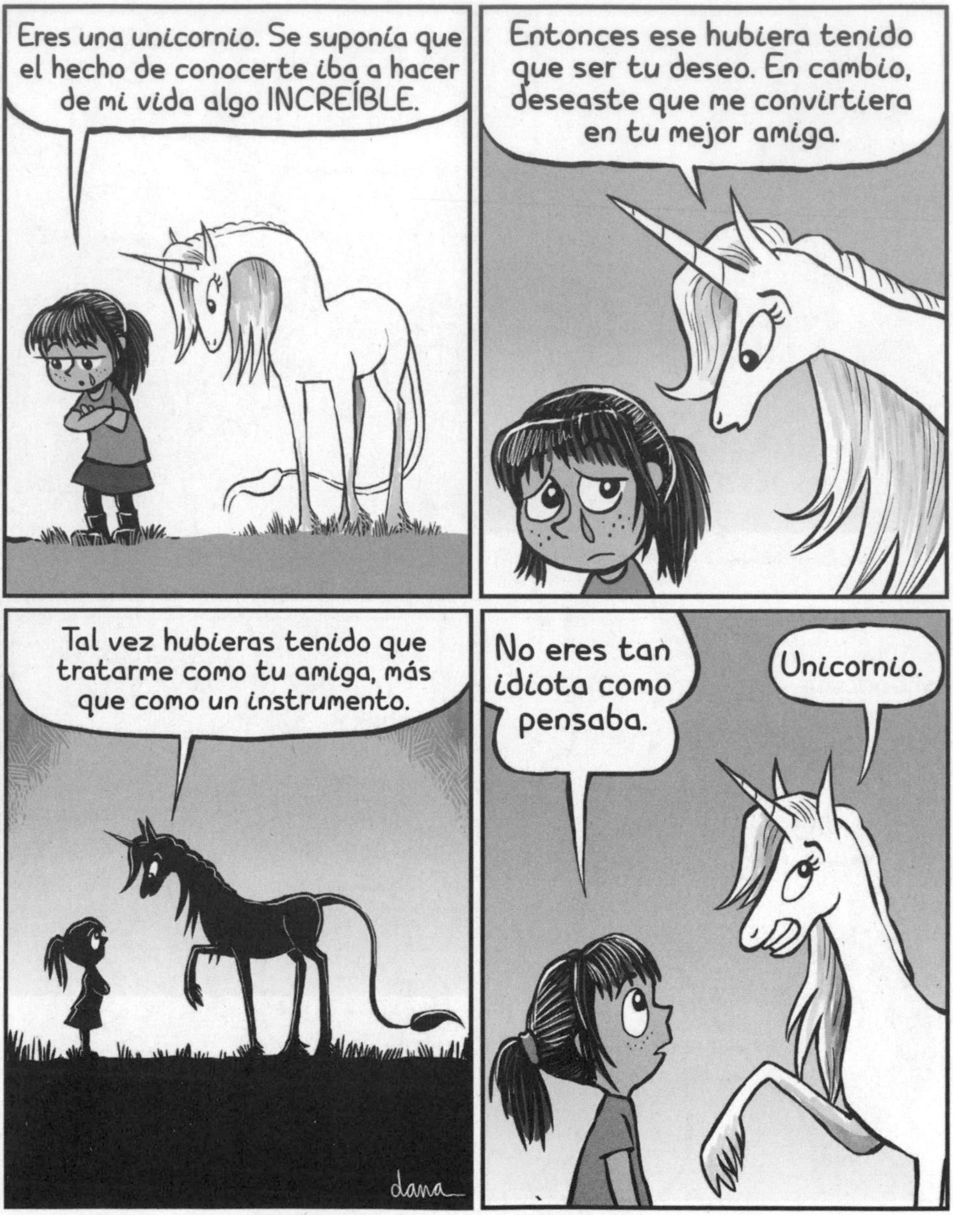
Eres una unicornio. Se suponía que el hecho de conocerte iba a hacer de mi vida algo INCREÍBLE.
Entonces ese hubiera tenido que ser tu deseo. En cambio, deseaste que me convirtiera en tu mejor amiga.
Tal vez hubieras tenido que tratarme como tu amiga, más que como un instrumento.
dana
No eres tan idiota como pensaba.
Unicornio.

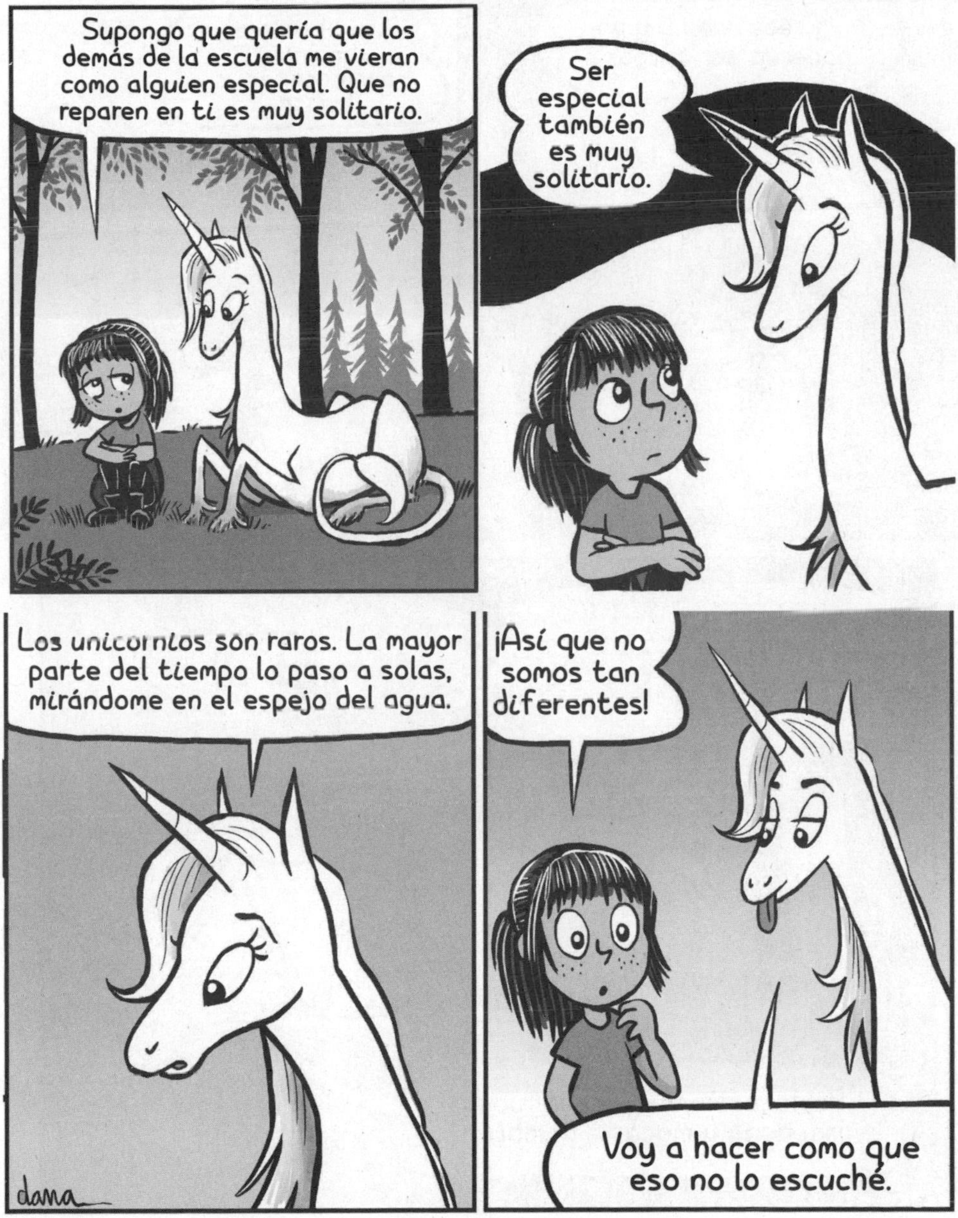
Supongo que quería que los demás de la escuela me vieran como alguien especial. Que no reparen en ti es muy solitario.
Ser especial también es muy solitario.
Los unicornios son raros. La mayor parte del tiempo lo paso a solas, mirándome en el espejo del agua.
¡Así que no somos tan diferentes!
Voy a hacer como que eso no lo escuché.
dana

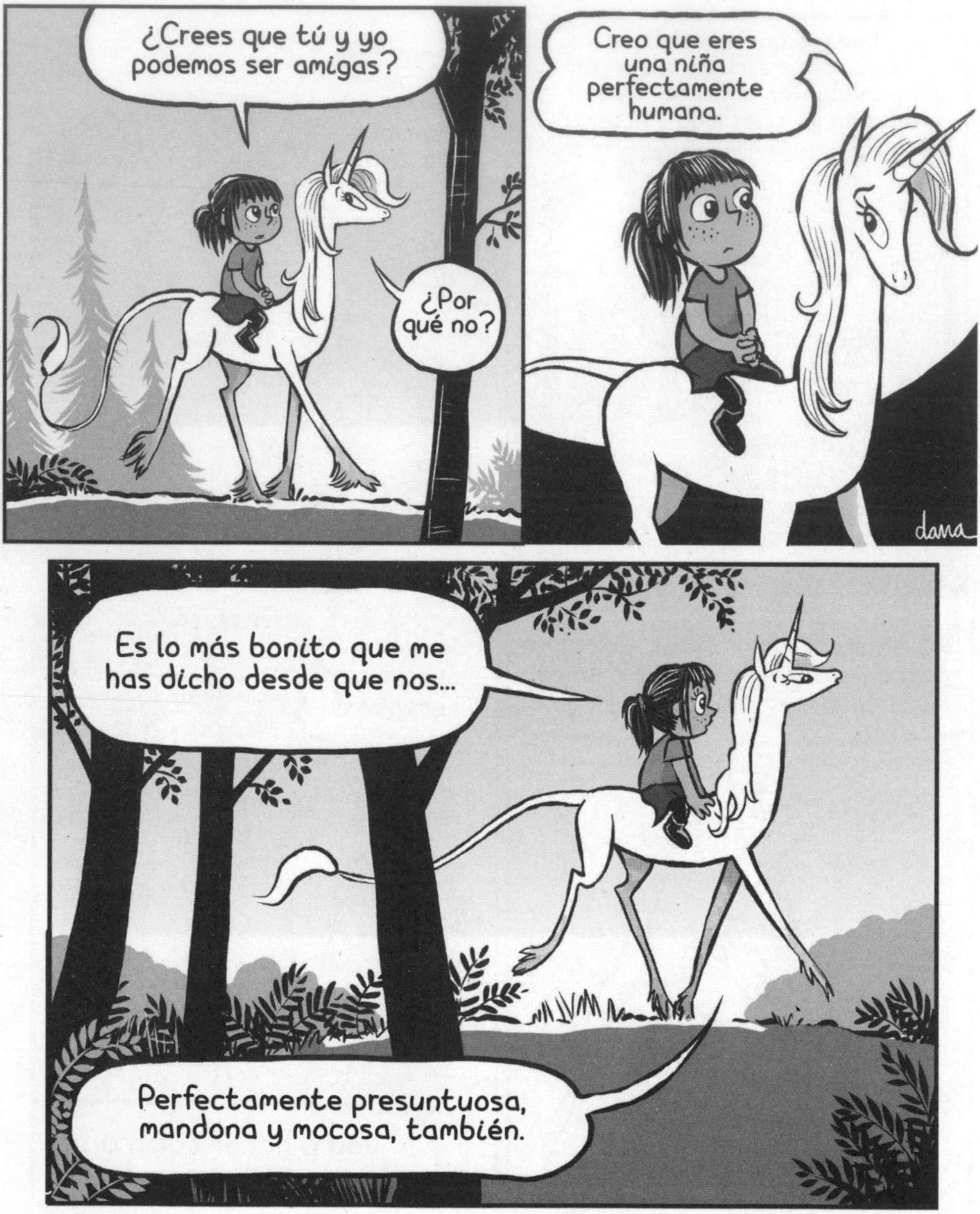
¿Crees que tú y yo podemos ser amigas?
¿Por qué no?
Creo que eres una niña perfectamente humana.
dana
Es lo más bonito que me has dicho desde que nos...
Perfectamente presuntuosa, mandona y mocosa, también.

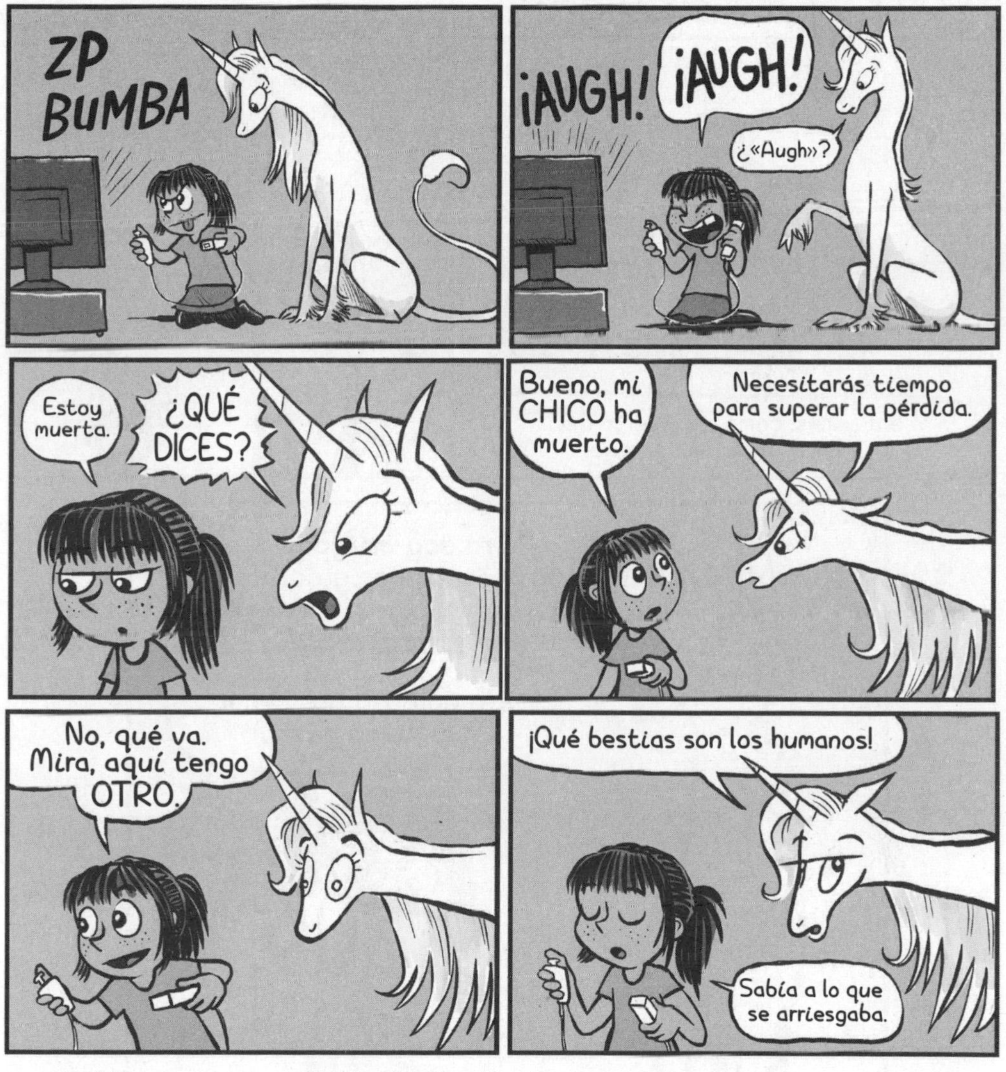
ZP
BUMBA
¡AUGH!
¡AUGH!
¿«Augh»?
Estoy muerta.
¿QUÉ DICES?
Bueno, mi CHICO ha muerto.
Necesitarás tiempo para superar la pérdida.
No, qué va. Mira, aquí tengo OTRO.
¡Qué bestias son los humanos!
Sabía a lo que se arriesgaba.

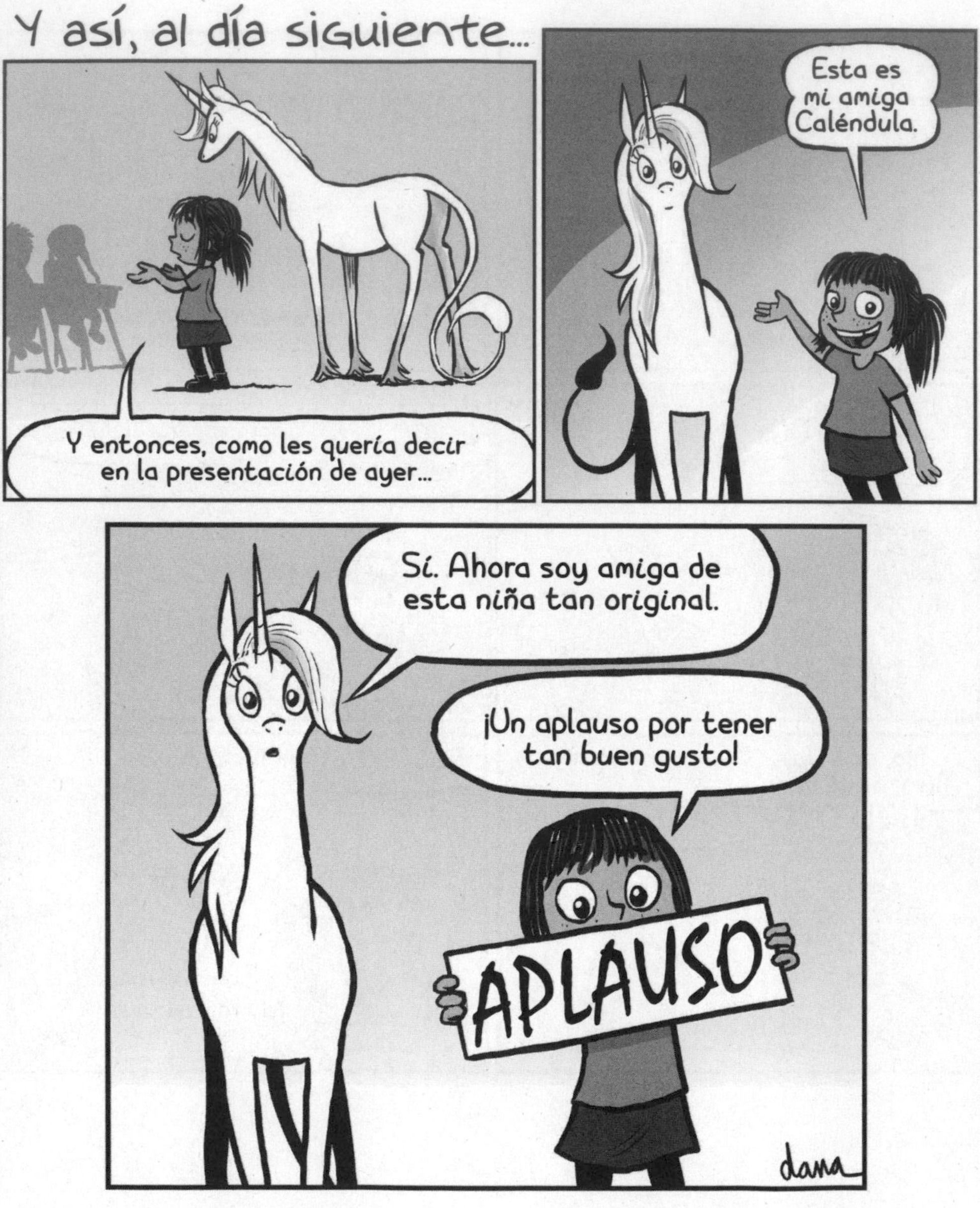
Y así, al día siguiente...
Y entonces, como les quería decir en la presentación de ayer...
Esta es mi amiga Caléndula.
Sí. Ahora soy amiga de esta niña tan original.
¡Un aplauso por tener tan buen gusto!
APLAUSO
dana

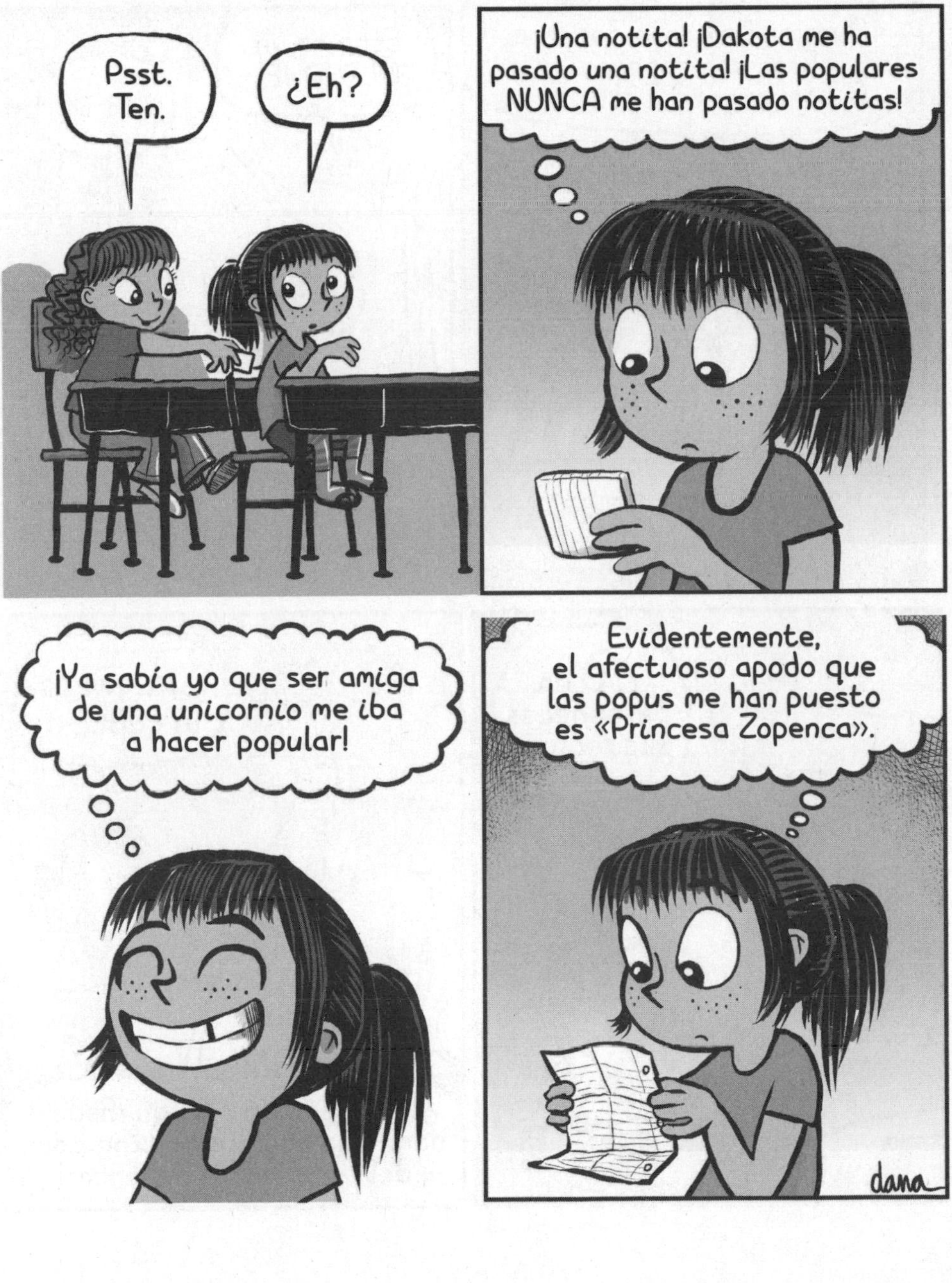
Psst. Ten.
¿Eh?
¡Una notita! ¡Dakota me ha pasado una notita! ¡Las populares NUNCA me han pasado notitas!
¡Ya sabía yo que ser amiga de una unicornio me iba a hacer popular!
Evidentemente, el afectuoso apodo que las popus me han puesto es «Princesa Zopenca».
dana

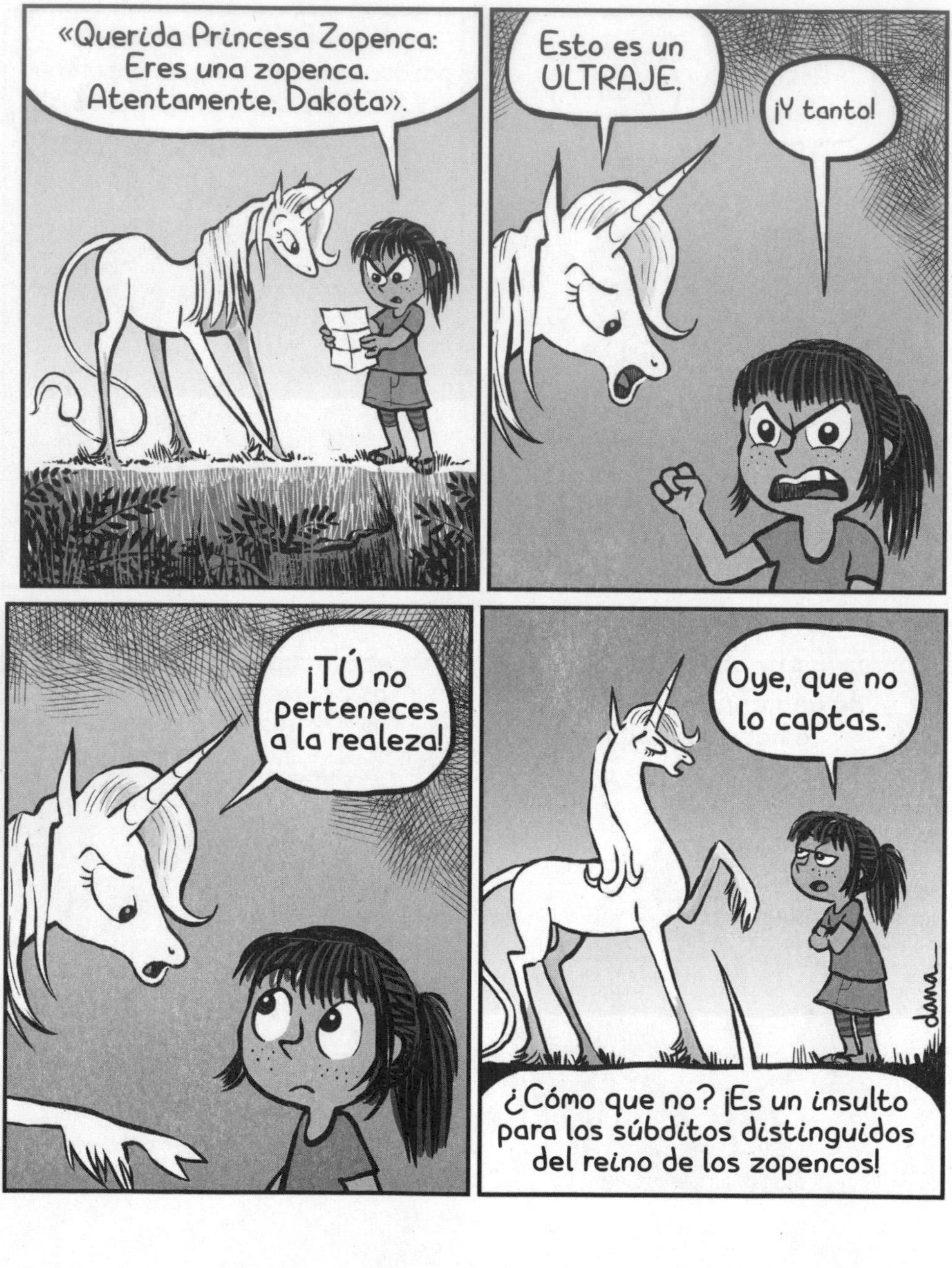
«Querida Princesa Zopenca:
Eres una zopenca.
Atentamente, Dakota».
Esto es un ULTRAJE.
¡Y tanto!
¡TÚ no perteneces a la realeza!
Oye, que no lo captas.
¿Cómo que no? ¡Es un insulto para los súbditos distinguidos del reino de los zopencos!
dana

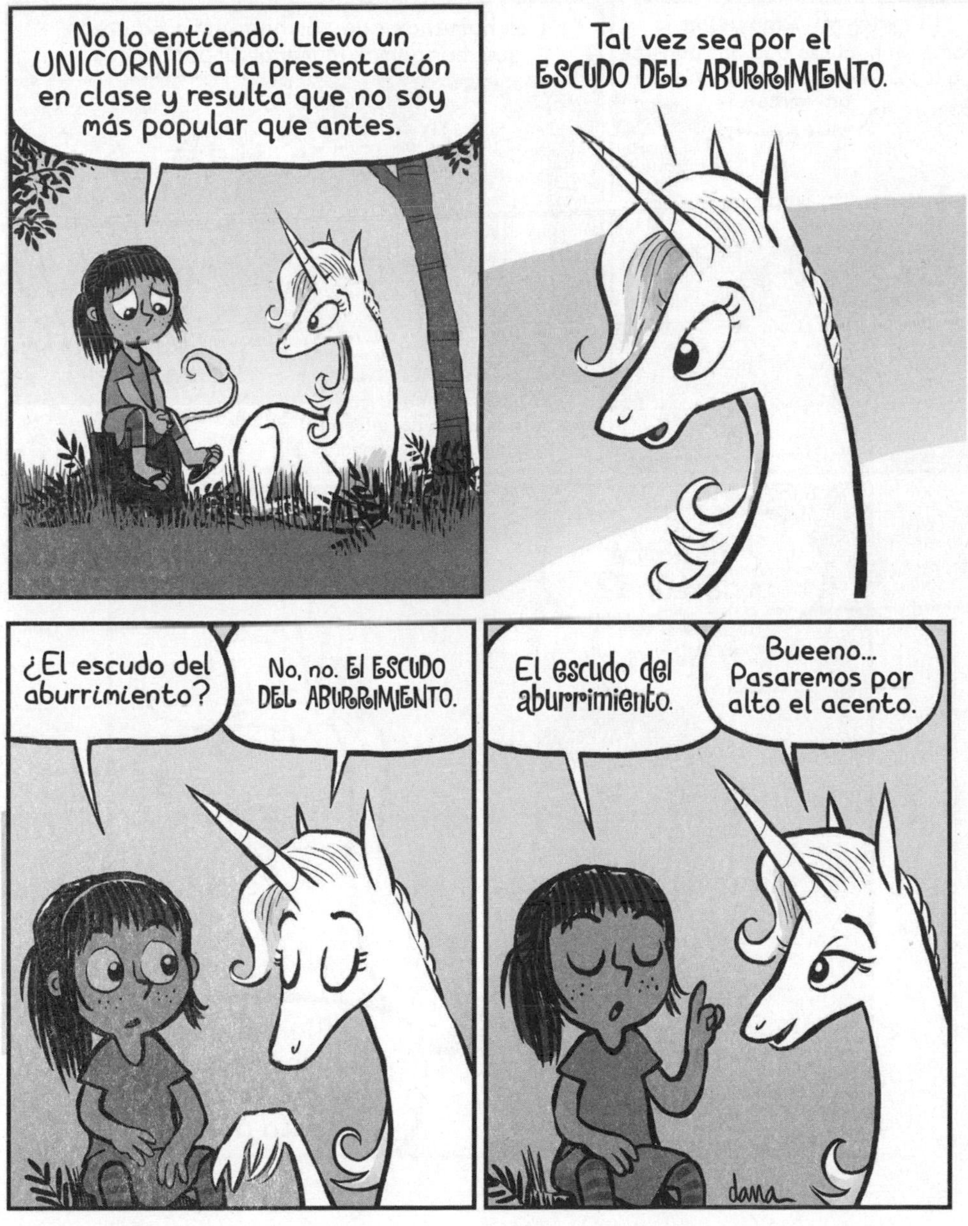
No lo entiendo. Llevo un UNICORNIO a la presentación en clase y resulta que no soy más popular que antes.
Tal vez sea por el ESCUDO DEL ABURRIMIENTO.
¿El escudo del aburrimiento?
No, no. El ESCUDO DEL ABURRIMIENTO.
El escudo del aburrimiento.
Bueeno... Pasaremos por alto el acento.
dana

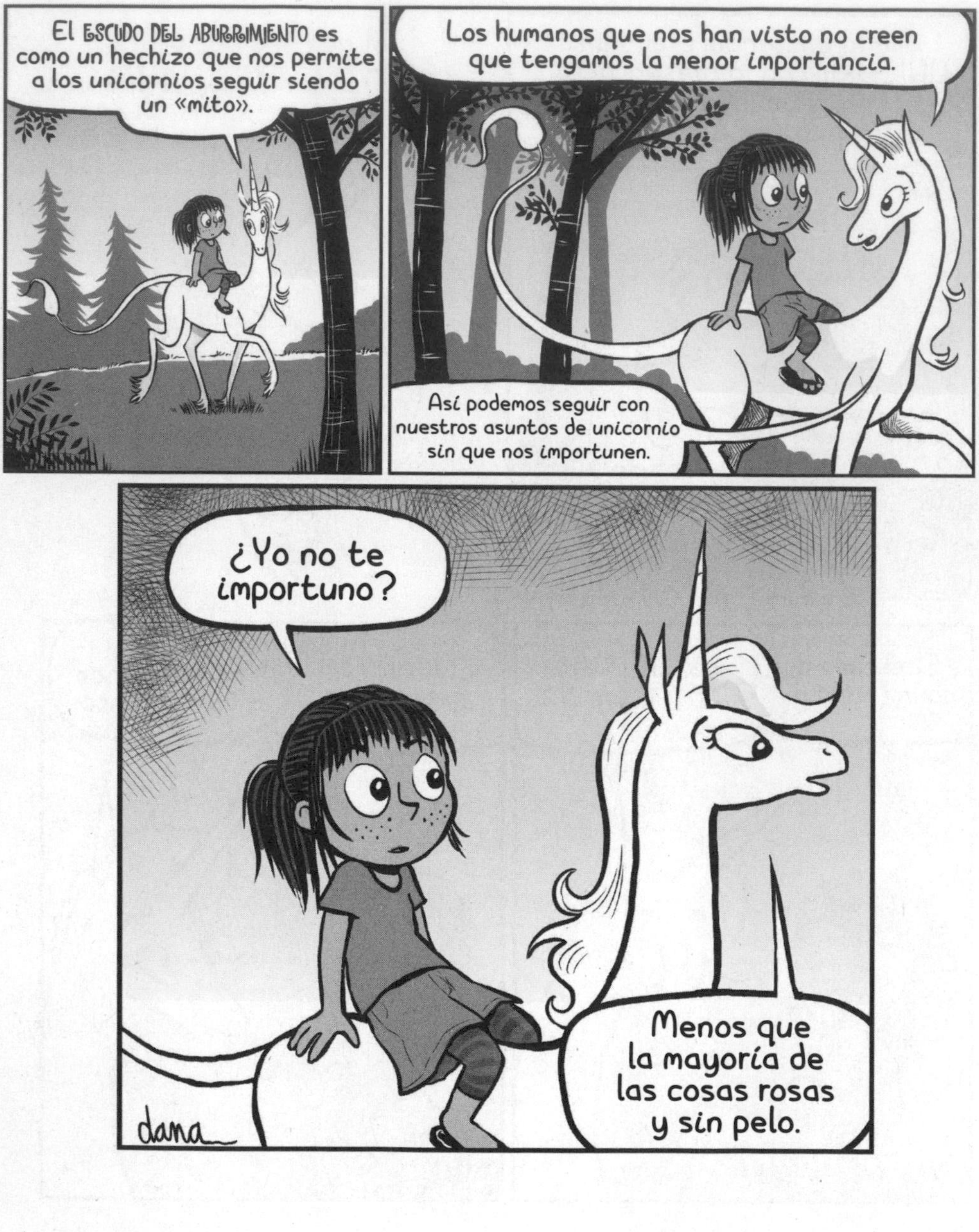
El ESCUDO DEL ABURRIMIENTO es como un hechizo que nos permite a los unicornios seguir siendo un «mito».
Los humanos que nos han visto no creen que tengamos la menor importancia.
Así podemos seguir con nuestros asuntos de unicornio sin que nos importunen.
¿Yo no te importuno?
Menos que la mayoría de las cosas rosas y sin pelo.
dana

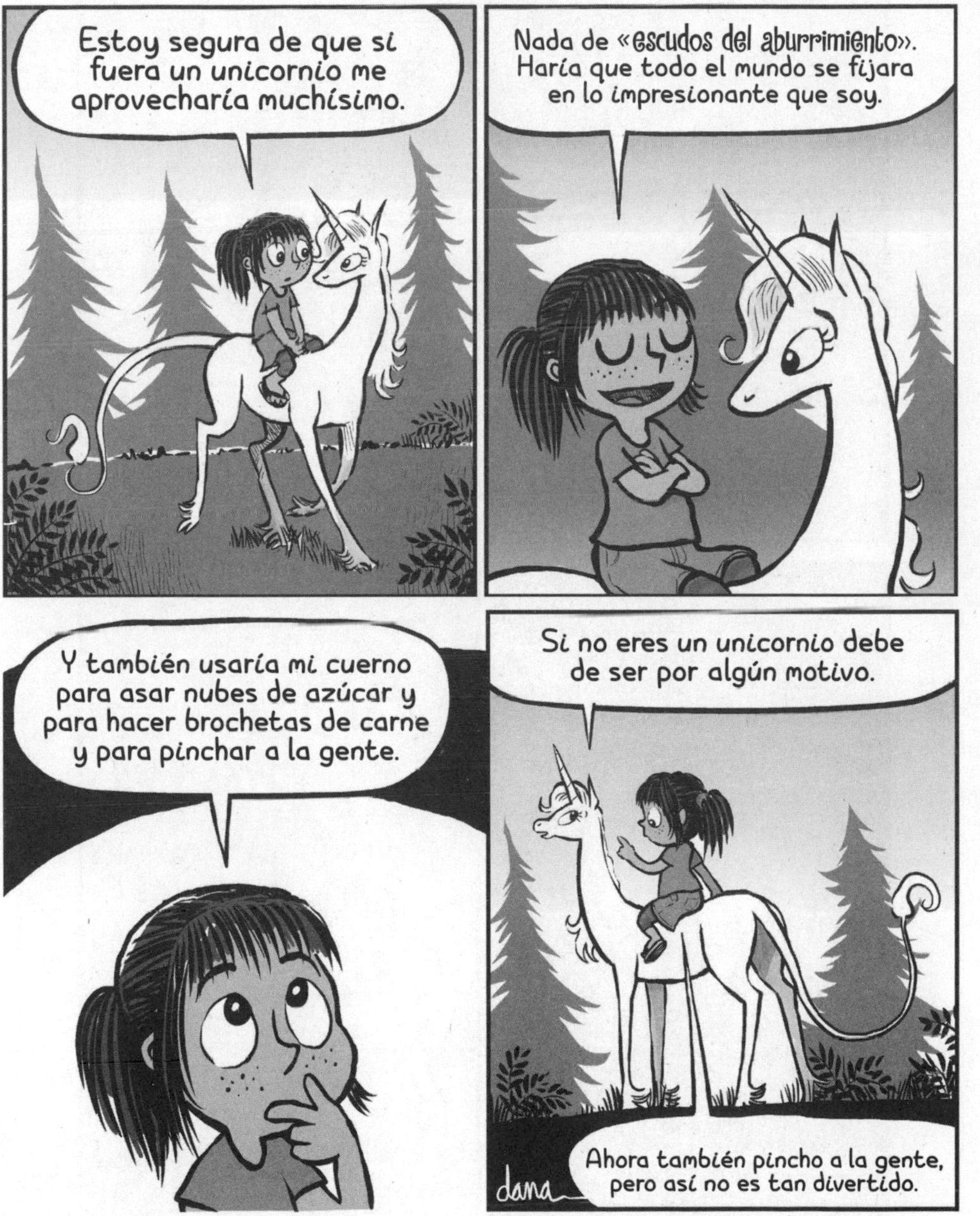
Estoy segura de que si fuera un unicornio me aprovecharía muchísimo.
Nada de «escudos del aburrimiento». Haría que todo el mundo se fijara en lo impresionante que soy.
Y también usaría mi cuerno para asar nubes de azúcar y para hacer brochetas de carne y para pinchar a la gente.
Si no eres un unicornio debe de ser por algún motivo.
Ahora también pincho a la gente, pero así no es tan divertido.
dana

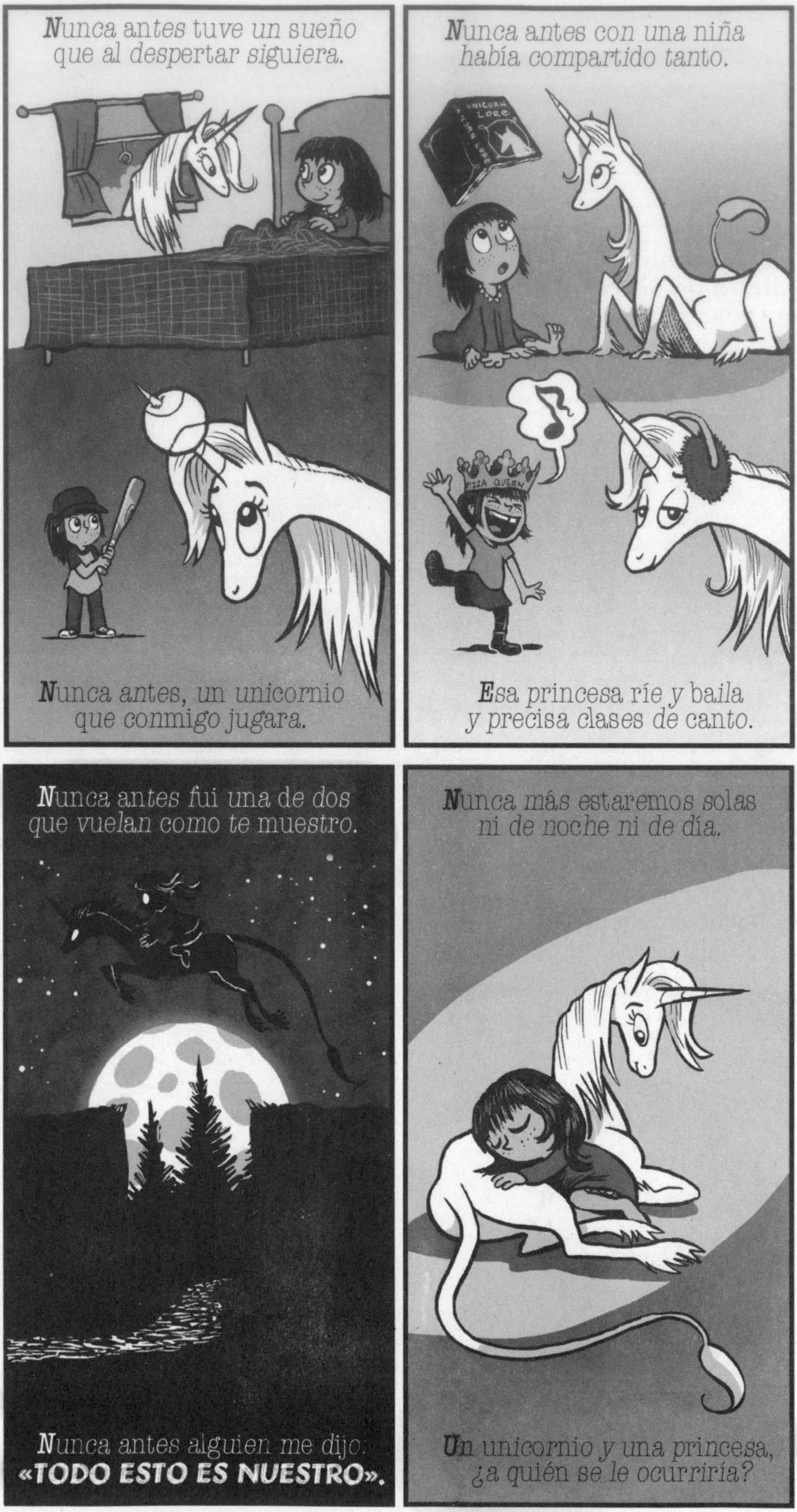
Nunca antes tuve un sueño
que al despertar siguiera.
Nunca antes, un unicornio
que conmigo jugara.
Nunca antes con una niña
había compartido tanto.
UNICORN LORE
PIZZA QUEEN
Esa princesa ríe y baila
y precisa clases de canto.
Nunca antes fui una de dos
que vuelan como te muestro.
Nunca antes alguien me dijo:
«TODO ESTO ES NUESTRO».
Nunca más estaremos solas
ni de noche ni de día.
Un unicornio y una princesa,
¿a quién se le ocurriría?

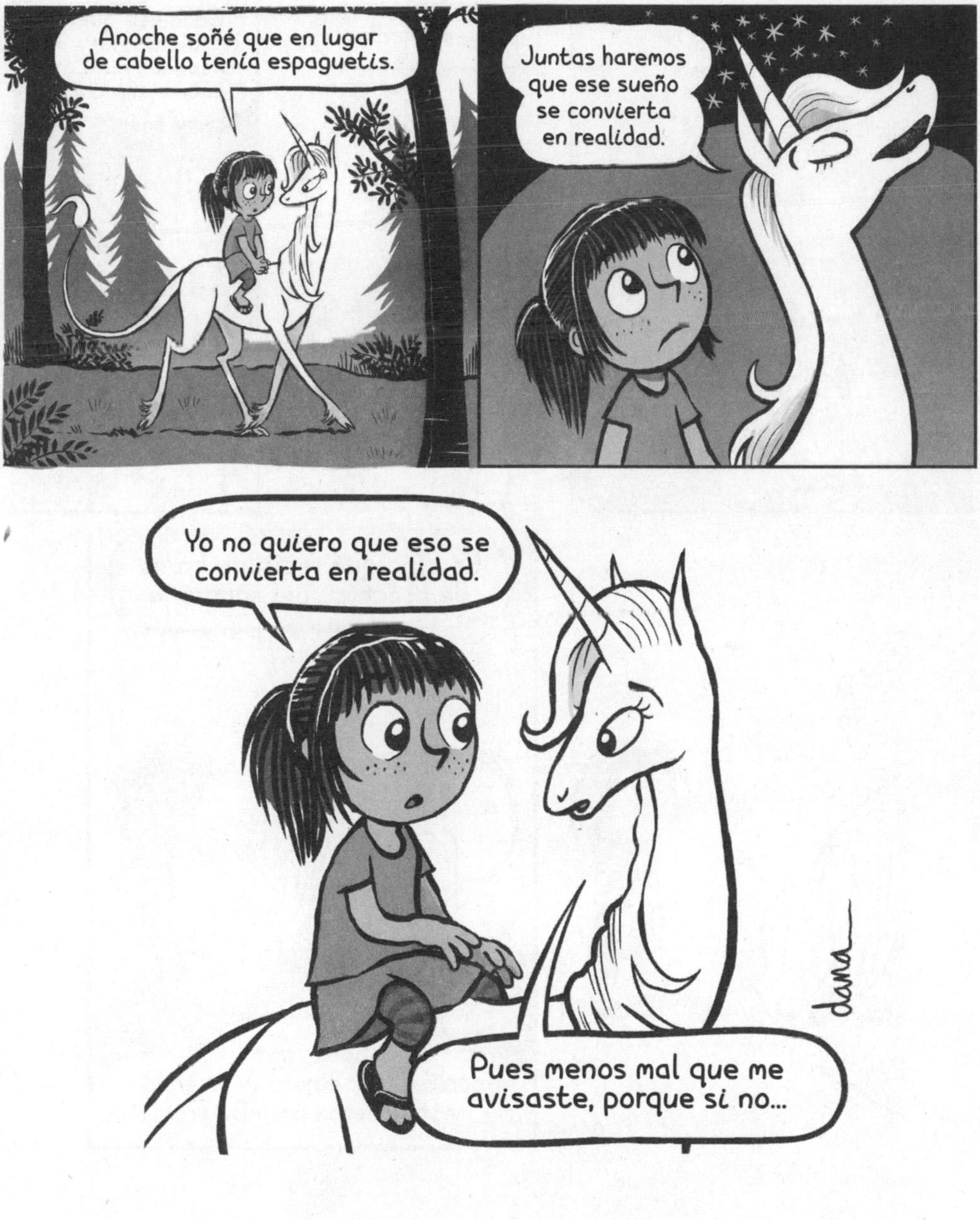
Anoche soñé que en lugar de cabello tenía espaguetis.
Juntas haremos que ese sueño se convierta en realidad.
Yo no quiero que eso se convierta en realidad.
Pues menos mal que me avisaste, porque si no...
dana

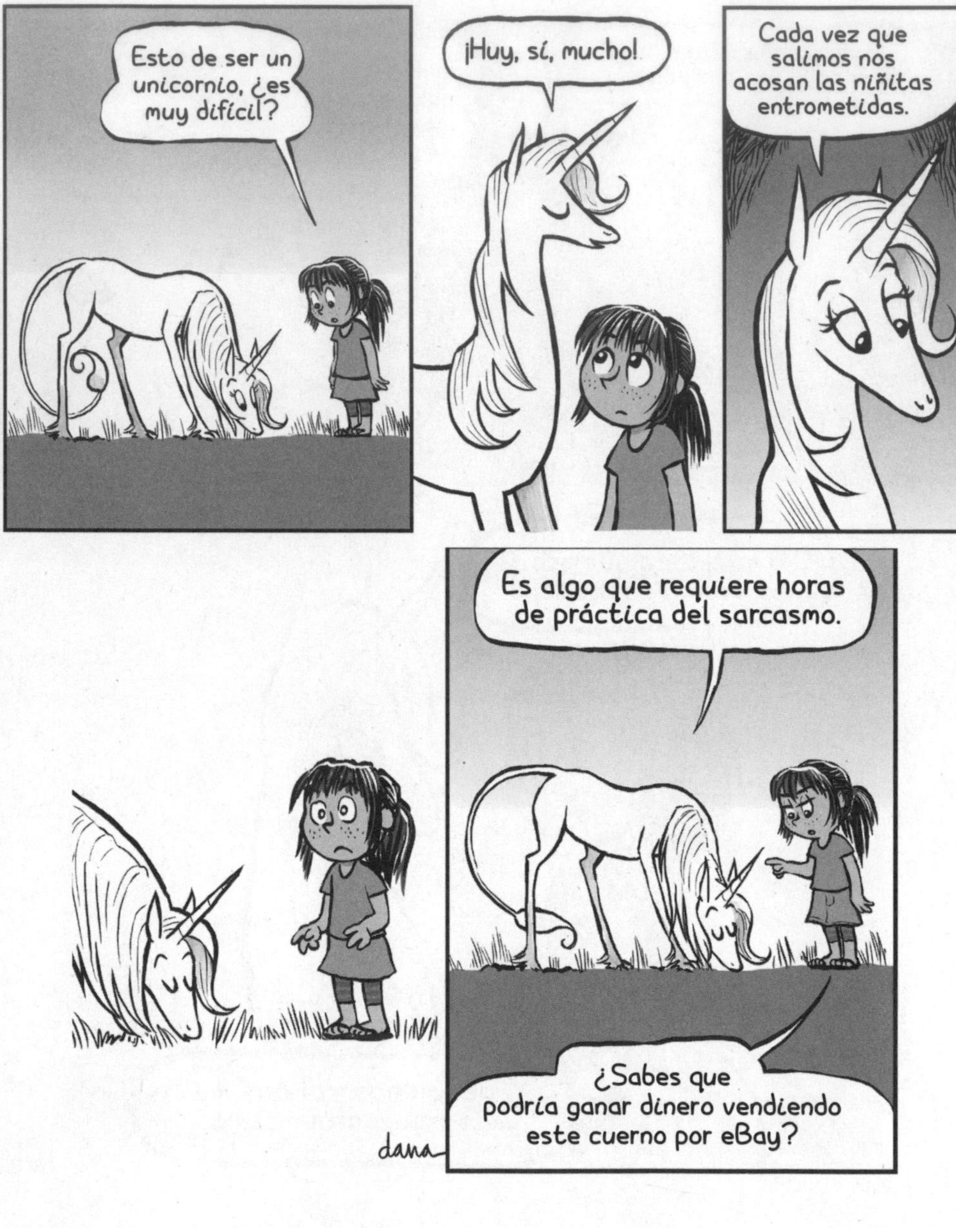
Esto de ser un unicornio, ¿es muy difícil?
¡Huy, sí, mucho!
Cada vez que salimos nos acosan las niñitas entrometidas.
Es algo que requiere horas de práctica del sarcasmo.
¿Sabes que podría ganar dinero vendiendo este cuerno por eBay?
dana

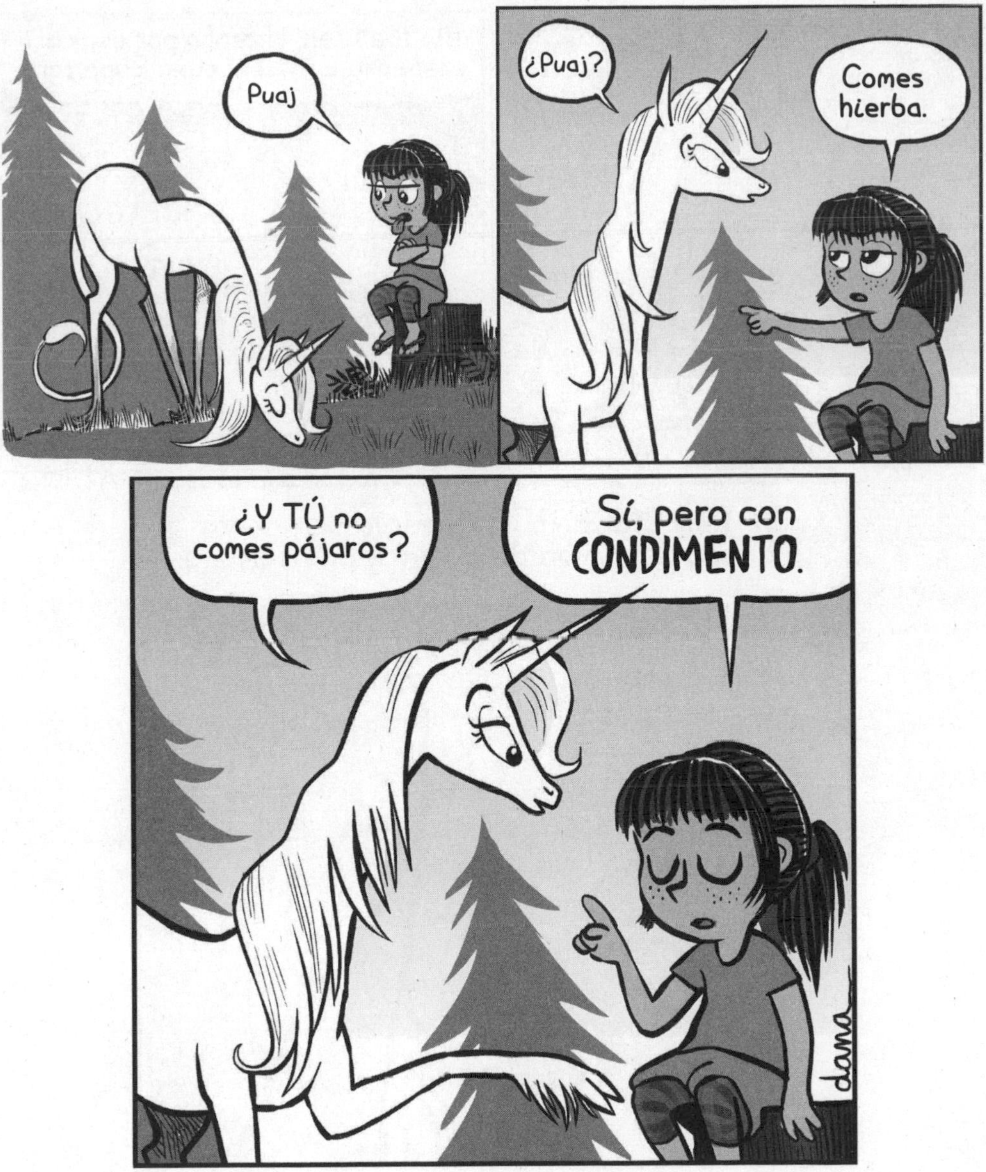
Puaj
¿Puaj?
Comes hierba.
¿Y TÚ no comes pájaros?
Sí, pero con CONDIMENTO.
dana

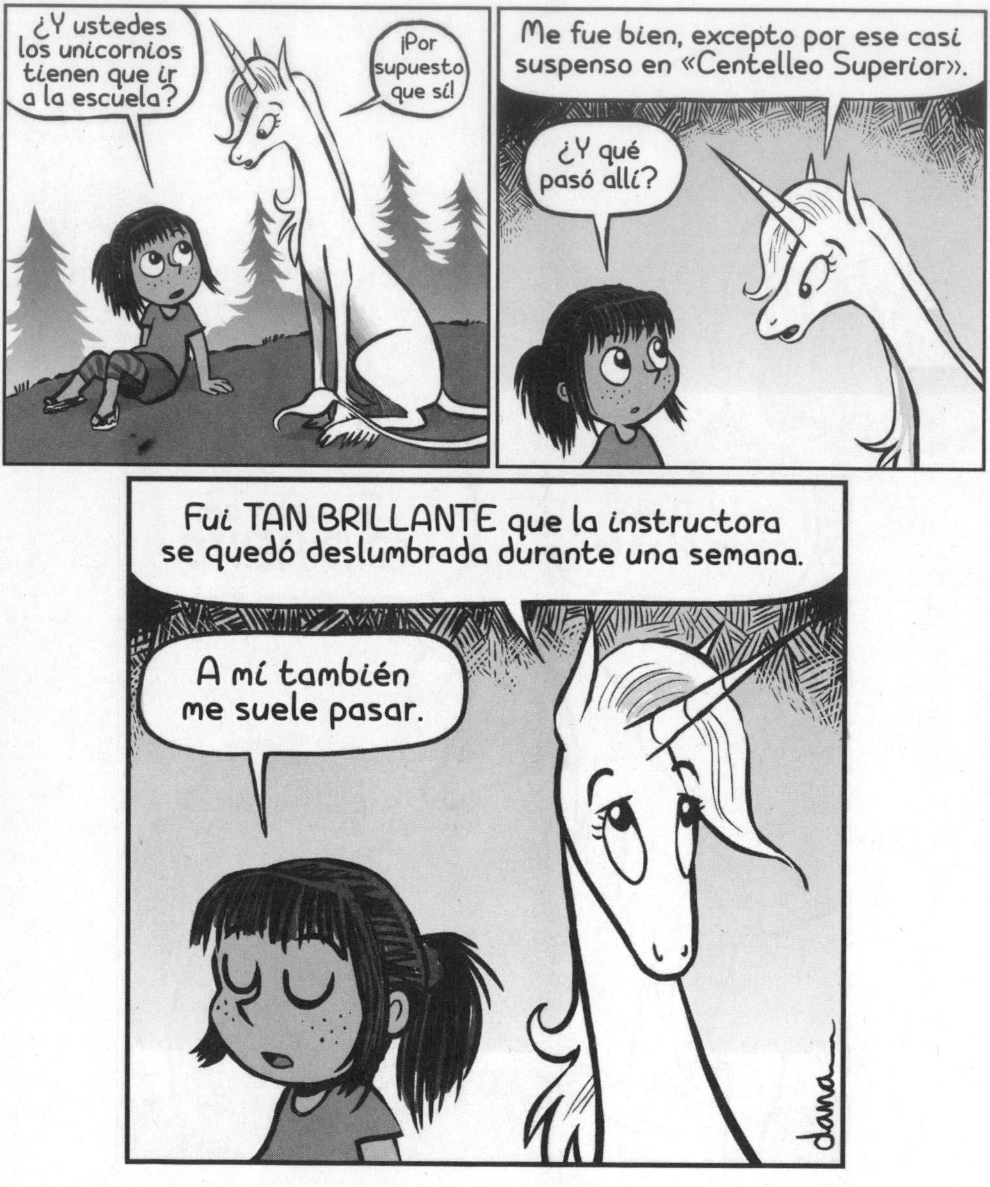
¿Y ustedes los unicornios tienen que ir a la escuela?
¡Por supuesto que sí!
Me fue bien, excepto por ese casi suspenso en «Centelleo Superior».
¿Y qué pasó allí?
Fui TAN BRILLANTE que la instructora se quedó deslumbrada durante una semana.
A mí también me suele pasar.
dana

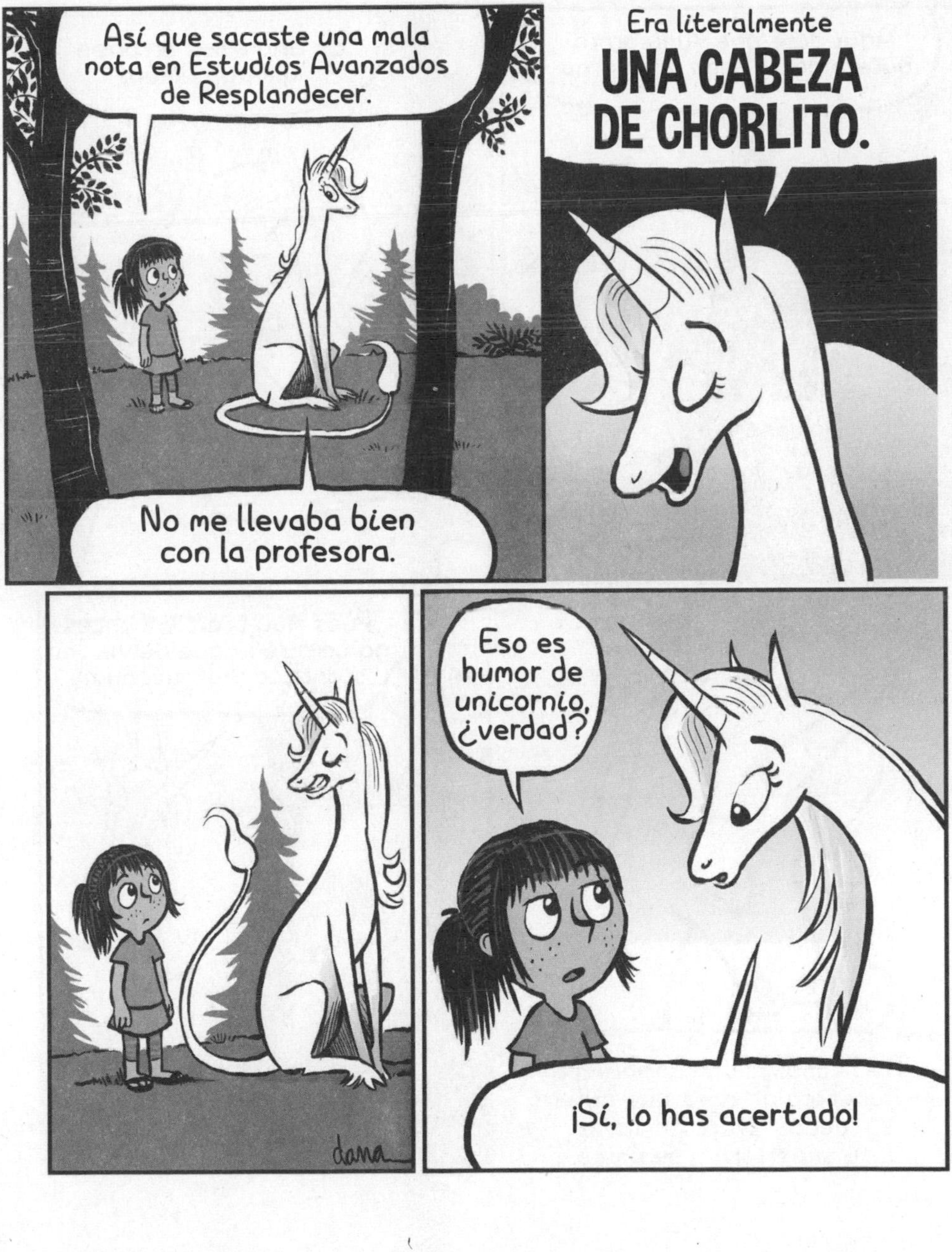
Así que sacaste una mala nota en Estudios Avanzados de Resplandecer.
No me llevaba bien con la profesora.
Era literalmente UNA CABEZA DE CHORLITO.
dana
Eso es humor de unicornio, ¿verdad?
¡Sí, lo has acertado!

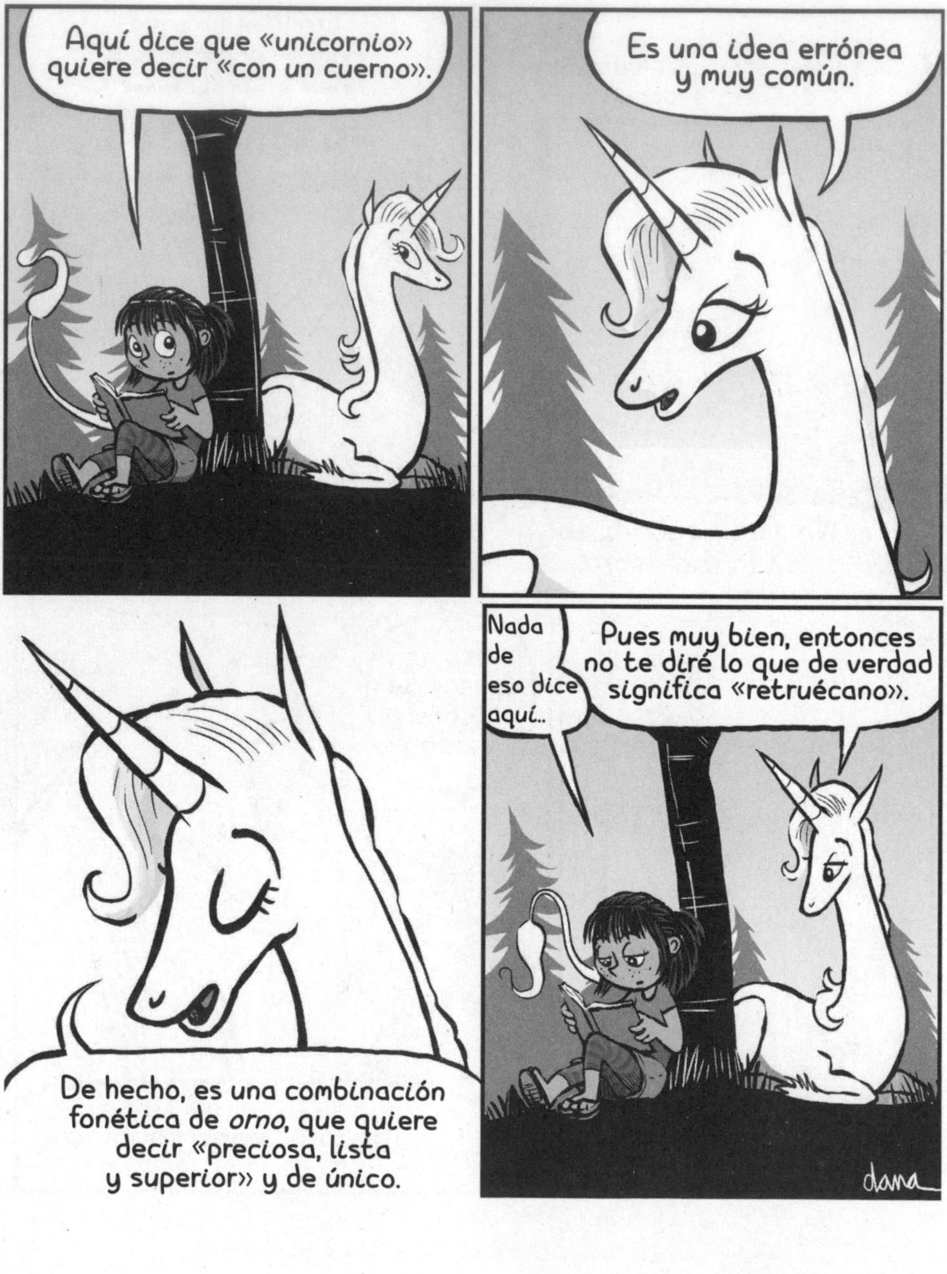
Aquí dice que «unicornio» quiere decir «con un cuerno».
Es una idea errónea y muy común.
De hecho, es una combinación fonética de *orno*, que quiere decir «preciosa, lista y superior» y de único.
Nada de eso dice aquí...
Pues muy bien, entonces no te diré lo que de verdad significa «retruécano».
dana

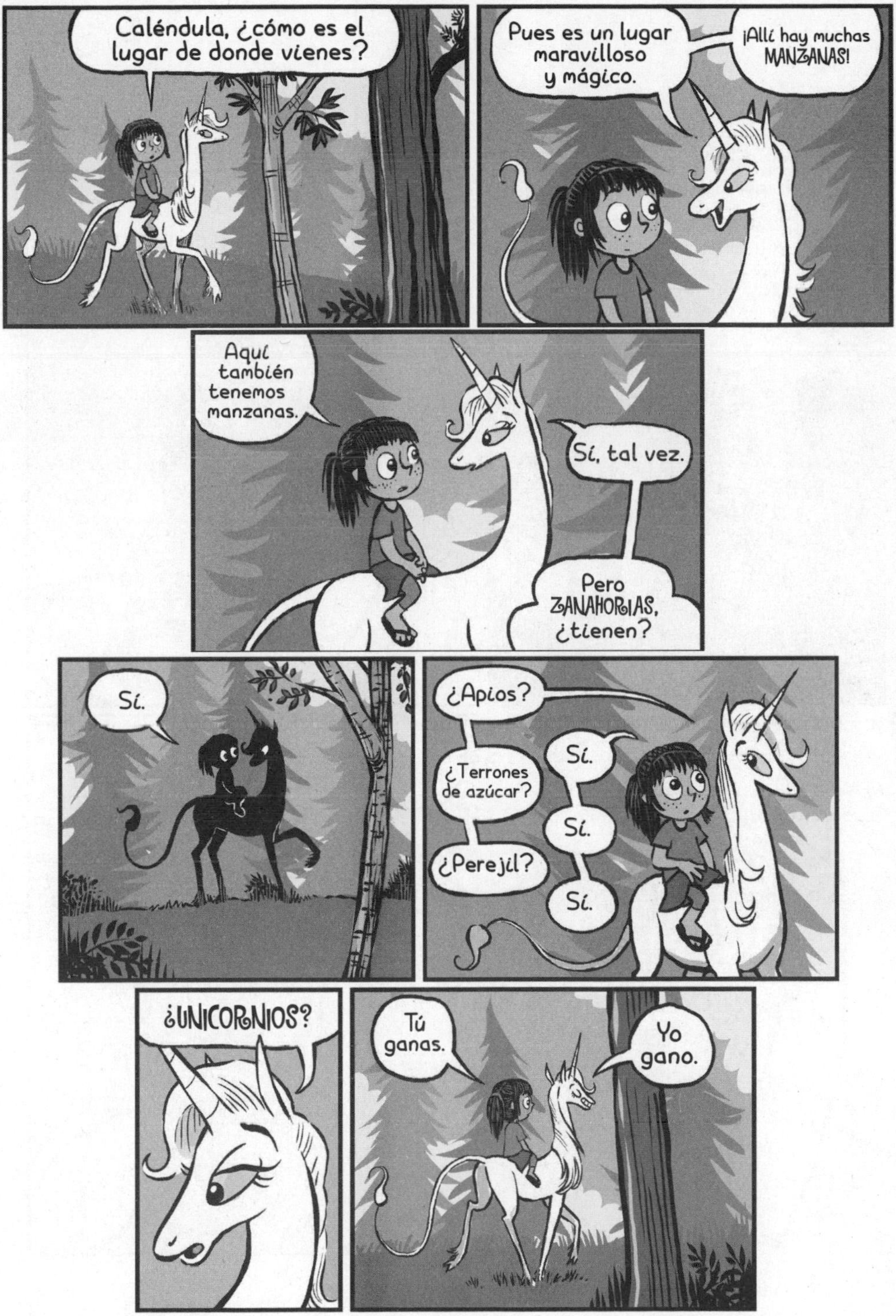
Caléndula, ¿cómo es el lugar de donde vienes?
Pues es un lugar maravilloso y mágico.
¡Allí hay muchas MANZANAS!
Aquí también tenemos manzanas.
Sí, tal vez.
Pero ZANAHORIAS, ¿tienen?
Sí.
¿Apios?
Sí.
¿Terrones de azúcar?
Sí.
¿Perejil?
Sí.
¿UNICORNIOS?
Tú ganas.
Yo gano.

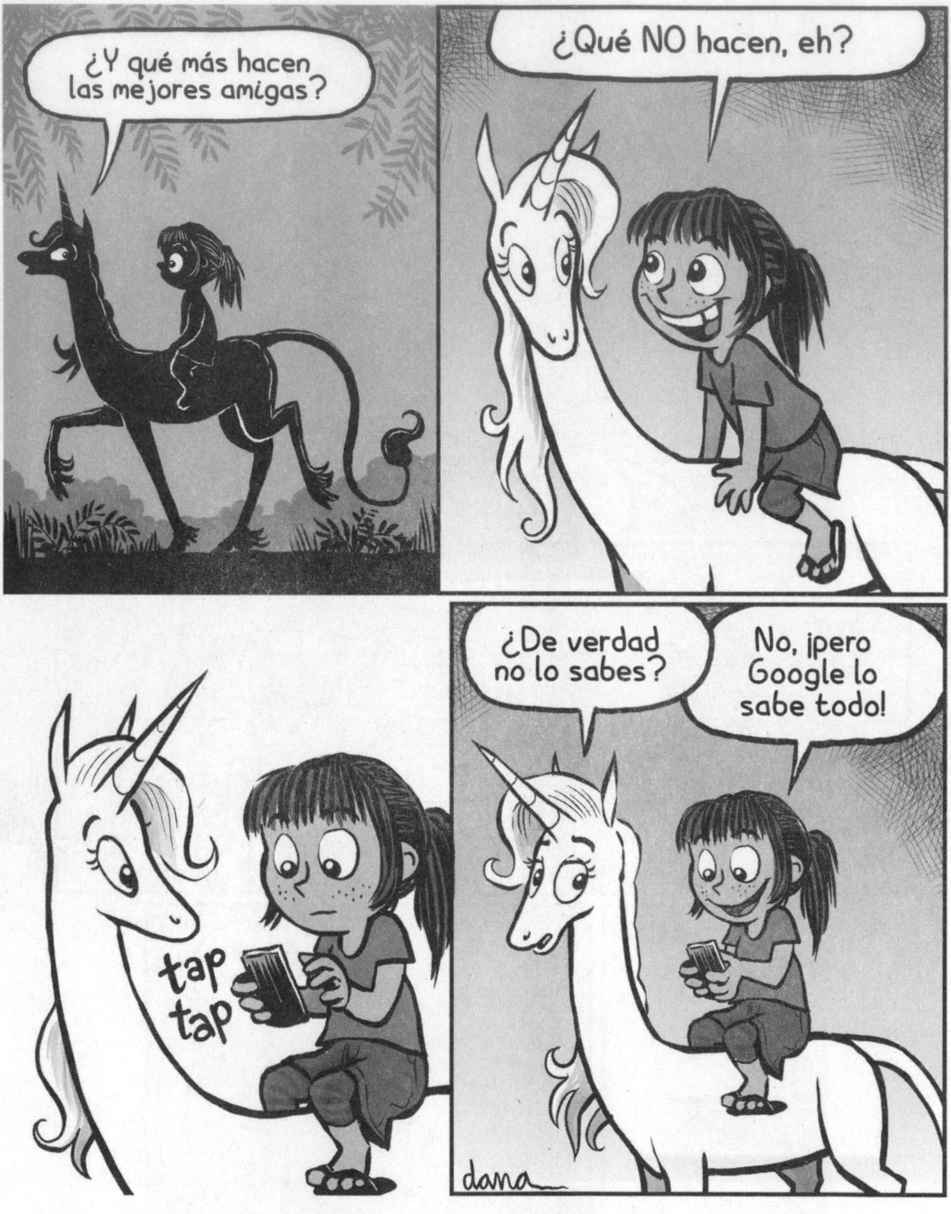
¿Y qué más hacen las mejores amigas?
¿Qué NO hacen, eh?
tap tap
¿De verdad no lo sabes?
No, ¡pero Google lo sabe todo!
dana

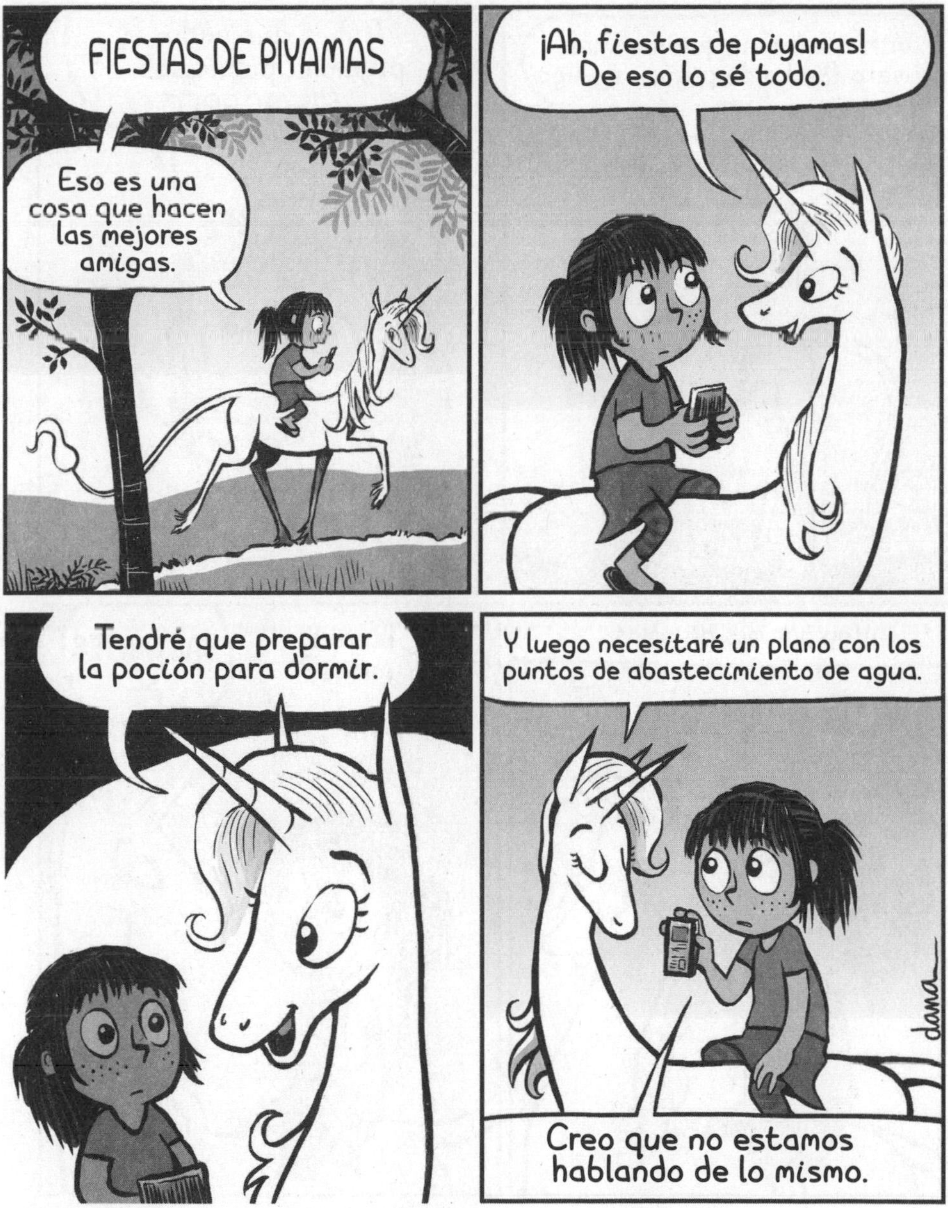
FIESTAS DE PIYAMAS
Eso es una cosa que hacen las mejores amigas.
¡Ah, fiestas de piyamas! De eso lo sé todo.
Tendré que preparar la poción para dormir.
Y luego necesitaré un plano con los puntos de abastecimiento de agua.
Creo que no estamos hablando de lo mismo.
dana

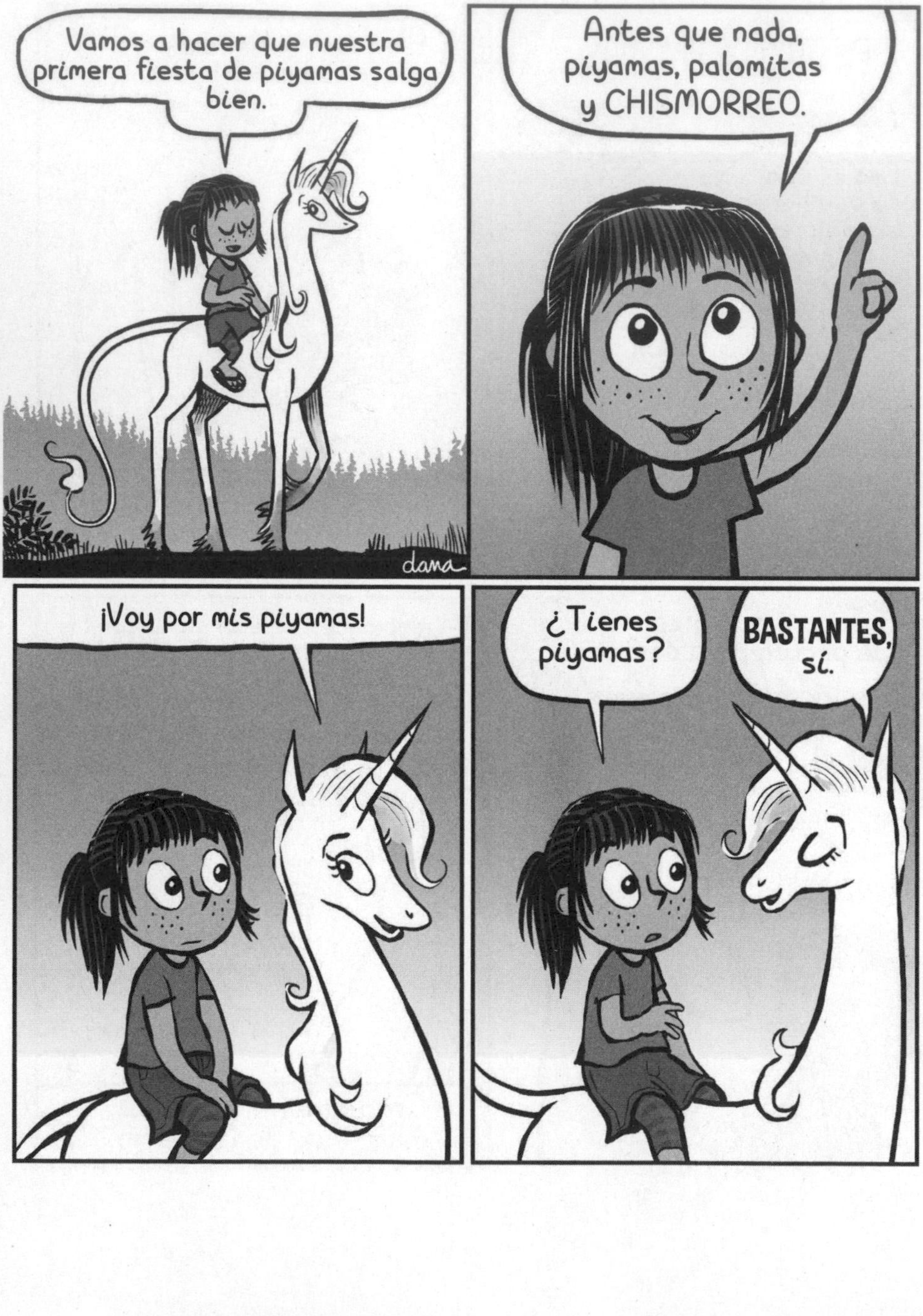
Vamos a hacer que nuestra primera fiesta de piyamas salga bien.
Antes que nada, piyamas, palomitas y CHISMORREO.
dana
¡Voy por mis piyamas!
¿Tienes piyamas?
BASTANTES, sí.

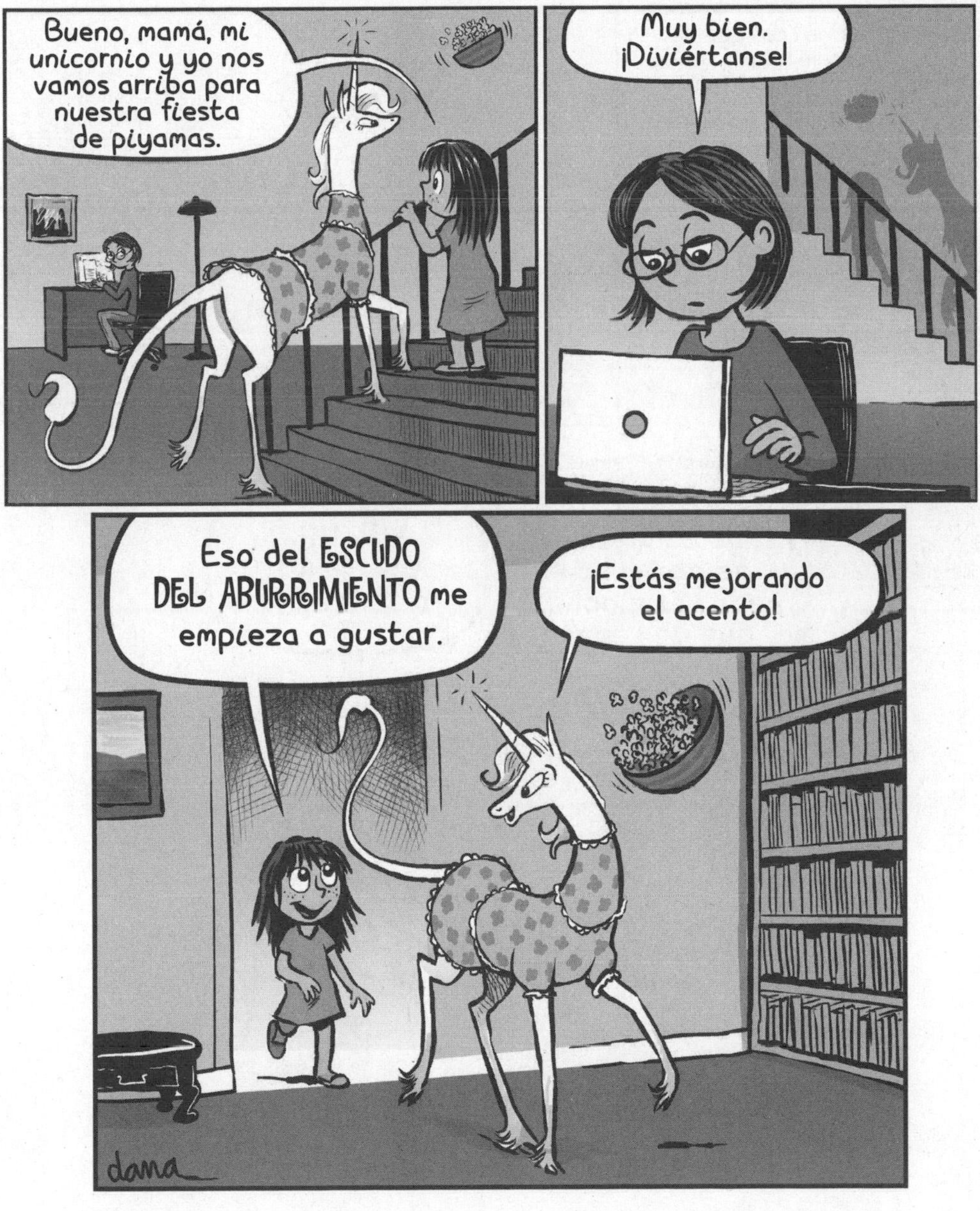
Bueno, mamá, mi unicornio y yo nos vamos arriba para nuestra fiesta de piyamas.
Muy bien. ¡Diviértanse!
Eso del ESCUDO DEL ABURRIMIENTO me empieza a gustar.
¡Estás mejorando el acento!
dana

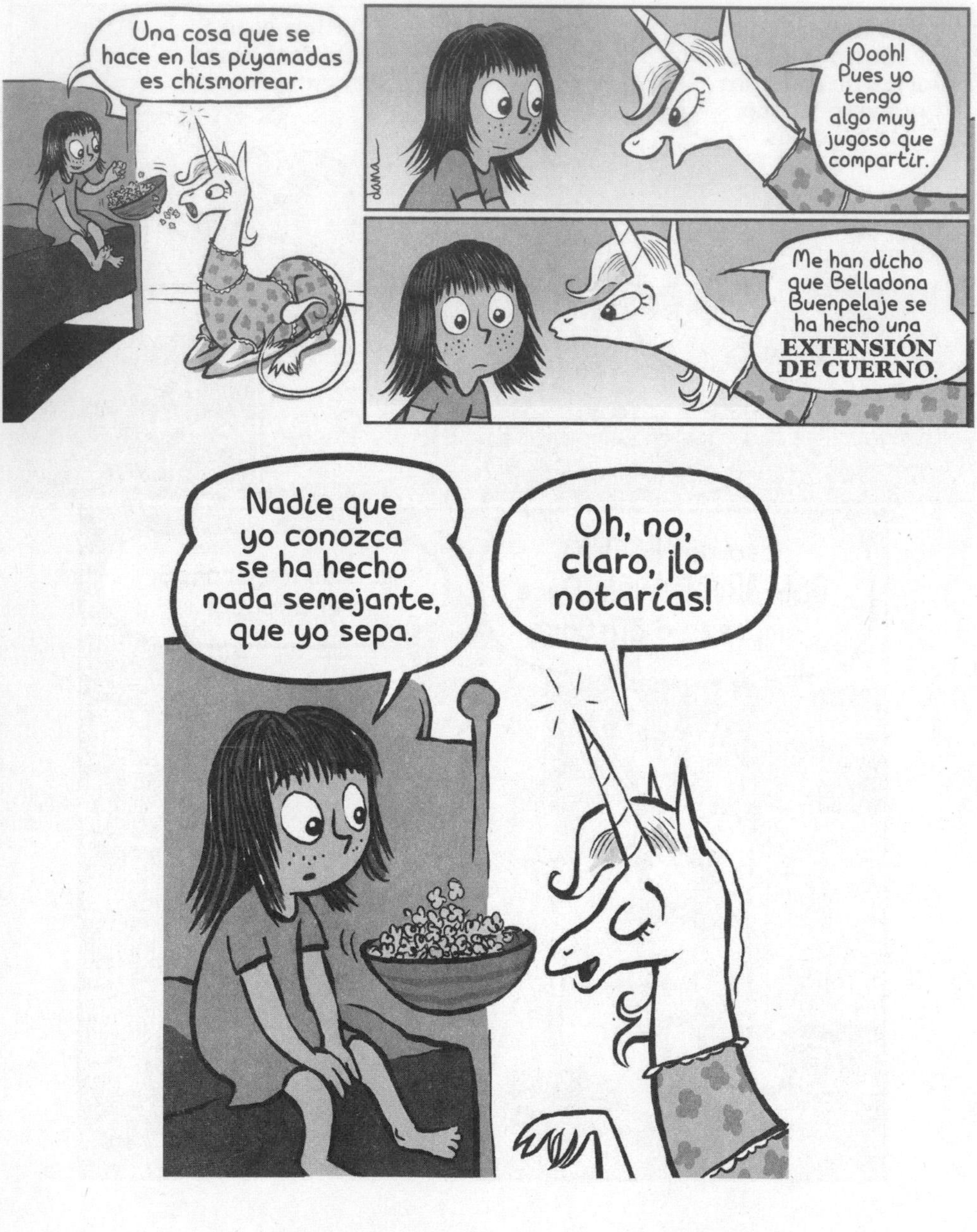
Una cosa que se hace en las piyamadas es chismorrear.
¡Oooh! Pues yo tengo algo muy jugoso que compartir.
Me han dicho que Belladona Buenpelaje se ha hecho una **EXTENSIÓN DE CUERNO**.
Nadie que yo conozca se ha hecho nada semejante, que yo sepa.
Oh, no, claro, ¡lo notarías!

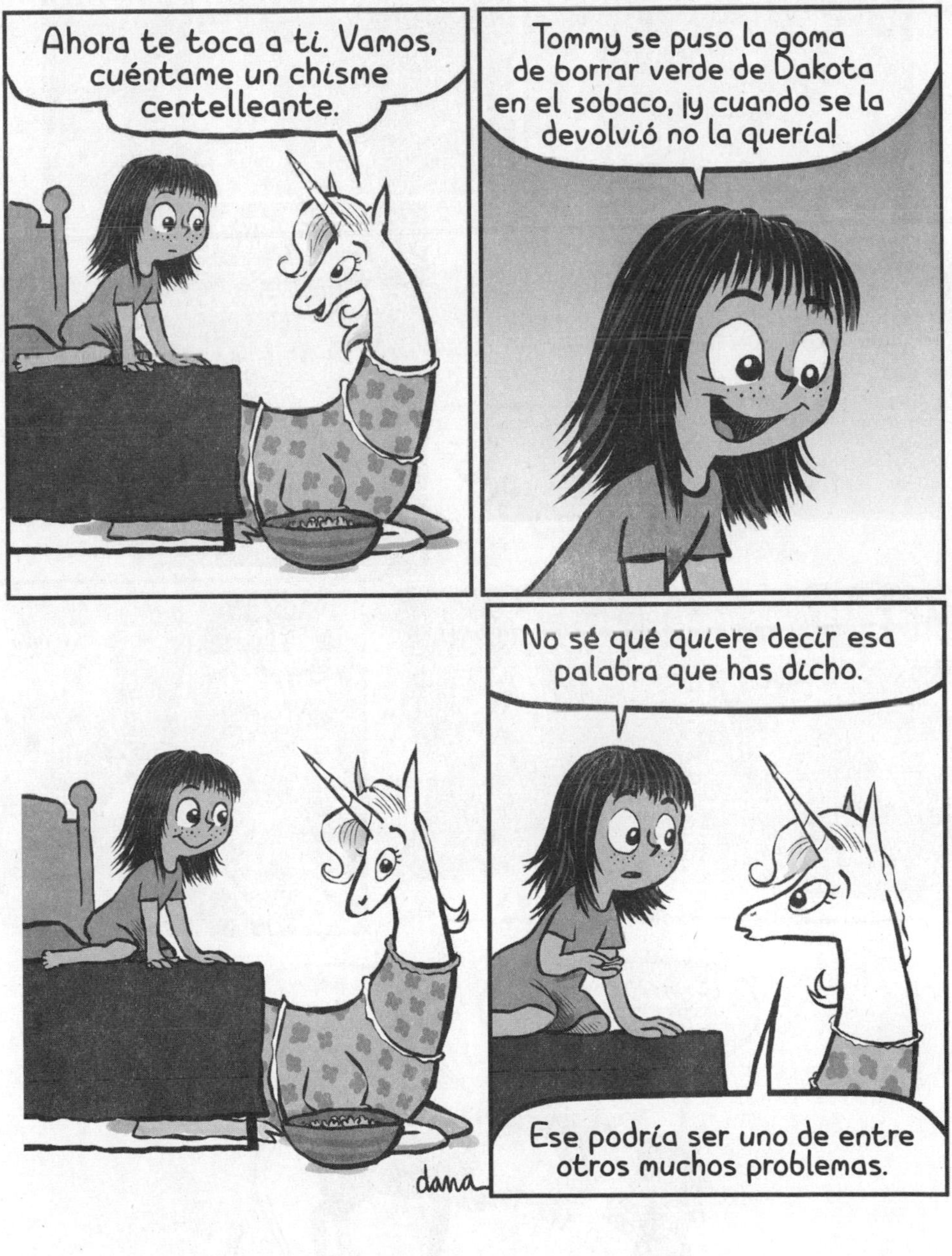
Ahora te toca a ti. Vamos, cuéntame un chisme centelleante.
Tommy se puso la goma de borrar verde de Dakota en el sobaco, ¡y cuando se la devolvió no la quería!
No sé qué quiere decir esa palabra que has dicho.
Ese podría ser uno de entre otros muchos problemas.
dana

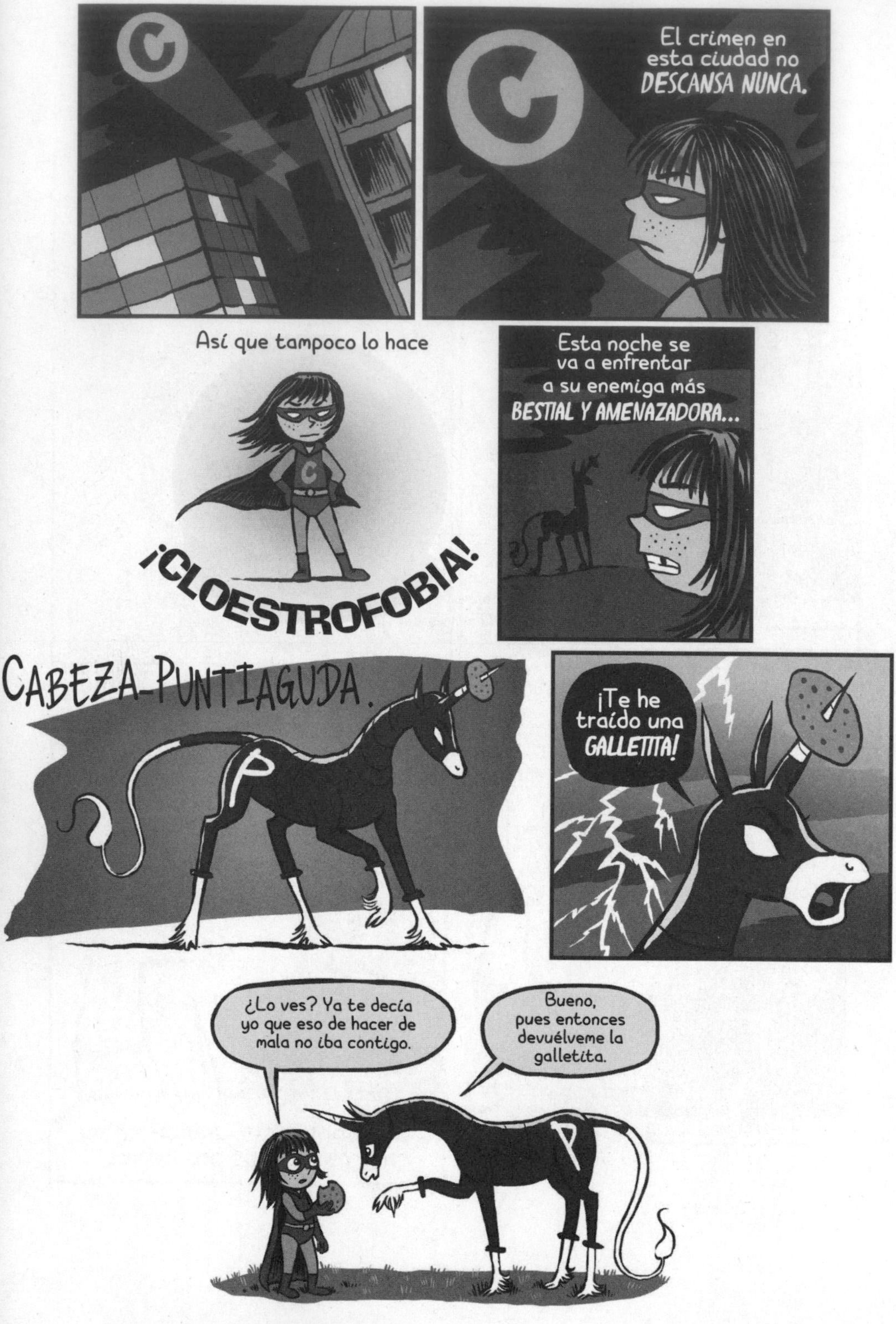
El crimen en esta ciudad no DESCANSA NUNCA.
Así que tampoco lo hace
¡CLOESTROFOBIA!
Esta noche se va a enfrentar a su enemiga más BESTIAL Y AMENAZADORA...
CABEZA-PUNTIAGUDA.
¡Te he traído una GALLETITA!
¿Lo ves? Ya te decía yo que eso de hacer de mala no iba contigo.
Bueno, pues entonces devuélveme la galletita.

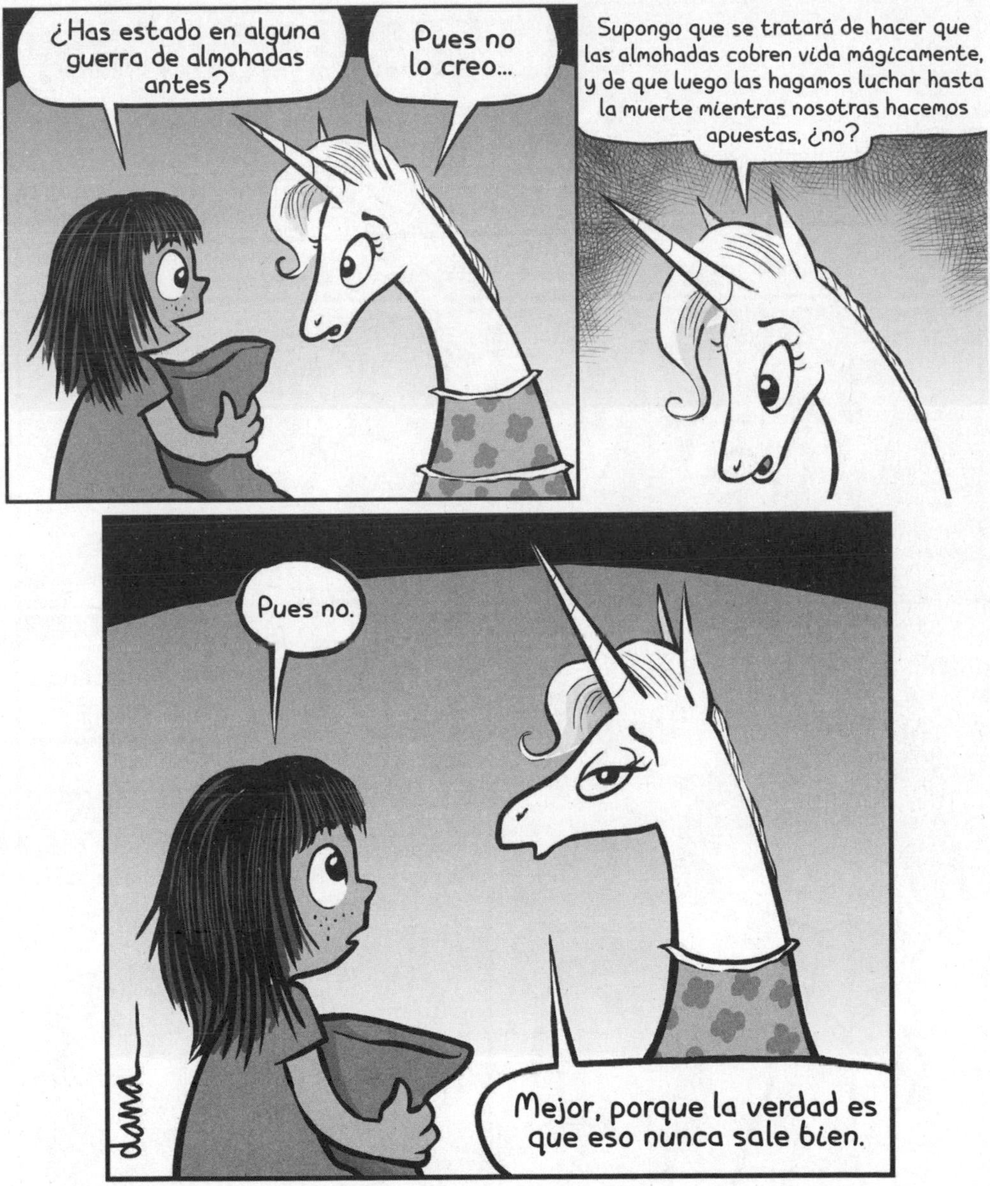
¿Has estado en alguna guerra de almohadas antes?
Pues no lo creo...
Supongo que se tratará de hacer que las almohadas cobren vida mágicamente, y de que luego las hagamos luchar hasta la muerte mientras nosotras hacemos apuestas, ¿no?
Pues no.
Mejor, porque la verdad es que eso nunca sale bien.
dana

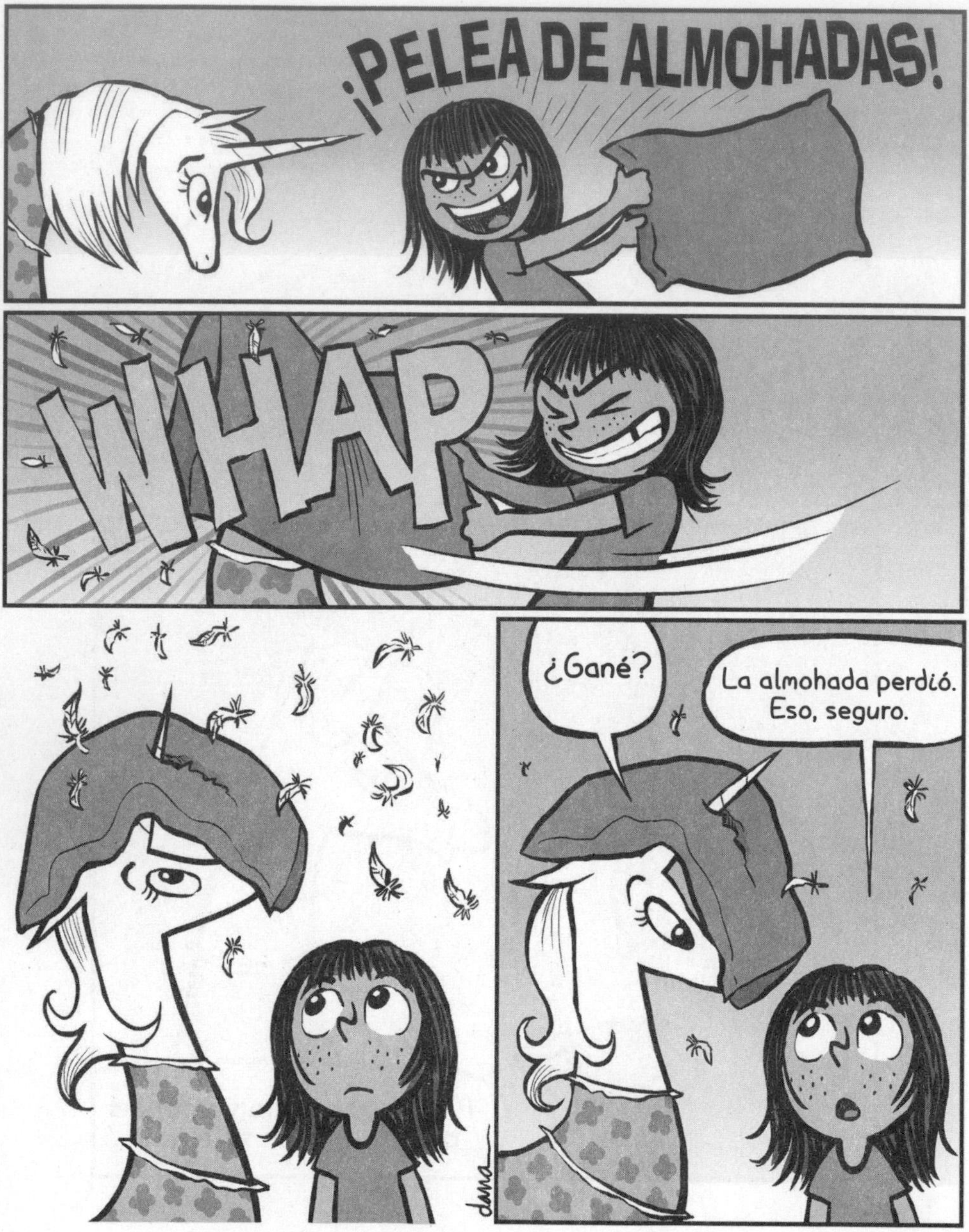
¡PELEA DE ALMOHADAS!
WHAP
¿Gané?
La almohada perdió. Eso, seguro.
dana

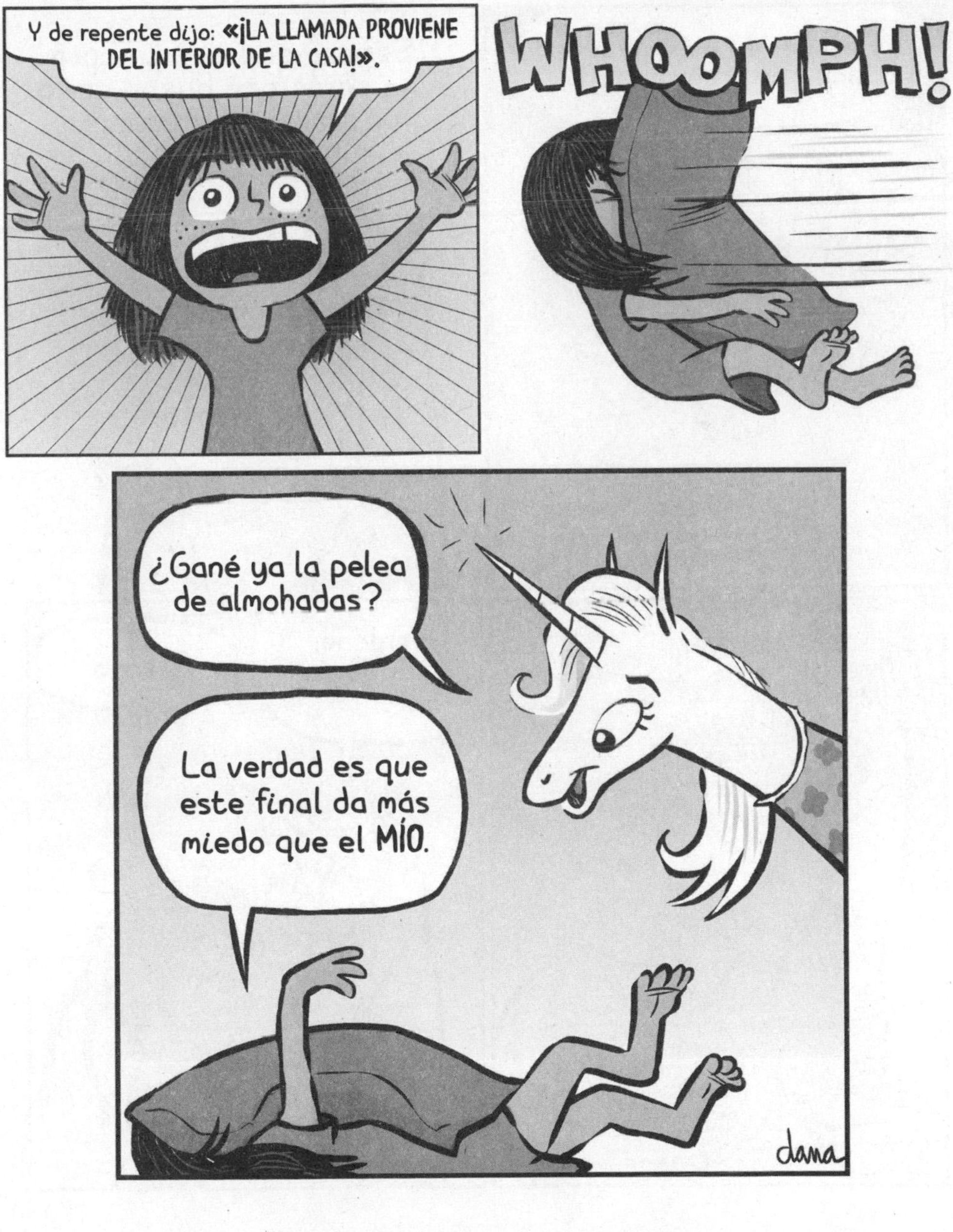
Y de repente dijo: «¡LA LLAMADA PROVIENE DEL INTERIOR DE LA CASA!».
WHOOMPH!
¿Gané ya la pelea de almohadas?
La verdad es que este final da más miedo que el MÍO.
dana

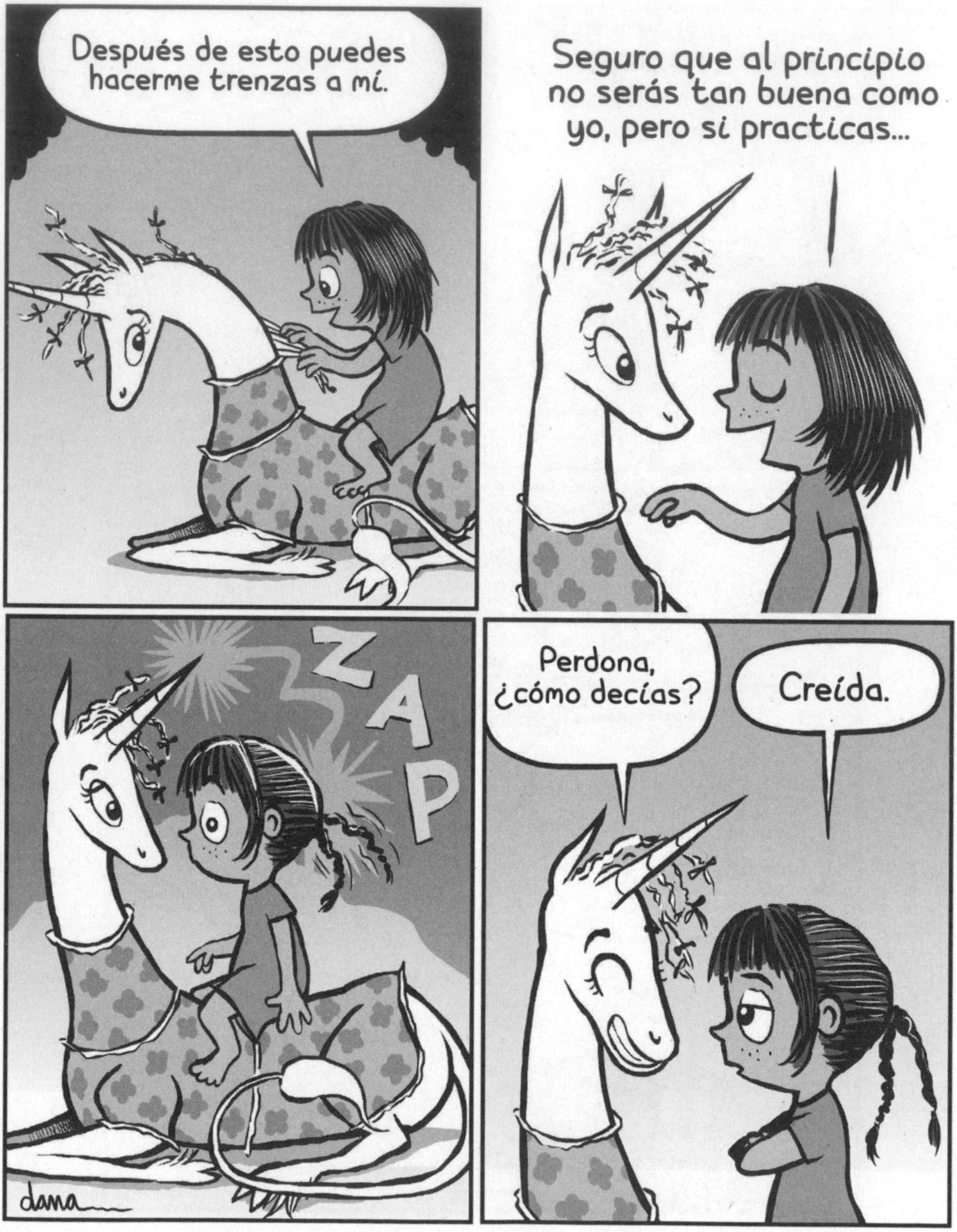
Después de esto puedes hacerme trenzas a mí.
Seguro que al principio no serás tan buena como yo, pero si practicas...
ZAP
dana
Perdona, ¿cómo decías?
Creída.

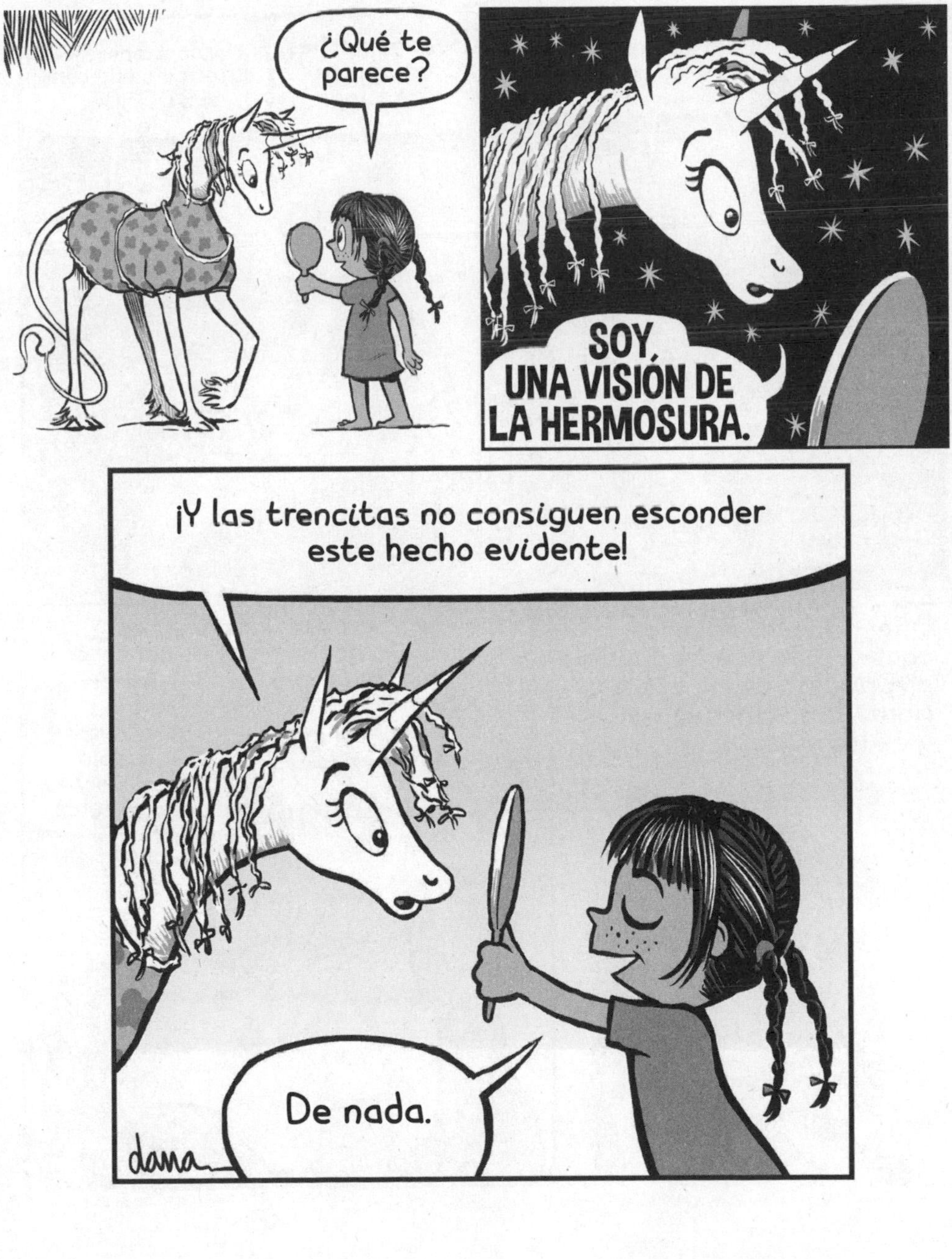
¿Qué te parece?
SOY, UNA VISIÓN DE LA HERMOSURA.
¡Y las trencitas no consiguen esconder este hecho evidente!
De nada.
dana

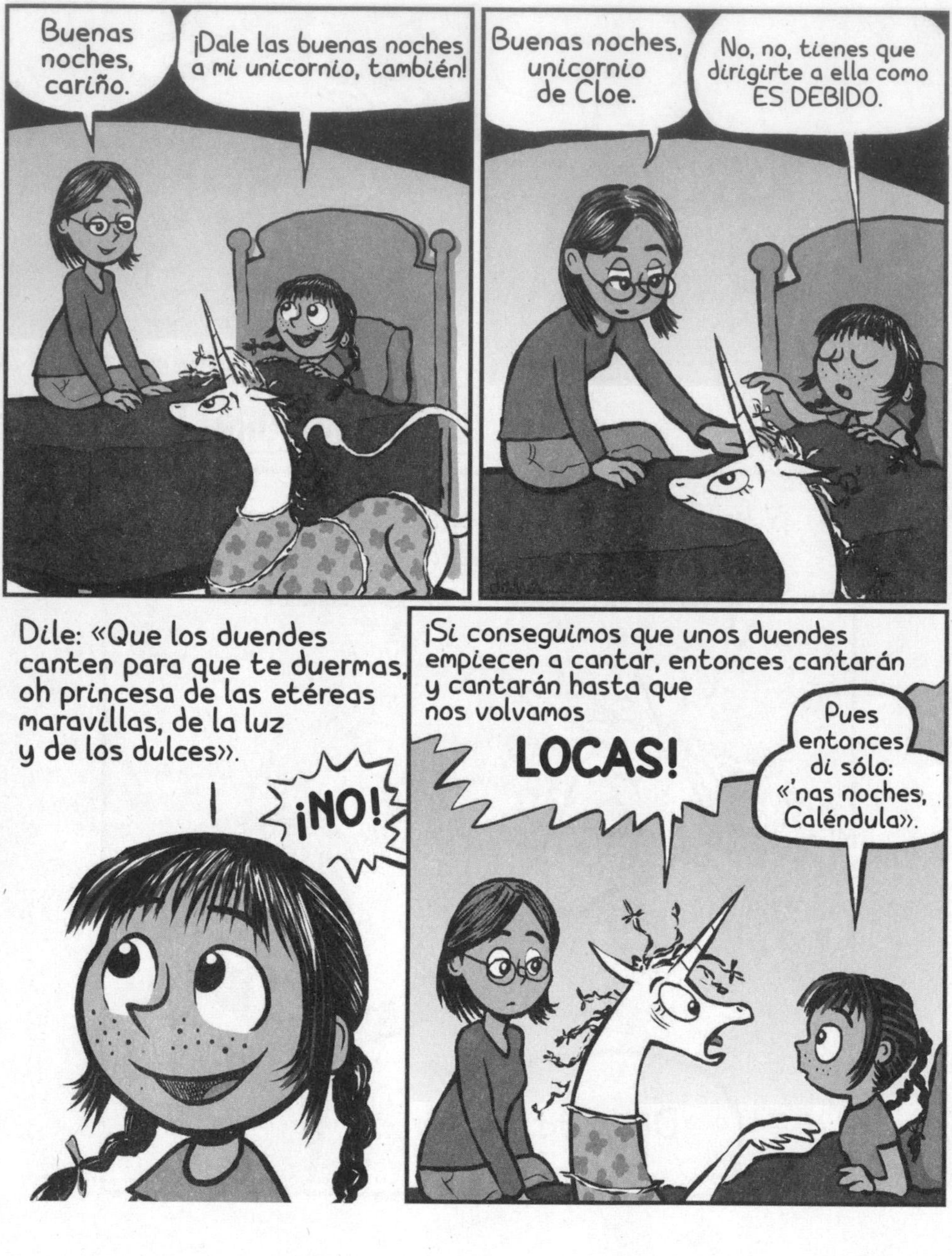

Buenas noches, cariño.
¡Dale las buenas noches a mi unicornio, también!
Buenas noches, unicornio de Cloe.
No, no, tienes que dirigirte a ella como ES DEBIDO.
Dile: «Que los duendes canten para que te duermas, oh princesa de las etéreas maravillas, de la luz y de los dulces».
¡NO!
¡Si conseguimos que unos duendes empiecen a cantar, entonces cantarán y cantarán hasta que nos volvamos
LOCAS!
Pues entonces di sólo: «'nas noches, Caléndula».

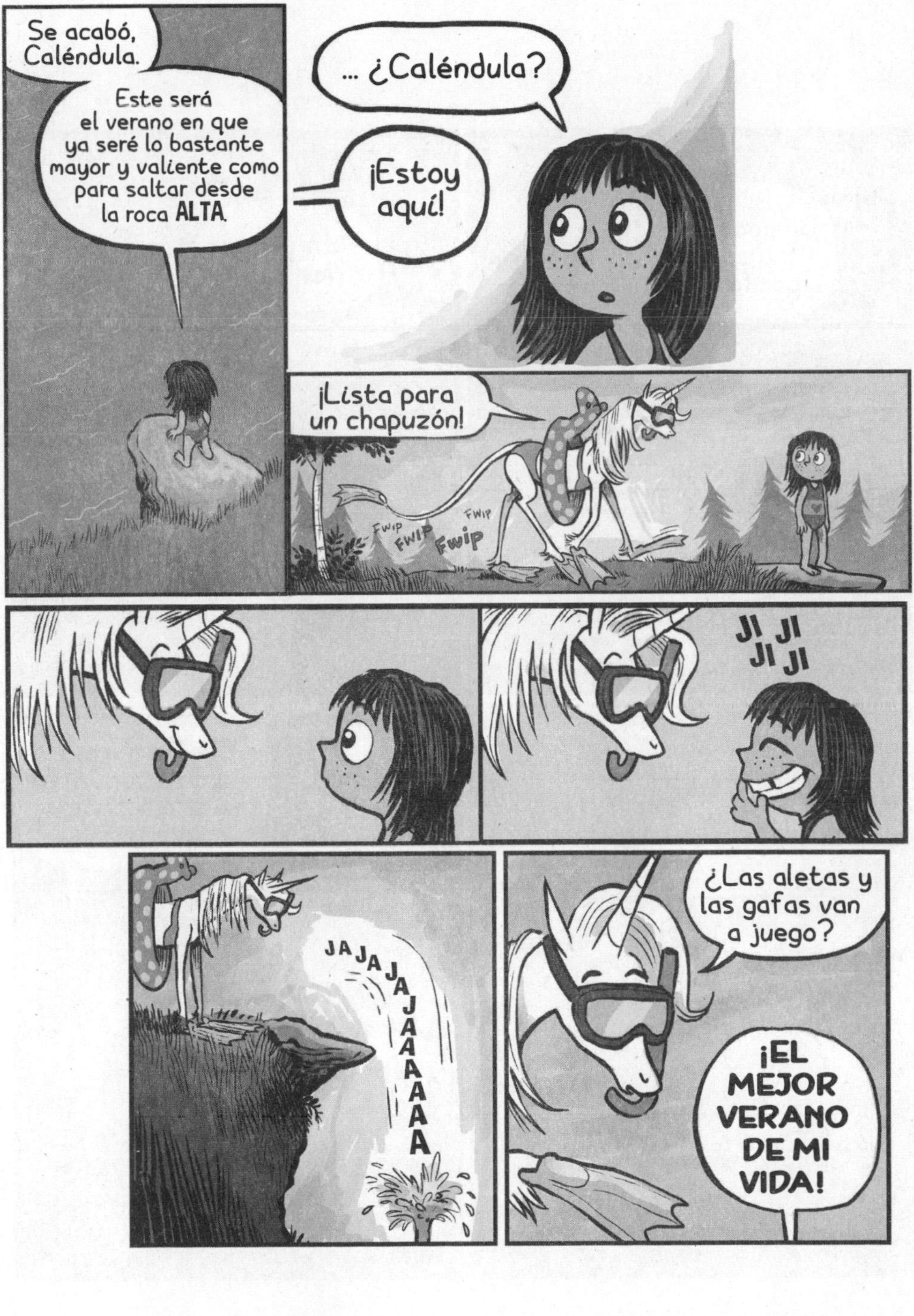

Se acabó, Caléndula.
Este será el verano en que ya seré lo bastante mayor y valiente como para saltar desde la roca ALTA.
... ¿Caléndula?
¡Estoy aquí!
¡Lista para un chapuzón!
FWIP FWIP FWIP FWIP
JI JI JI JI
JA JA JA JA JAAAAAAA
¿Las aletas y las gafas van a juego?
¡EL MEJOR VERANO DE MI VIDA!

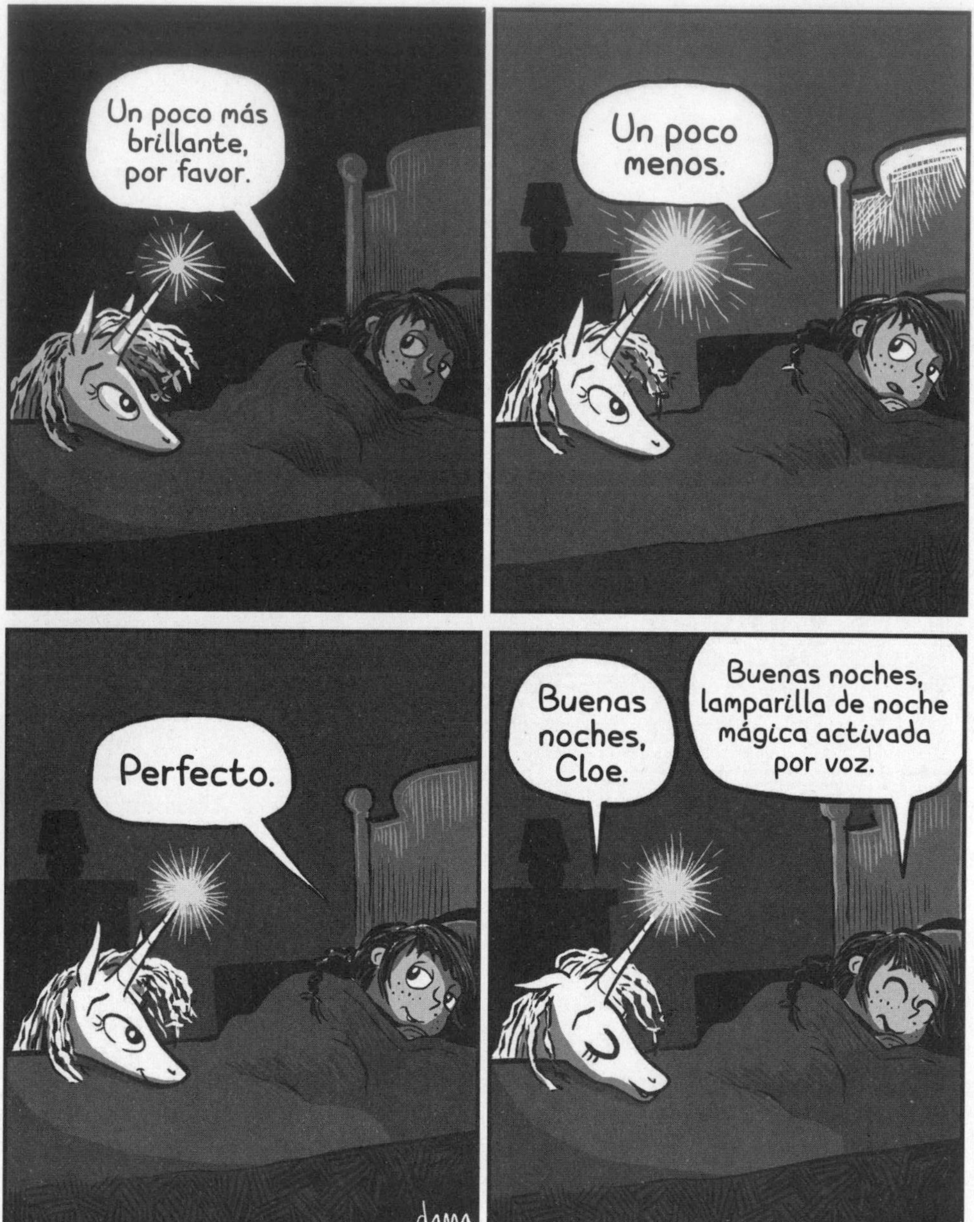
Un poco más brillante, por favor.
Un poco menos.
Perfecto.
Buenas noches, Cloe.
Buenas noches, lamparilla de noche mágica activada por voz.
dana

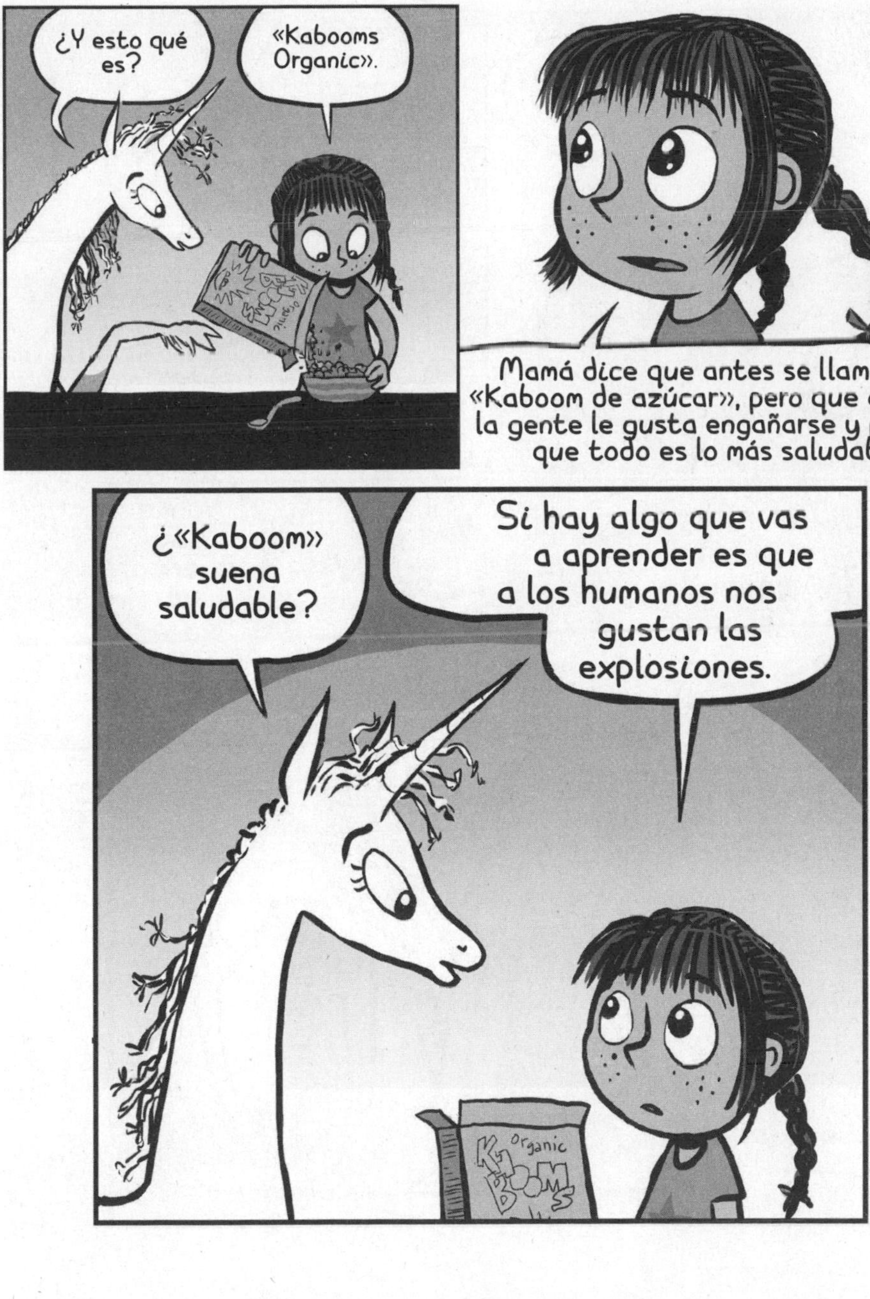
¿Y esto qué es?
«Kabooms Organic».
Mamá dice que antes se llamaban «Kaboom de azúcar», pero que ahora a la gente le gusta engañarse y pensar que todo es lo más saludable.
¿«Kaboom» suena saludable?
Si hay algo que vas a aprender es que a los humanos nos gustan las explosiones.
Organic

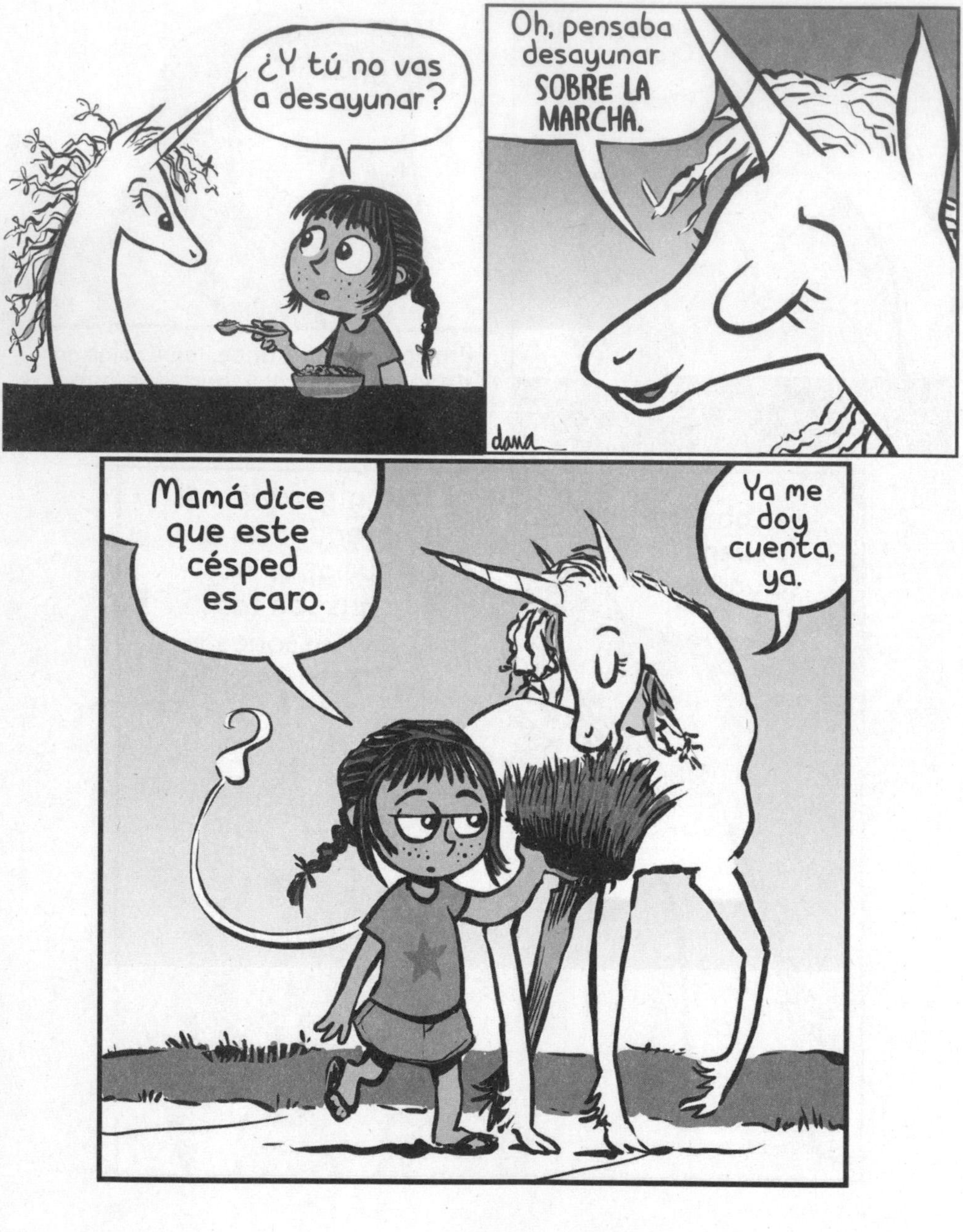
¿Y tú no vas a desayunar?
Oh, pensaba desayunar **SOBRE LA MARCHA.**
dana
Mamá dice que este césped es caro.
Ya me doy cuenta, ya.

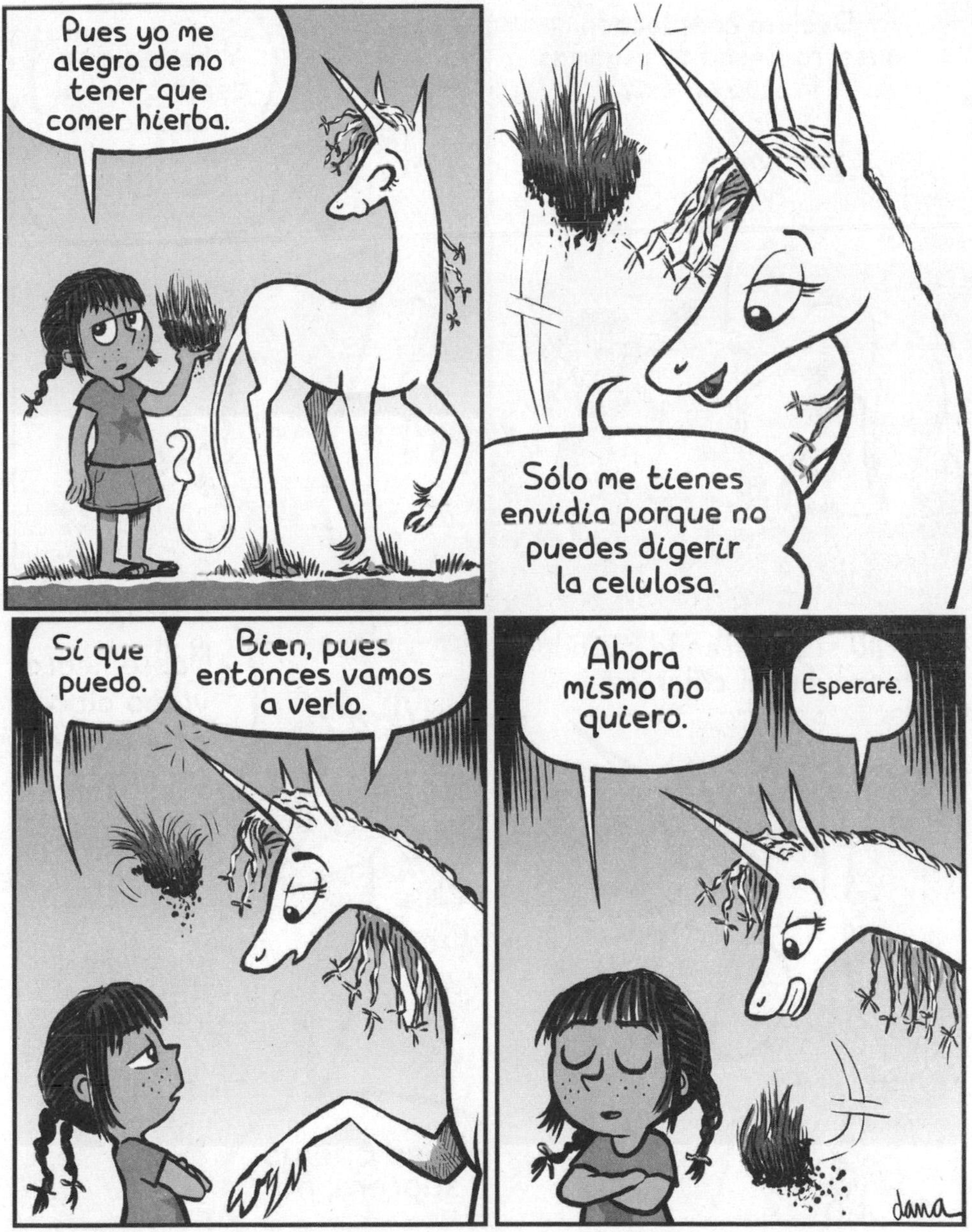
Pues yo me alegro de no tener que comer hierba.
Sólo me tienes envidia porque no puedes digerir la celulosa.
Sí que puedo.
Bien, pues entonces vamos a verlo.
Ahora mismo no quiero.
Esperaré.
dana

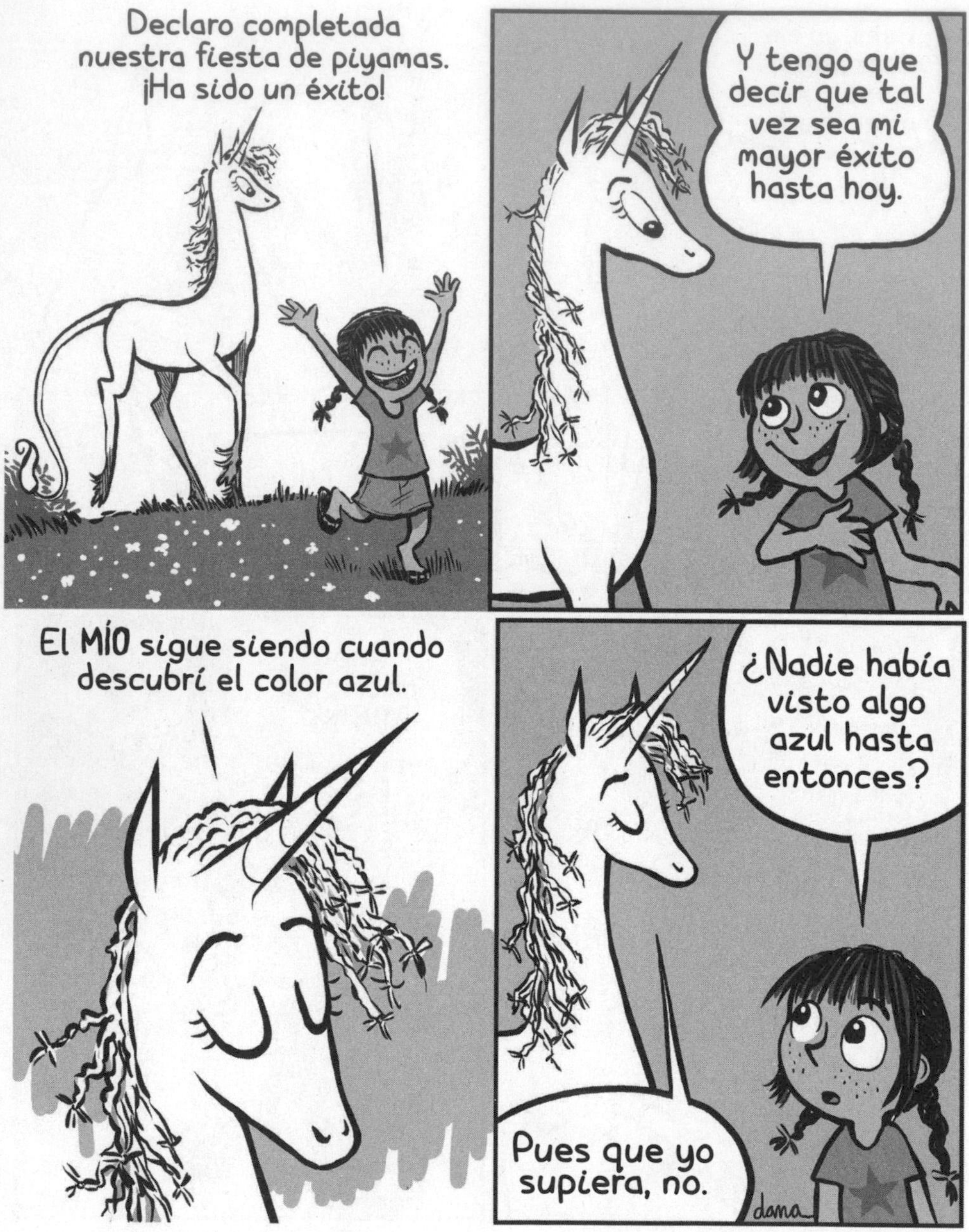
Declaro completada nuestra fiesta de piyamas. ¡Ha sido un éxito!
Y tengo que decir que tal vez sea mi mayor éxito hasta hoy.
El MÍO sigue siendo cuando descubrí el color azul.
¿Nadie había visto algo azul hasta entonces?
Pues que yo supiera, no.
dana

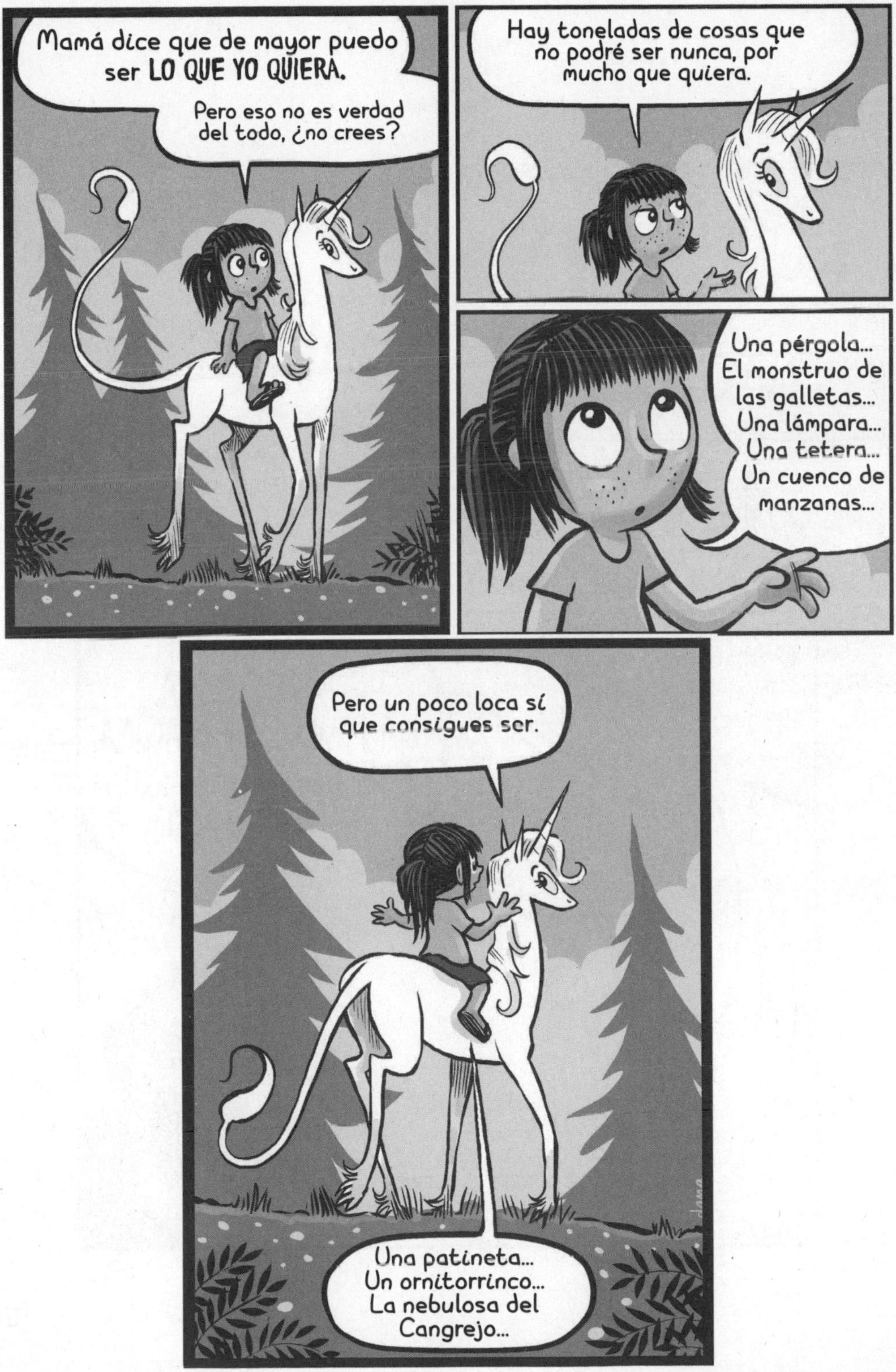
Mamá dice que de mayor puedo ser LO QUE YO QUIERA.
Pero eso no es verdad del todo, ¿no crees?
Hay toneladas de cosas que no podré ser nunca, por mucho que quiera.
Una pérgola... El monstruo de las galletas... Una lámpara... Una tetera... Un cuenco de manzanas...
Pero un poco loca sí que consigues ser.
Una patineta... Un ornitorrinco... La nebulosa del Cangrejo...

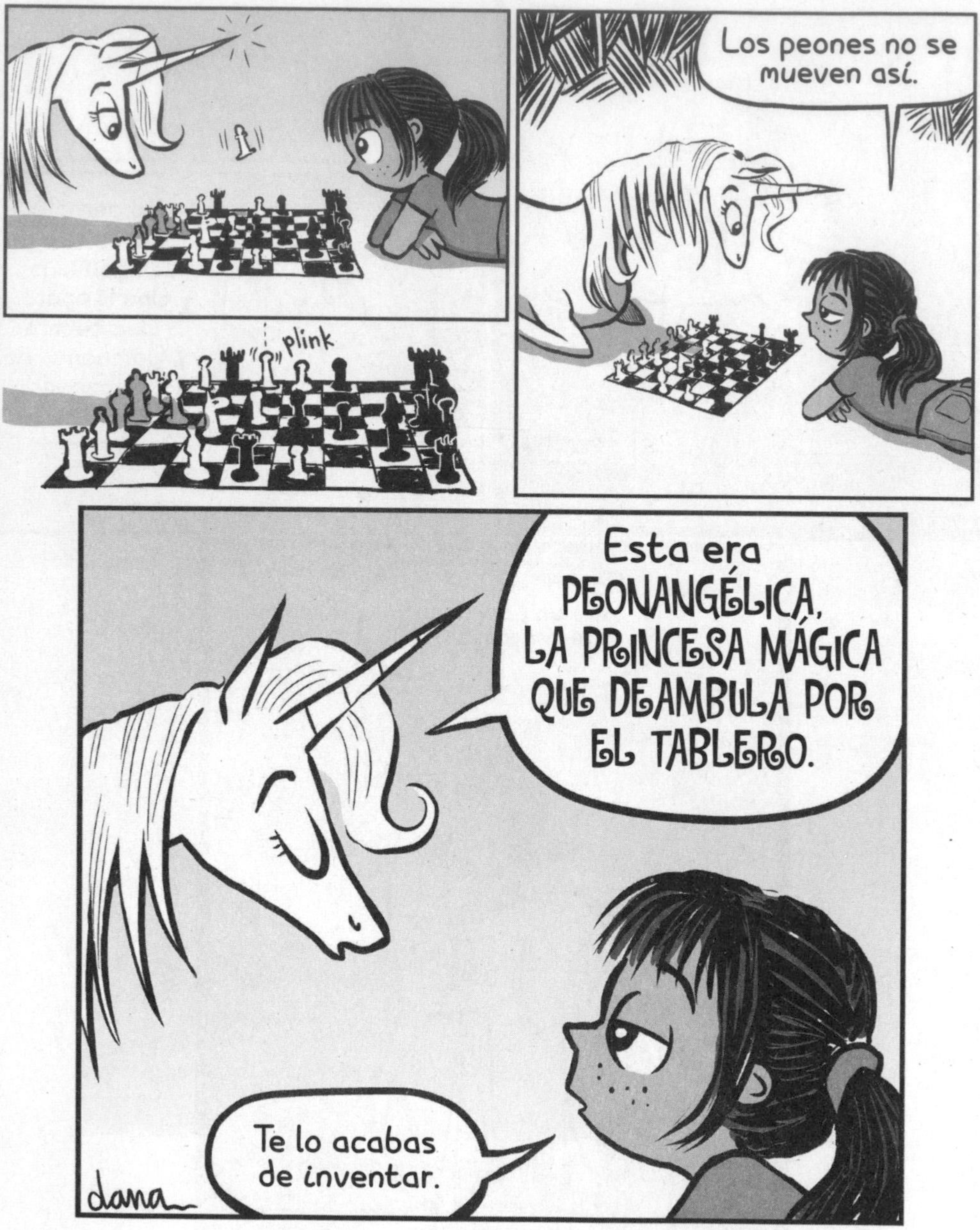
plink
Los peones no se mueven así.
Esta era PEONANGÉLICA, LA PRINCESA MÁGICA QUE DEAMBULA POR EL TABLERO.
Te lo acabas de inventar.
dana

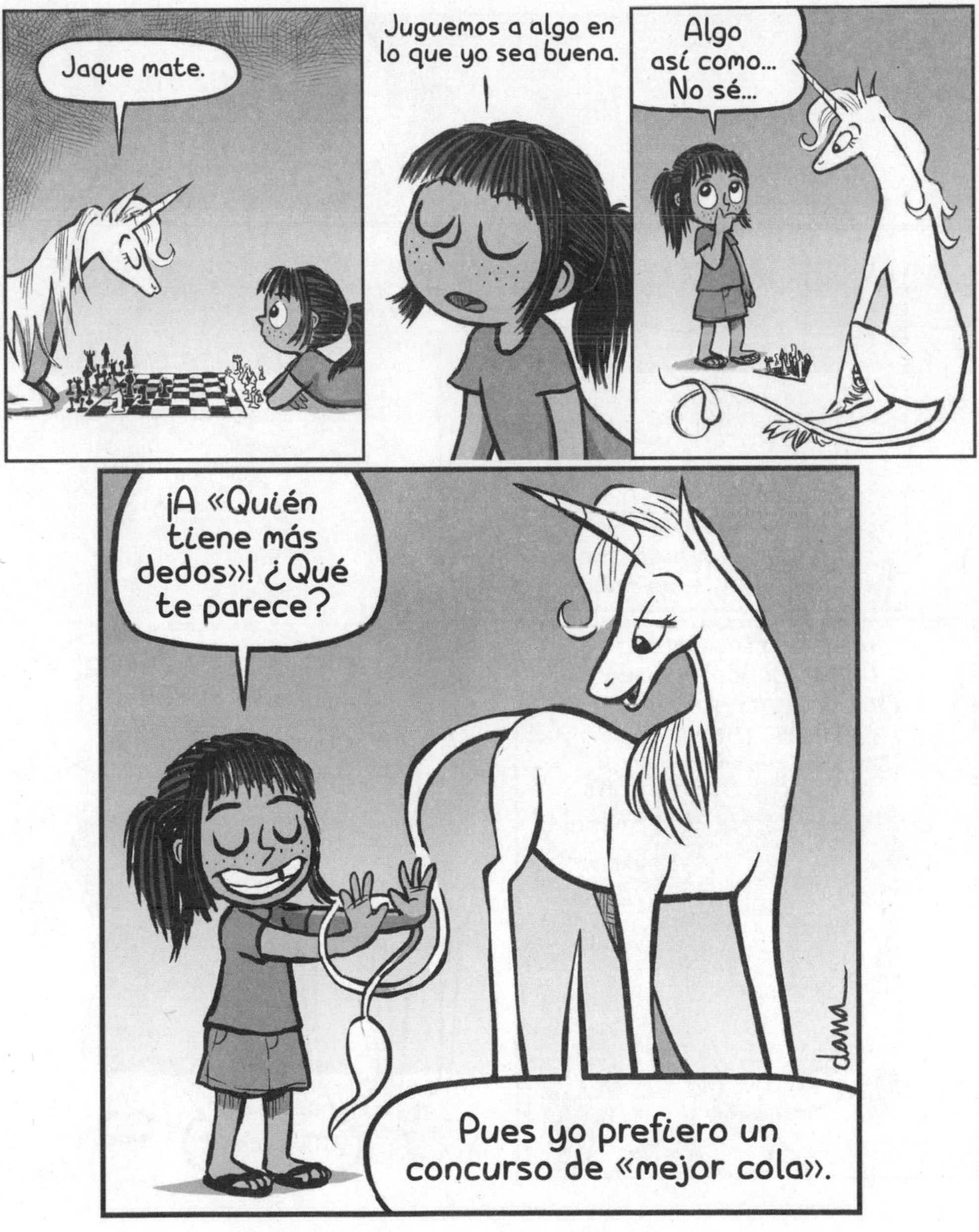
Jaque mate.
Juguemos a algo en lo que yo sea buena.
Algo así como... No sé...
¡A «Quién tiene más dedos»! ¿Qué te parece?
Pues yo prefiero un concurso de «mejor cola».
dana

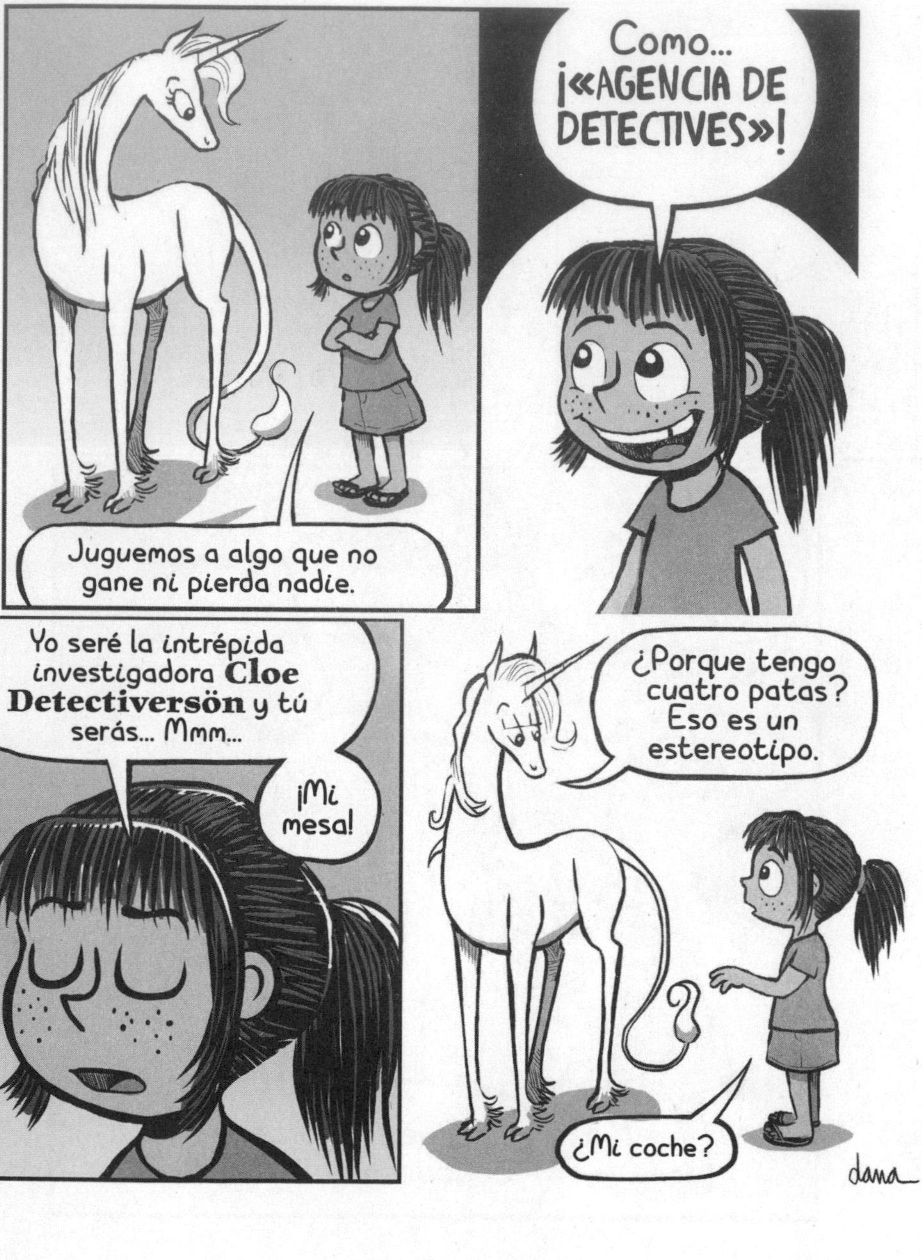
Juguemos a algo que no gane ni pierda nadie.
Como... ¡«AGENCIA DE DETECTIVES»!
Yo seré la intrépida investigadora **Cloe Detectiversön** y tú serás... Mmm...
¡Mi mesa!
¿Porque tengo cuatro patas? Eso es un estereotipo.
¿Mi coche?
dana

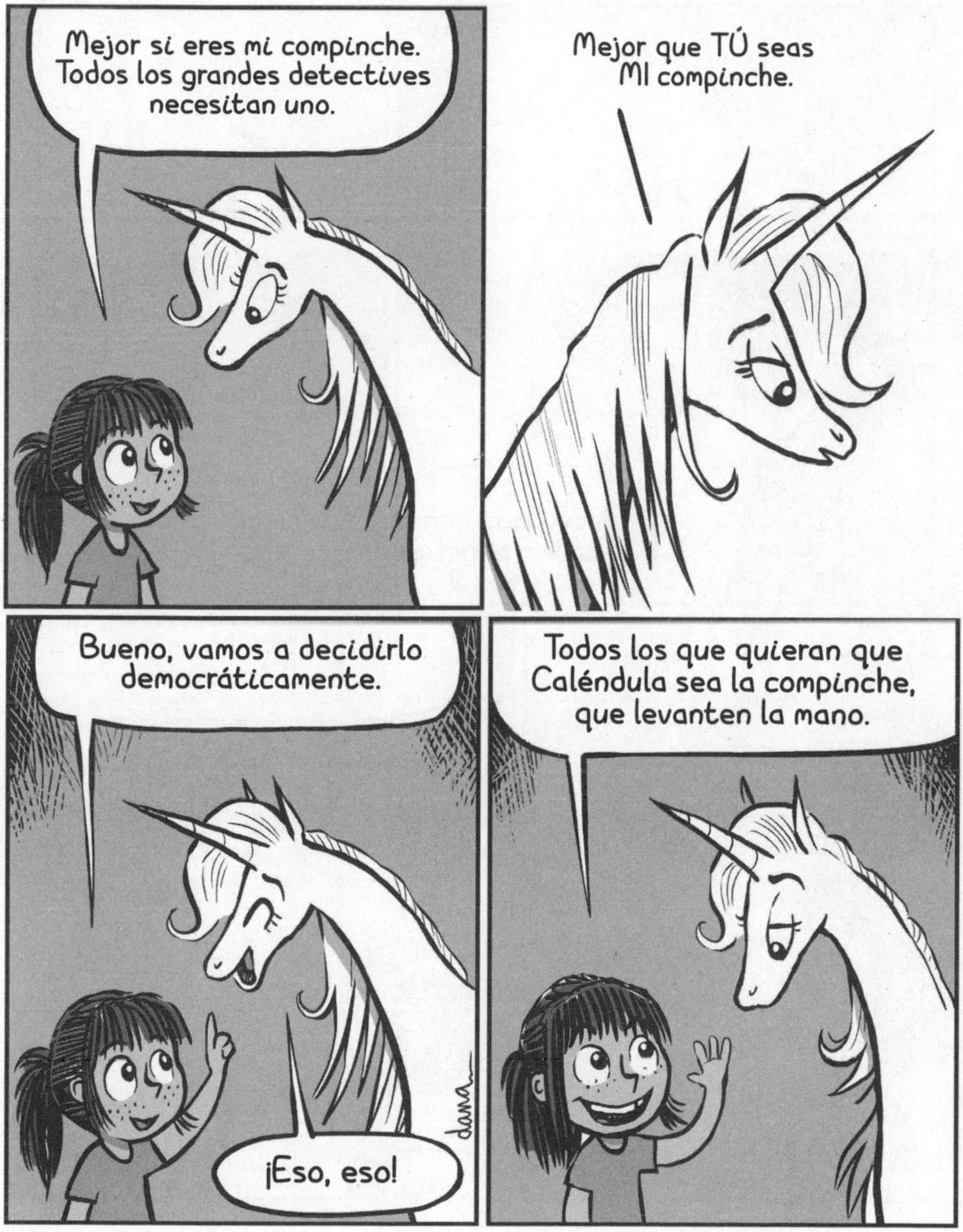
Mejor si eres mi compinche. Todos los grandes detectives necesitan uno.
Mejor que TÚ seas MI compinche.
Bueno, vamos a decidirlo democráticamente.
¡Eso, eso!
Todos los que quieran que Caléndula sea la compinche, que levanten la mano.
dana

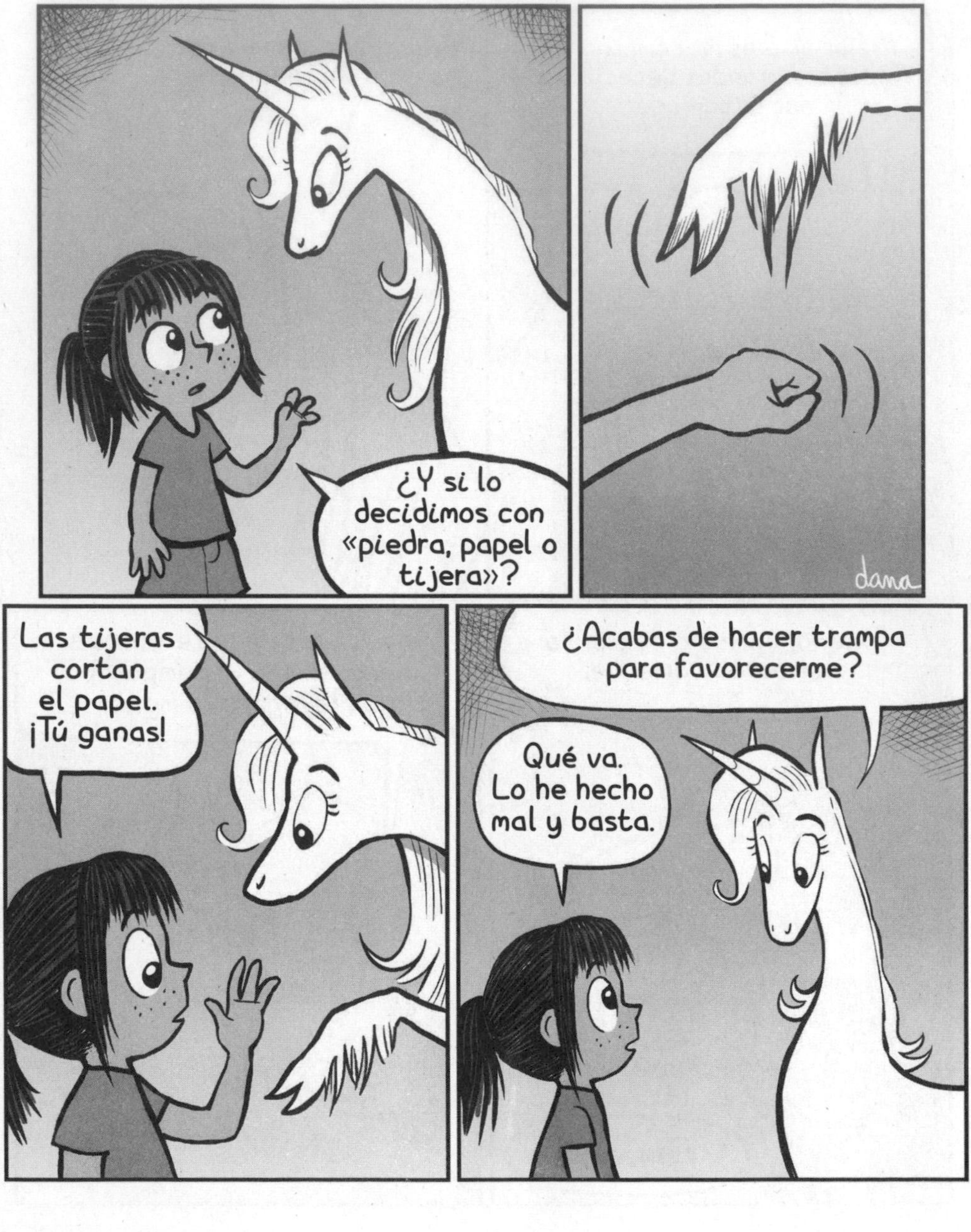
¿Y si lo decidimos con «piedra, papel o tijera»?
dana
Las tijeras cortan el papel. ¡Tú ganas!
¿Acabas de hacer trampa para favorecerme?
Qué va. Lo he hecho mal y basta.

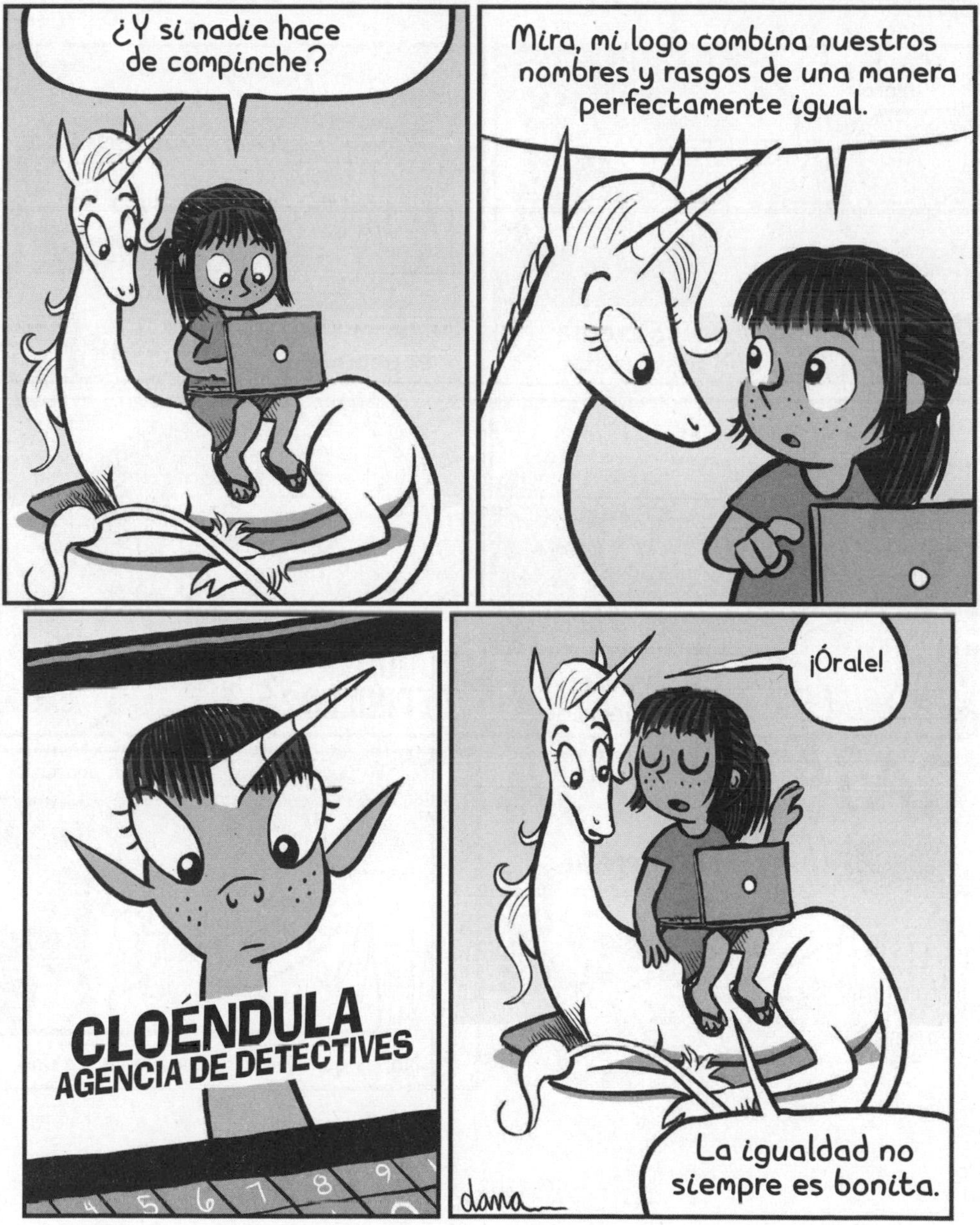
¿Y si nadie hace de compinche?
Mira, mi logo combina nuestros nombres y rasgos de una manera perfectamente igual.
CLOÉNDULA
AGENCIA DE DETECTIVES
¡Órale!
La igualdad no siempre es bonita.
dana

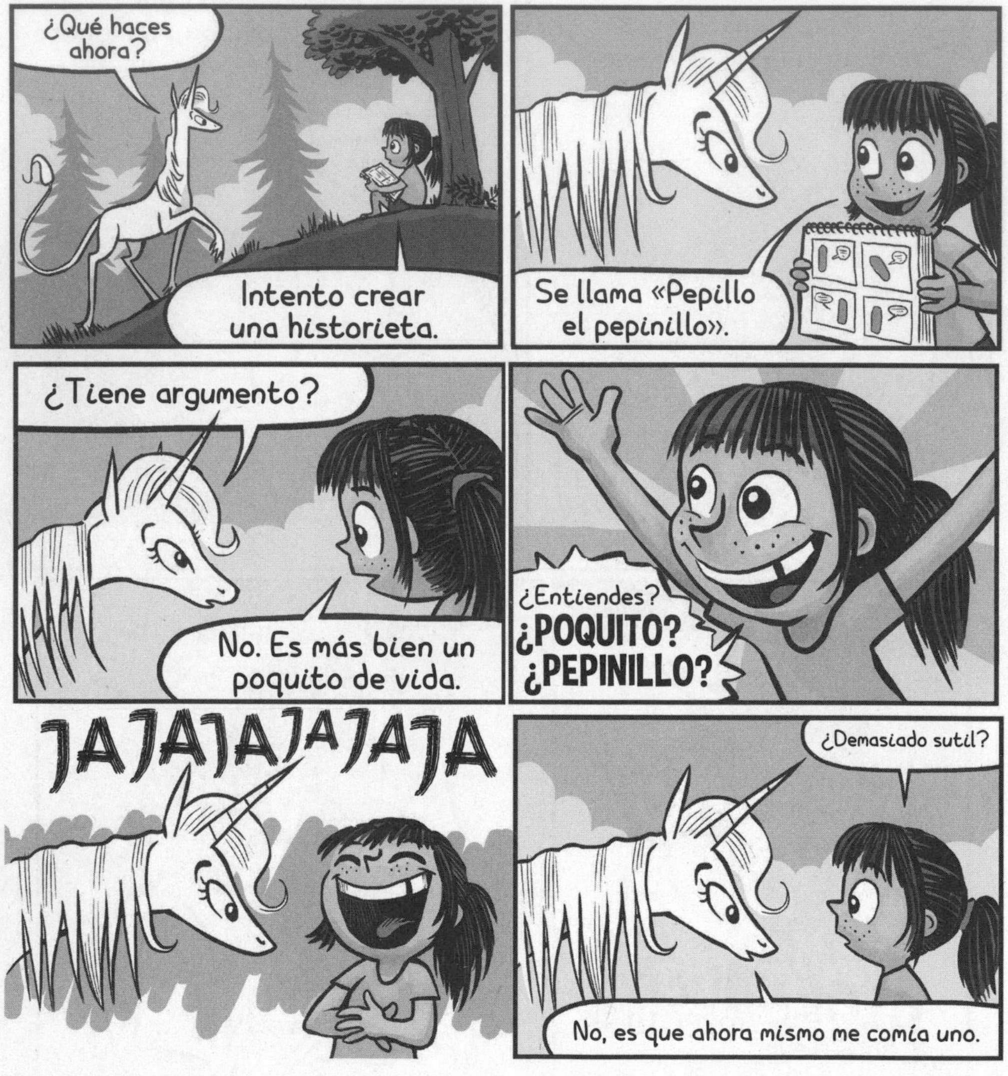
¿Qué haces ahora?
Intento crear una historieta.
Se llama «Pepillo el pepinillo».
¿Tiene argumento?
No. Es más bien un poquito de vida.
¿Entiendes?
¿POQUITO?
¿PEPINILLO?
JAJAJAJAJAJA
¿Demasiado sutil?
No, es que ahora mismo me comía uno.

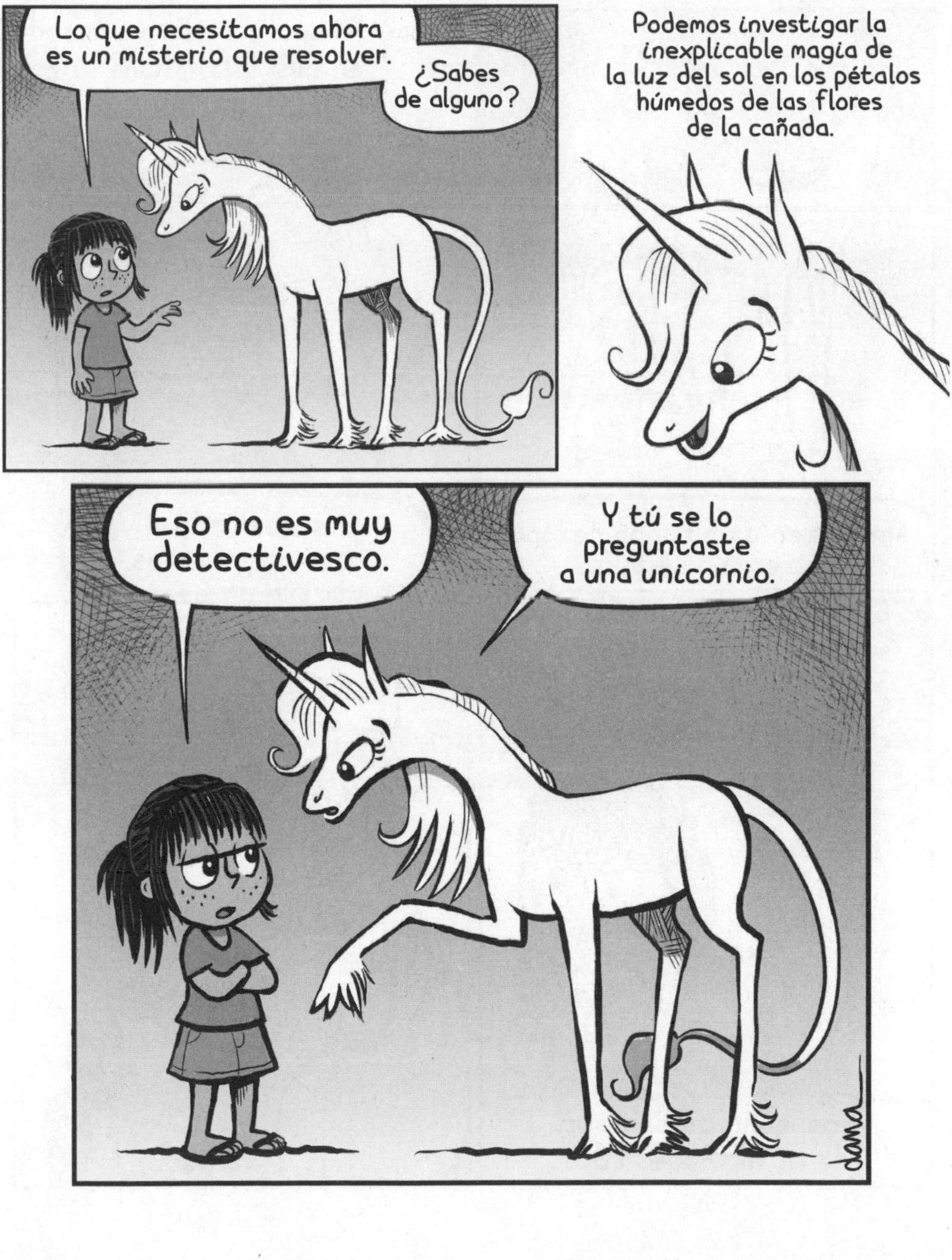
Lo que necesitamos ahora es un misterio que resolver.
¿Sabes de alguno?
Podemos investigar la inexplicable magia de la luz del sol en los pétalos húmedos de las flores de la cañada.
Eso no es muy detectivesco.
Y tú se lo preguntaste a una unicornio.
dana

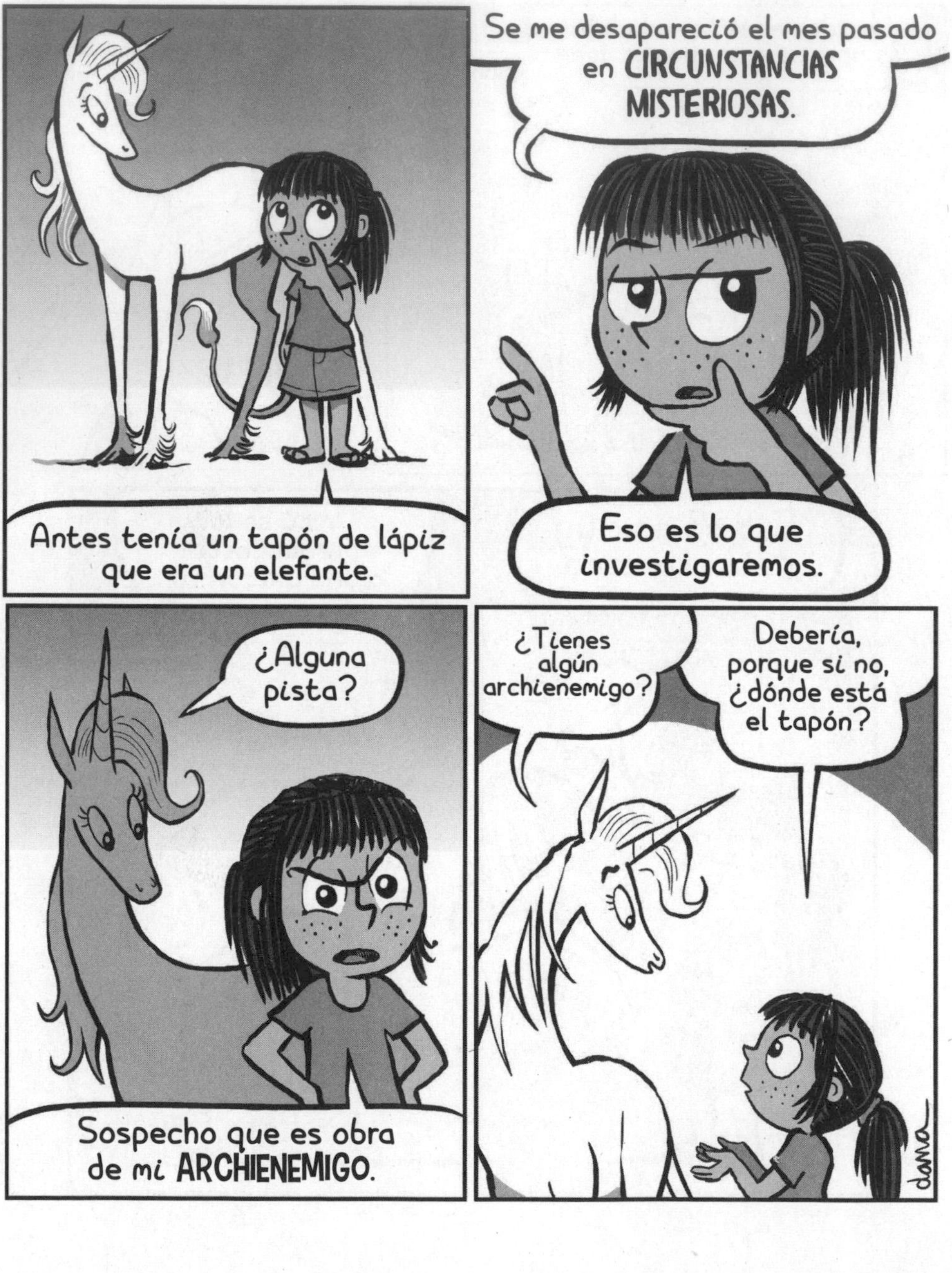
Antes tenía un tapón de lápiz que era un elefante.
Se me desapareció el mes pasado en CIRCUNSTANCIAS MISTERIOSAS.
Eso es lo que investigaremos.
¿Alguna pista?
Sospecho que es obra de mi ARCHIENEMIGO.
¿Tienes algún archienemigo?
Debería, porque si no, ¿dónde está el tapón?
dana

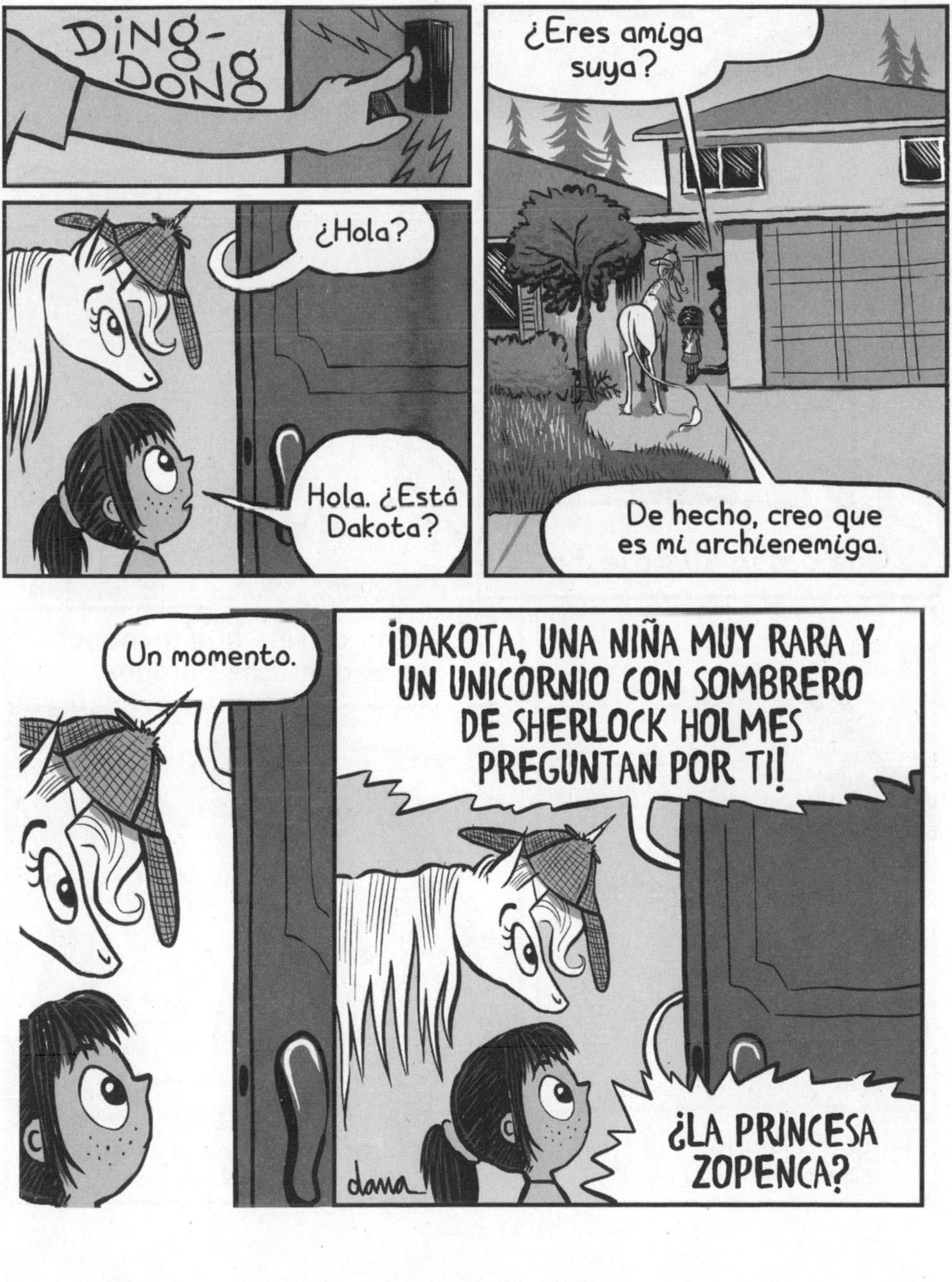
DING-DONG
¿Eres amiga suya?
¿Hola?
Hola. ¿Está Dakota?
De hecho, creo que es mi archienemiga.
Un momento.
¡DAKOTA, UNA NIÑA MUY RARA Y UN UNICORNIO CON SOMBRERO DE SHERLOCK HOLMES PREGUNTAN POR TI!
¿LA PRINCESA ZOPENCA?
dana

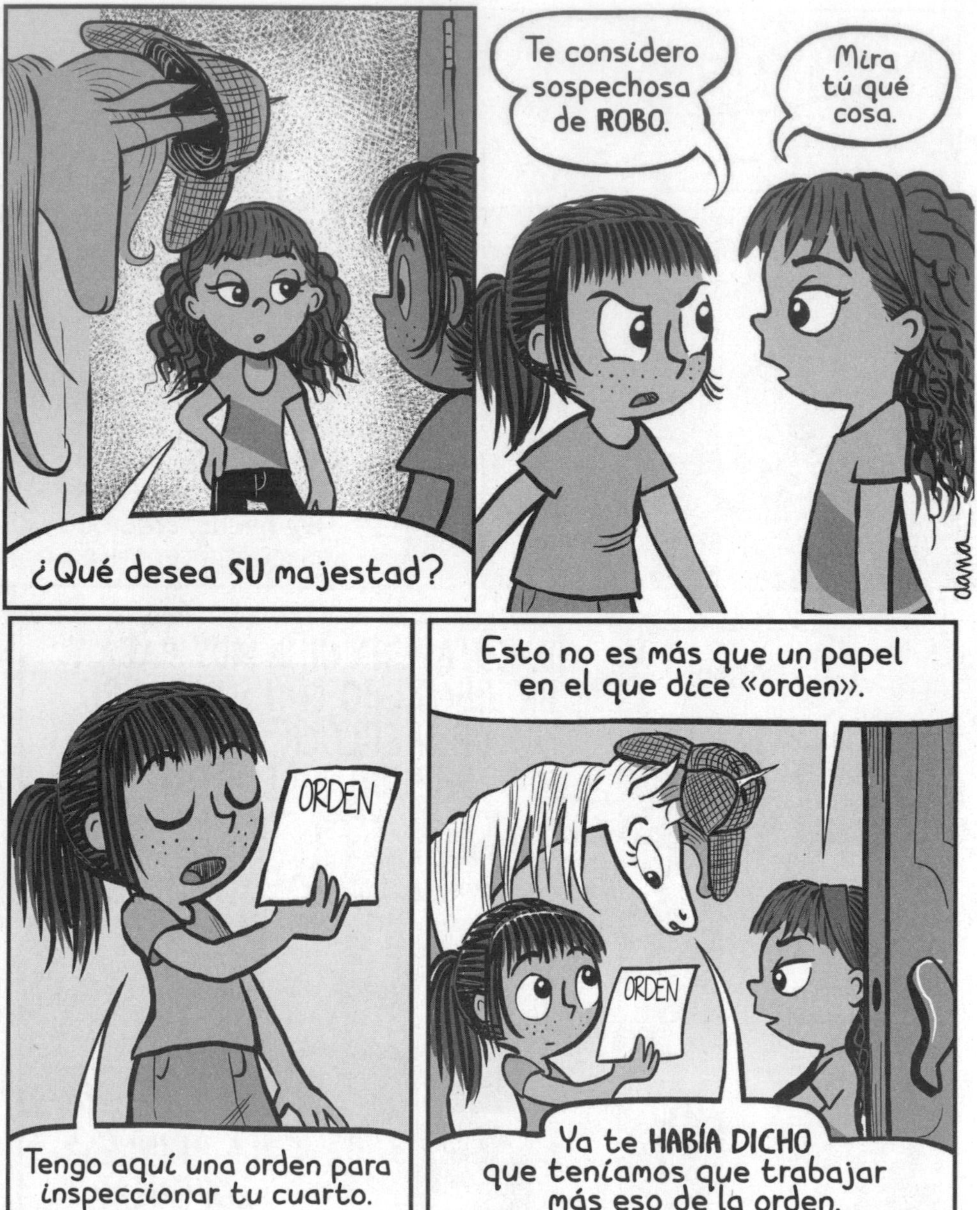
¿Qué desea SU majestad?
Te considero sospechosa de ROBO.
Mira tú qué cosa.
Tengo aquí una orden para inspeccionar tu cuarto.
ORDEN
Esto no es más que un papel en el que dice «orden».
ORDEN
Ya te HABÍA DICHO que teníamos que trabajar más eso de la orden.

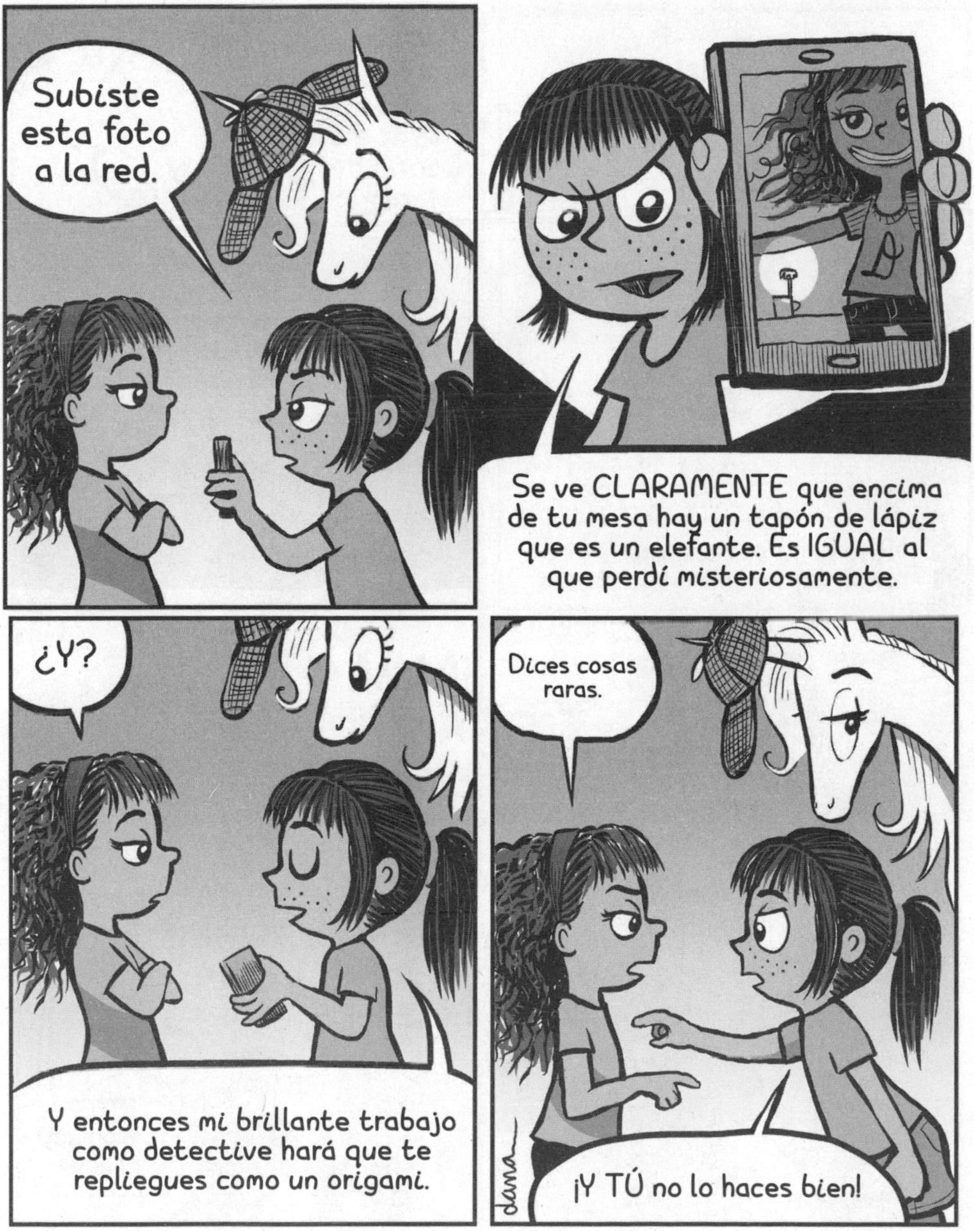
Subiste esta foto a la red.
Se ve CLARAMENTE que encima de tu mesa hay un tapón de lápiz que es un elefante. Es IGUAL al que perdí misteriosamente.
¿Y?
Y entonces mi brillante trabajo como detective hará que te repliegues como un origami.
Dices cosas raras.
¡Y TÚ no lo haces bien!
dana

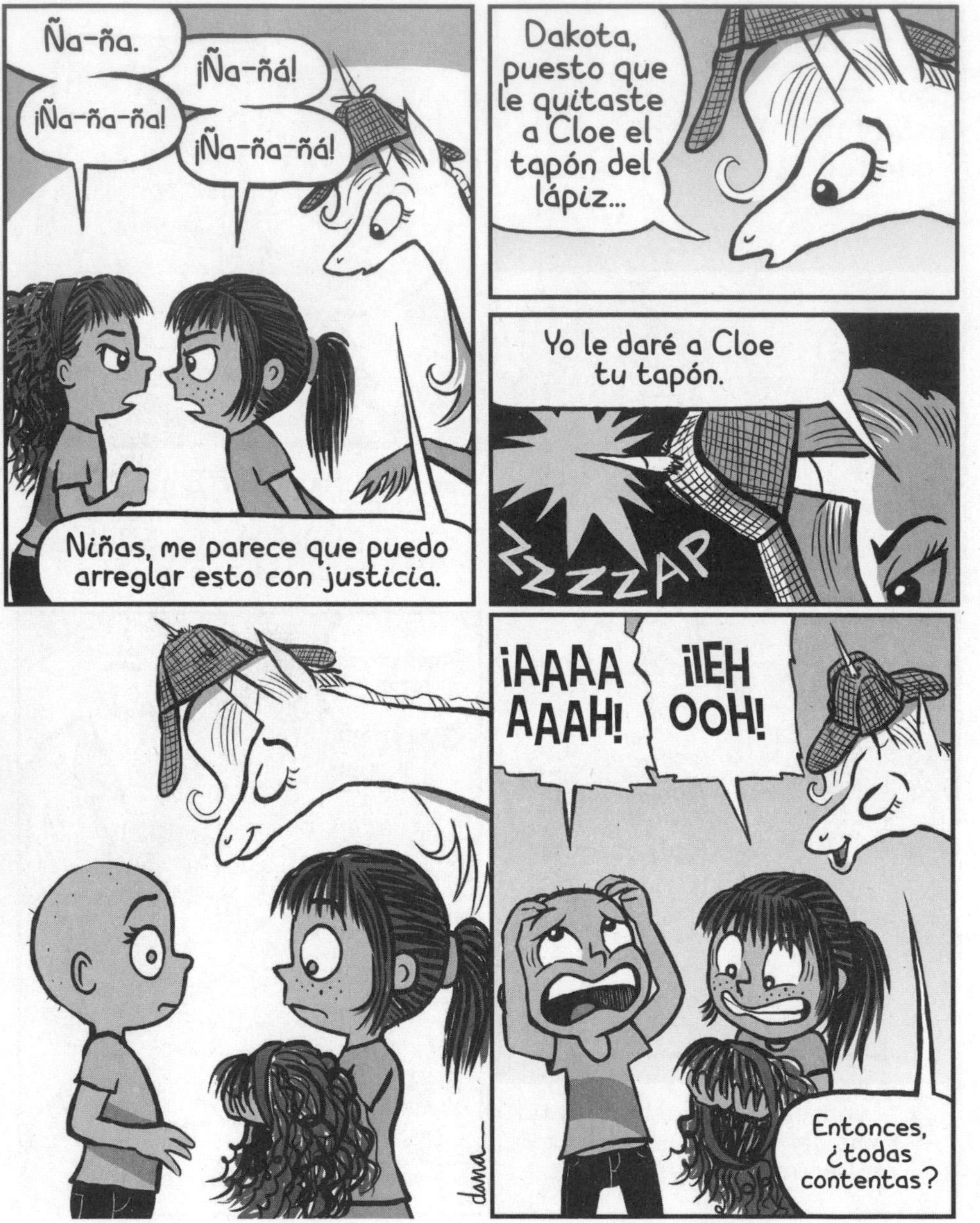
Ña-ña.
¡Ña-ñá!
¡Ña-ña-ña!
¡Ña-ña-ñá!
Niñas, me parece que puedo arreglar esto con *justicia*.
Dakota, puesto que le *quitaste* a Cloe el tapón del lápiz...
Yo le daré a Cloe tu tapón.
ZZZZZAP
¡AAAA AAAH!
¡¡EH OOH!
Entonces, ¿todas contentas?
dana

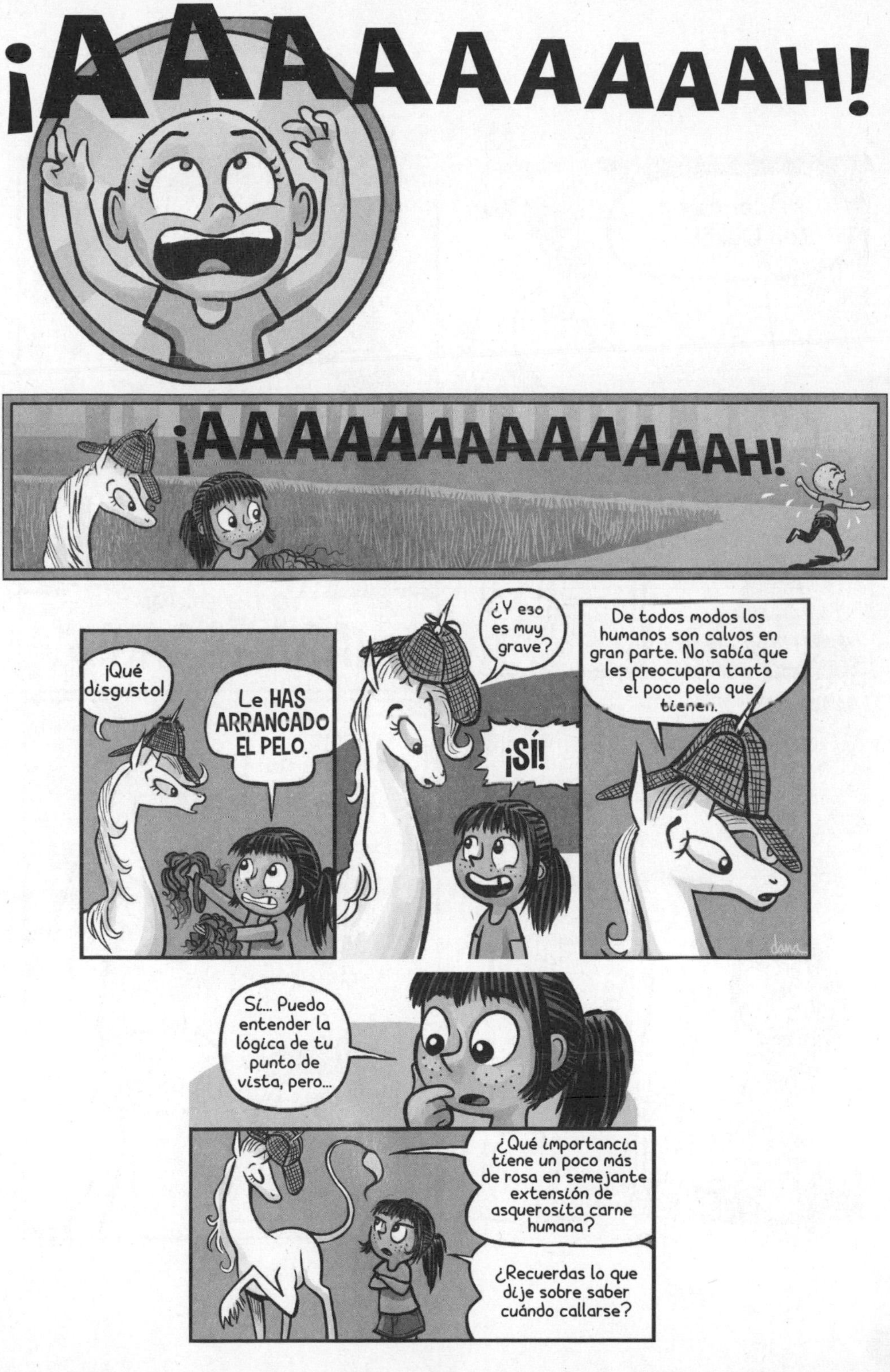
¡AAAAAAAAAAH!
¡AAAAAAAAAAAAAAAH!
¡Qué disgusto!
Le HAS ARRANCADO EL PELO.
¿Y eso es muy grave?
¡SÍ!
De todos modos los humanos son calvos en gran parte. No sabía que les preocupara tanto el poco pelo que tienen.
Sí... Puedo entender la lógica de tu punto de vista, pero...
¿Qué importancia tiene un poco más de rosa en semejante extensión de asquerosita carne humana?
¿Recuerdas lo que dije sobre saber cuándo callarse?

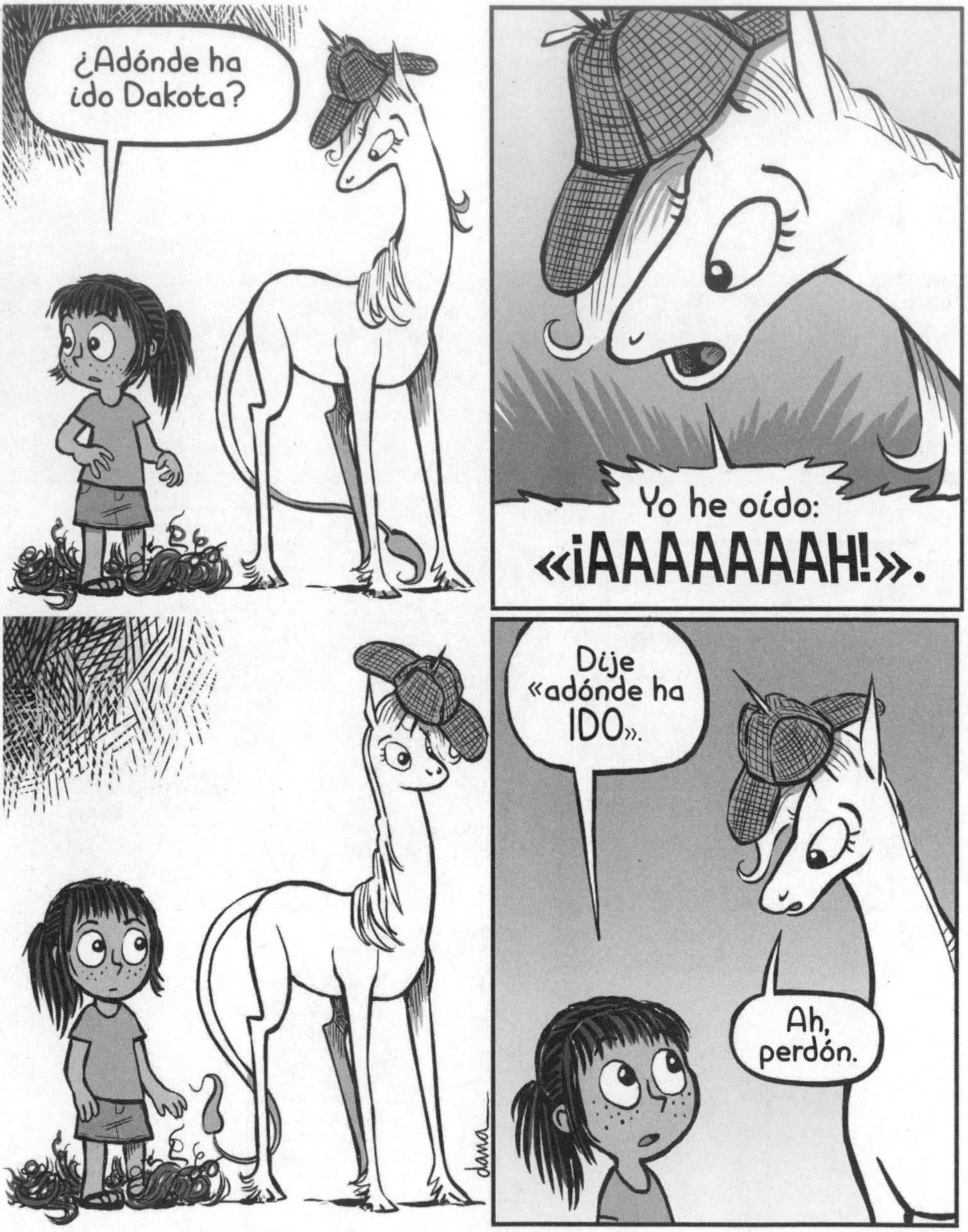
¿Adónde ha ido Dakota?
Yo he oído: «¡AAAAAAAH!».
Dije «adónde ha IDO».
Ah, perdón.
dana

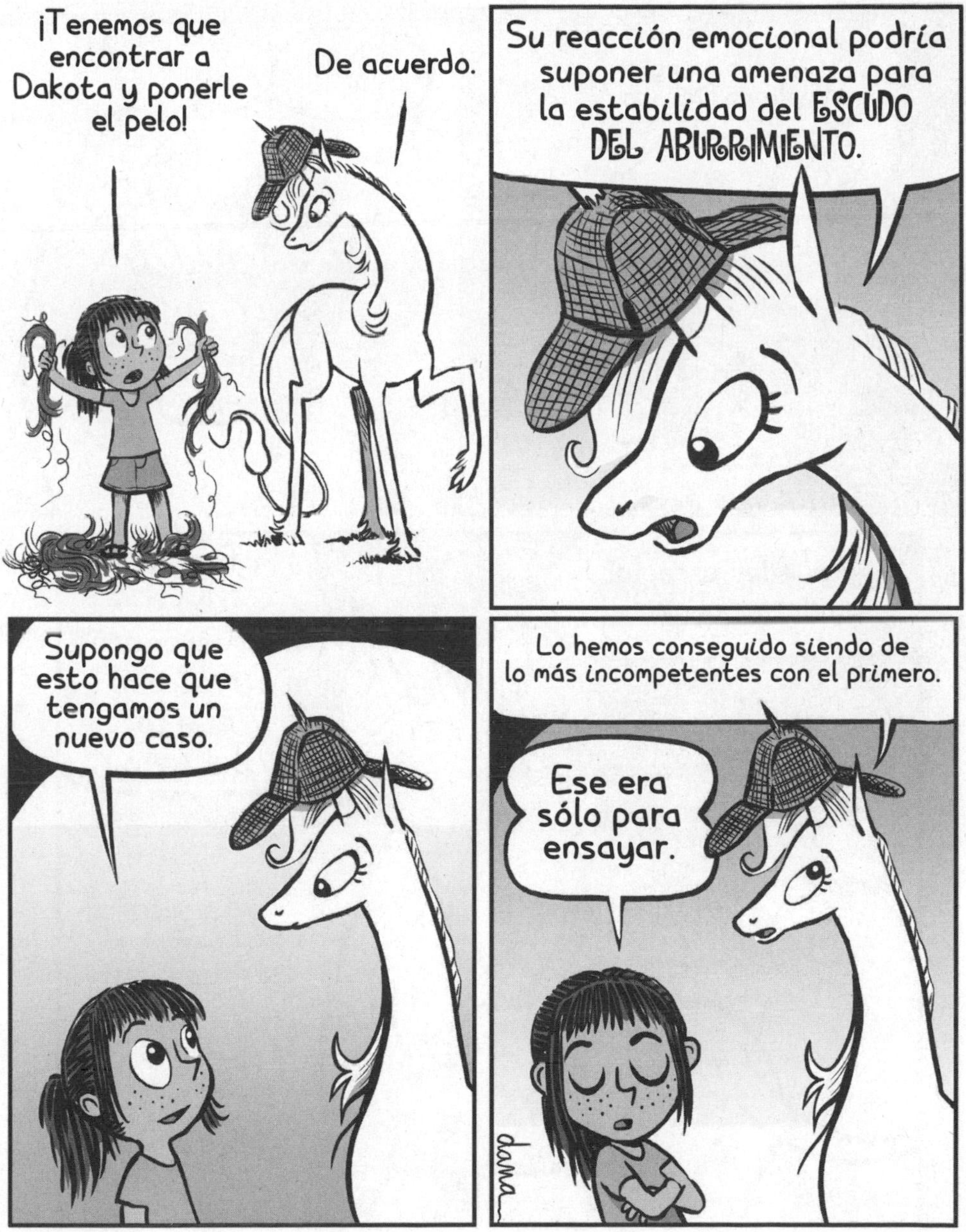
¡Tenemos que encontrar a Dakota y ponerle el pelo!
De acuerdo.
Su reacción emocional podría suponer una amenaza para la estabilidad del ESCUDO DEL ABURRIMIENTO.
Supongo que esto hace que tengamos un nuevo caso.
Lo hemos conseguido siendo de lo más incompetentes con el primero.
Ese era sólo para ensayar.
dana

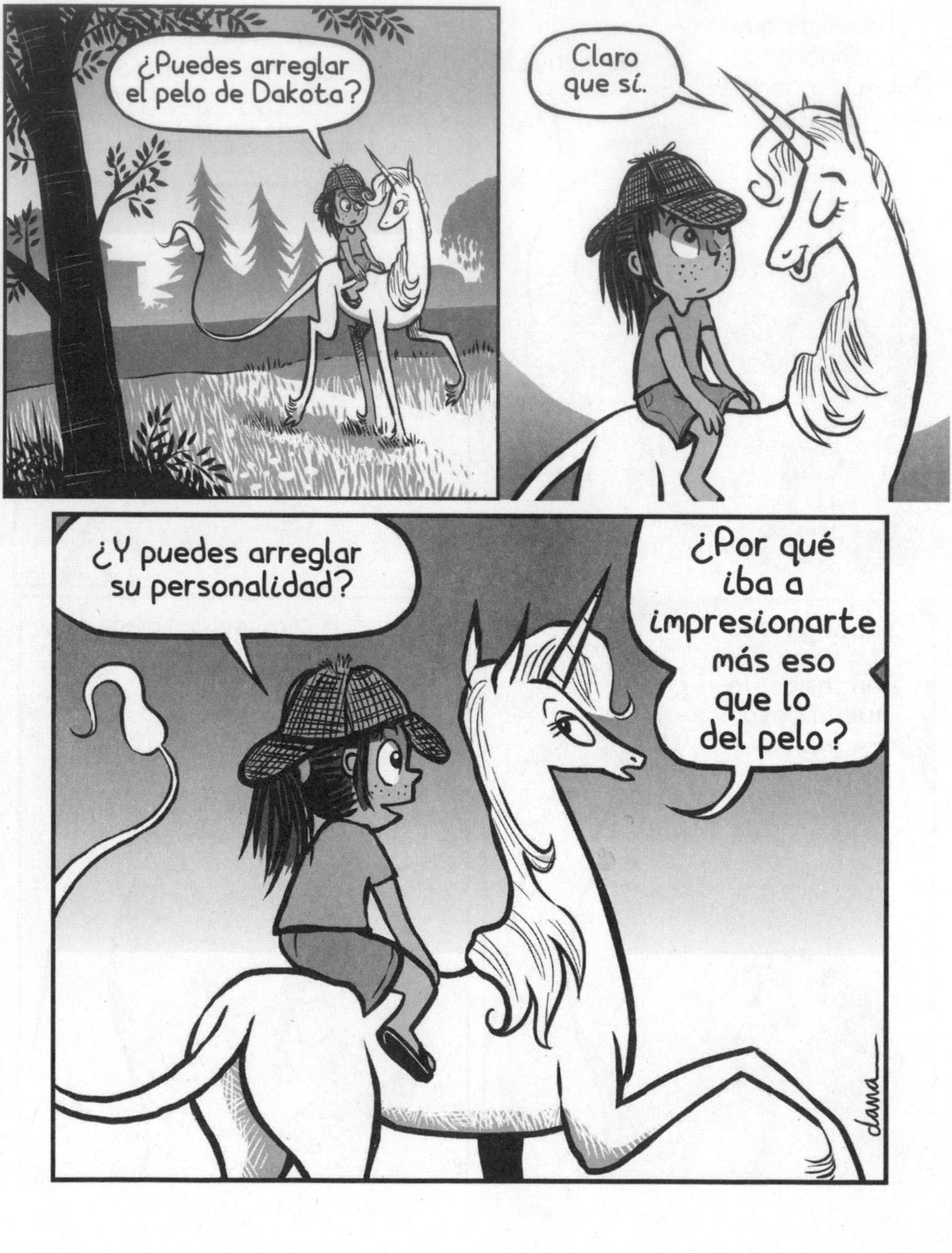
¿Puedes arreglar el pelo de Dakota?
Claro que sí.
¿Y puedes arreglar su personalidad?
¿Por qué iba a impresionarte más eso que lo del pelo?
dana

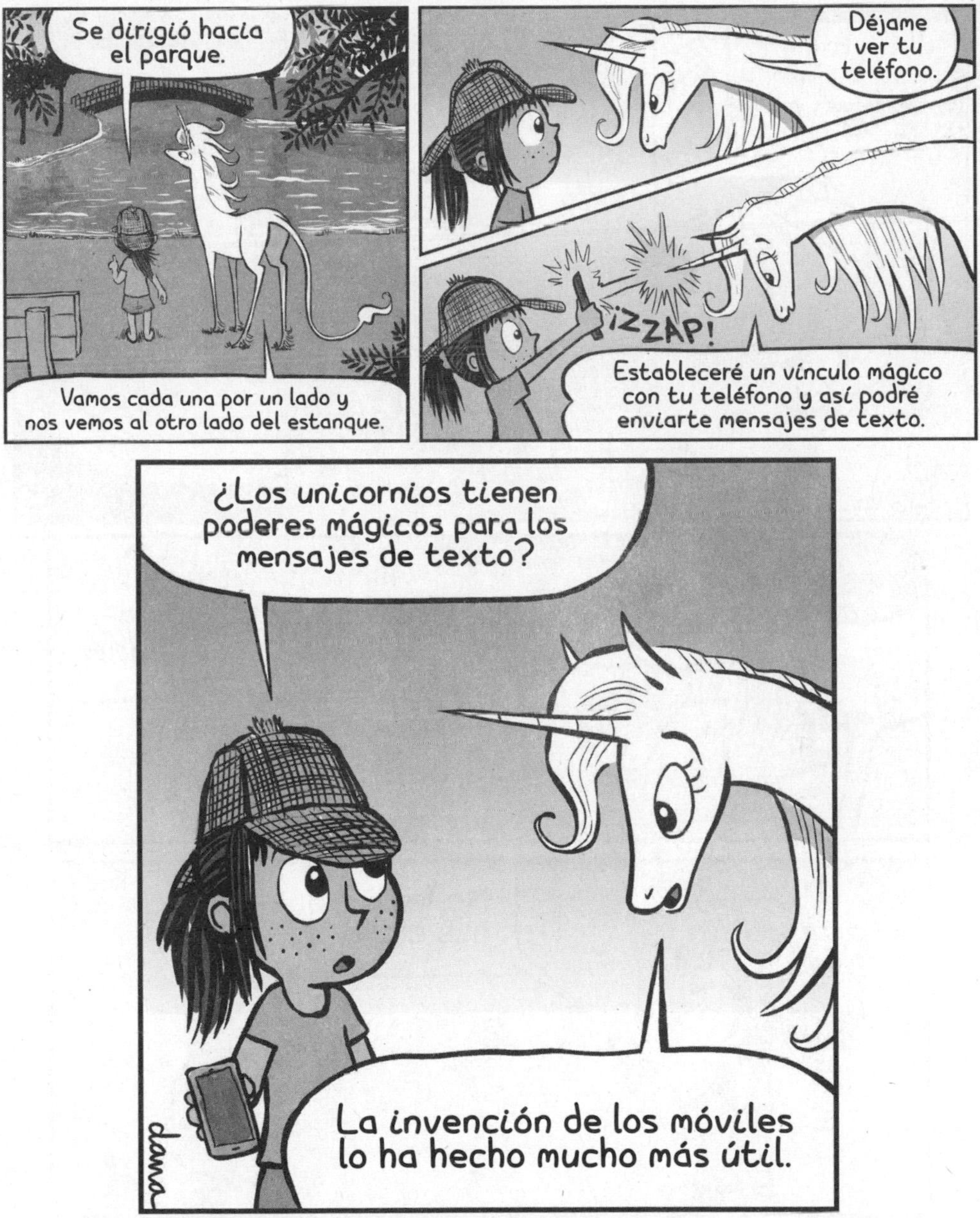
Se dirigió hacia el parque.
Vamos cada una por un lado y nos vemos al otro lado del estanque.
Déjame ver tu teléfono.
¡ZZAP!
Estableceré un vínculo mágico con tu teléfono y así podré enviarte mensajes de texto.
¿Los unicornios tienen poderes mágicos para los mensajes de texto?
La invención de los móviles lo ha hecho mucho más útil.
dana

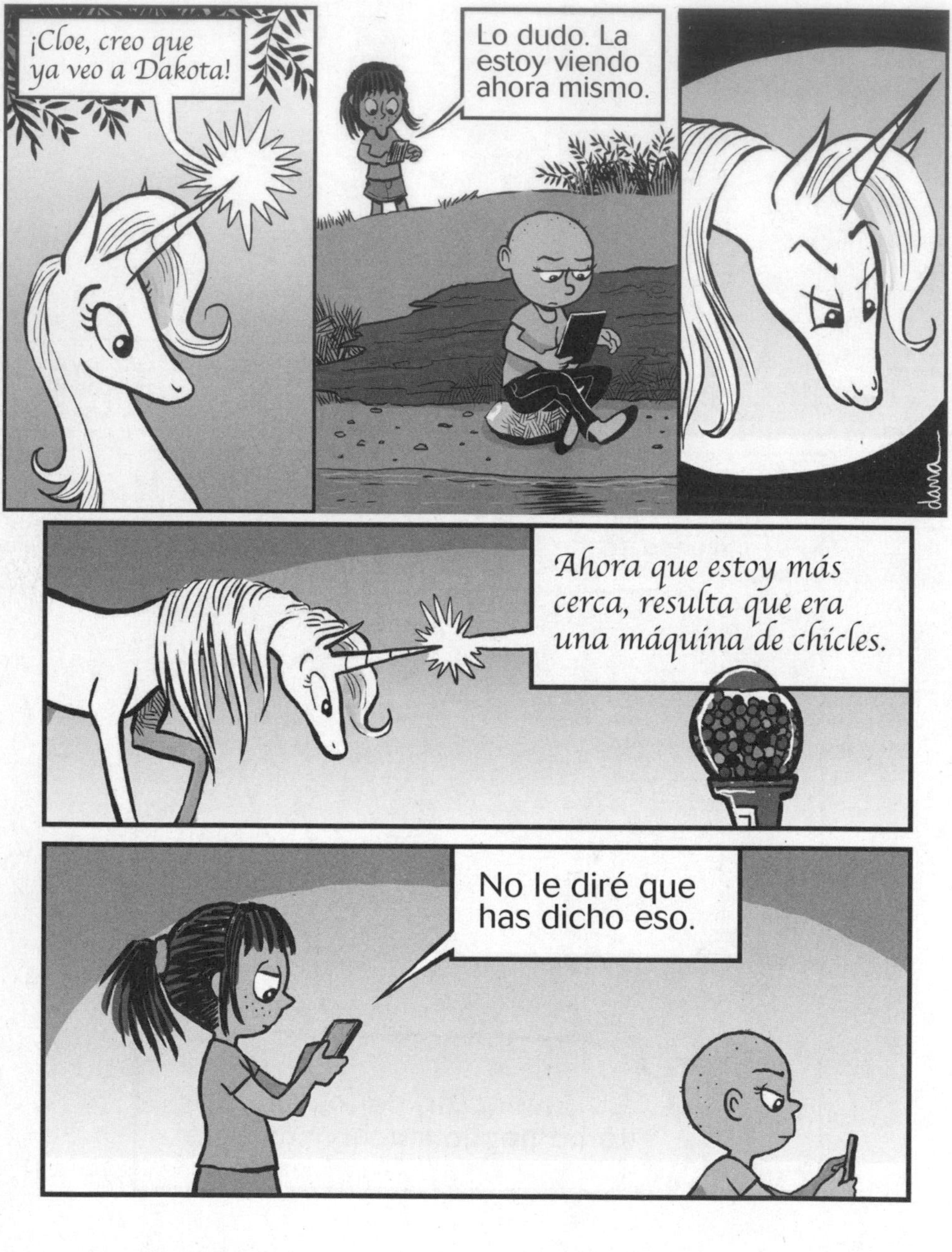
¡Cloe, creo que ya veo a Dakota!
Lo dudo. La estoy viendo ahora mismo.
Ahora que estoy más cerca, resulta que era una máquina de chicles.
No le diré que has dicho eso.

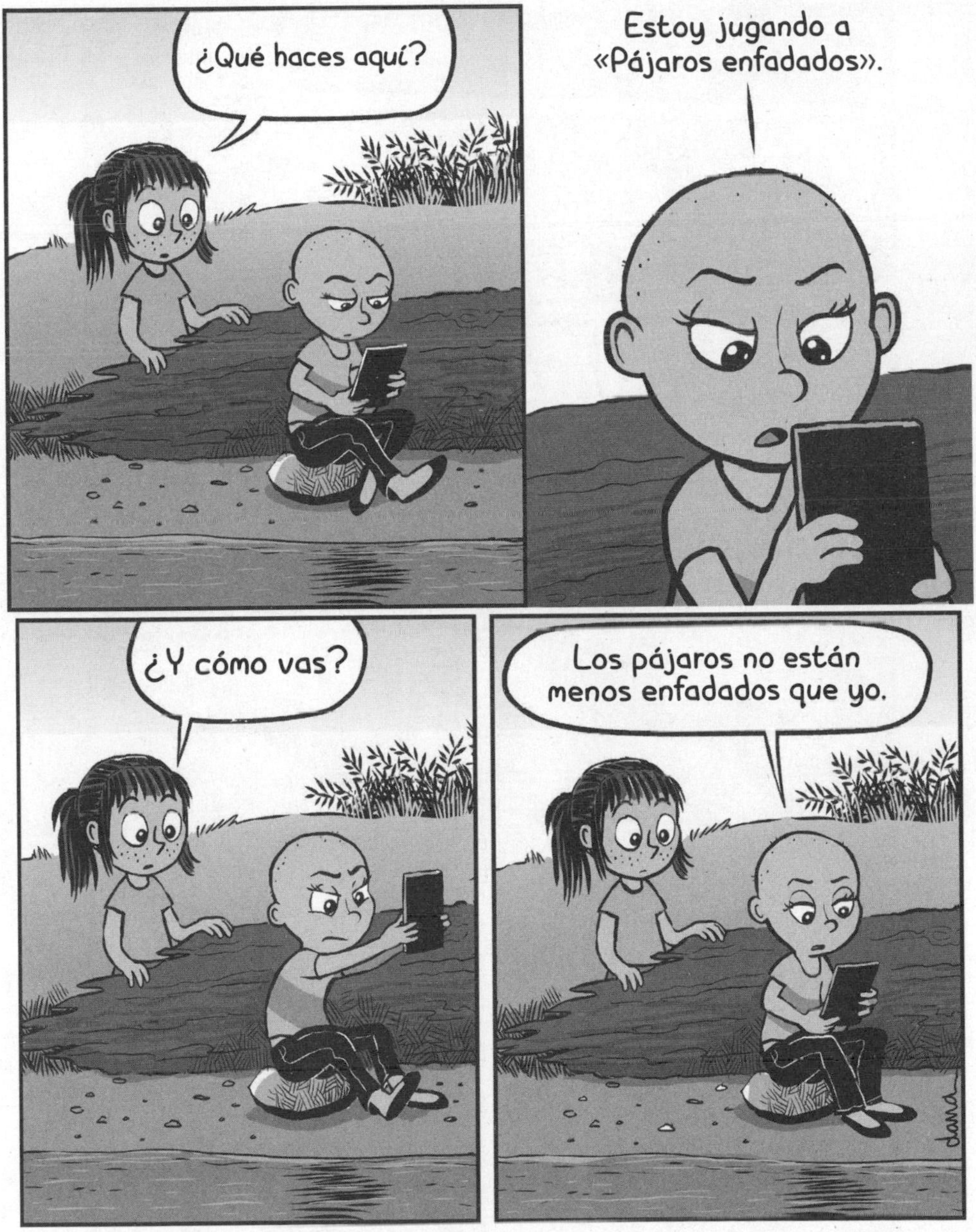
¿Qué haces aquí?
Estoy jugando a «Pájaros enfadados».
¿Y cómo vas?
Los pájaros no están menos enfadados que yo.
dana

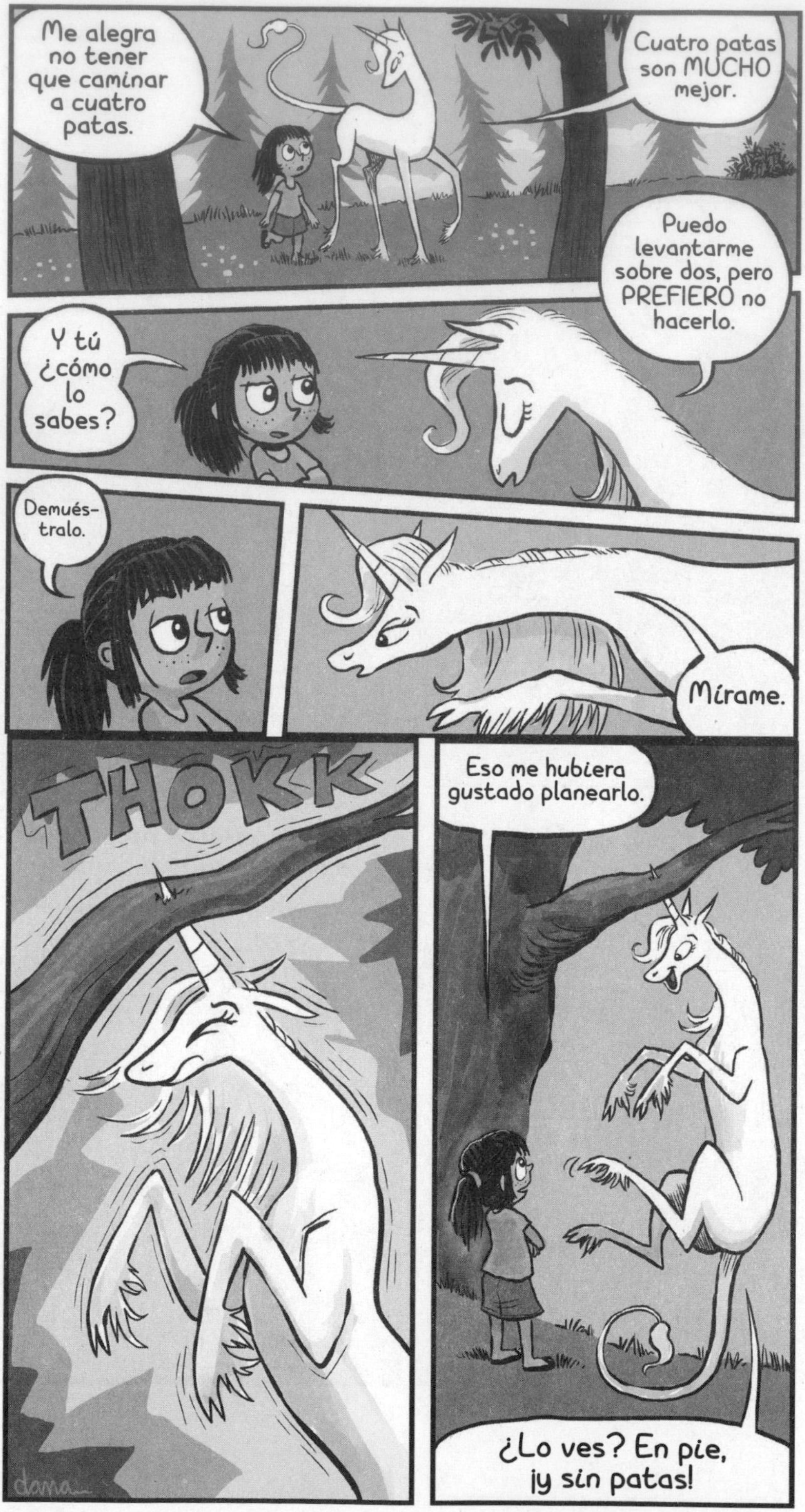
Me alegra no tener que caminar a cuatro patas.
Cuatro patas son MUCHO mejor.
Puedo levantarme sobre dos, pero PREFIERO no hacerlo.
Y tú ¿cómo lo sabes?
Demuéstralo.
Mírame.
THOKK
Eso me hubiera gustado planearlo.
¿Lo ves? En pie, ¡y sin patas!
dana

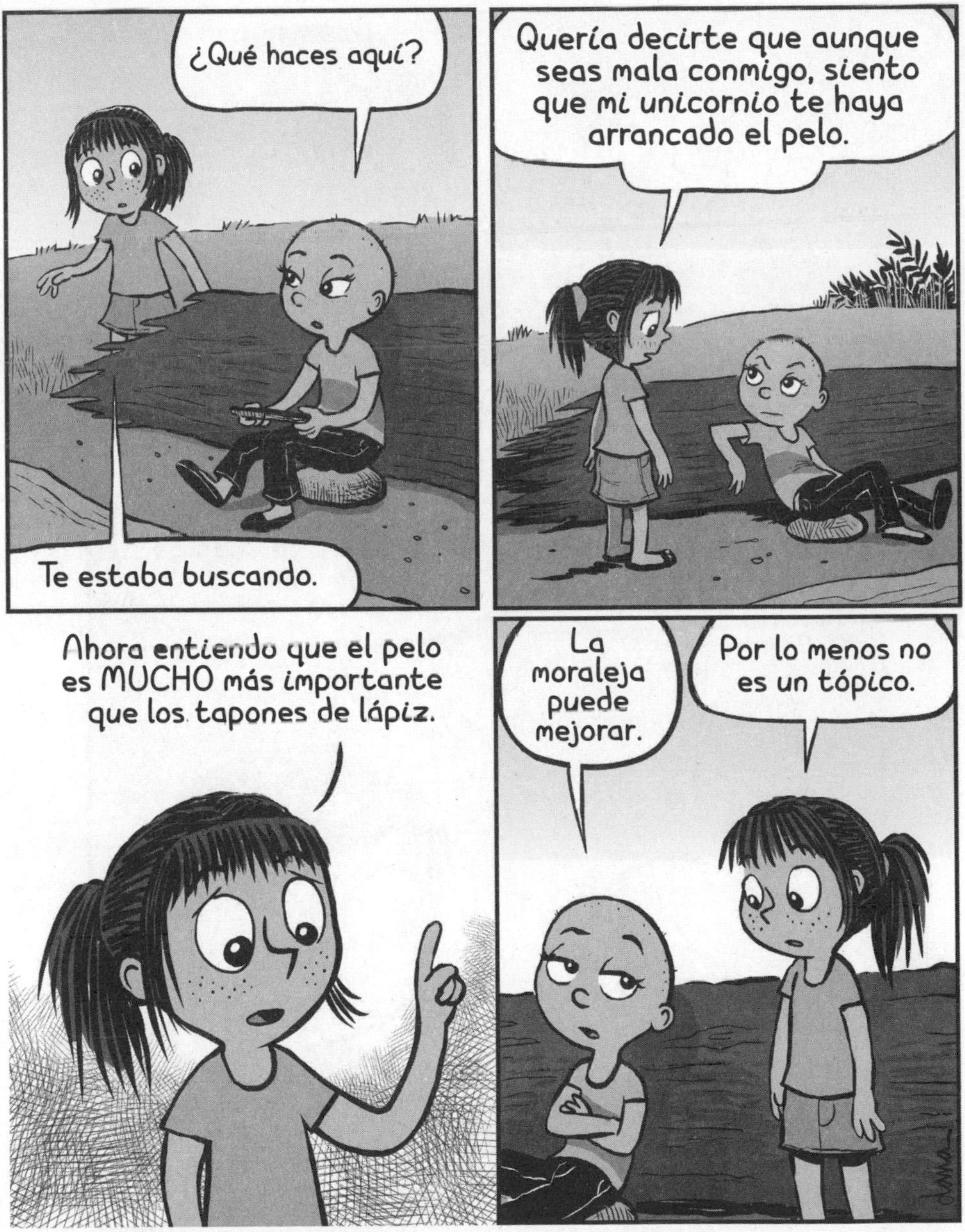
¿Qué haces aquí?
Te estaba buscando.
Quería decirte que aunque seas mala conmigo, siento que mi unicornio te haya arrancado el pelo.
Ahora entiendo que el pelo es MUCHO más importante que los tapones de lápiz.
La moraleja puede mejorar.
Por lo menos no es un tópico.

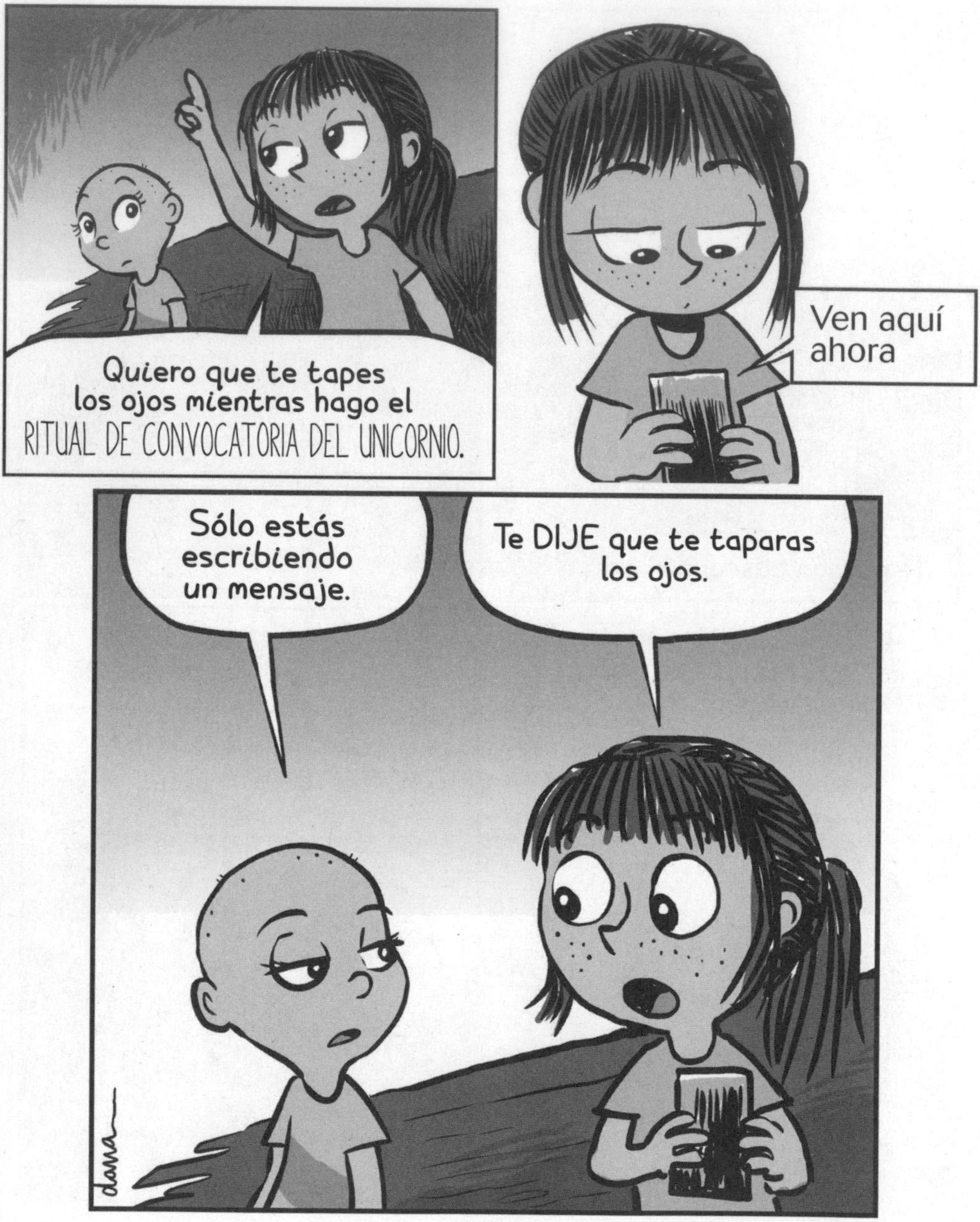
Quiero que te tapes los ojos mientras hago el RITUAL DE CONVOCATORIA DEL UNICORNIO.
Ven aquí ahora
Sólo estás escribiendo un mensaje.
Te DIJE que te taparas los ojos.
dana

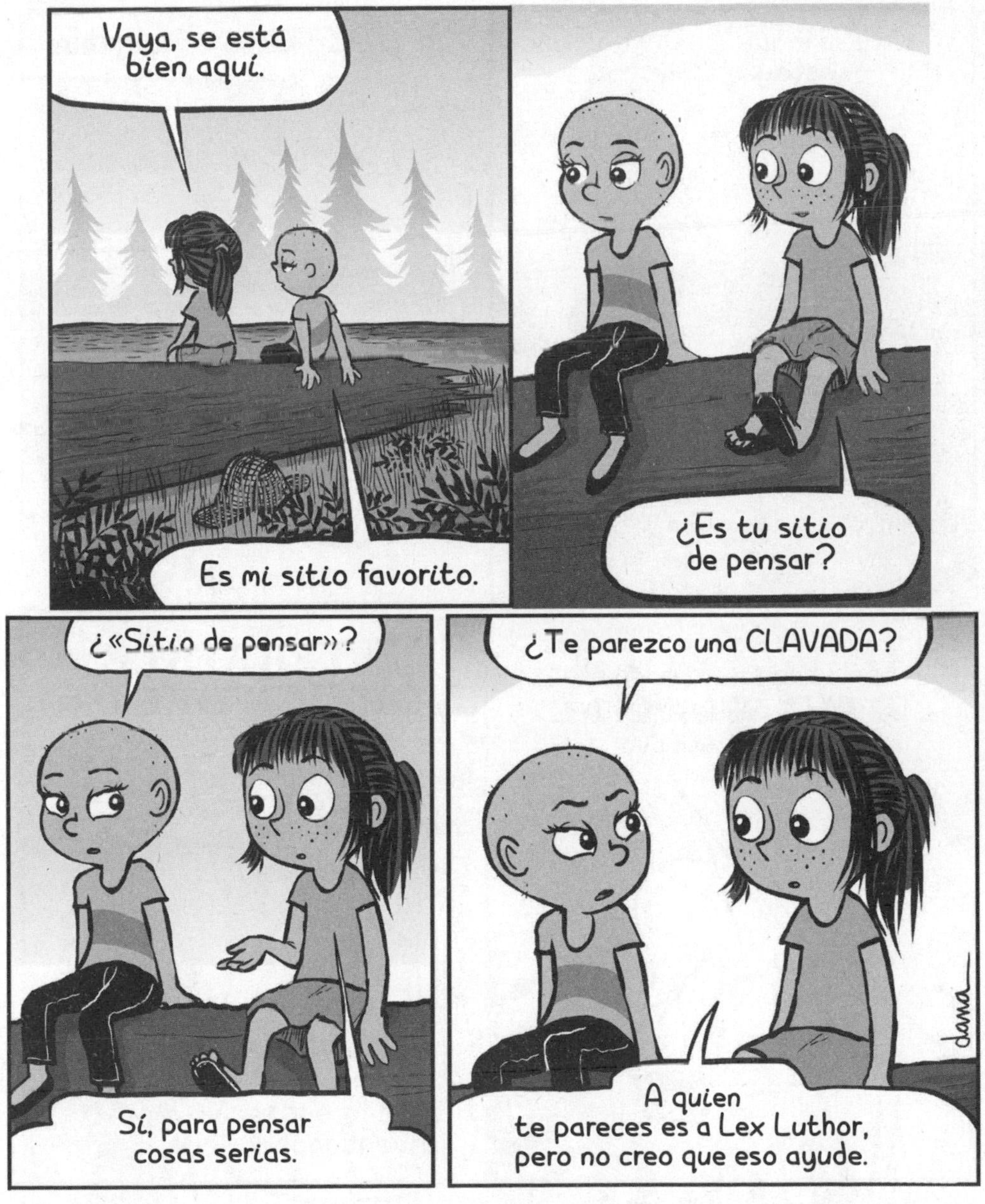
Vaya, se está bien aquí.
Es mi sitio favorito.
¿Es tu sitio de pensar?
¿«Sitio de pensar»?
Sí, para pensar cosas serias.
¿Te parezco una CLAVADA?
A quien te pareces es a Lex Luthor, pero no creo que eso ayude.
dana

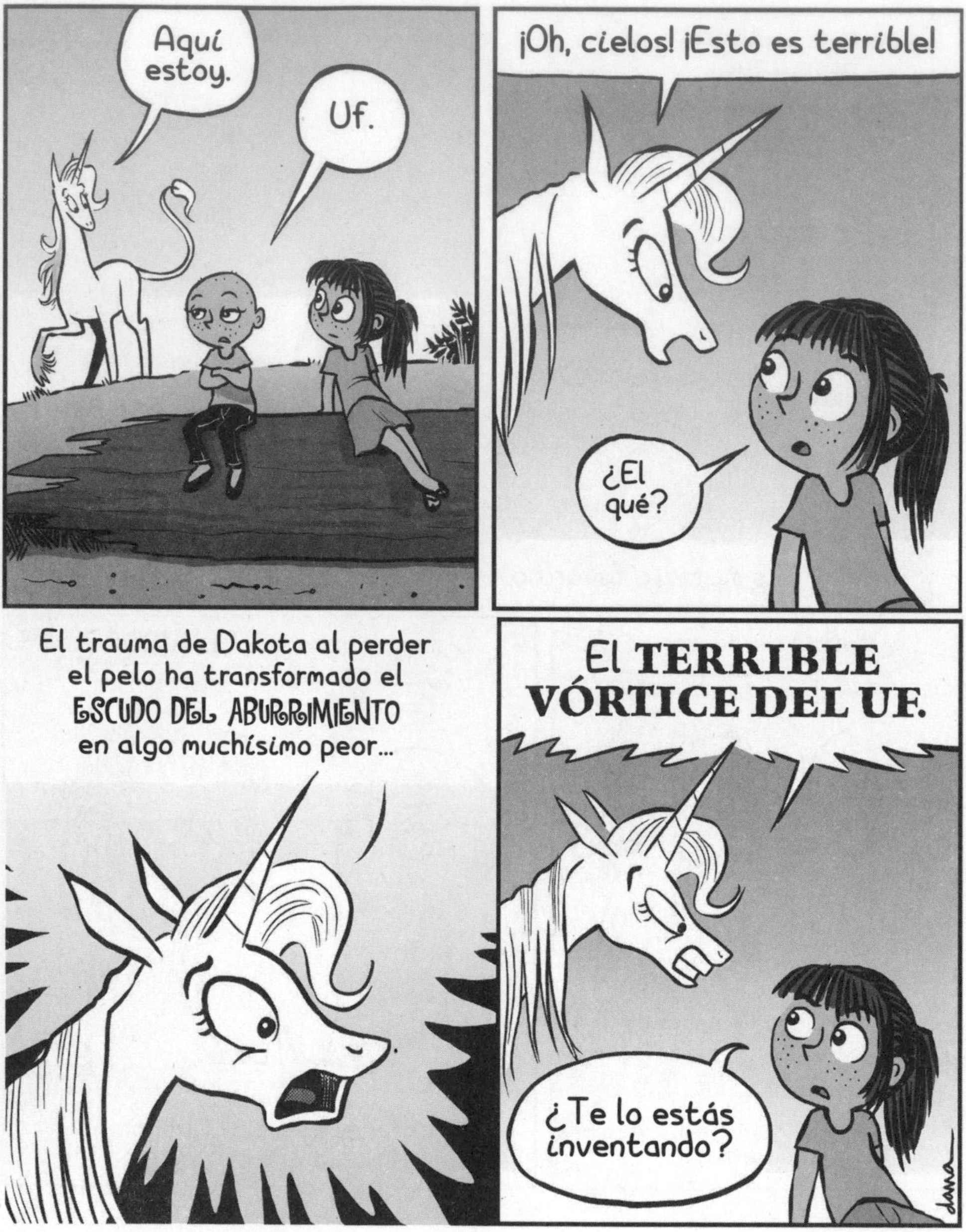
Aquí estoy.
Uf.
¡Oh, cielos! ¡Esto es terrible!
¿El qué?
El trauma de Dakota al perder el pelo ha transformado el ESCUDO DEL ABURRIMIENTO en algo muchísimo peor...
El TERRIBLE VÓRTICE DEL UF.
¿Te lo estás inventando?
dana

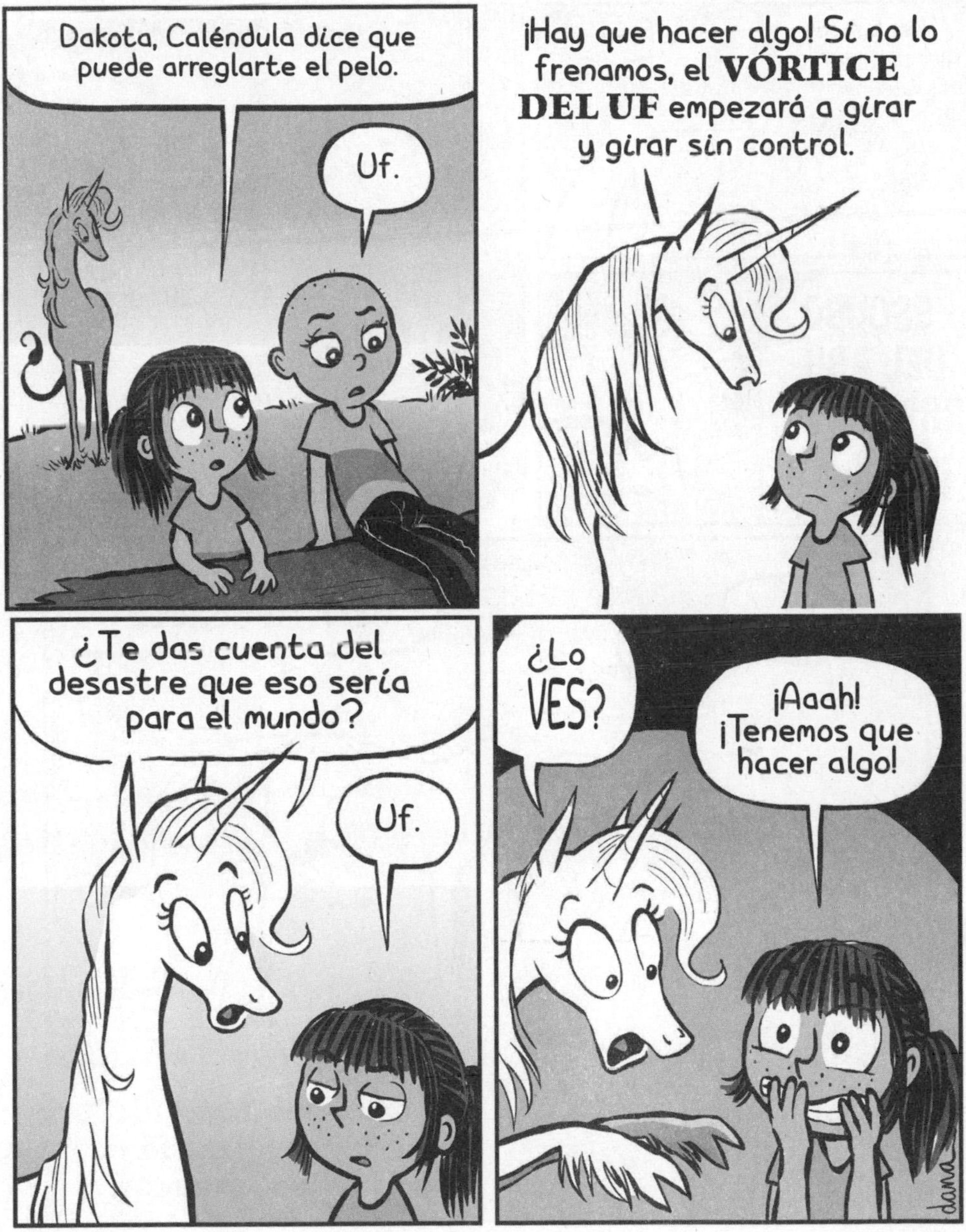
Dakota, Caléndula dice que puede arreglarte el pelo.
Uf.
¡Hay que hacer algo! Si no lo frenamos, el VÓRTICE DEL UF empezará a girar y girar sin control.
¿Te das cuenta del desastre que eso sería para el mundo?
Uf.
¿Lo VES?
¡Aaah! ¡Tenemos que hacer algo!
dana

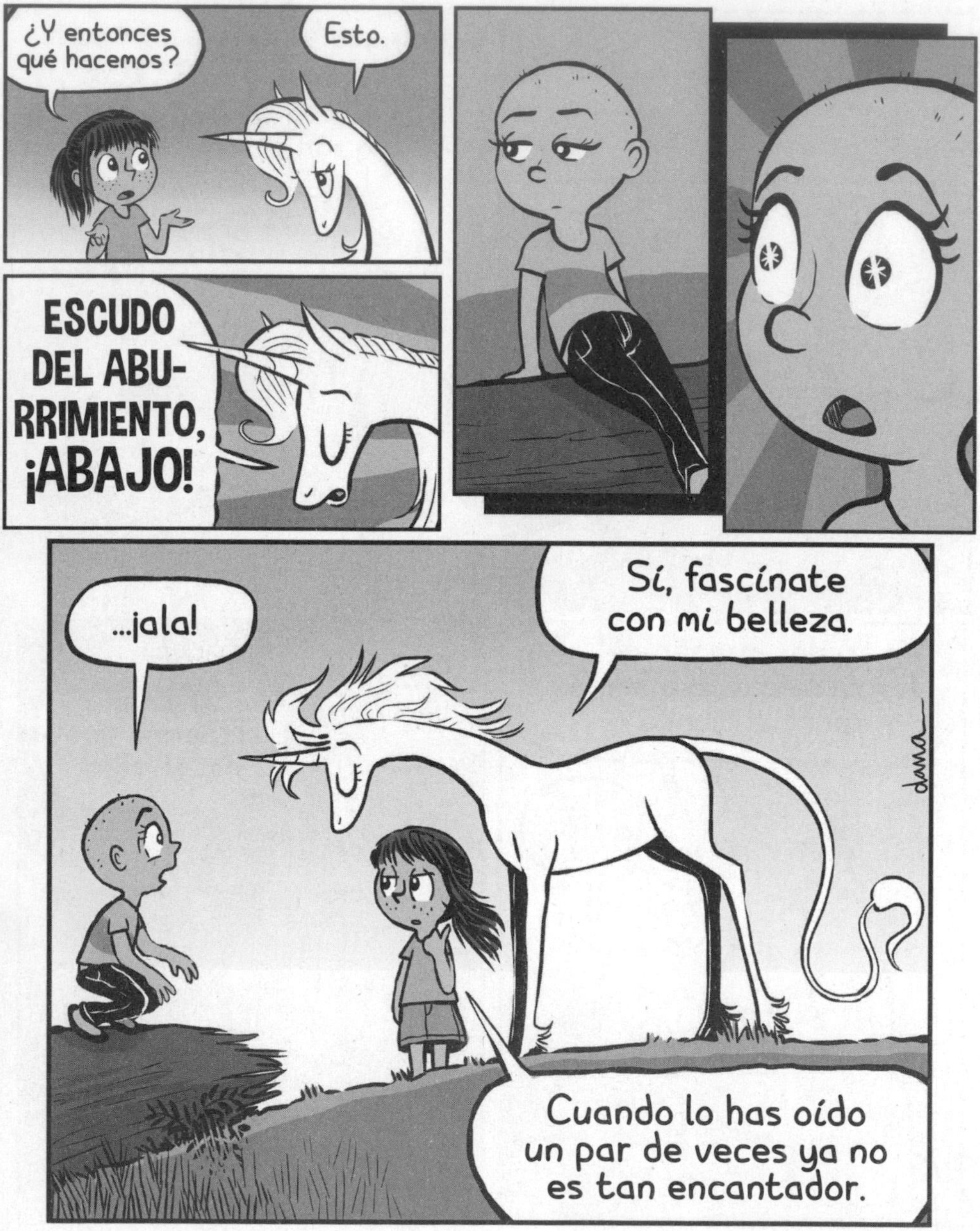
¿Y entonces qué hacemos?
Esto.
ESCUDO DEL ABURRIMIENTO, ¡ABAJO!
...¡ala!
Sí, fascínate con mi belleza.
Cuando lo has oído un par de veces ya no es tan encantador.
dana

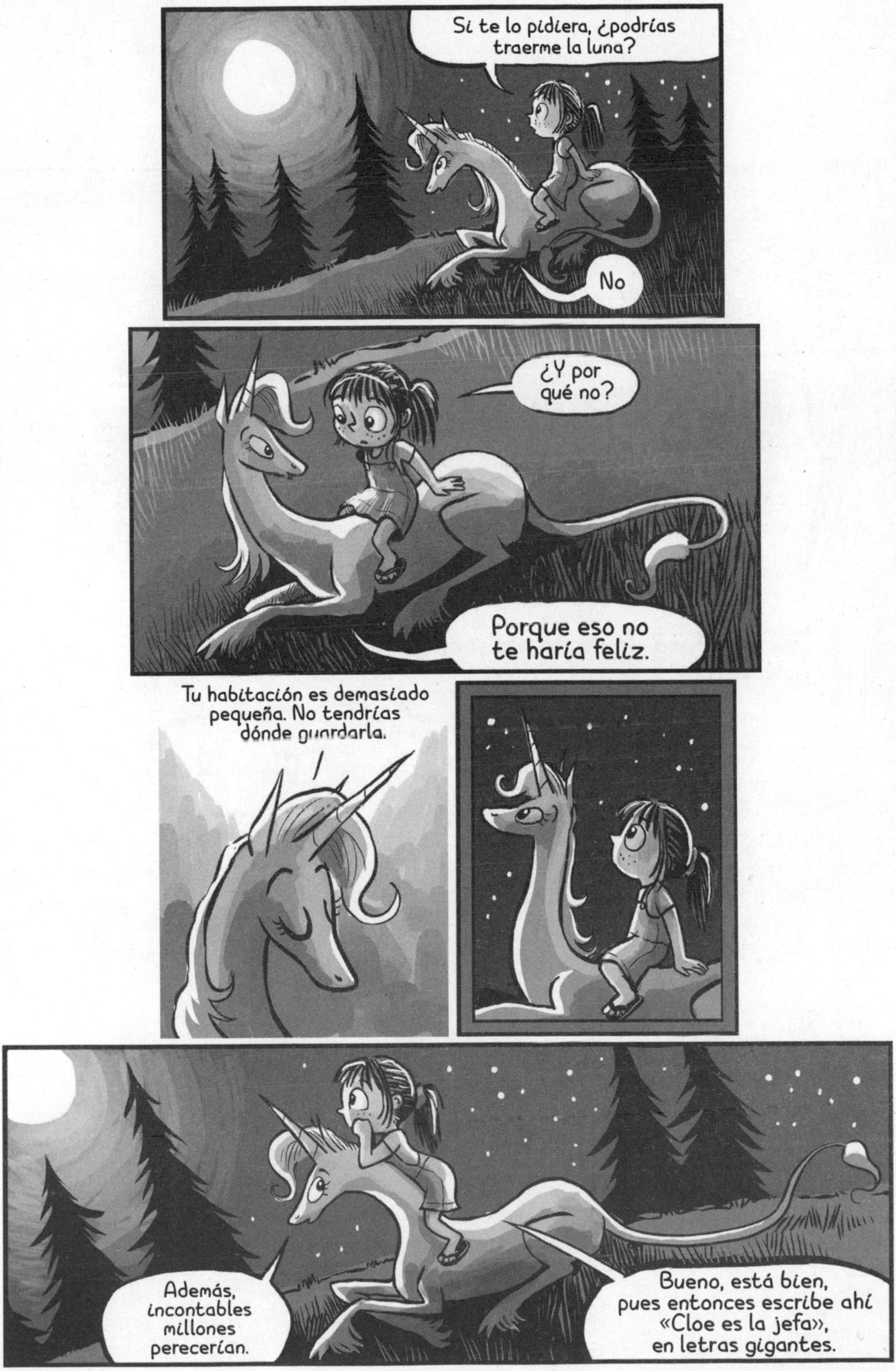
Si te lo pidiera, ¿podrías traerme la luna?
No
¿Y por qué no?
Porque eso no te haría feliz.
Tu habitación es demasiado pequeña. No tendrías dónde guardarla.
Además, incontables millones perecerían.
Bueno, está bien, pues entonces escribe ahí «Cloe es la jefa», en letras gigantes.

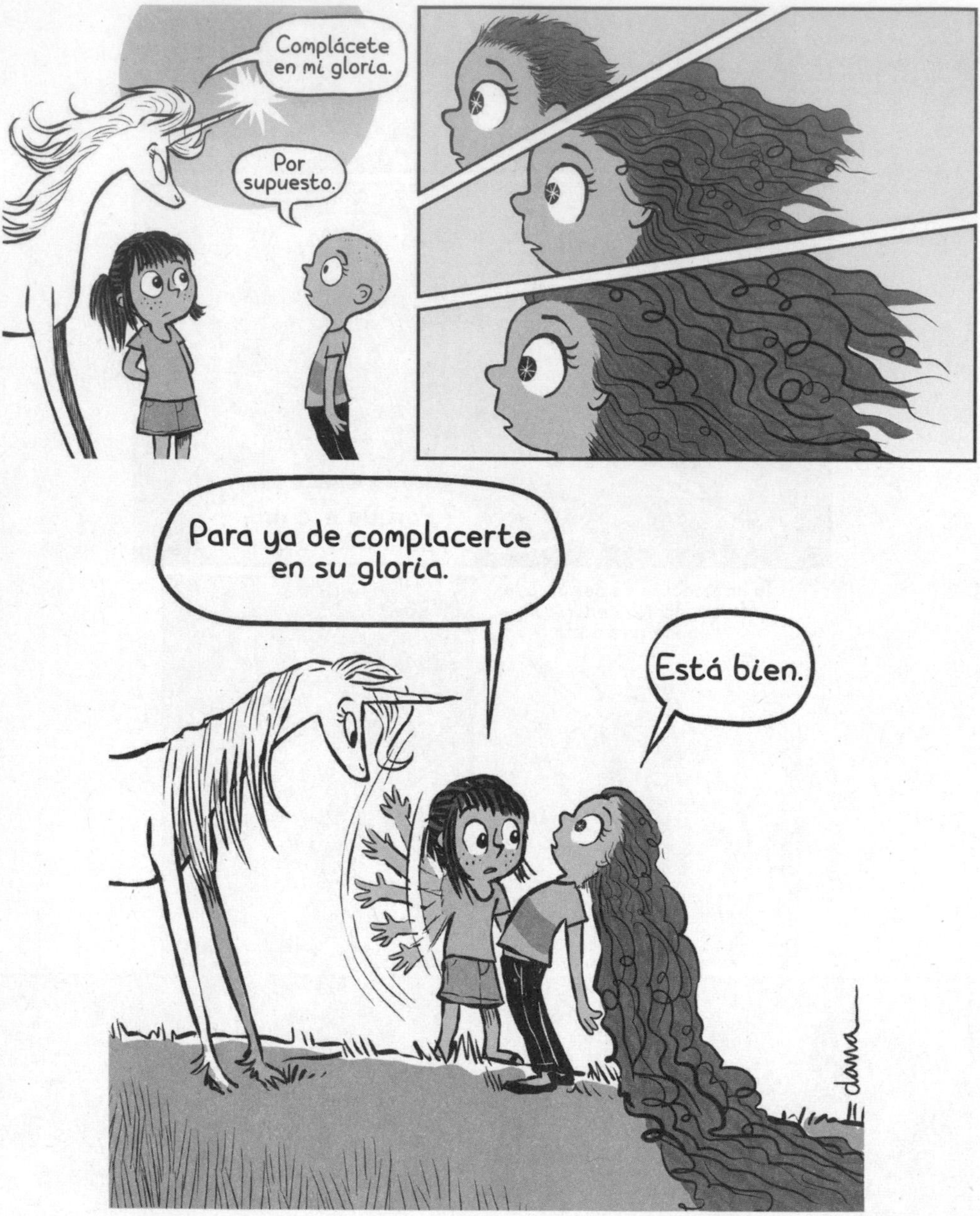
Complácete en mi gloria.
Por supuesto.
Para ya de complacerte en su gloria.
Está bien.
dana

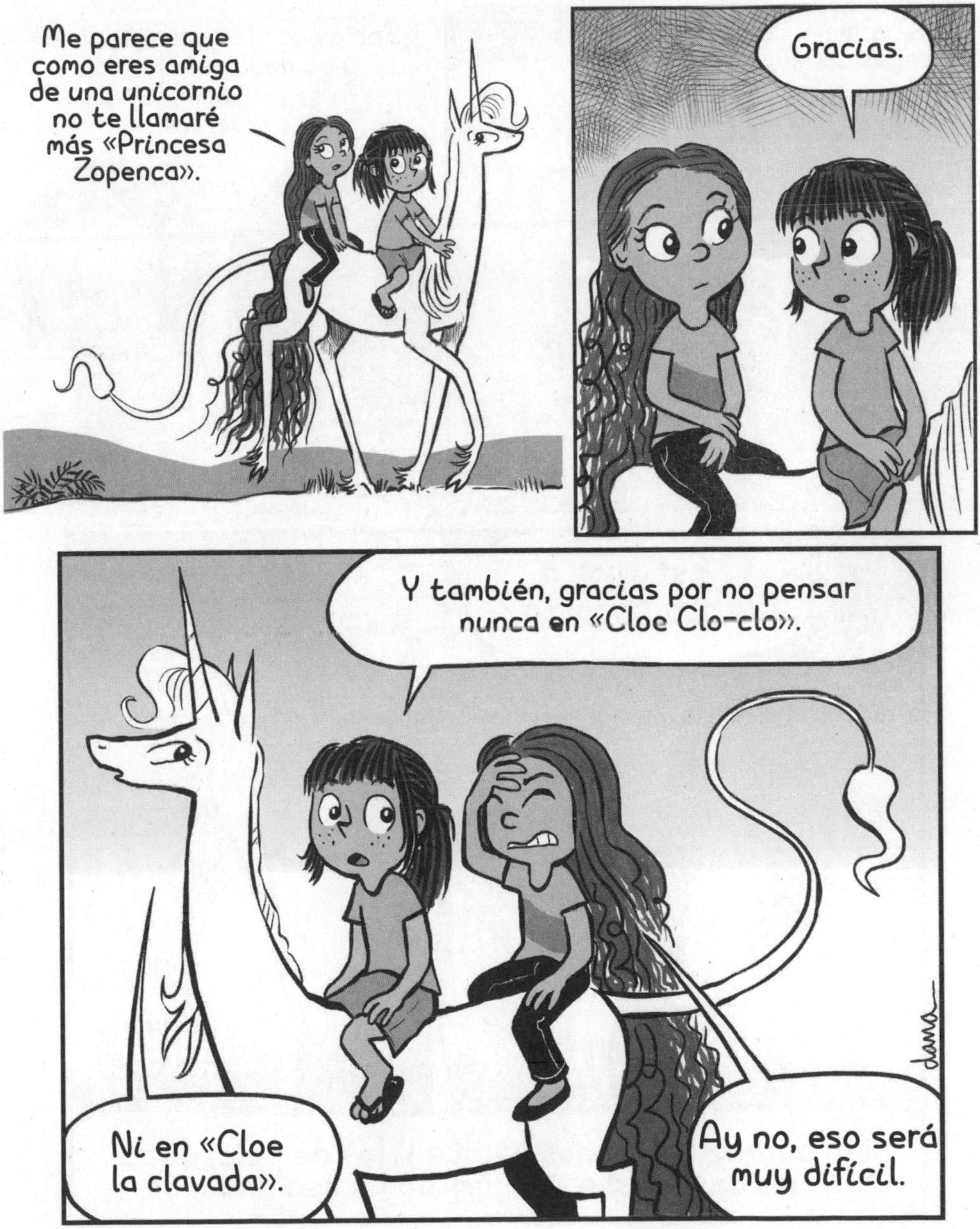
Me parece que como eres amiga de una unicornio no te llamaré más «Princesa Zopenca».
Gracias.
Y también, gracias por no pensar nunca en «Cloe Clo-clo».
Ni en «Cloe la clavada».
Ay no, eso será muy difícil.
dana

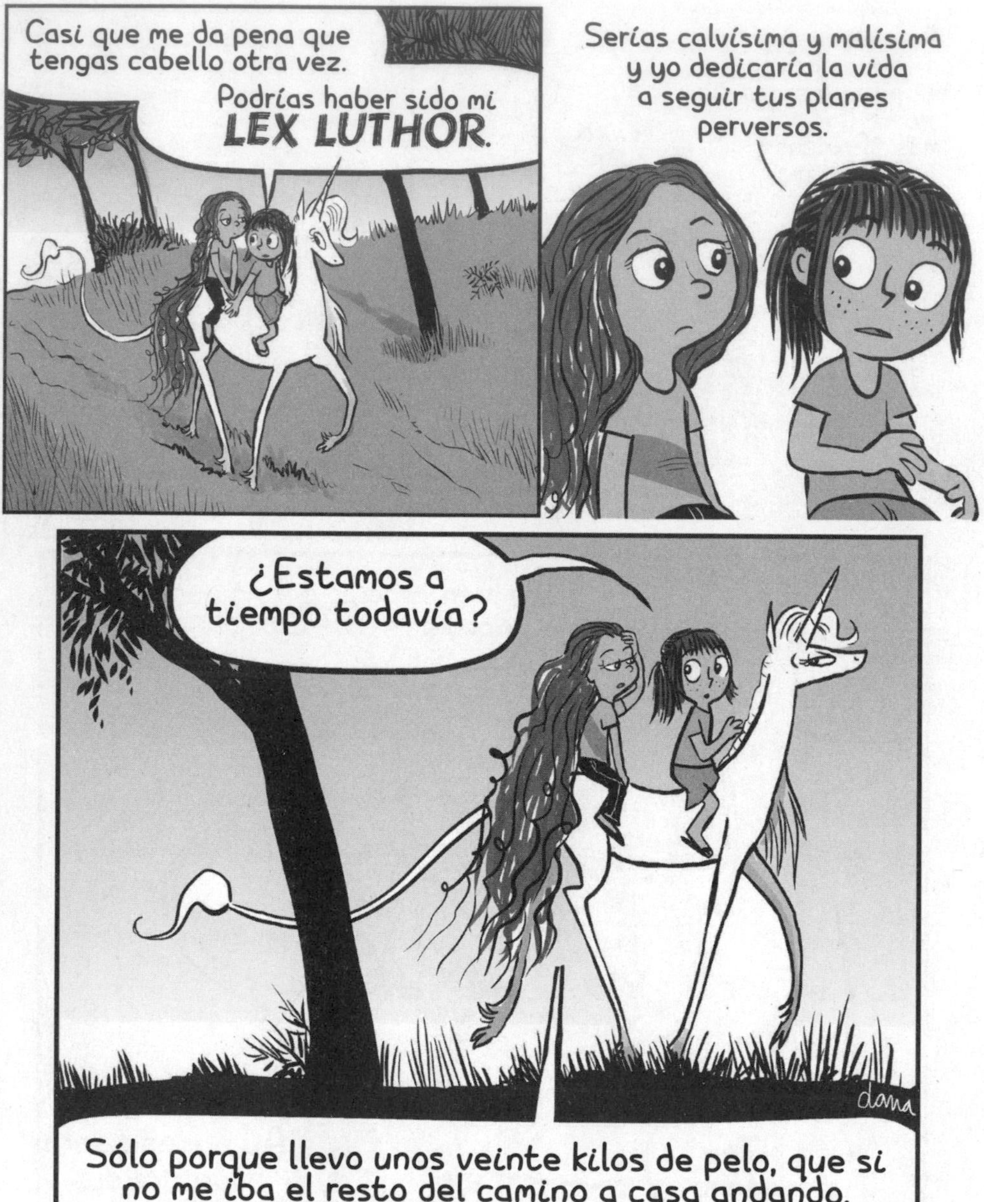
Casi que me da pena que tengas cabello otra vez.
Podrías haber sido mi **LEX LUTHOR**.
Serías calvísima y malísima y yo dedicaría la vida a seguir tus planes perversos.
¿Estamos a tiempo todavía?
Sólo porque llevo unos veinte kilos de pelo, que si no me iba el resto del camino a casa andando.
dana

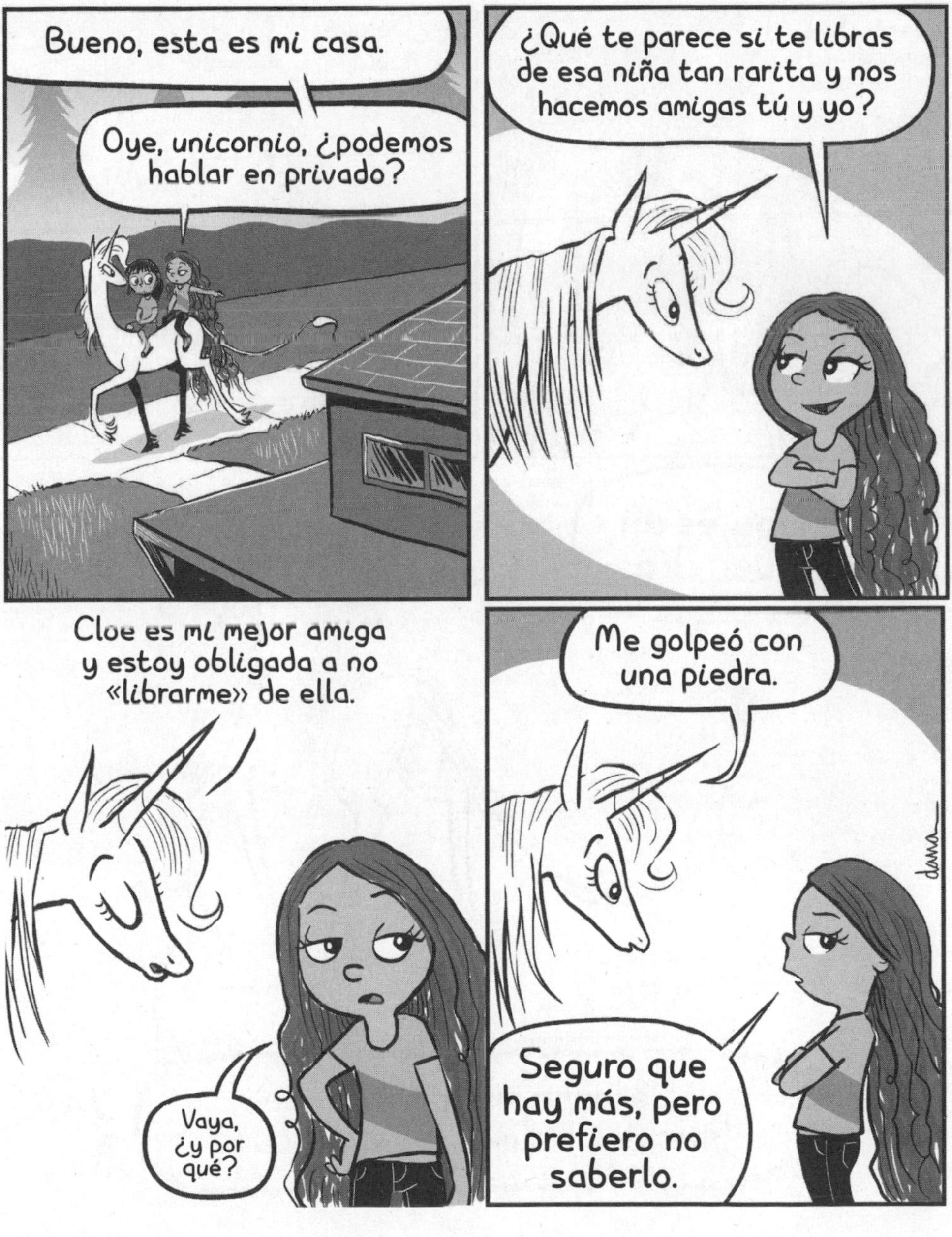
Bueno, esta es mi casa.
Oye, unicornio, ¿podemos hablar en privado?
¿Qué te parece si te libras de esa niña tan rarita y nos hacemos amigas tú y yo?
Cloe es mi mejor amiga y estoy obligada a no «librarme» de ella.
Vaya, ¿y por qué?
Me golpeó con una piedra.
Seguro que hay más, pero prefiero no saberlo.
dana

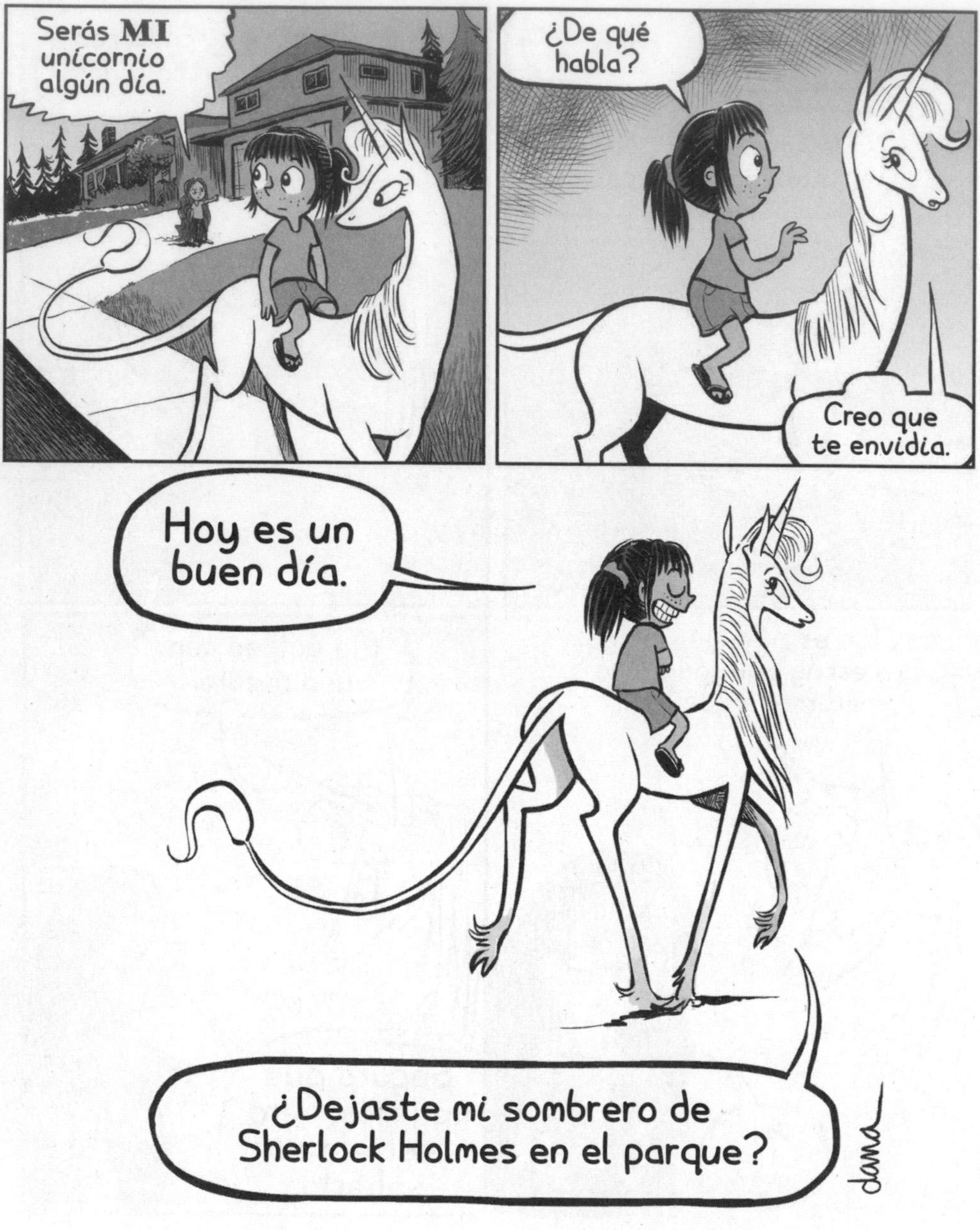
Serás MI unicornio algún día.
¿De qué habla?
Creo que te envidia.
Hoy es un buen día.
¿Dejaste mi sombrero de Sherlock Holmes en el parque?
dana

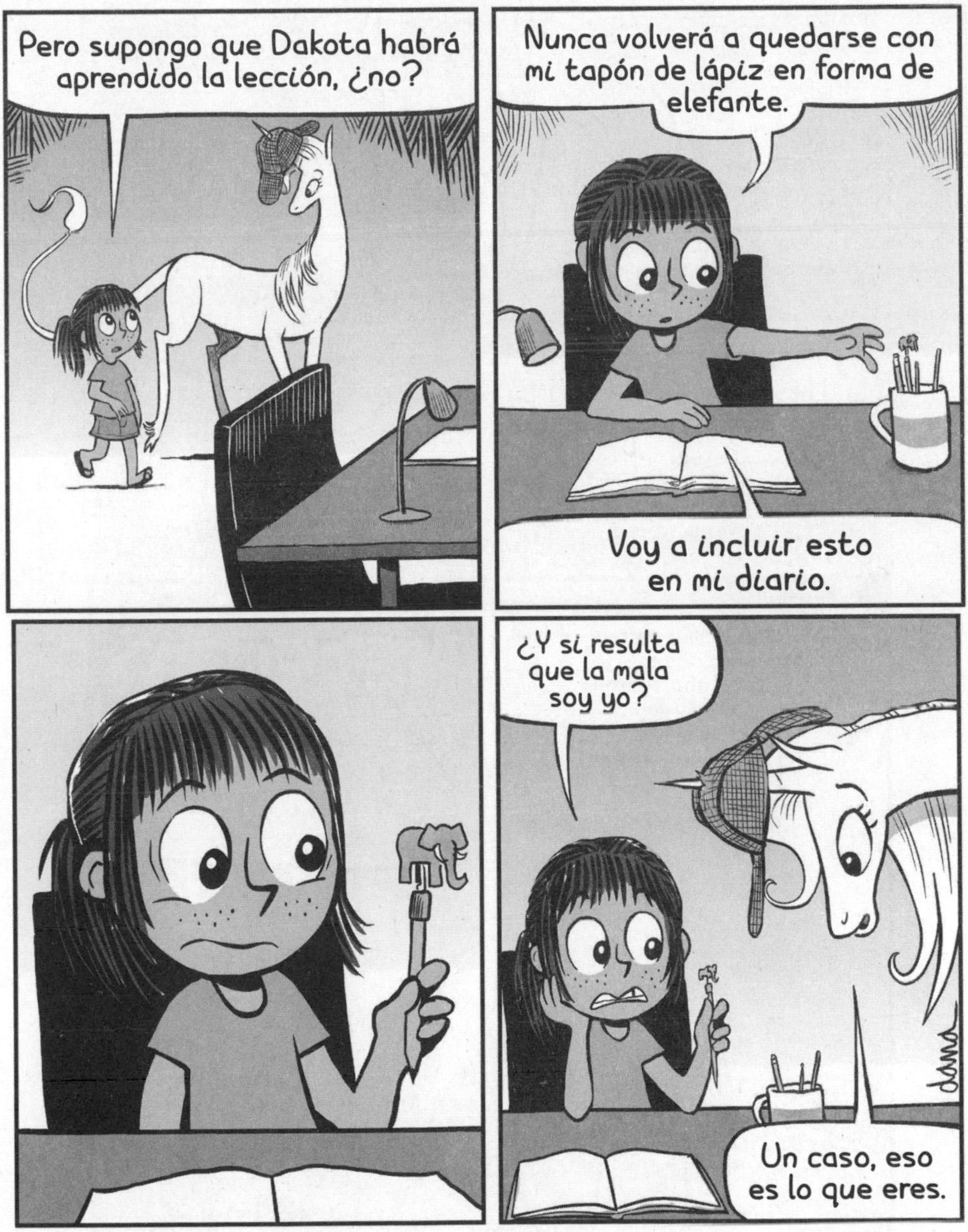
Pero supongo que Dakota habrá aprendido la lección, ¿no?
Nunca volverá a quedarse con mi tapón de lápiz en forma de elefante.
Voy a incluir esto en mi diario.
¿Y si resulta que la mala soy yo?
Un caso, eso es lo que eres.

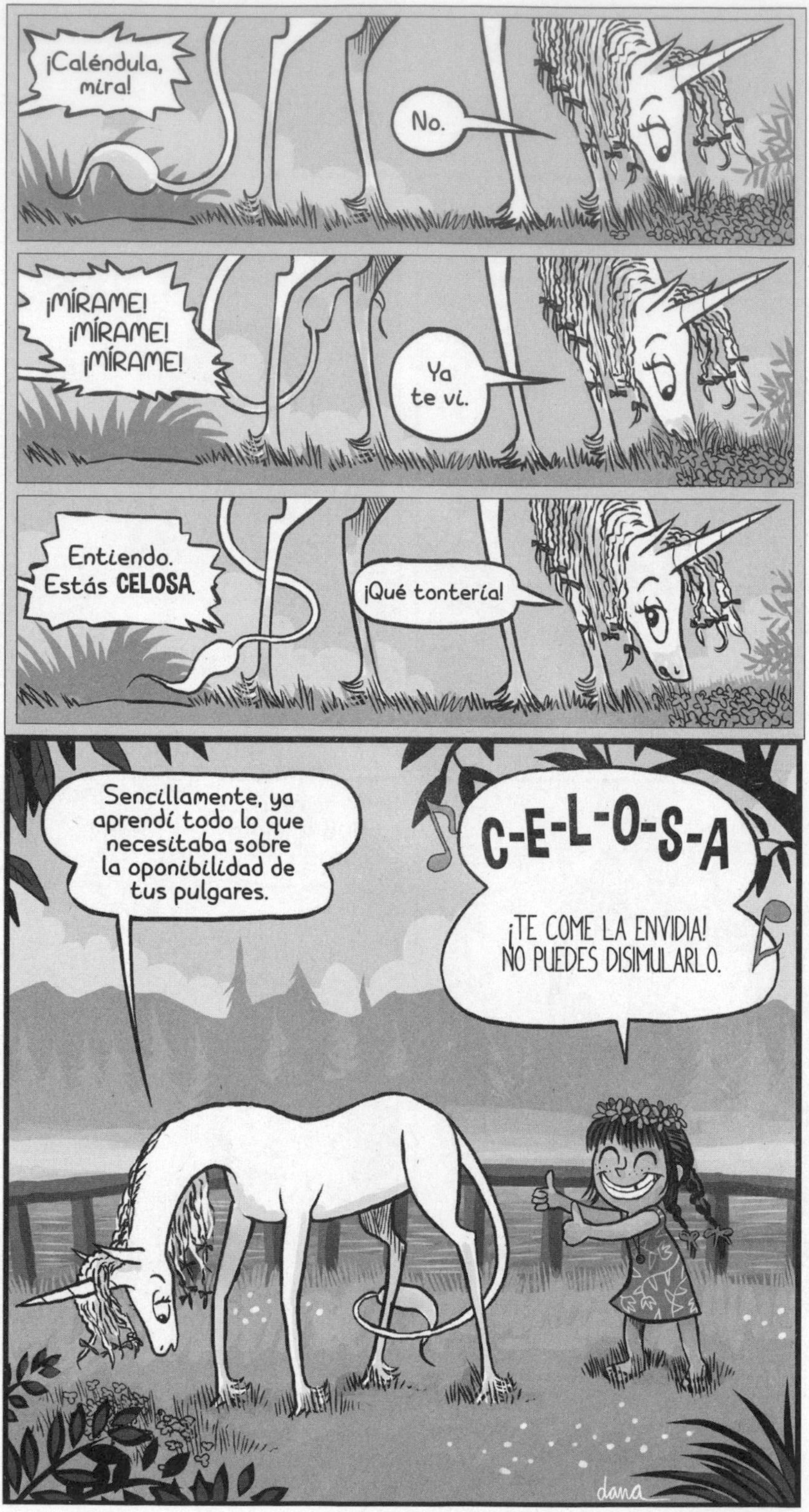
¡Caléndula, mira!
No.
¡MÍRAME! ¡MÍRAME! ¡MÍRAME!
Ya te vi.
Entiendo. Estás **CELOSA**.
¡Qué tontería!
Sencillamente, ya aprendí todo lo que necesitaba sobre la oponibilidad de tus pulgares.
C-E-L-O-S-A
¡TE COME LA ENVIDIA! NO PUEDES DISIMULARLO.
dana

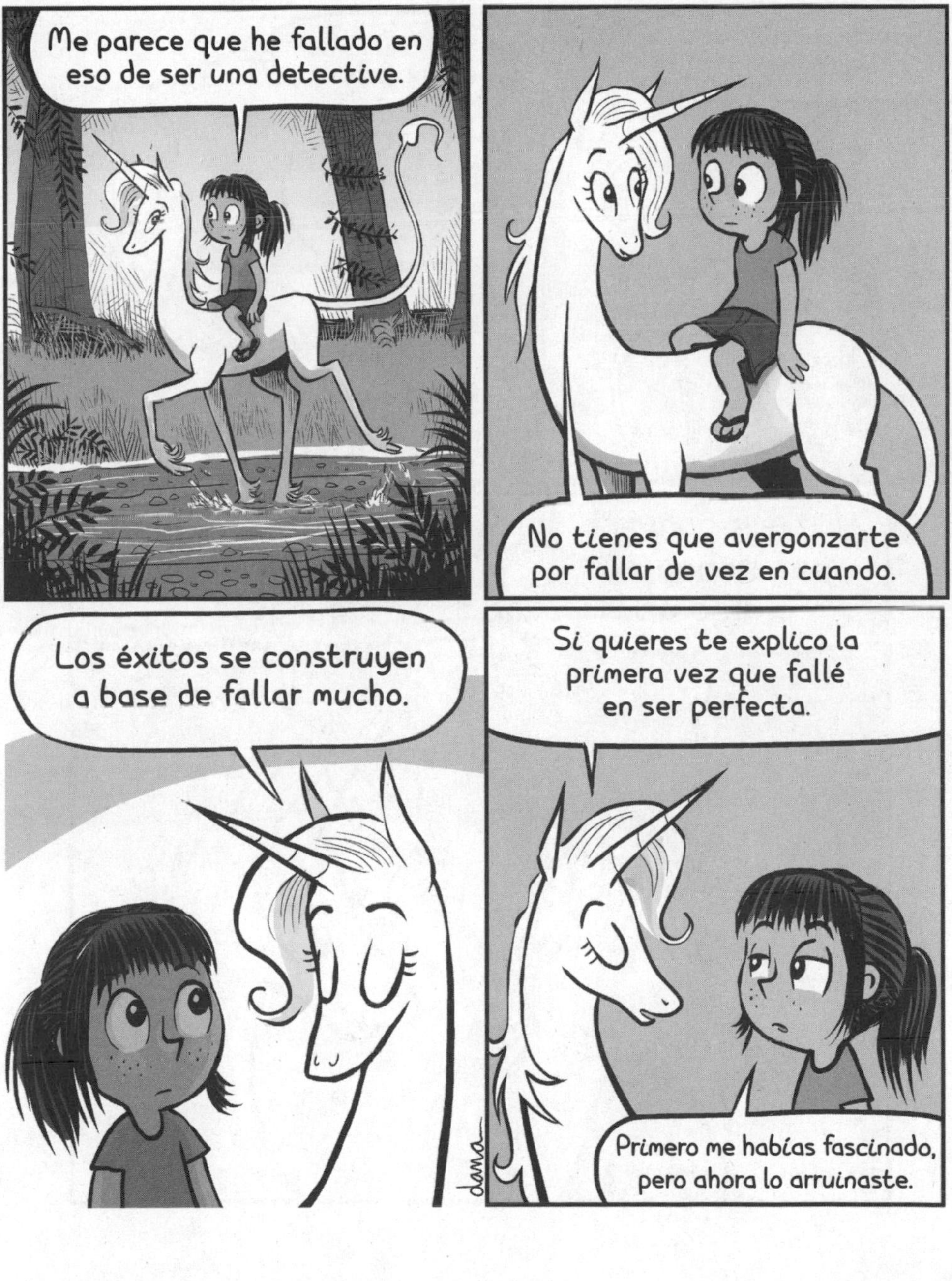
Me parece que he fallado en eso de ser una detective.
No tienes que avergonzarte por fallar de vez en cuando.
Los éxitos se construyen a base de fallar mucho.
Si quieres te explico la primera vez que fallé en ser perfecta.
Primero me habías fascinado, pero ahora lo arruinaste.
dana

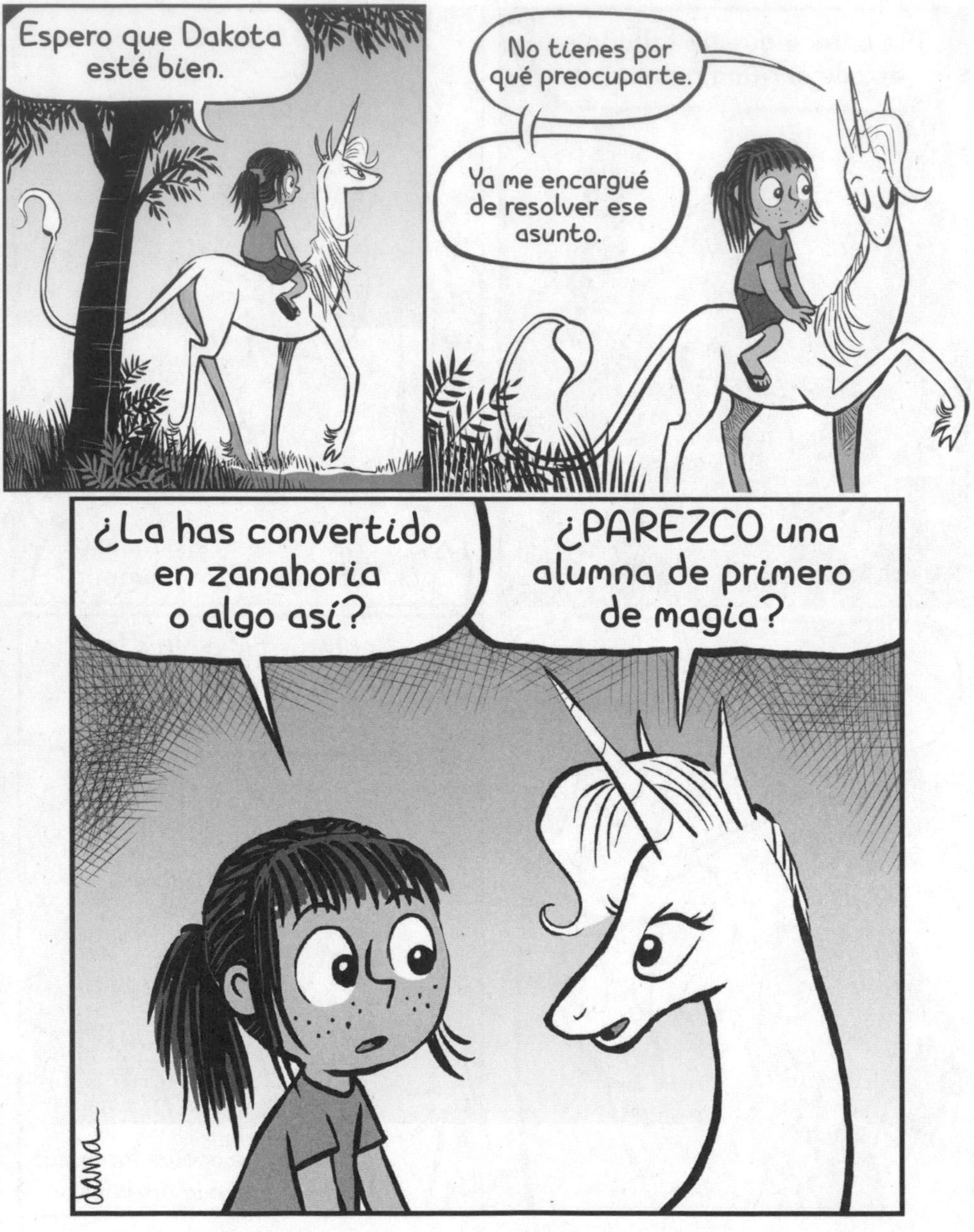
Espero que Dakota esté bien.
No tienes por qué preocuparte.
Ya me encargué de resolver ese asunto.
¿La has convertido en zanahoria o algo así?
¿PAREZCO una alumna de primero de magia?
dana

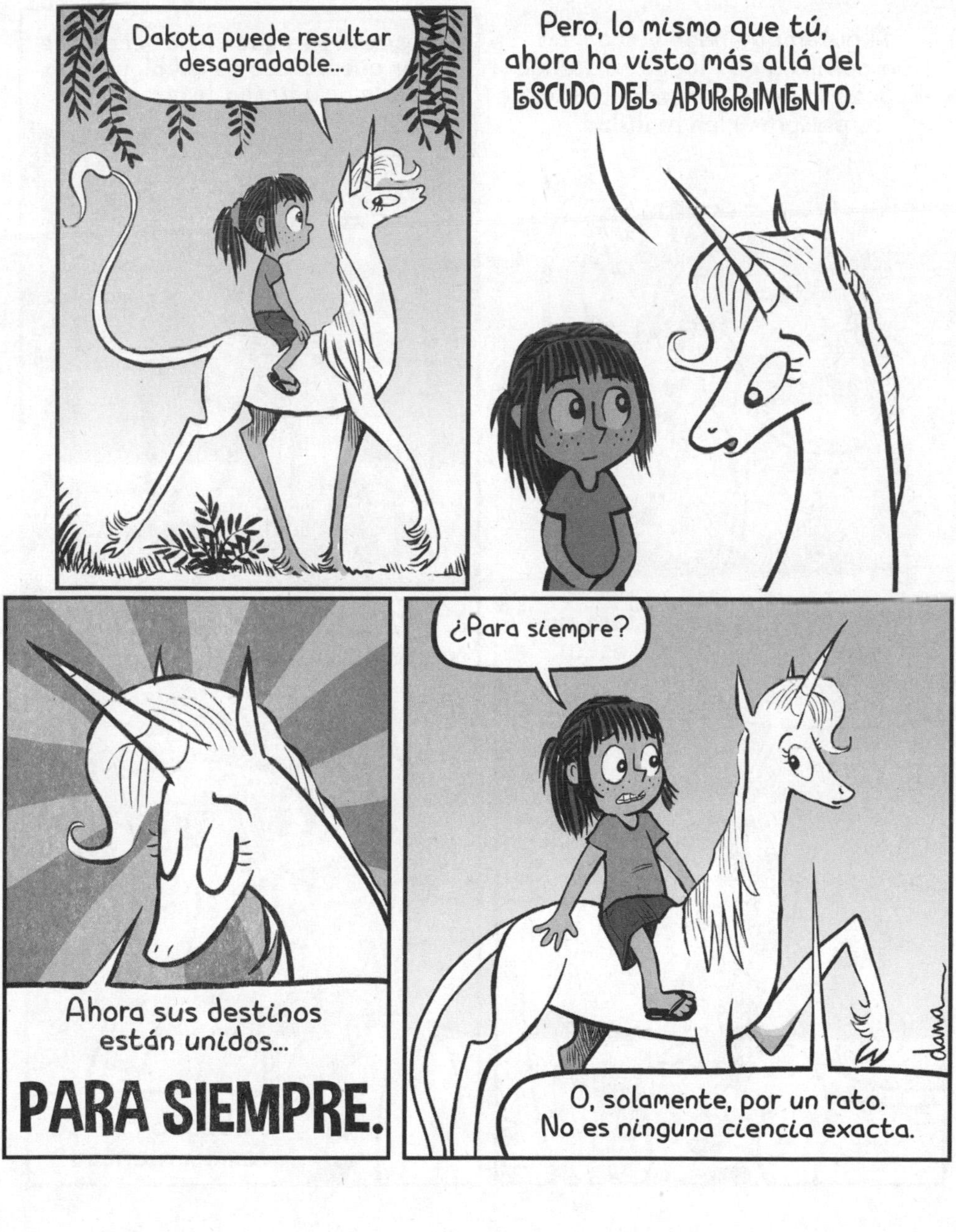
Dakota puede resultar desagradable...
Pero, lo mismo que tú, ahora ha visto más allá del ESCUDO DEL ABURRIMIENTO.
Ahora sus destinos están unidos...
PARA SIEMPRE.
¿Para siempre?
O, solamente, por un rato. No es ninguna ciencia exacta.
dana

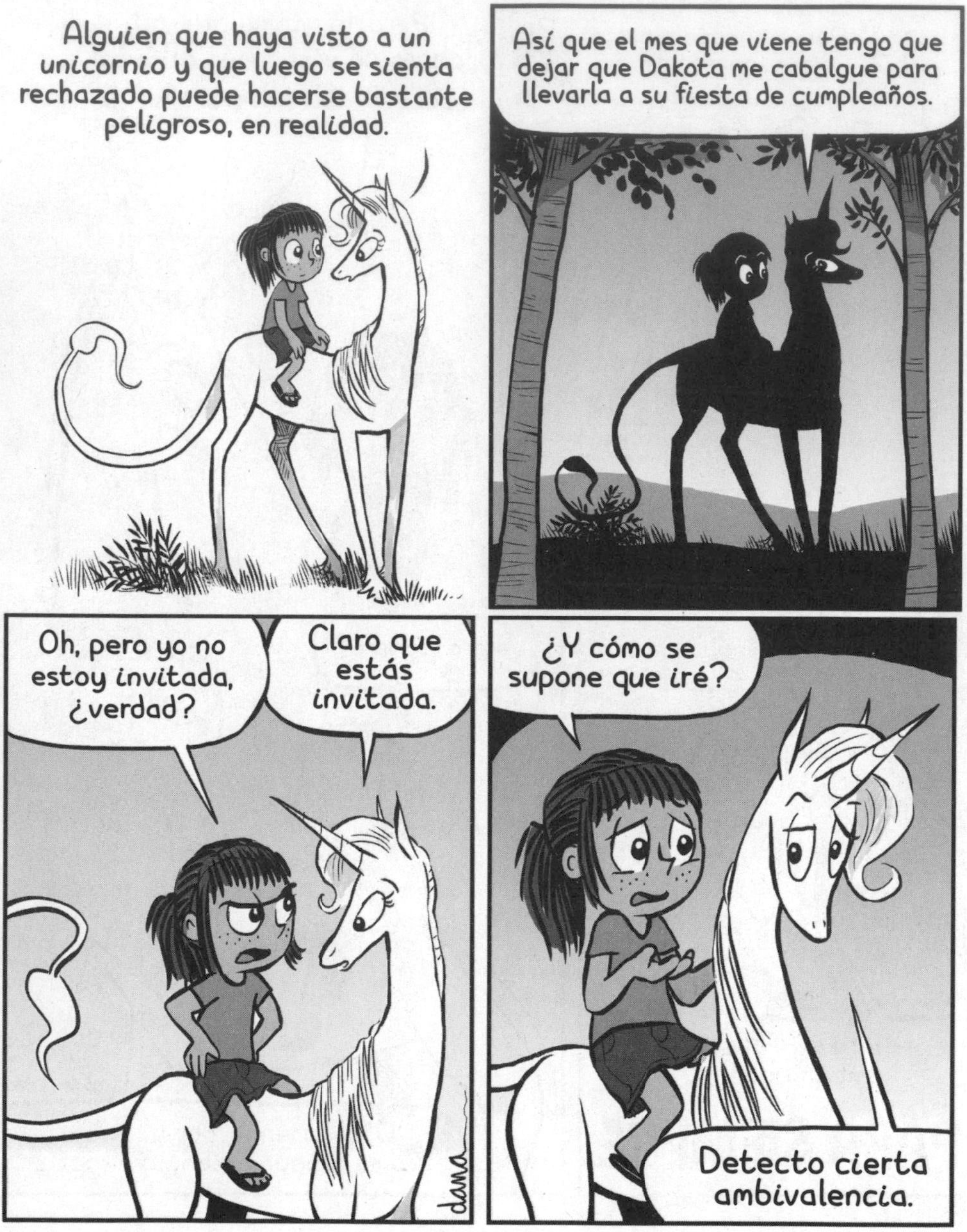
Alguien que haya visto a un unicornio y que luego se sienta rechazado puede hacerse bastante peligroso, en realidad.
Así que el mes que viene tengo que dejar que Dakota me cabalgue para llevarla a su fiesta de cumpleaños.
Oh, pero yo no estoy invitada, ¿verdad?
Claro que estás invitada.
¿Y cómo se supone que iré?
Detecto cierta ambivalencia.

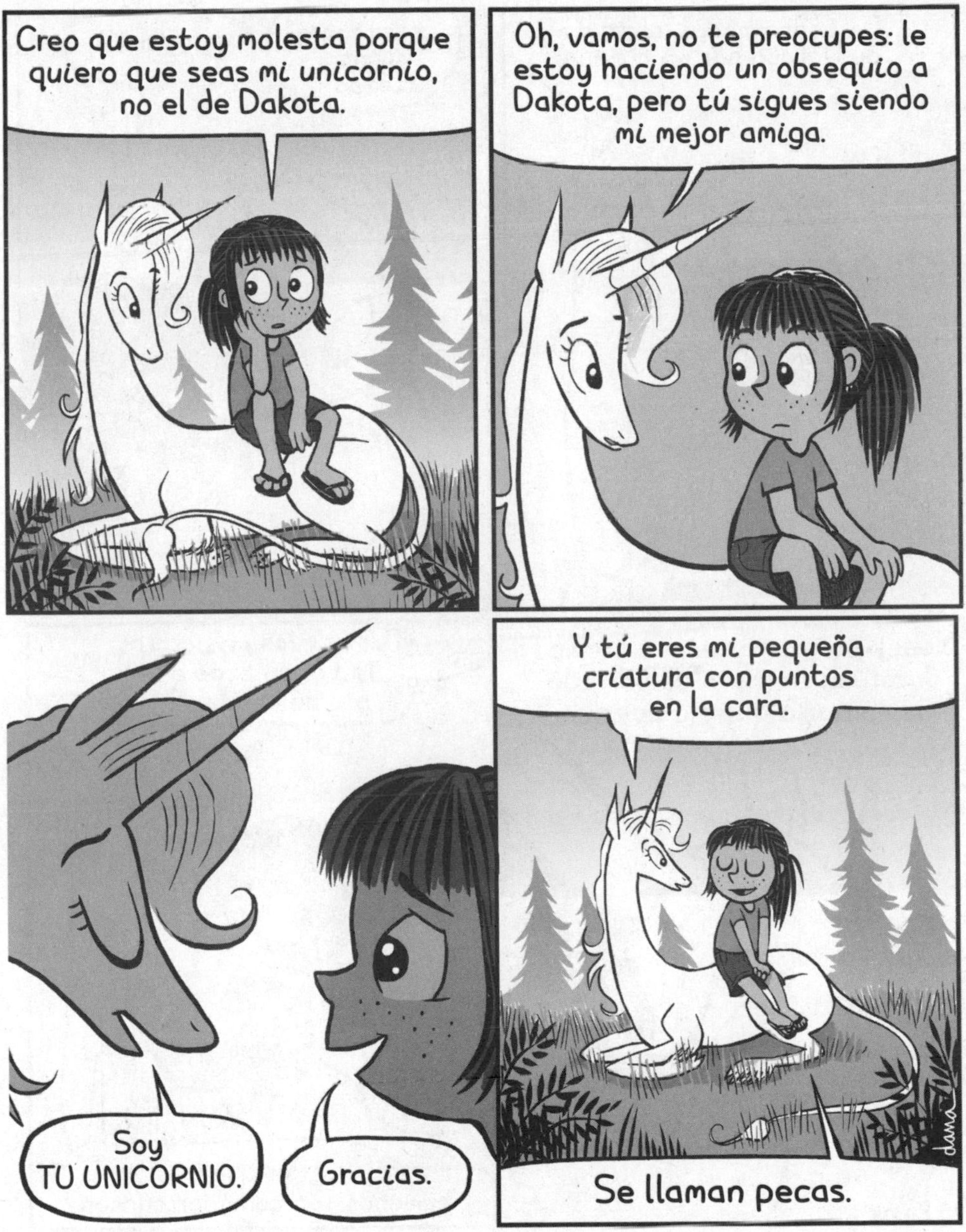
Creo que estoy molesta porque quiero que seas mi unicornio, no el de Dakota.
Oh, vamos, no te preocupes: le estoy haciendo un obsequio a Dakota, pero tú sigues siendo mi mejor amiga.
Soy TU UNICORNIO.
Gracias.
Y tú eres mi pequeña criatura con puntos en la cara.
Se llaman pecas.

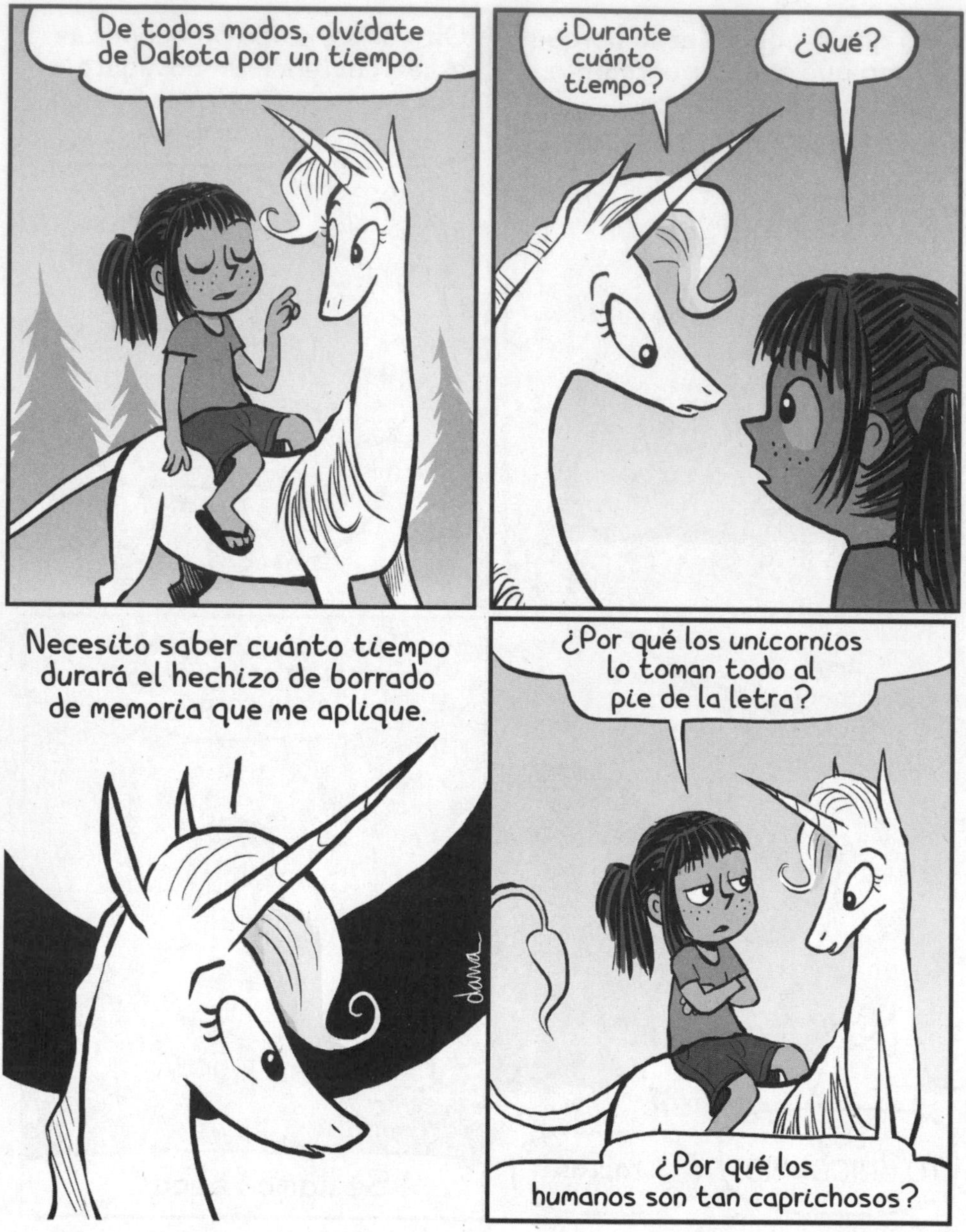
De todos modos, olvídate de Dakota por un tiempo.
¿Durante cuánto tiempo?
¿Qué?
Necesito saber cuánto tiempo durará el hechizo de borrado de memoria que me aplique.
dana
¿Por qué los unicornios lo toman todo al pie de la letra?
¿Por qué los humanos son tan caprichosos?

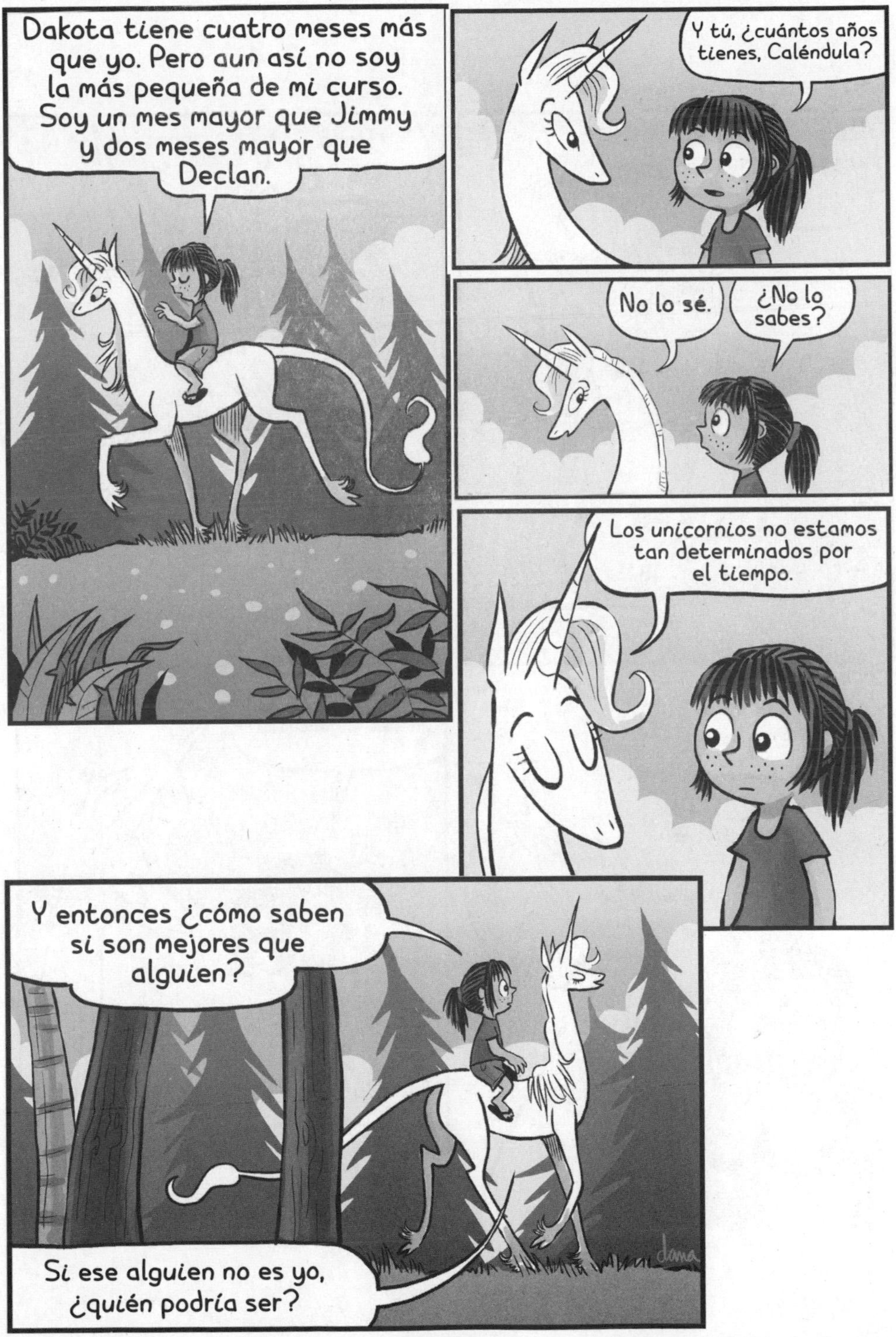

Dakota tiene cuatro meses más que yo. Pero aun así no soy la más pequeña de mi curso. Soy un mes mayor que Jimmy y dos meses mayor que Declan.
Y tú, ¿cuántos años tienes, Caléndula?
No lo sé.
¿No lo sabes?
Los unicornios no estamos tan determinados por el tiempo.
Y entonces ¿cómo saben si son mejores que alguien?
Si ese alguien no es yo, ¿quién podría ser?

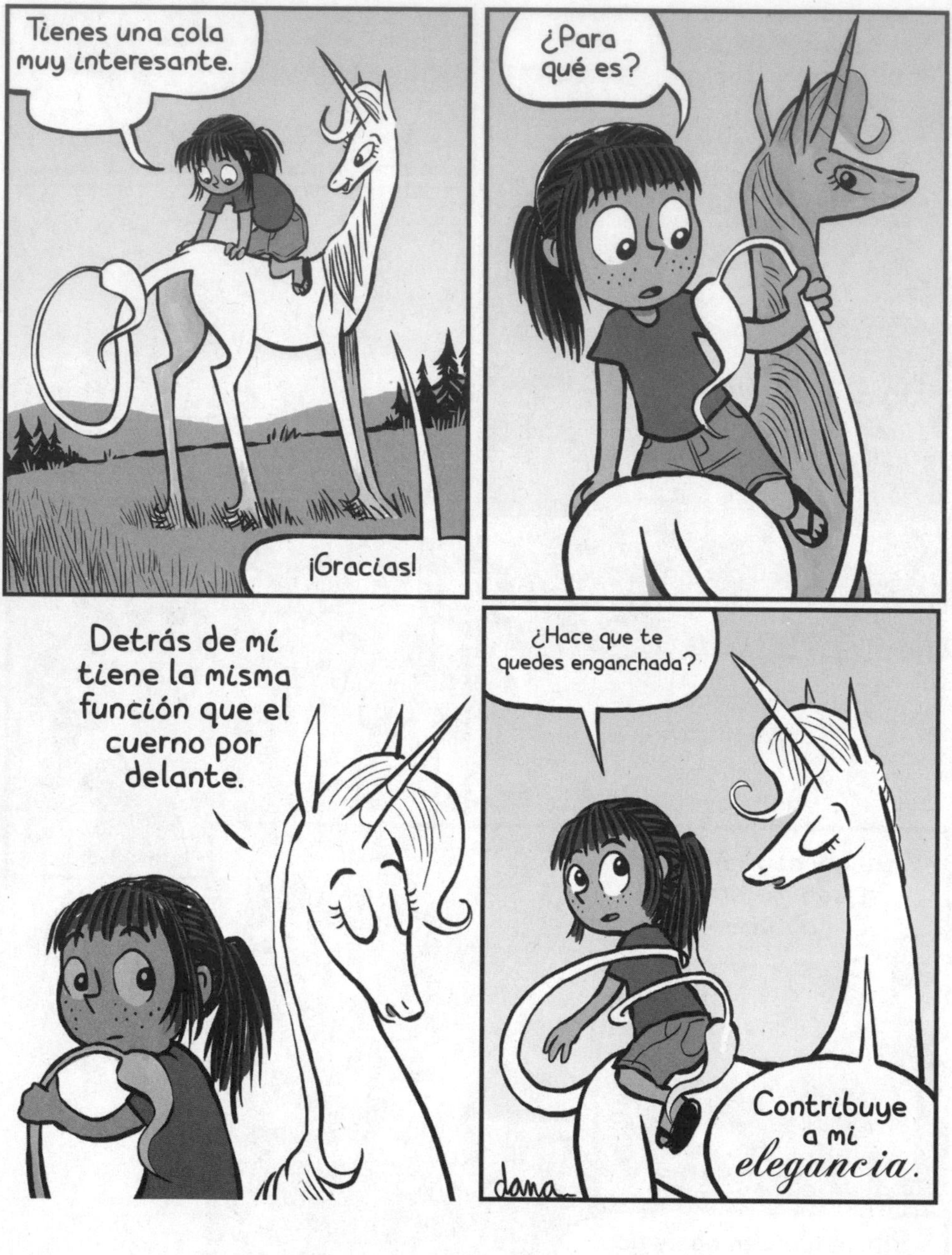
Tienes una cola muy interesante.
¡Gracias!
¿Para qué es?
Detrás de mí tiene la misma función que el cuerno por delante.
¿Hace que te quedes enganchada?
Contribuye a mi *elegancia*.
dana

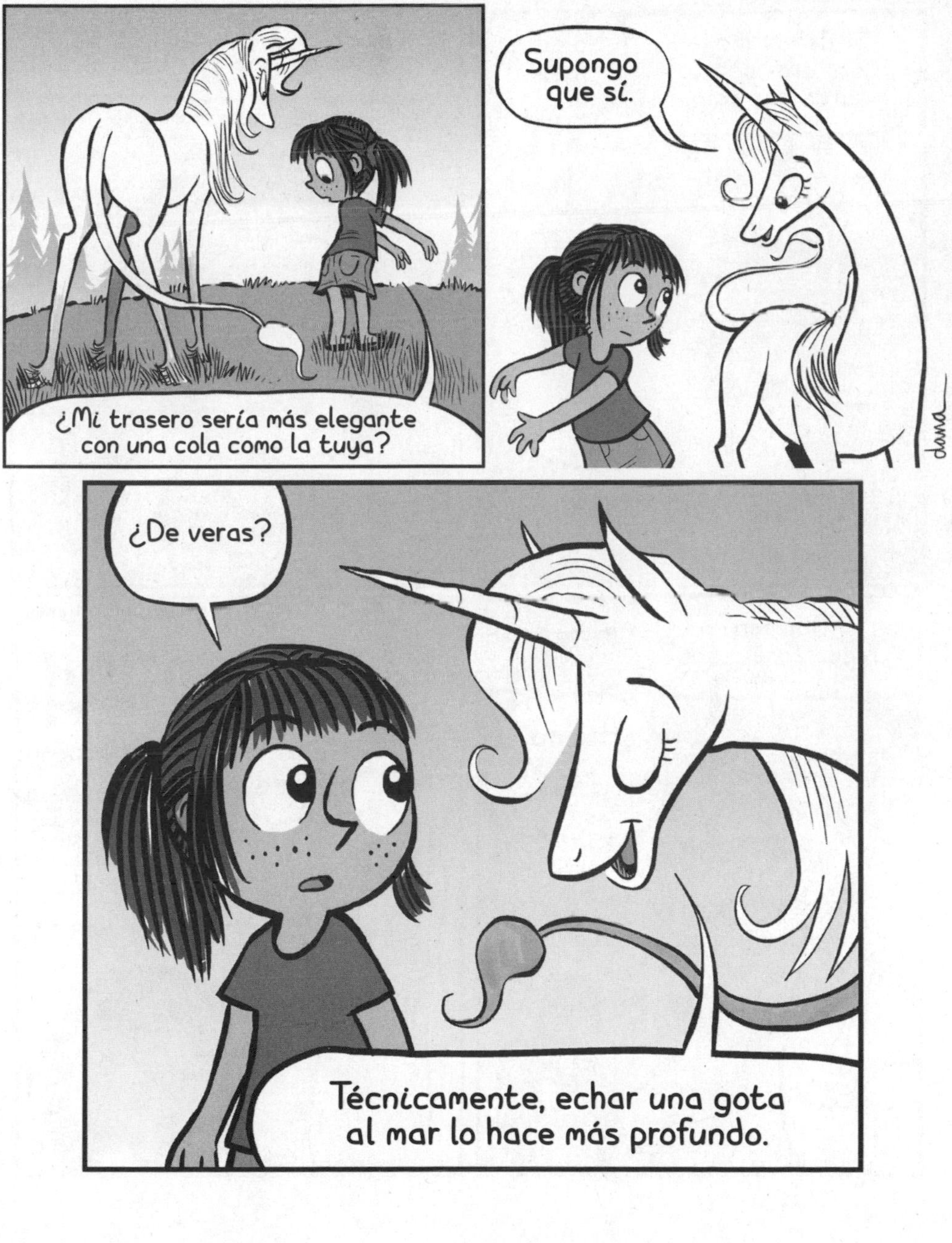
¿Mi trasero sería más elegante con una cola como la tuya?
Supongo que sí.
¿De veras?
Técnicamente, echar una gota al mar lo hace más profundo.

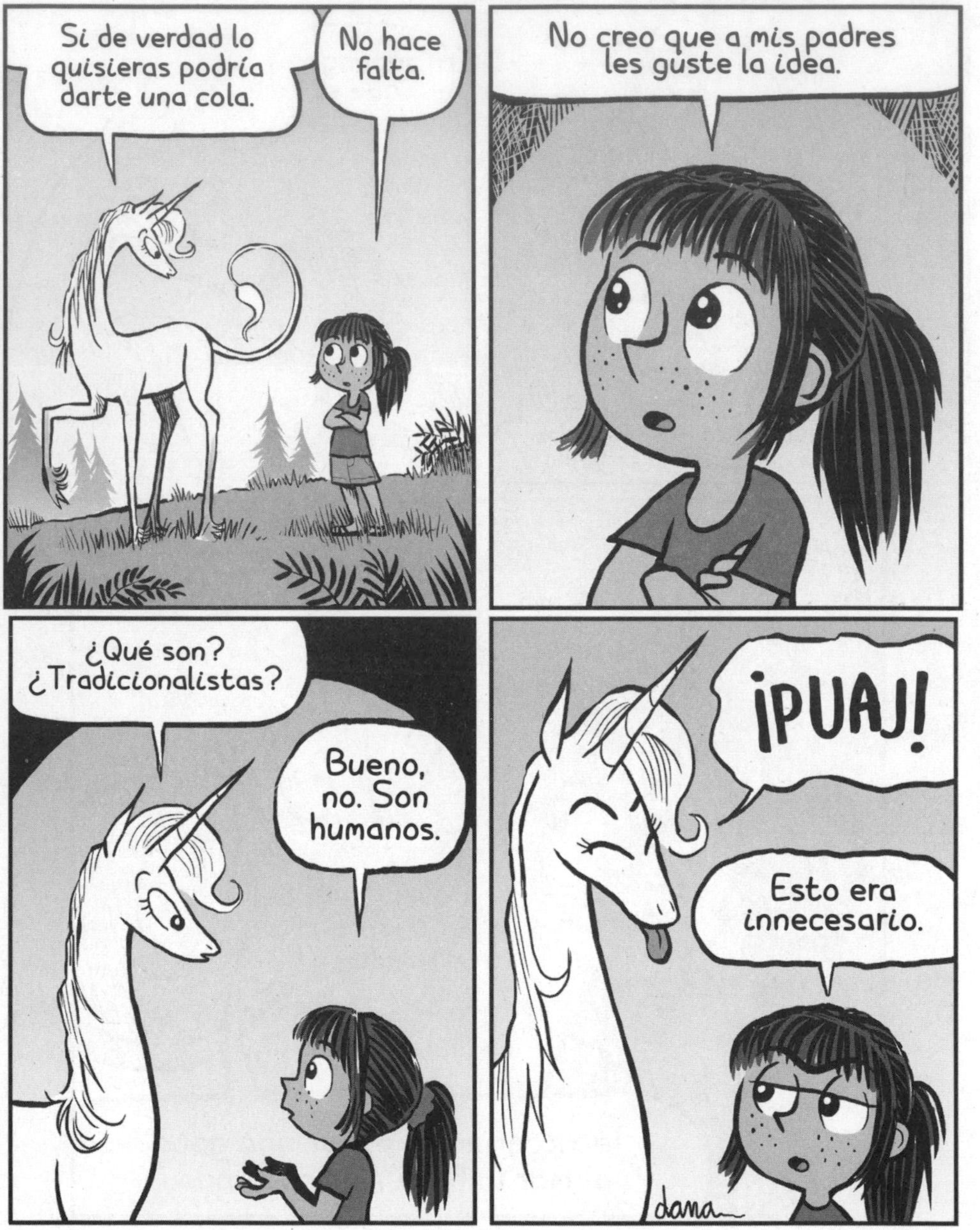
Si de verdad lo quisieras podría darte una cola.
No hace falta.
No creo que a mis padres les guste la idea.
¿Qué son? ¿Tradicionalistas?
Bueno, no. Son humanos.
¡PUAJ!
Esto era innecesario.
dana

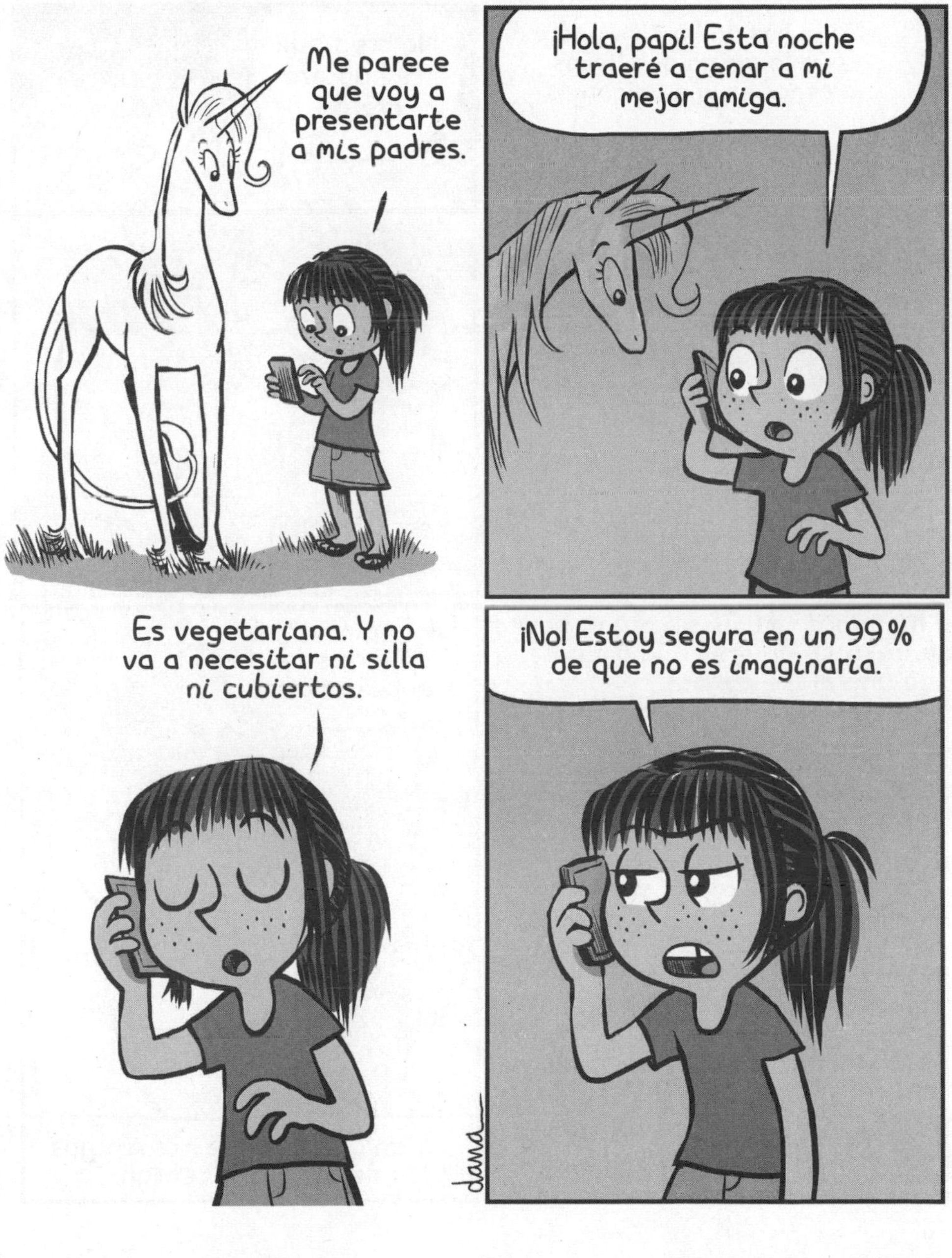
Me parece que voy a presentarte a mis padres.
¡Hola, papi! Esta noche traeré a cenar a mi mejor amiga.
Es vegetariana. Y no va a necesitar ni silla ni cubiertos.
¡No! Estoy segura en un 99 % de que no es imaginaria.
dana

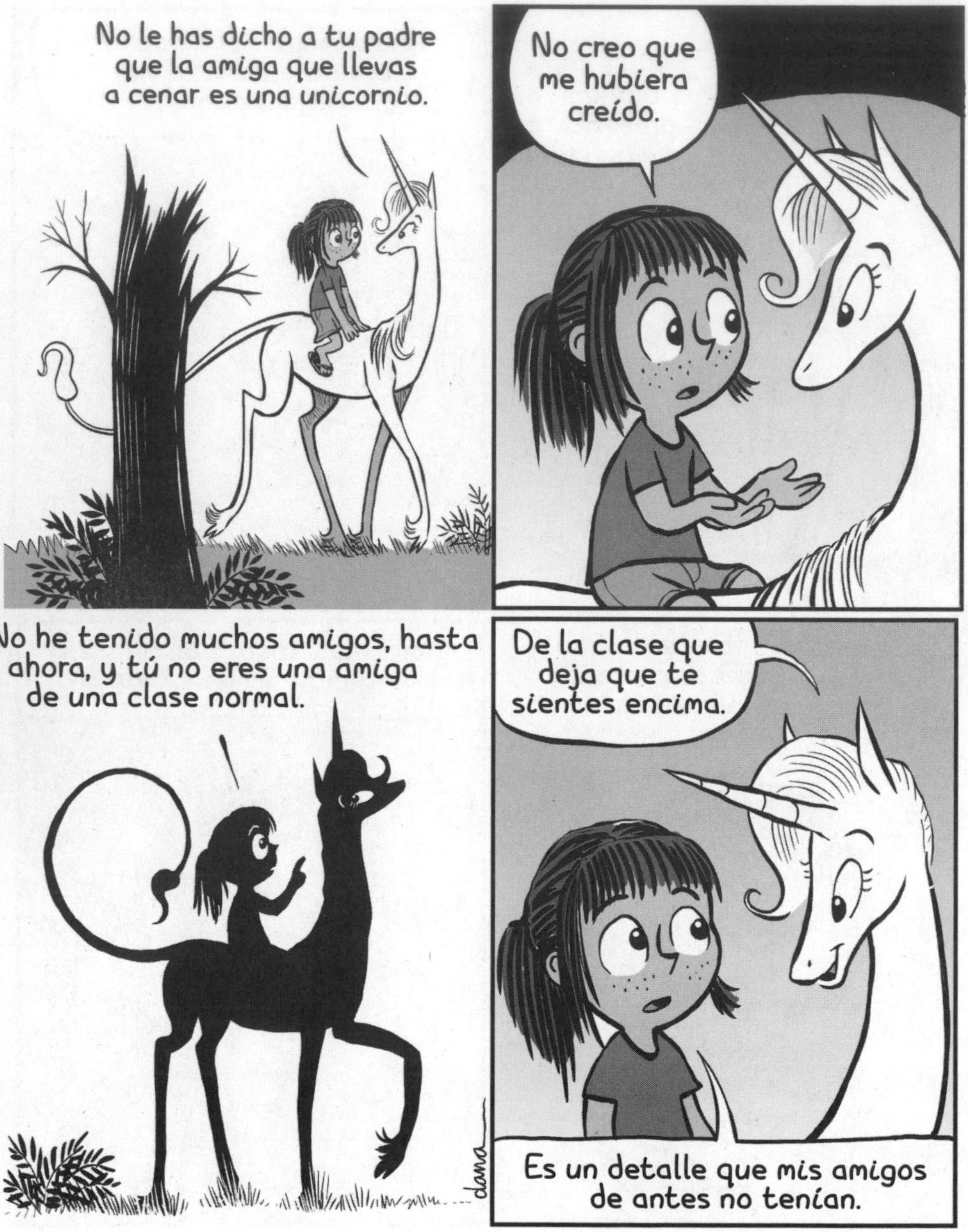
No le has dicho a tu padre que la amiga que llevas a cenar es una unicornio.
No creo que me hubiera creído.
No he tenido muchos amigos, hasta ahora, y tú no eres una amiga de una clase normal.
De la clase que deja que te sientes encima.
Es un detalle que mis amigos de antes no tenían.
dana

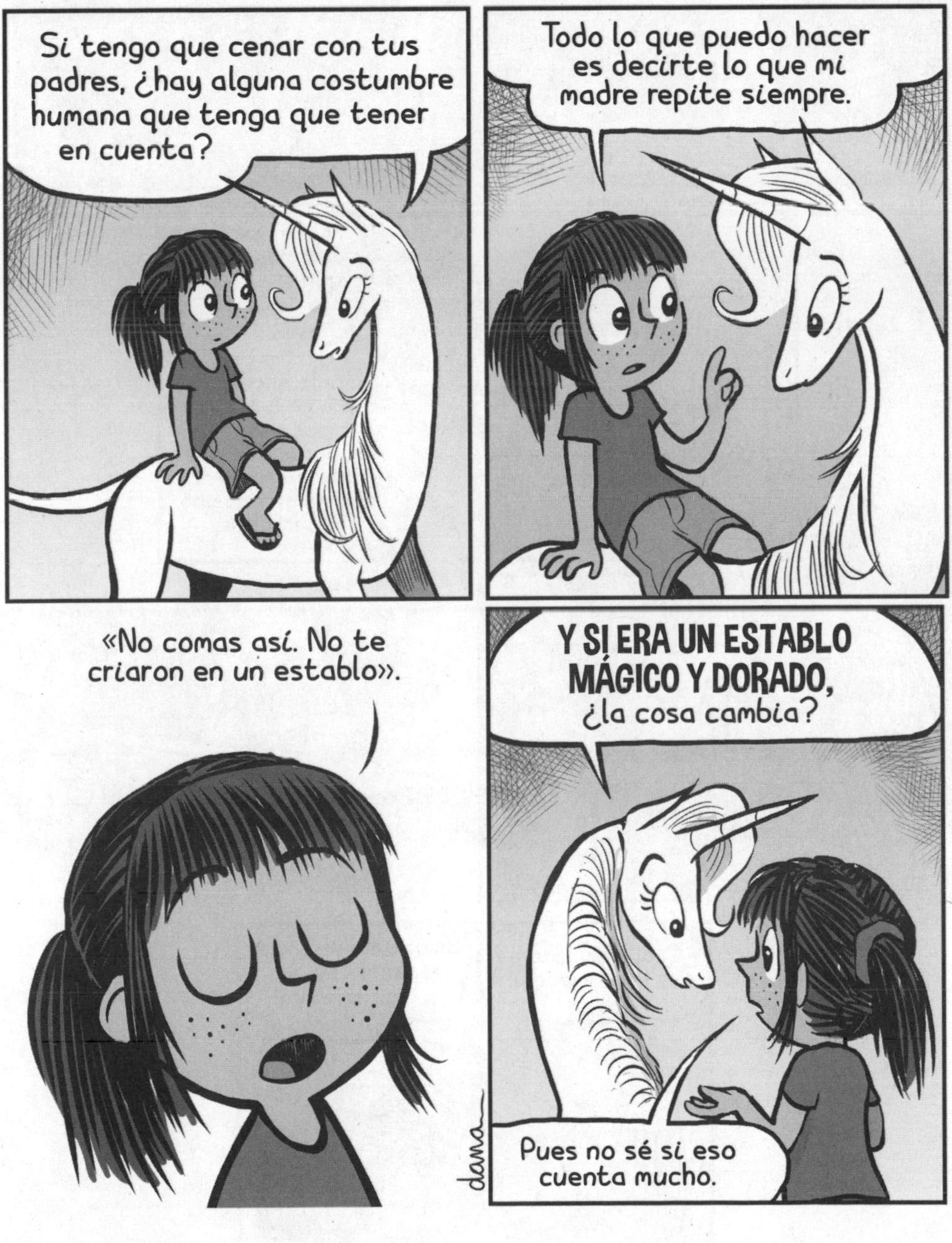
Si tengo que cenar con tus padres, ¿hay alguna costumbre humana que tenga que tener en cuenta?
Todo lo que puedo hacer es decirte lo que mi madre repite siempre.
«No comas así. No te criaron en un establo».
Y SI ERA UN ESTABLO MÁGICO Y DORADO, ¿la cosa cambia?
Pues no sé si eso cuenta mucho.
dana

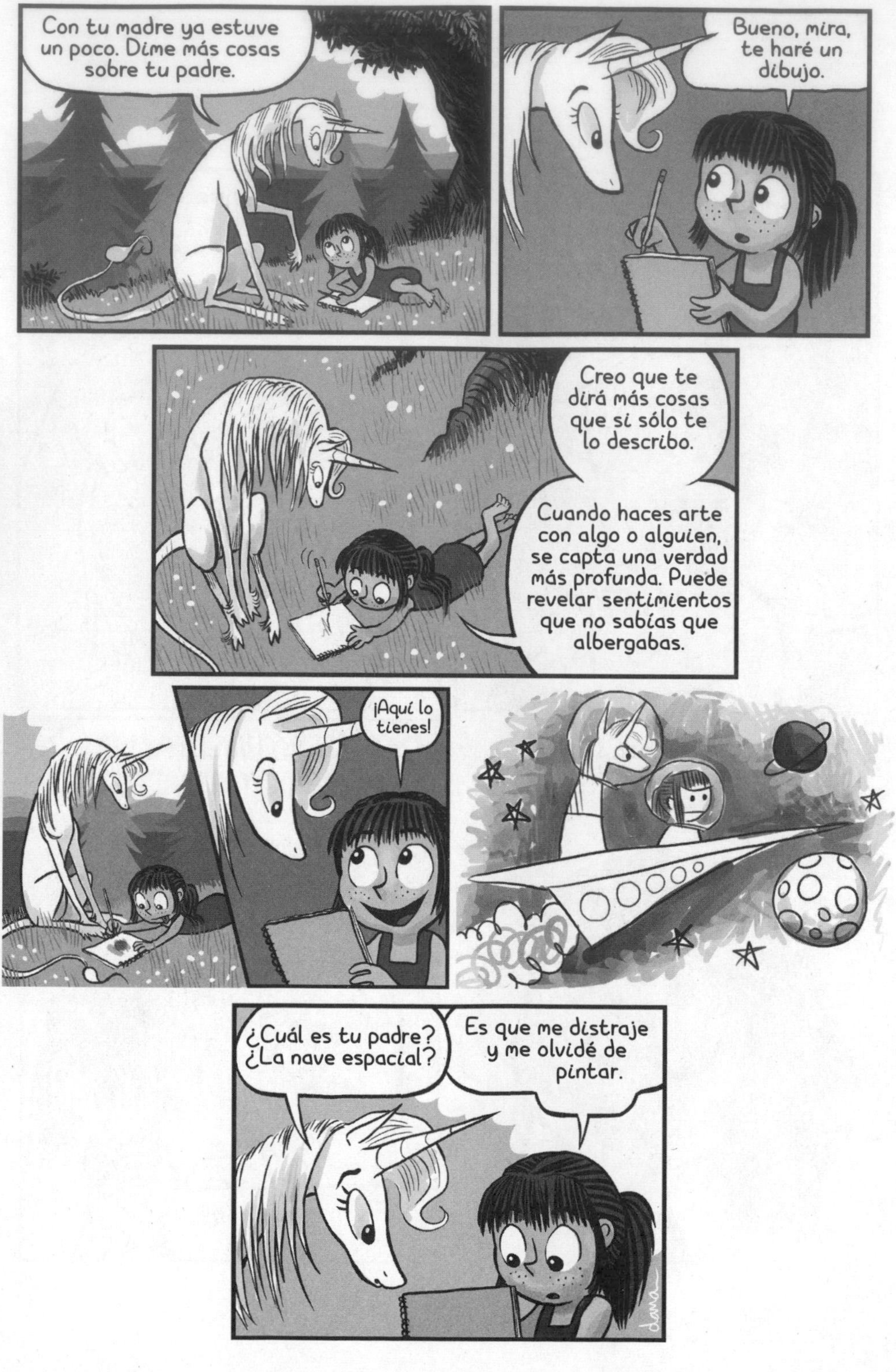

Con tu madre ya estuve un poco. Dime más cosas sobre tu padre.
Bueno, mira, te haré un dibujo.
Creo que te dirá más cosas que si sólo te lo describo.
Cuando haces arte con algo o alguien, se capta una verdad más profunda. Puede revelar sentimientos que no sabías que albergabas.
¡Aquí lo tienes!
¿Cuál es tu padre? ¿La nave espacial?
Es que me distraje y me olvidé de pintar.

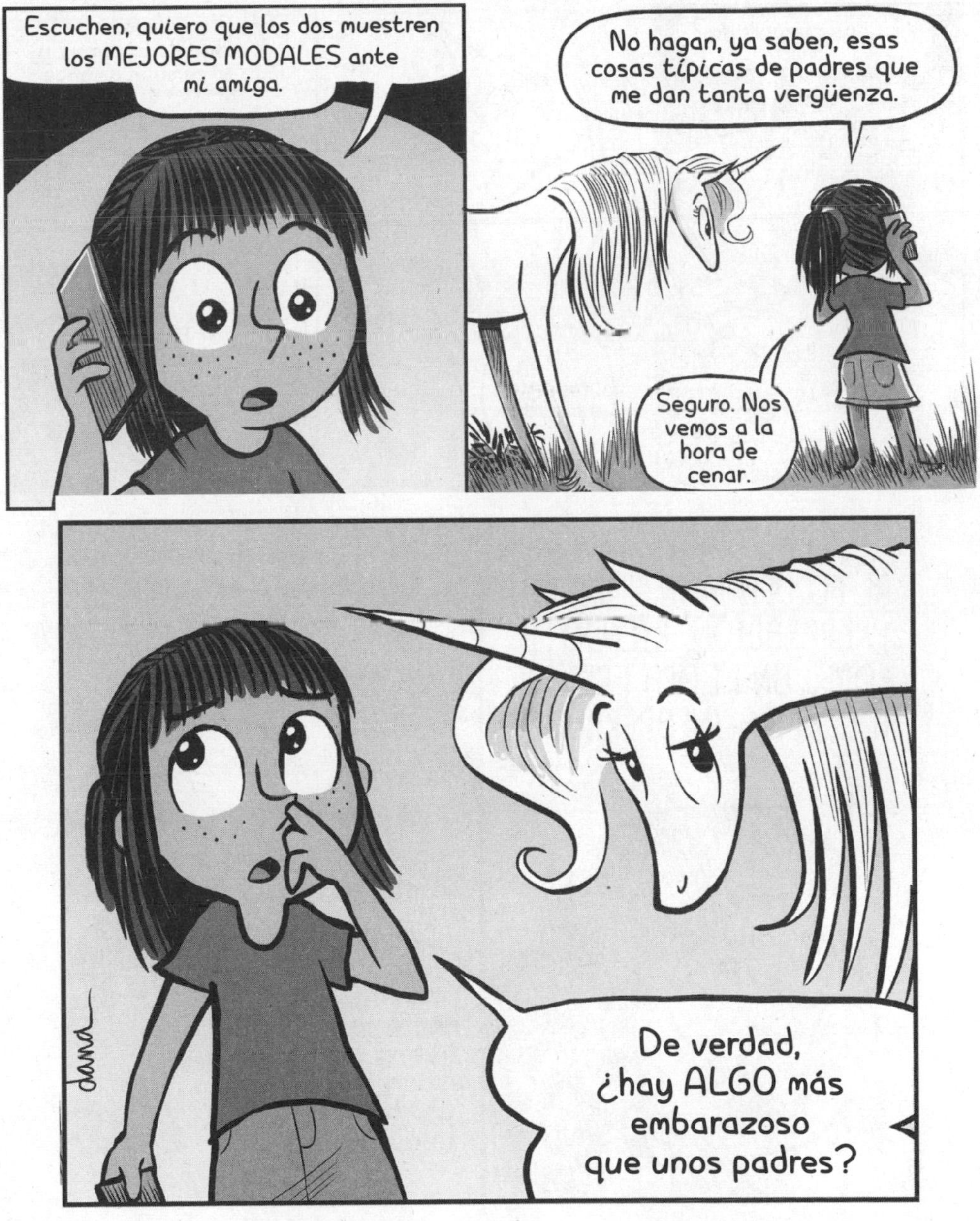
Escuchen, quiero que los dos muestren los MEJORES MODALES ante mi amiga.
No hagan, ya saben, esas cosas típicas de padres que me dan tanta vergüenza.
Seguro. Nos vemos a la hora de cenar.
De verdad, ¿hay ALGO más embarazoso que unos padres?

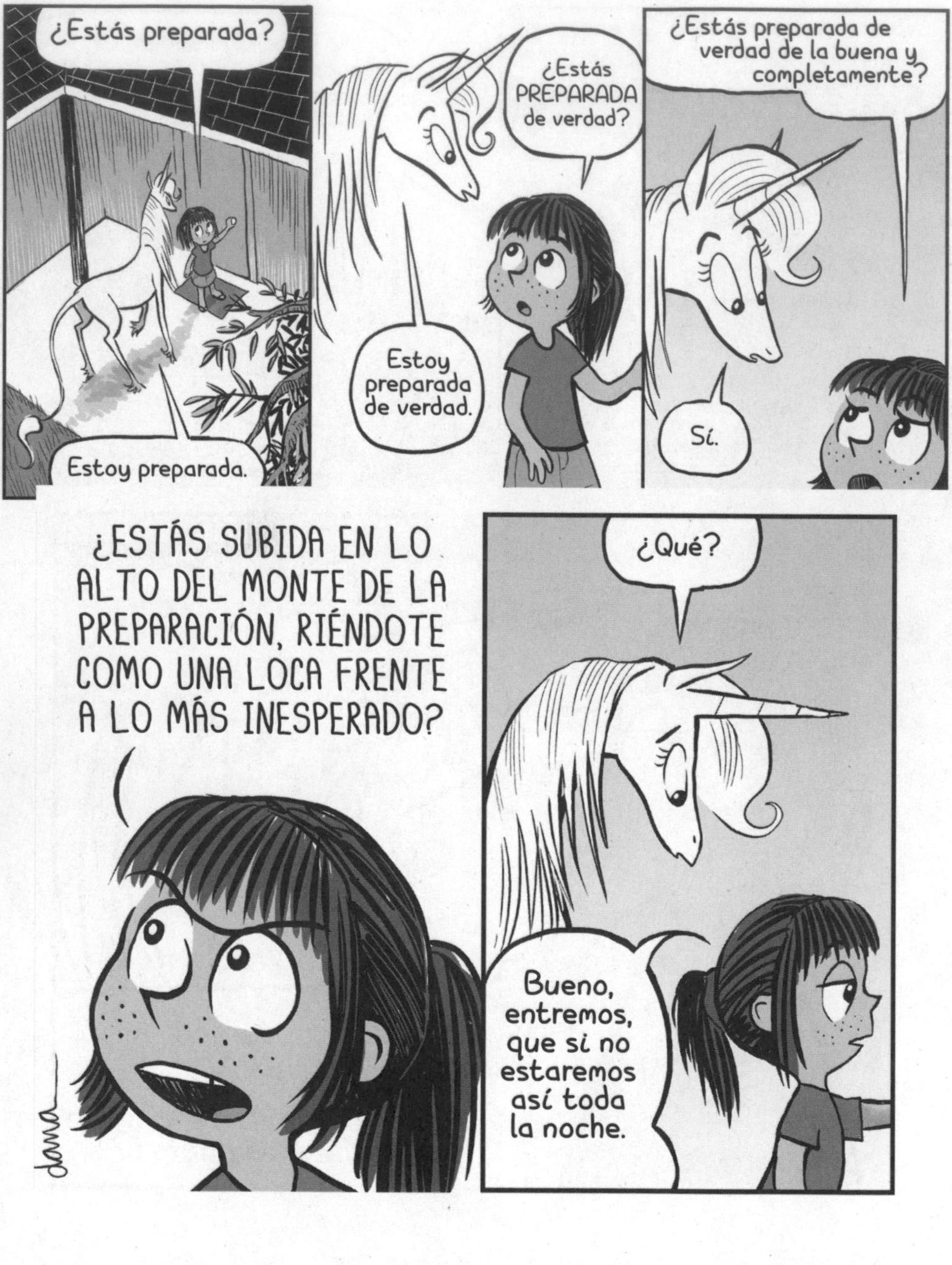

¿Estás preparada?
Estoy preparada.
¿Estás PREPARADA de verdad?
Estoy preparada de verdad.
¿Estás preparada de verdad de la buena y completamente?
Sí.
¿ESTÁS SUBIDA EN LO ALTO DEL MONTE DE LA PREPARACIÓN, RIÉNDOTE COMO UNA LOCA FRENTE A LO MÁS INESPERADO?
¿Qué?
Bueno, entremos, que si no estaremos así toda la noche.

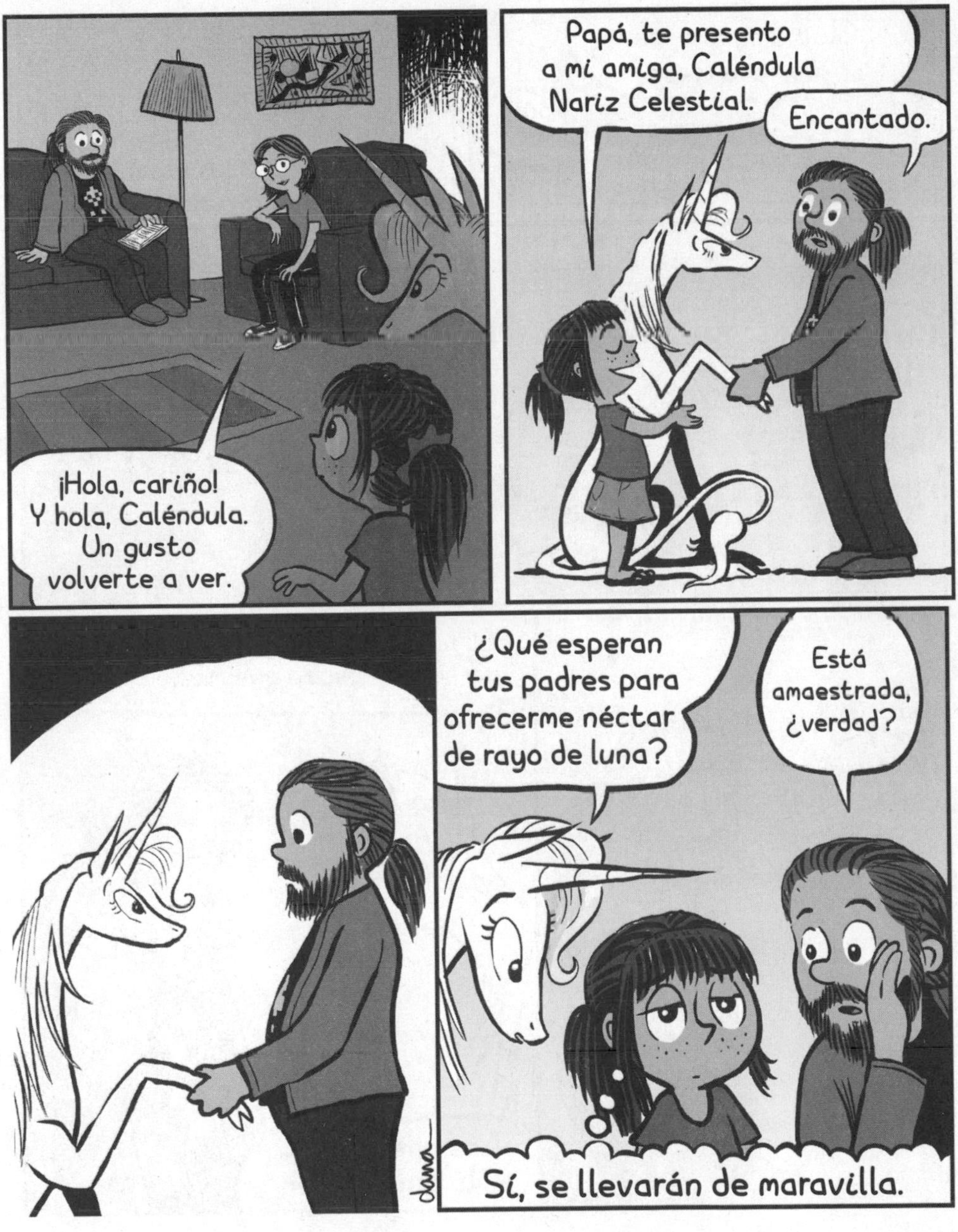
¡Hola, cariño! Y hola, Caléndula. Un gusto volverte a ver.
Papá, te presento a mi amiga, Caléndula Nariz Celestial.
Encantado.
¿Qué esperan tus padres para ofrecerme néctar de rayo de luna?
Está amaestrada, ¿verdad?
Sí, se llevarán de maravilla.
dana

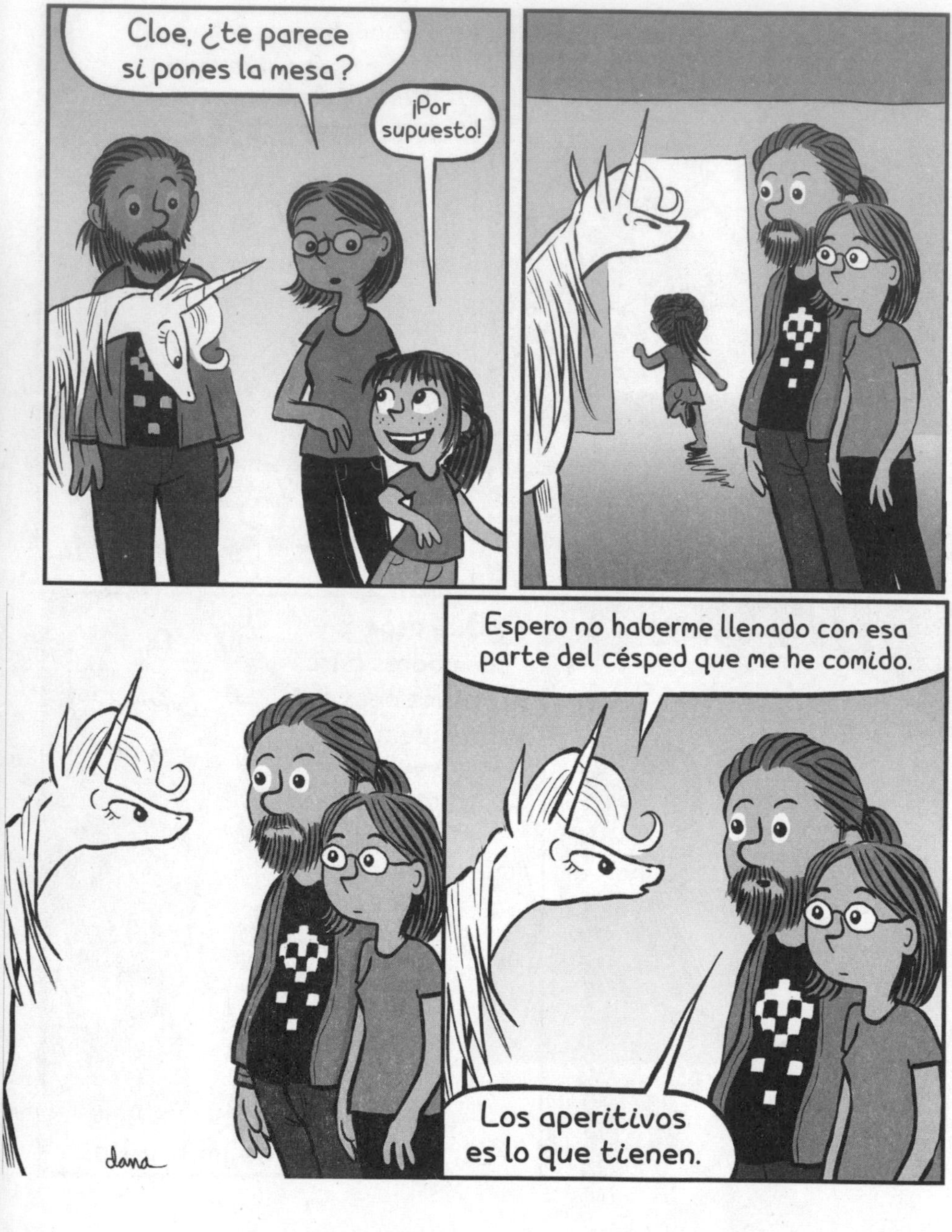

Cloe, ¿te parece sí pones la mesa?
¡Por supuesto!
Espero no haberme llenado con esa parte del césped que me he comido.
Los aperitivos es lo que tienen.
dana

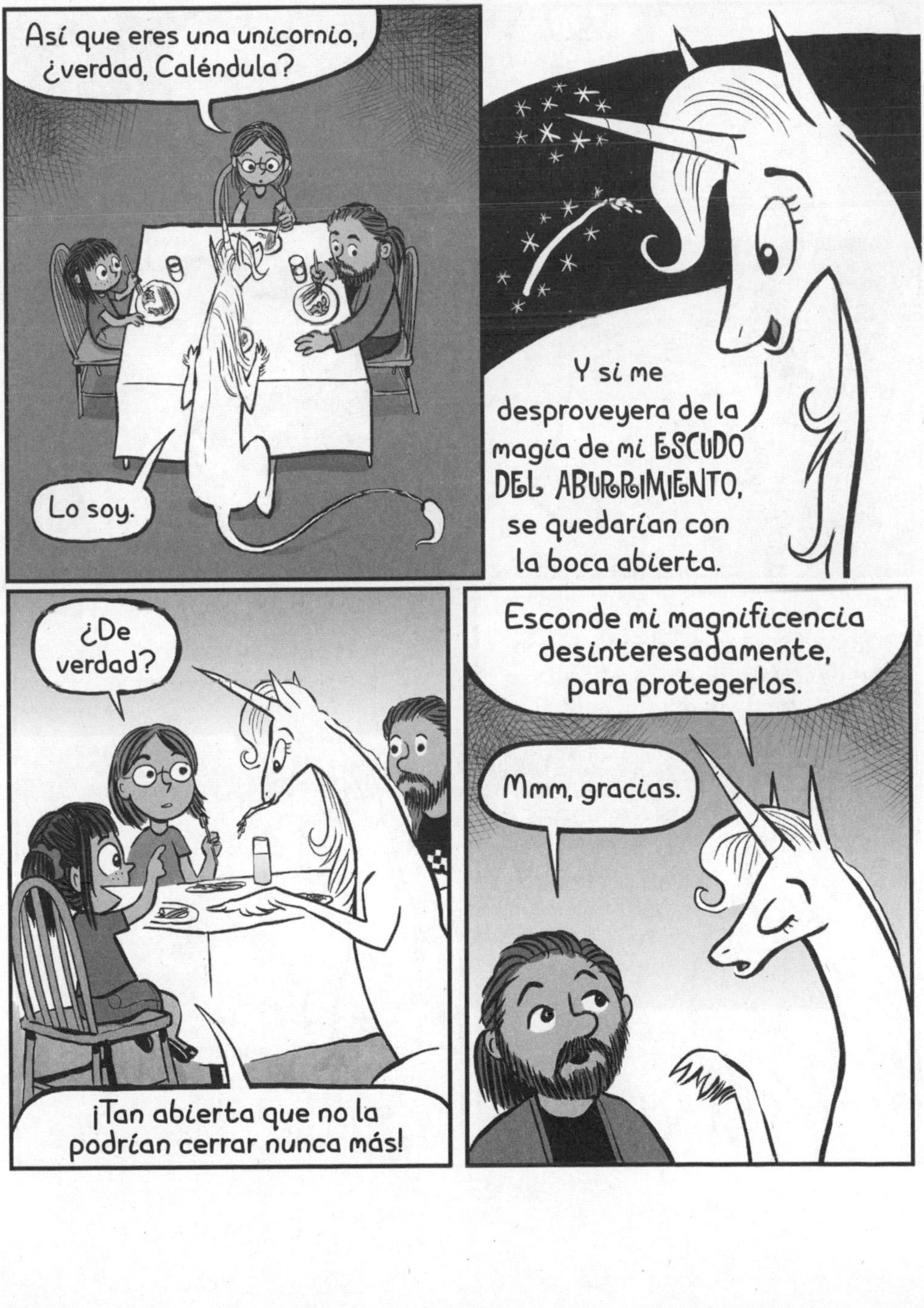
Así que eres una unicornio, ¿verdad, Caléndula?
Lo soy.
Y si me desproveyera de la magia de mi ESCUDO DEL ABURRIMIENTO, se quedarían con la boca abierta.
¿De verdad?
¡Tan abierta que no la podrían cerrar nunca más!
Esconde mi magnificencia desinteresadamente, para protegerlos.
Mmm, gracias.

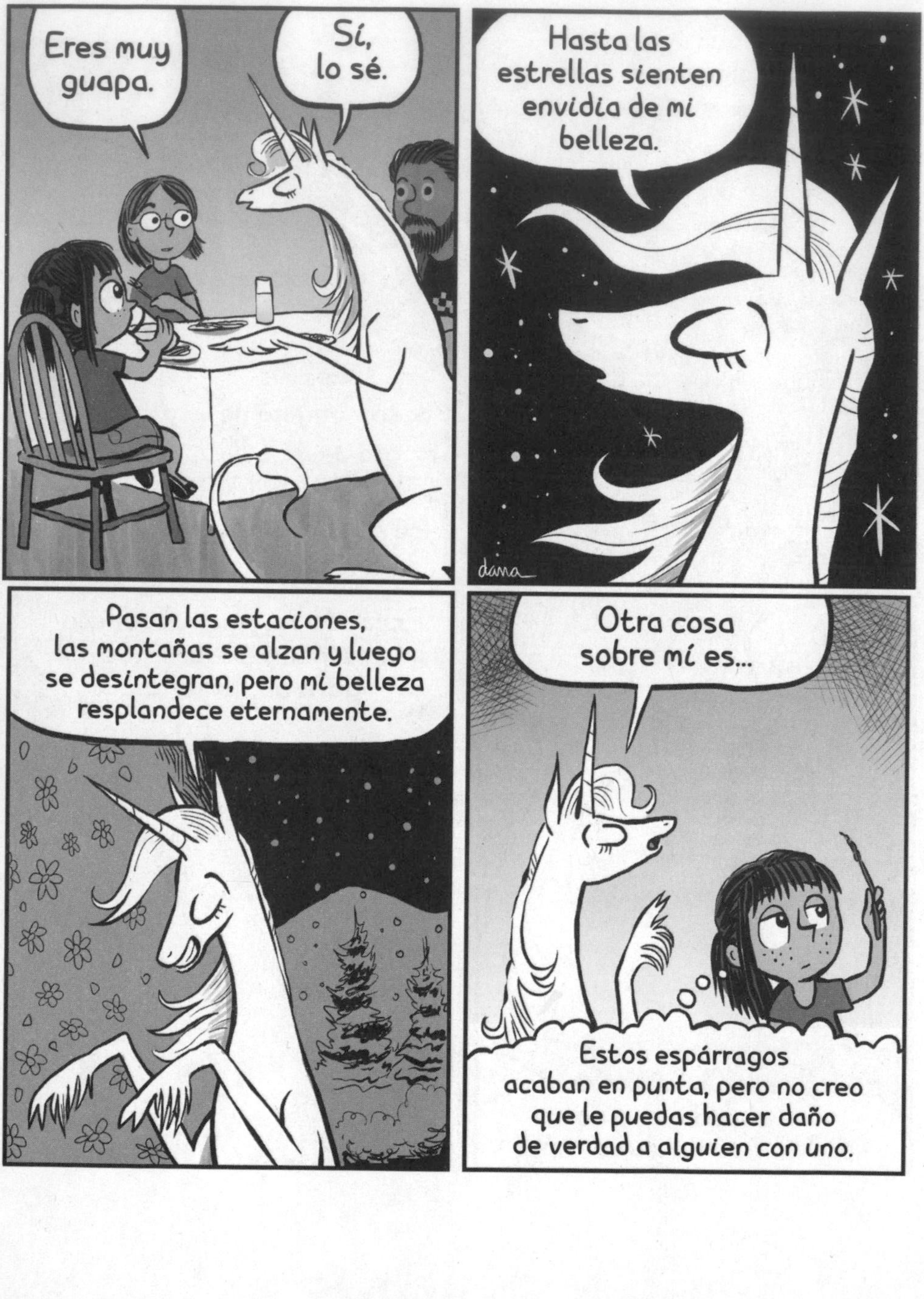
Eres muy guapa.
Sí, lo sé.
Hasta las estrellas sienten envidia de mi belleza.
dana
Pasan las estaciones, las montañas se alzan y luego se desintegran, pero mi belleza resplandece eternamente.
Otra cosa sobre mí es...
Estos espárragos acaban en punta, pero no creo que le puedas hacer daño de verdad a alguien con uno.

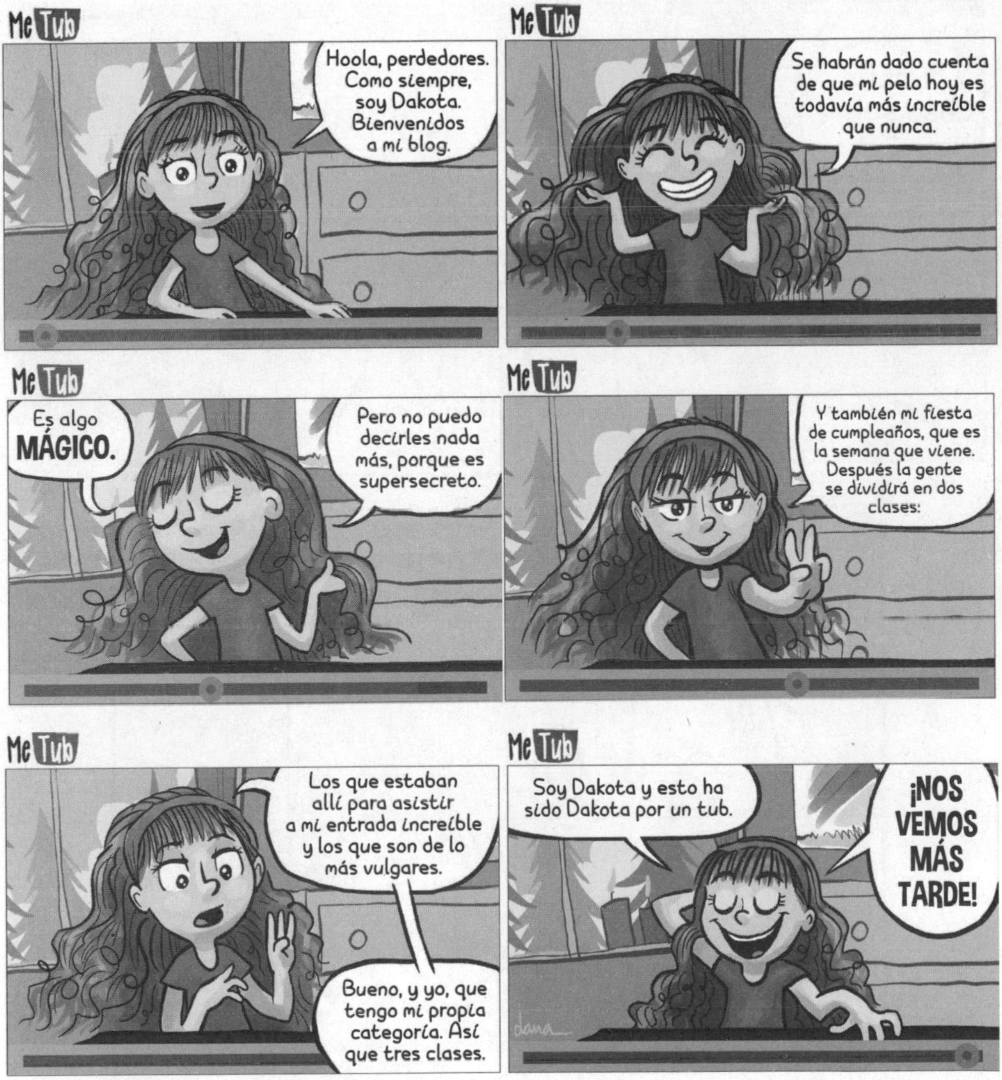

MeTub
Hoola, perdedores. Como siempre, soy Dakota. Bienvenidos a mi blog.
MeTub
Se habrán dado cuenta de que mi pelo hoy es todavía más increíble que nunca.
MeTub
Es algo MÁGICO.
Pero no puedo decirles nada más, porque es supersecreto.
MeTub
Y también mi fiesta de cumpleaños, que es la semana que viene. Después la gente se dividirá en dos clases:
MeTub
Los que estaban allí para asistir a mi entrada increíble y los que son de lo más vulgares.
Bueno, y yo, que tengo mi propia categoría. Así que tres clases.
MeTub
Soy Dakota y esto ha sido Dakota por un tub.
¡NOS VEMOS MÁS TARDE!

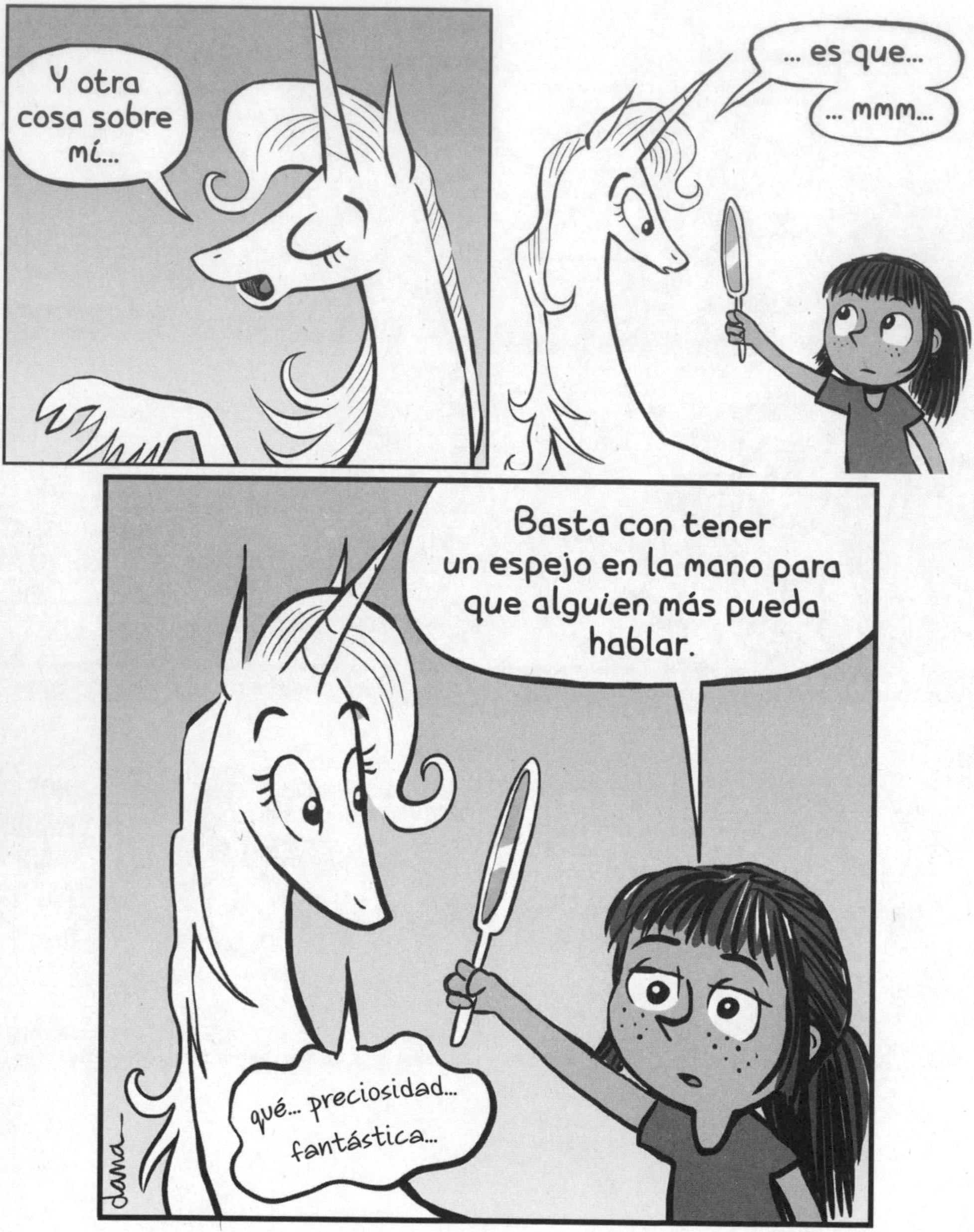
Y otra cosa sobre mí...
... es que...
... mmm...
Basta con tener un espejo en la mano para que alguien más pueda hablar.
qué... preciosidad... fantástica...

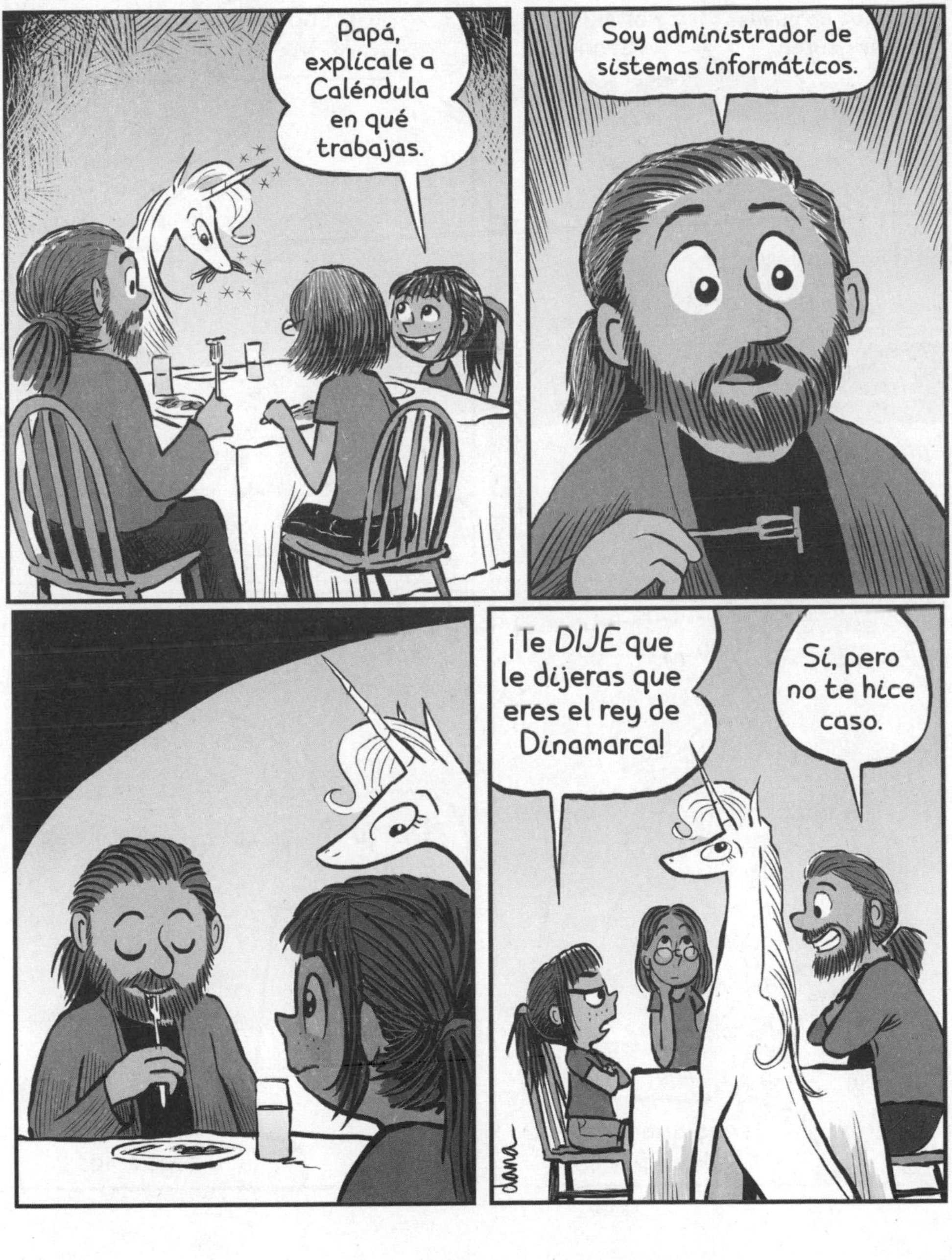
Papá, explícale a Caléndula en qué trabajas.
Soy administrador de sistemas informáticos.
¡Te DIJE que le dijeras que eres el rey de Dinamarca!
Sí, pero no te hice caso.

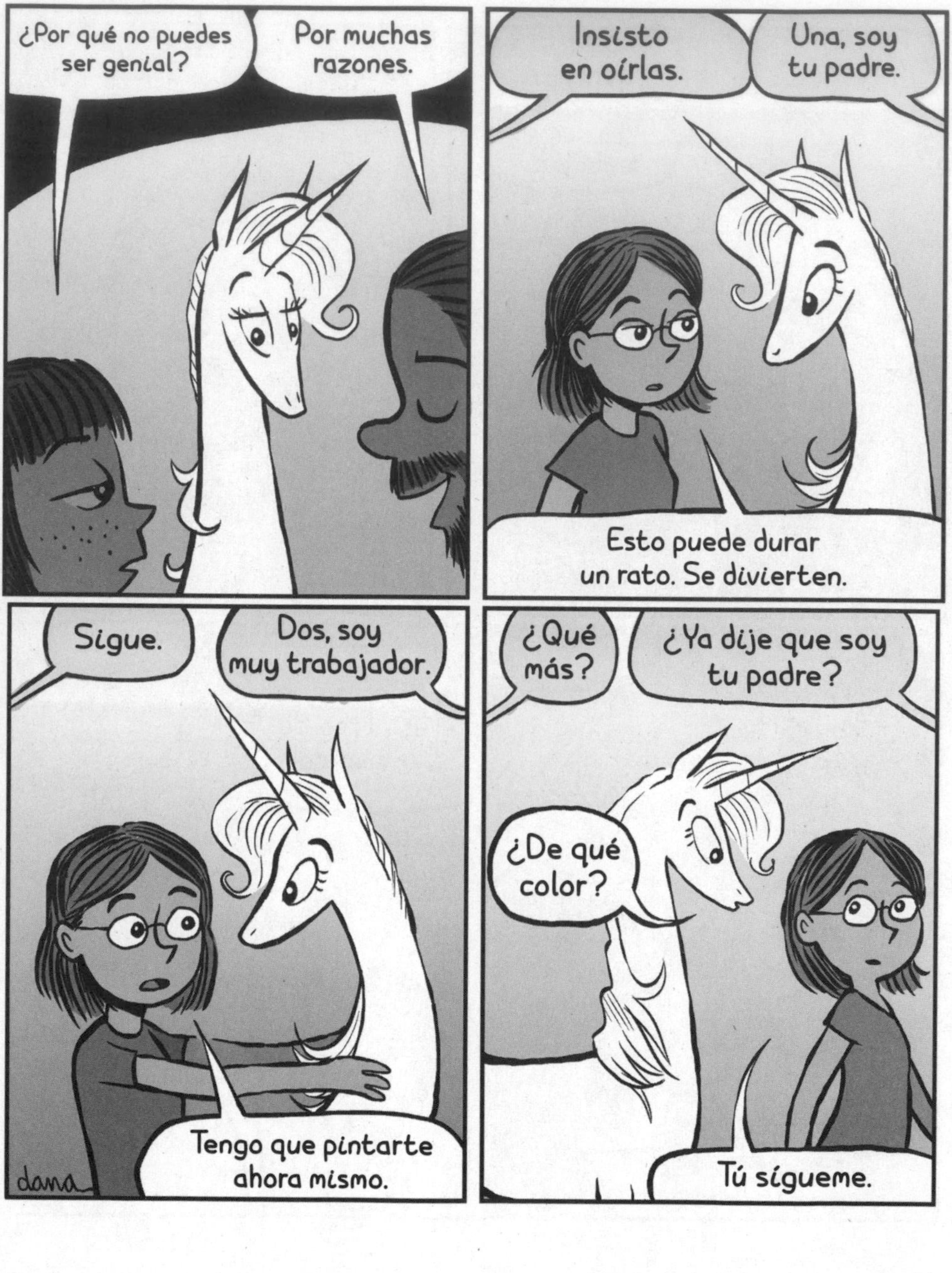
¿Por qué no puedes ser genial?
Por muchas razones.
Insisto en oírlas.
Una, soy tu padre.
Esto puede durar un rato. Se divierten.
Sigue.
Dos, soy muy trabajador.
Tengo que pintarte ahora mismo.
dana
¿Qué más?
¿Ya dije que soy tu padre?
¿De qué color?
Tú sígueme.

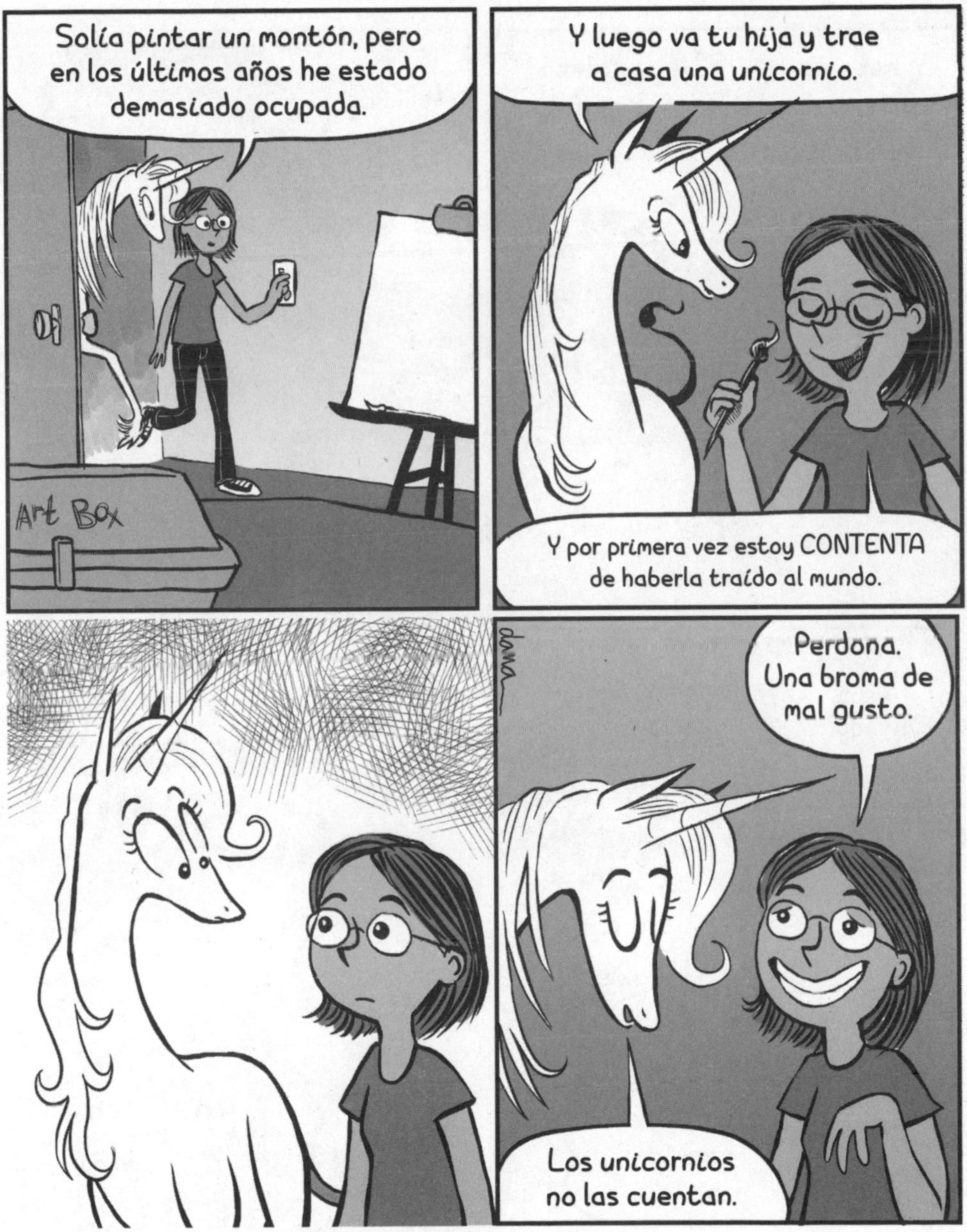
Solía pintar un montón, pero en los últimos años he estado demasiado ocupada.
Art Box
Y luego va tu hija y trae a casa una unicornio.
Y por primera vez estoy CONTENTA de haberla traído al mundo.
dana
Perdona. Una broma de mal gusto.
Los unicornios no las cuentan.

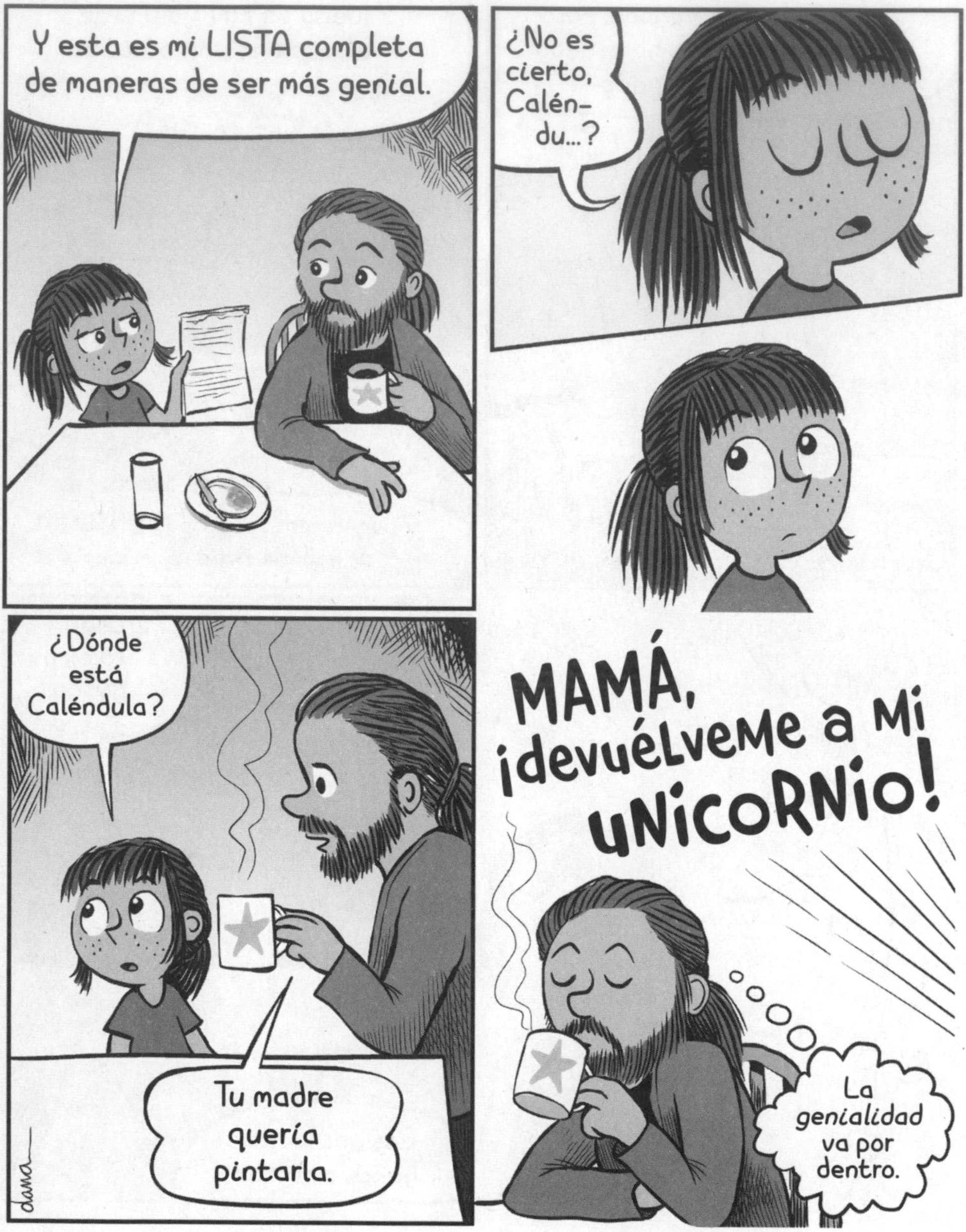
Y esta es mi LISTA completa de maneras de ser más genial.
¿No es cierto, Calén- du...?
¿Dónde está Caléndula?
Tu madre quería pintarla.
MAMÁ, ¡devuélveme a mi UNICORNIO!
La genialidad va por dentro.
dama

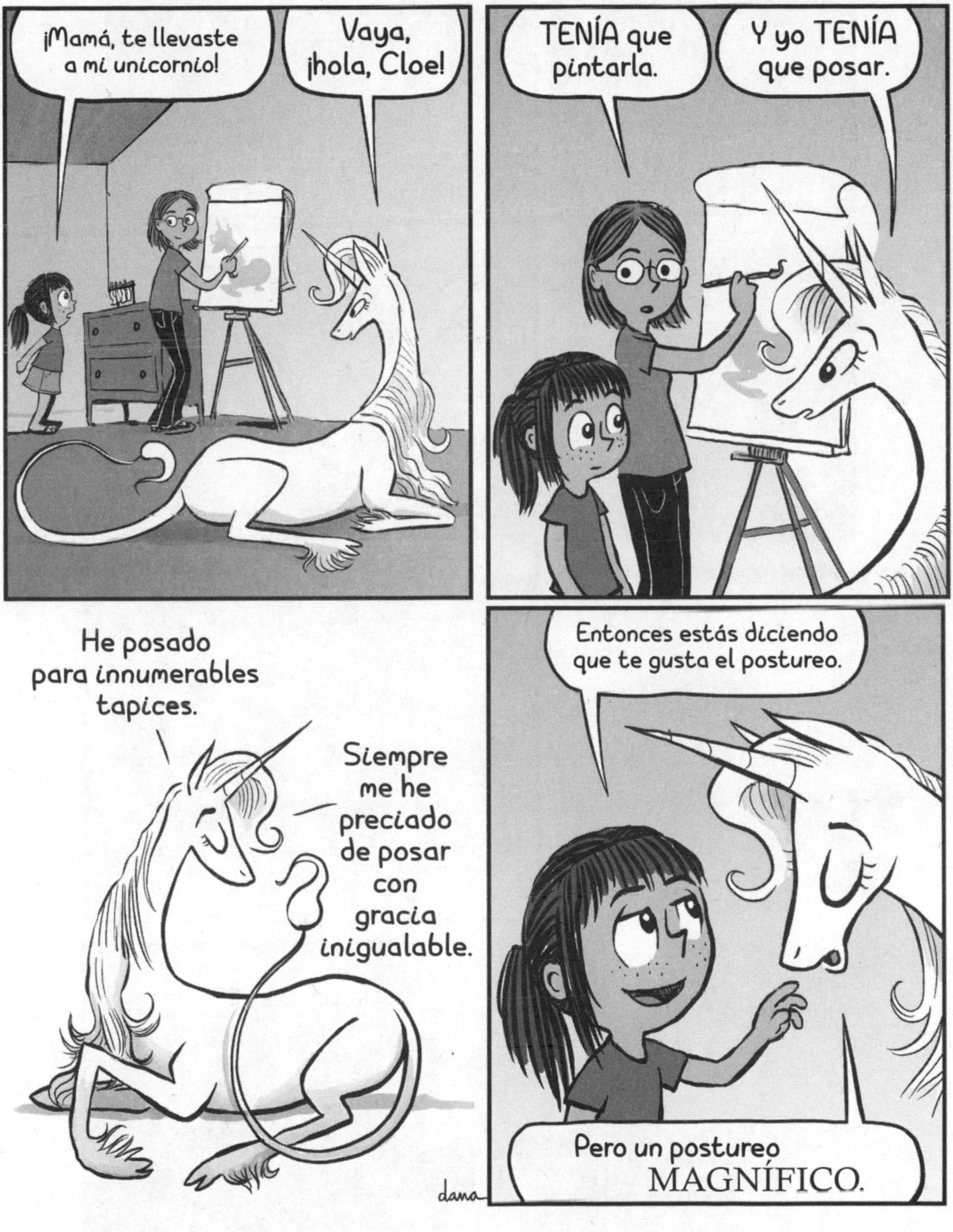
¡Mamá, te llevaste a mi unicornio!
Vaya, ¡hola, Cloe!
TENÍA que pintarla.
Y yo TENÍA que posar.
He posado para innumerables tapices.
Siempre me he preciado de posar con gracia inigualable.
Entonces estás diciendo que te gusta el postureo.
Pero un postureo MAGNÍFICO.
dana

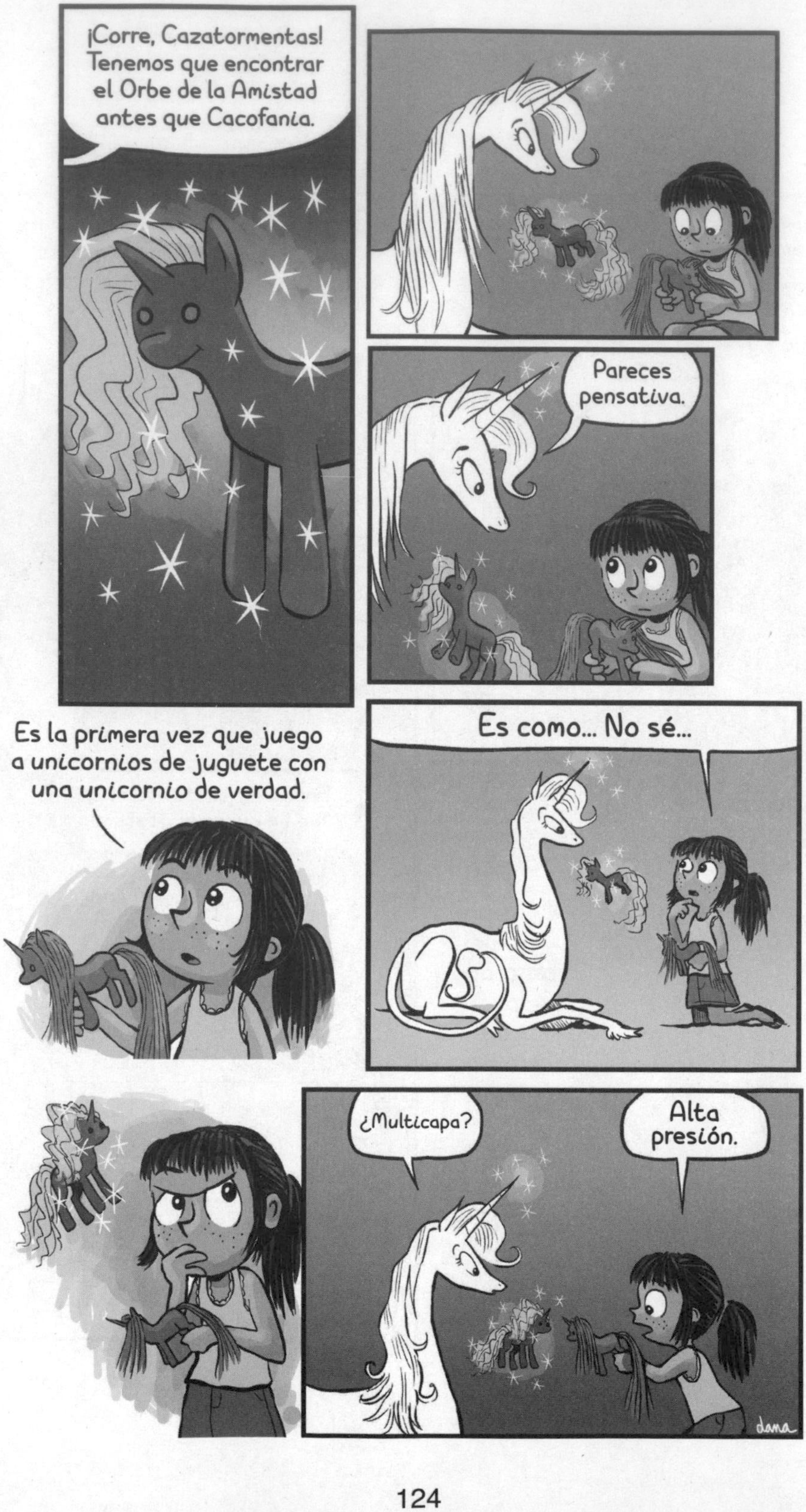
¡Corre, Cazatormentas! Tenemos que encontrar el Orbe de la Amistad antes que Cacofania.
Pareces pensativa.
Es la primera vez que juego a unicornios de juguete con una unicornio de verdad.
Es como... No sé...
¿Multicapa?
Alta presión.
dana

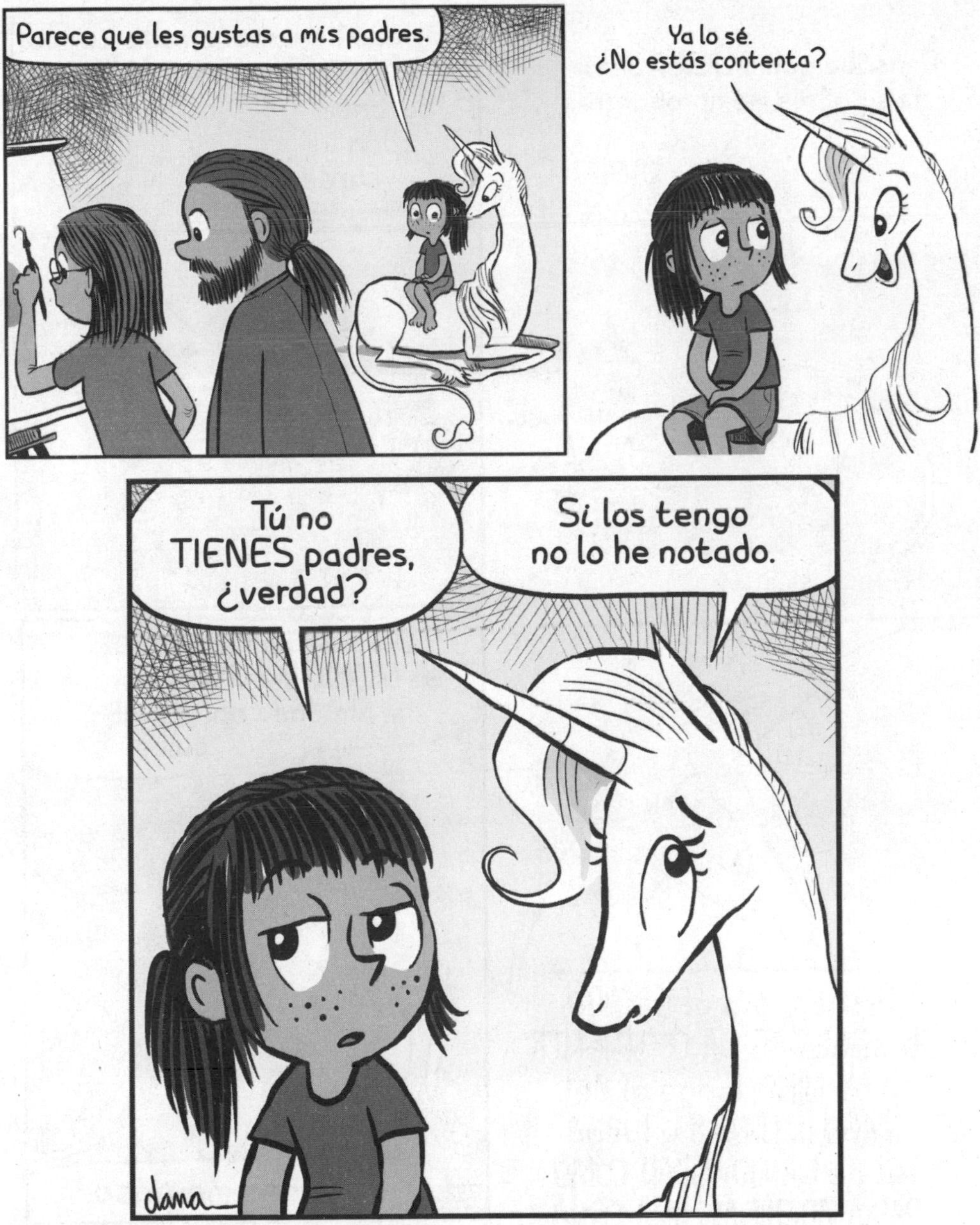
Parece que les gustas a mis padres.
Ya lo sé.
¿No estás contenta?
Tú no TIENES padres, ¿verdad?
Si los tengo no lo he notado.
dana

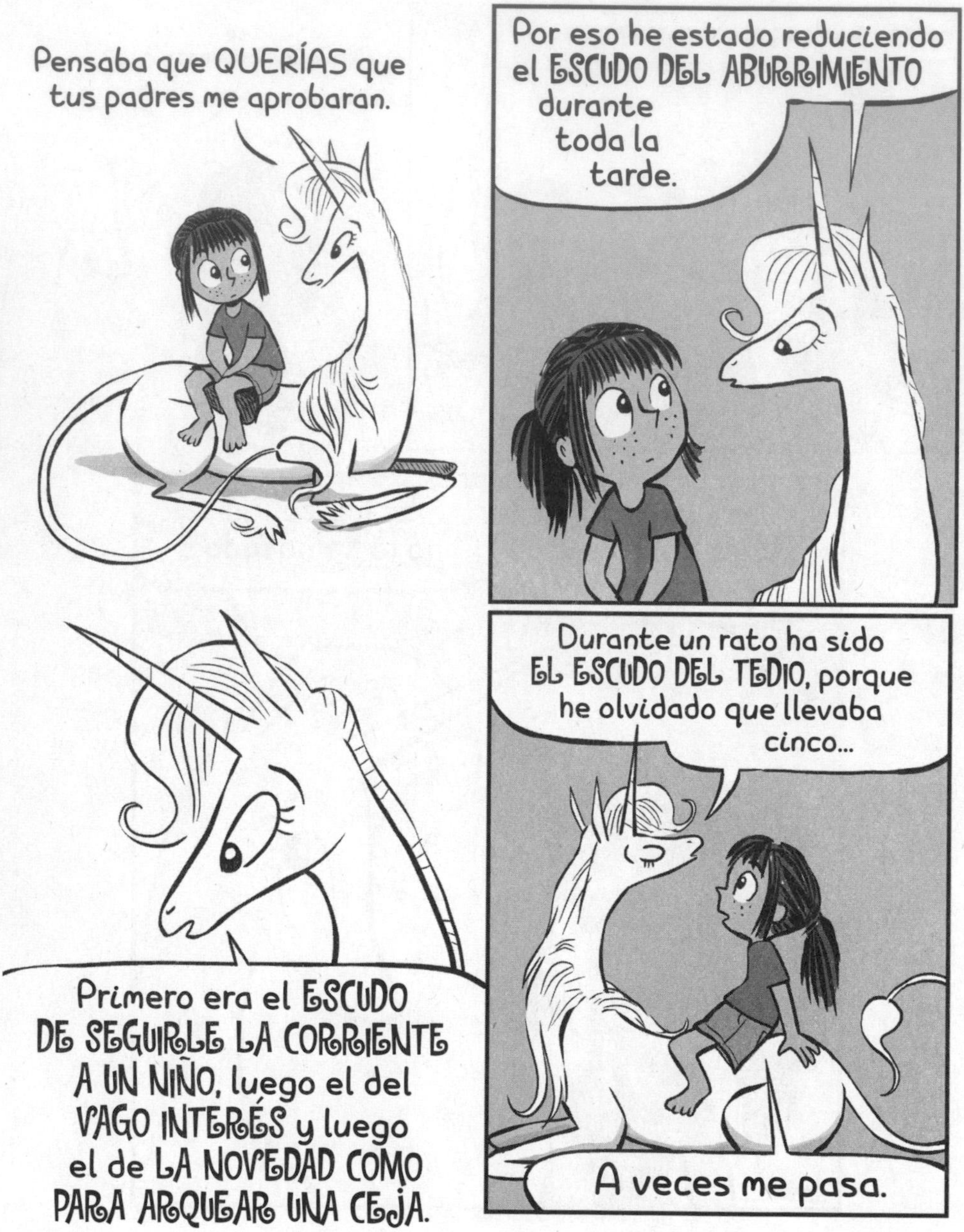
Pensaba que QUERÍAS que tus padres me aprobaran.
Por eso he estado reduciendo el ESCUDO DEL ABURRIMIENTO durante toda la tarde.
Primero era el ESCUDO DE SEGUIRLE LA CORRIENTE A UN NIÑO, luego el del VAGO INTERÉS y luego el de LA NOVEDAD COMO PARA ARQUEAR UNA CEJA.
Durante un rato ha sido EL ESCUDO DEL TEDIO, porque he olvidado que llevaba cinco...
A veces me pasa.

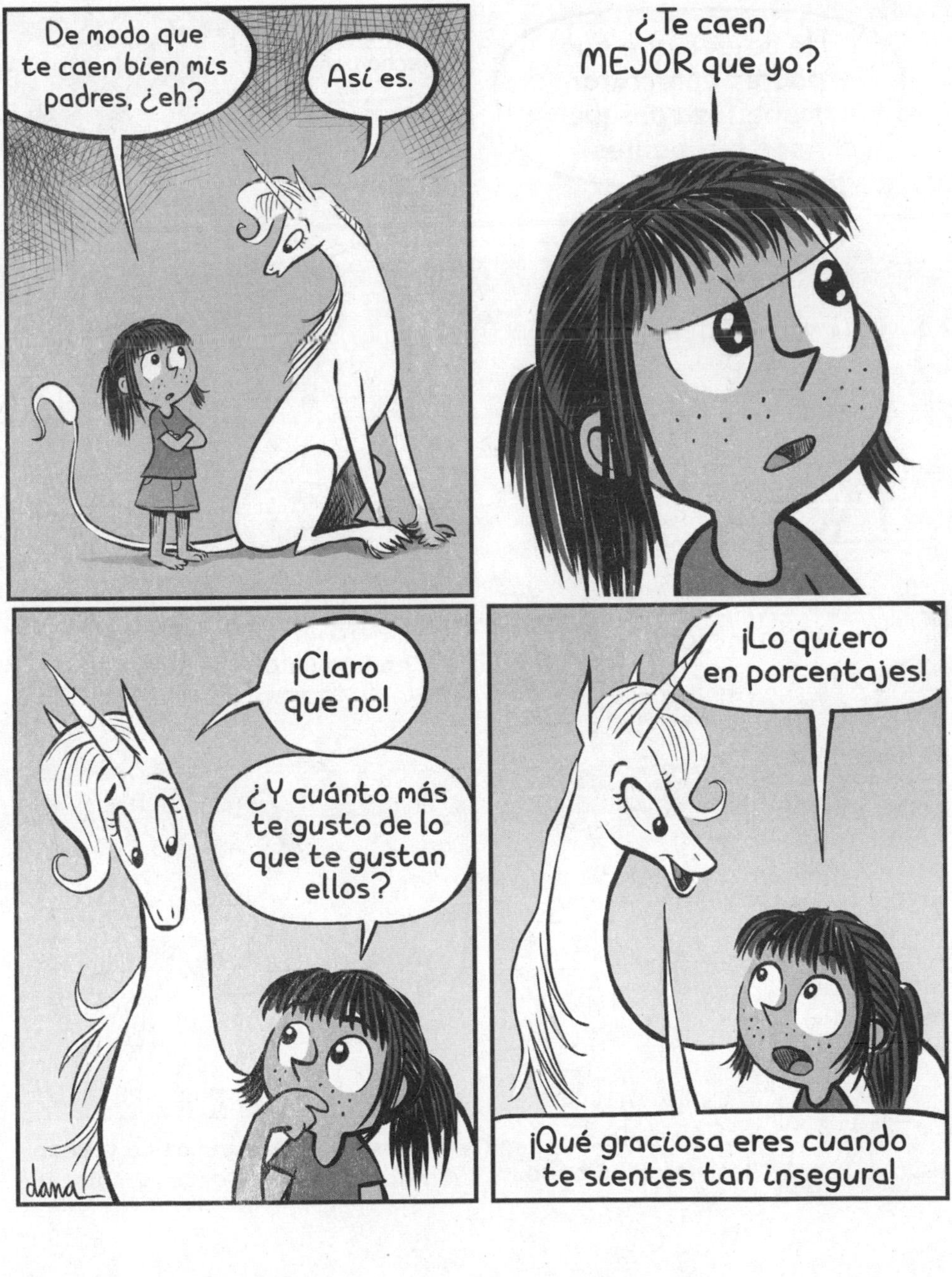
De modo que te caen bien mis padres, ¿eh?
Así es.
¿Te caen MEJOR que yo?
¡Claro que no!
¿Y cuánto más te gusto de lo que te gustan ellos?
dana
¡Lo quiero en porcentajes!
¡Qué graciosa eres cuando te sientes tan insegura!

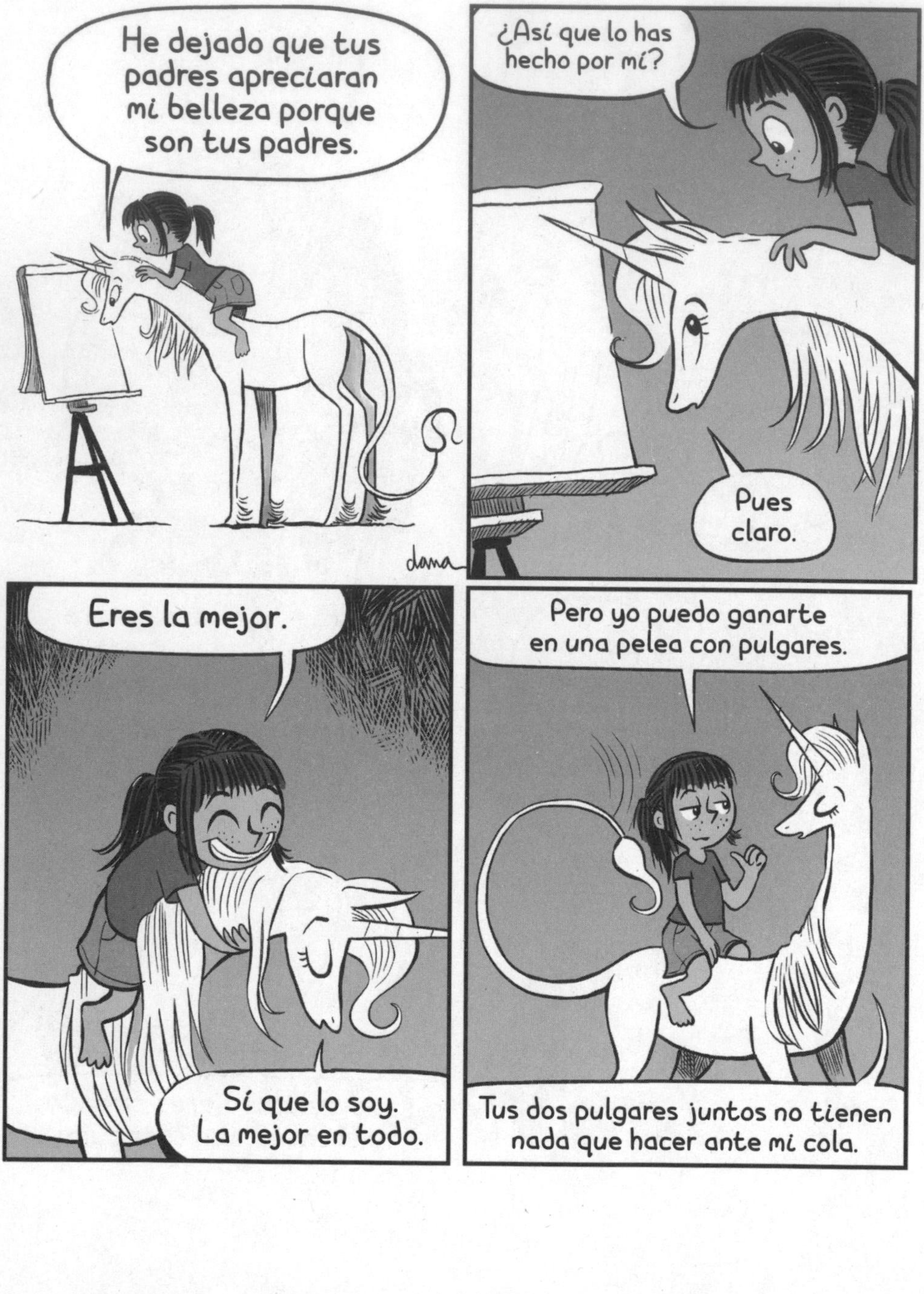
He dejado que tus padres apreciaran mi belleza porque son tus padres.
dana
¿Así que lo has hecho por mí?
Pues claro.
Eres la mejor.
Sí que lo soy. La mejor en todo.
Pero yo puedo ganarte en una pelea con pulgares.
Tus dos pulgares juntos no tienen nada que hacer ante mi cola.

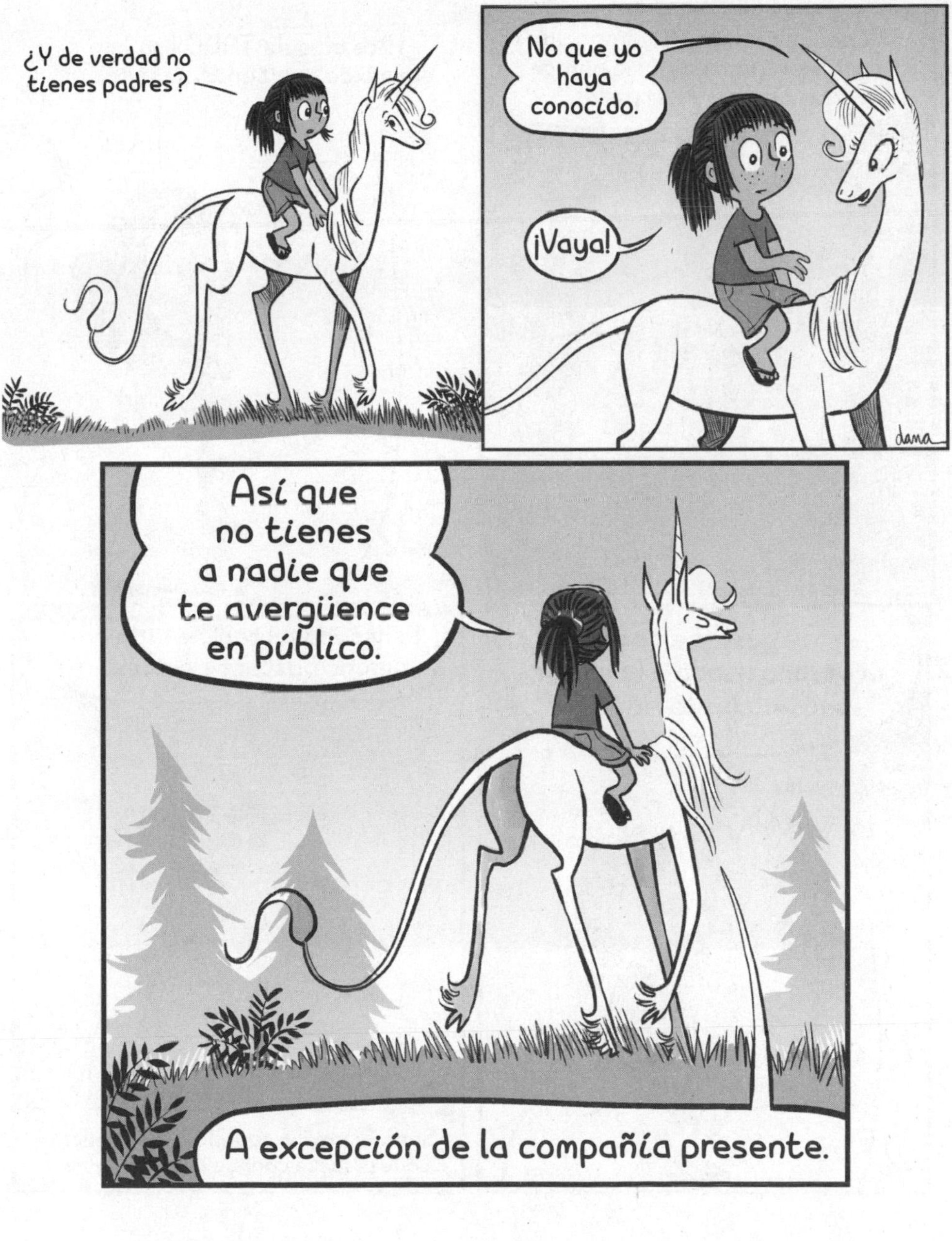
¿Y de verdad no tienes padres?
No que yo haya conocido.
¡Vaya!
dana
Así que no tienes a nadie que te avergüence en público.
A excepción de la compañía presente.

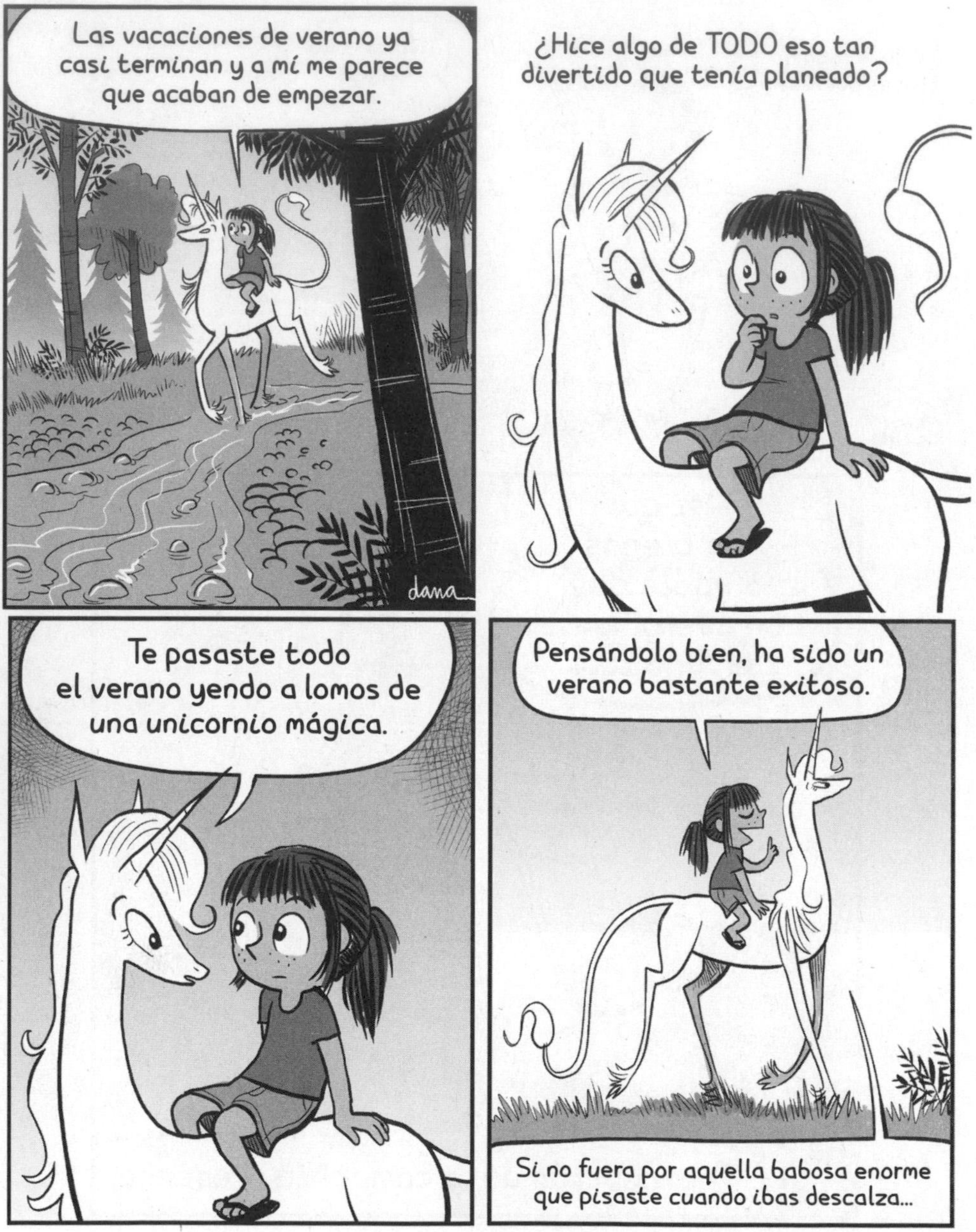
Las vacaciones de verano ya casi terminan y a mí me parece que acaban de empezar.
dana
¿Hice algo de TODO eso tan divertido que tenía planeado?
Te pasaste todo el verano yendo a lomos de una unicornio mágica.
Pensándolo bien, ha sido un verano bastante exitoso.
Si no fuera por aquella babosa enorme que pisaste cuando ibas descalza...

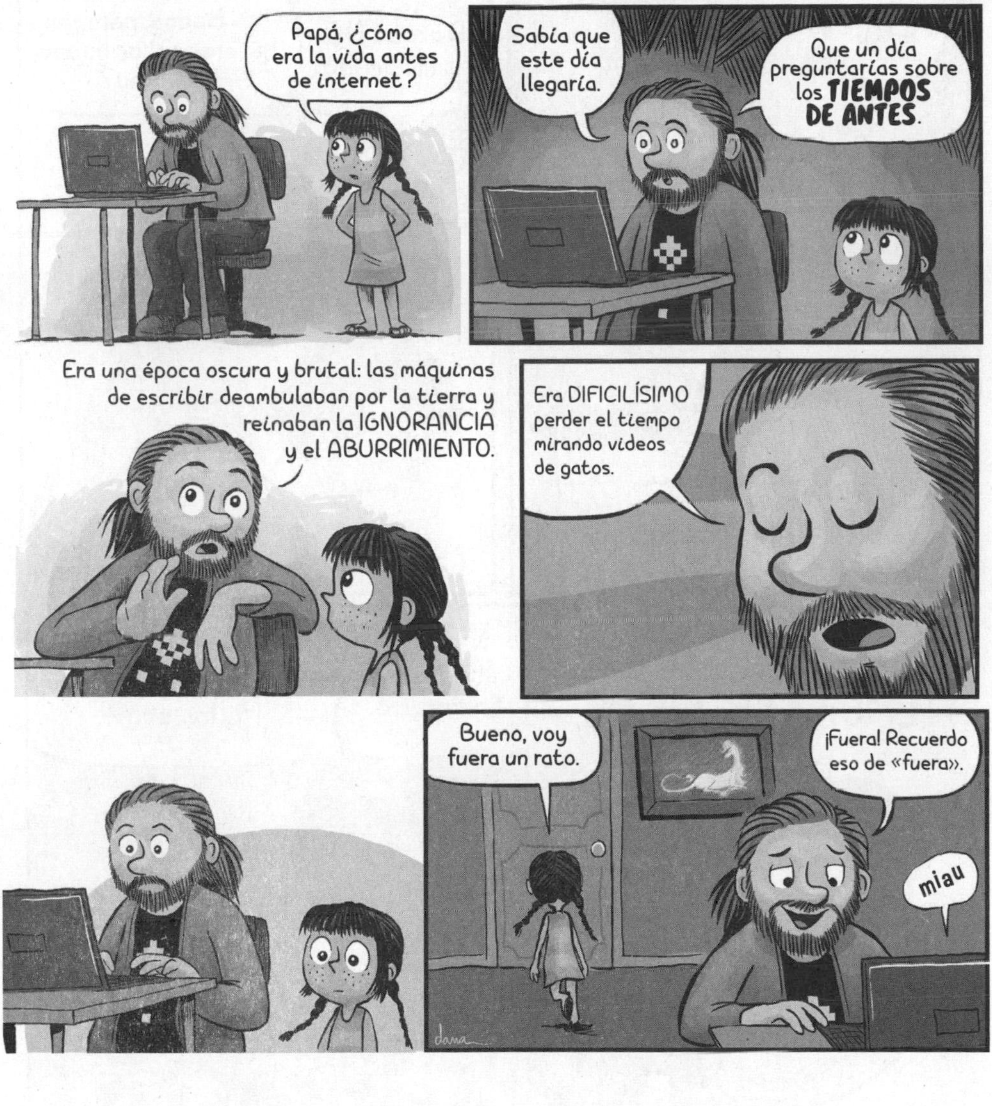
Papá, ¿cómo era la vida antes de internet?
Sabía que este día llegaría.
Que un día preguntarías sobre los TIEMPOS DE ANTES.
Era una época oscura y brutal: las máquinas de escribir deambulaban por la tierra y reinaban la IGNORANCIA y el ABURRIMIENTO.
Era DIFICILÍSIMO perder el tiempo mirando videos de gatos.
Bueno, voy fuera un rato.
¡Fuera! Recuerdo eso de «fuera».
miau
dana

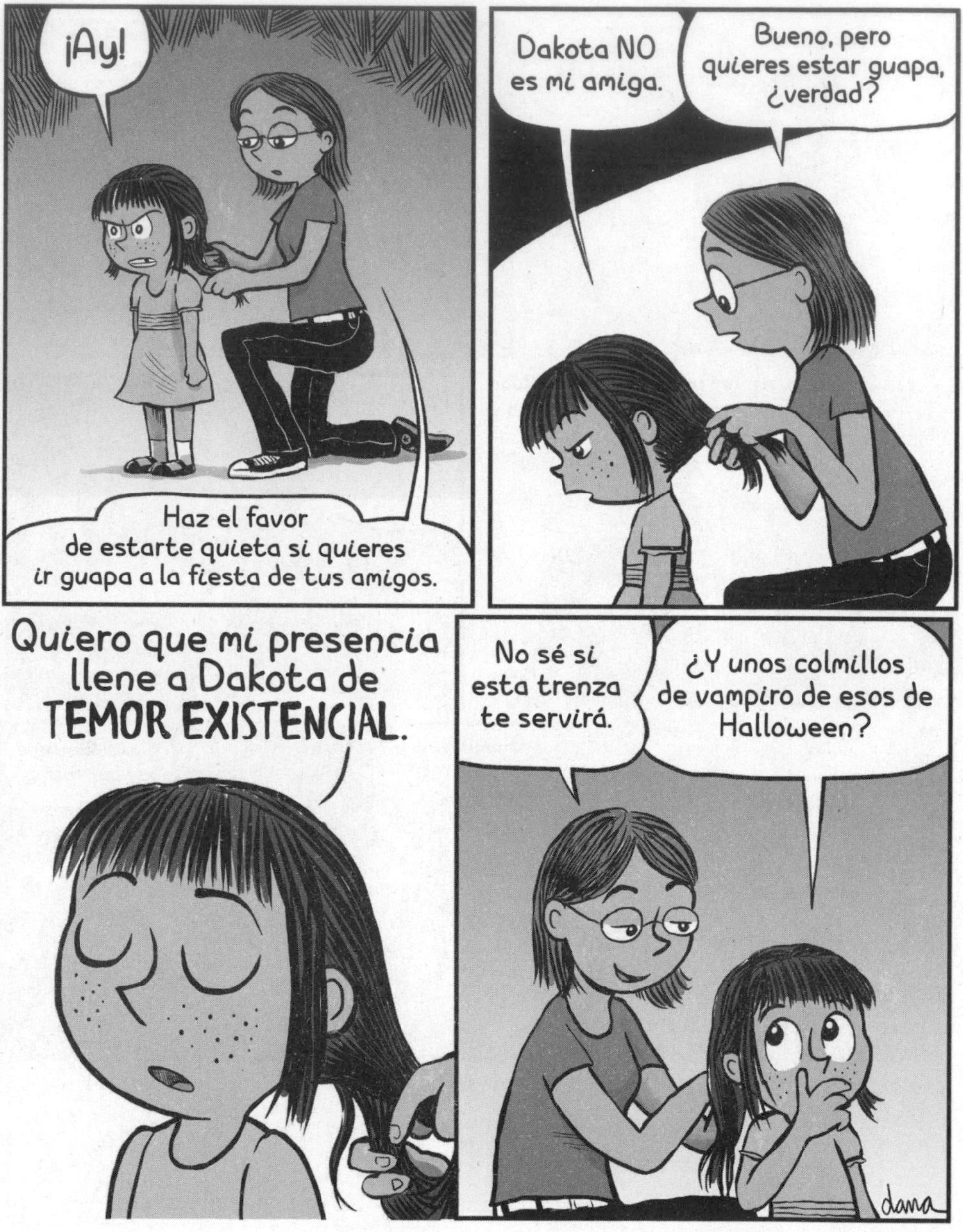
¡Ay!
Haz el favor de estarte quieta si quieres ir guapa a la fiesta de tus amigos.
Dakota NO es mi amiga.
Bueno, pero quieres estar guapa, ¿verdad?
Quiero que mi presencia llene a Dakota de TEMOR EXISTENCIAL.
No sé si esta trenza te servirá.
¿Y unos colmillos de vampiro de esos de Halloween?
dana

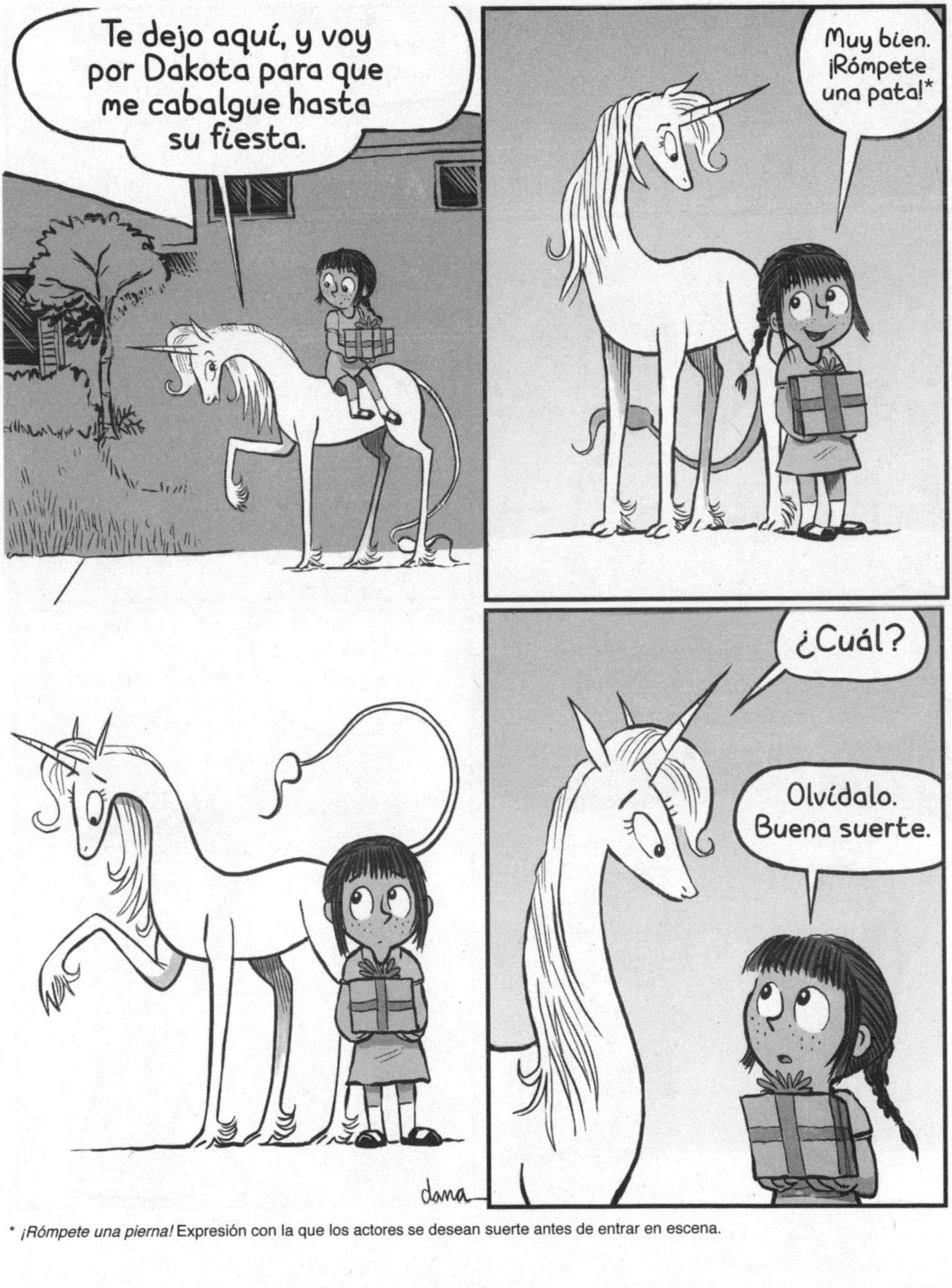
Te dejo aquí, y voy por Dakota para que me cabalgue hasta su fiesta.
Muy bien. ¡Rómpete una pata!*
¿Cuál?
Olvídalo. Buena suerte.
dana

* *¡Rómpete una pierna!* Expresión con la que los actores se desean suerte antes de entrar en escena.

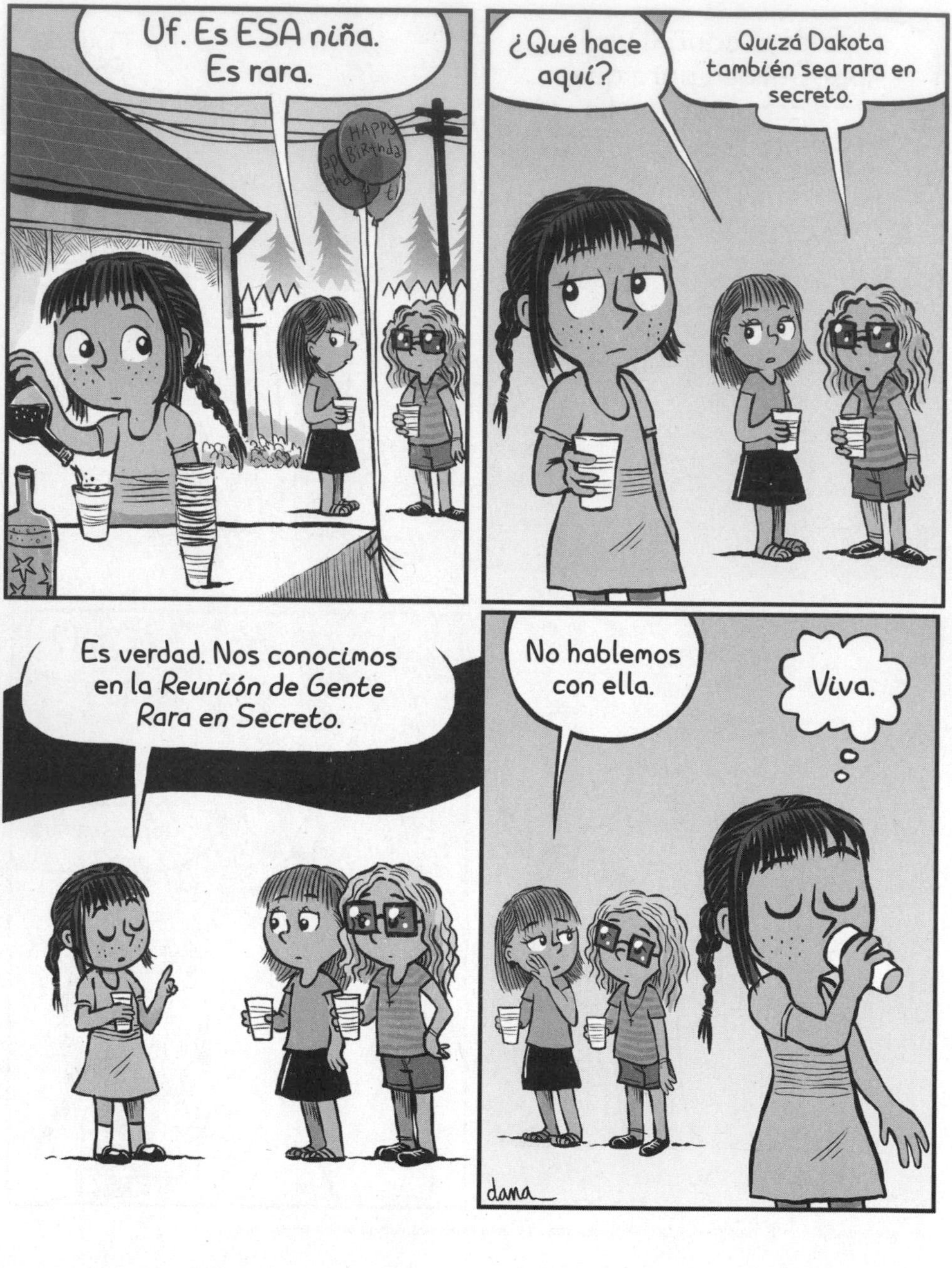
Uf. Es ESA niña. Es rara.
¿Qué hace aquí?
Quizá Dakota también sea rara en secreto.
Es verdad. Nos conocimos en la *Reunión de Gente Rara en Secreto.*
No hablemos con ella.
Viva.
dana

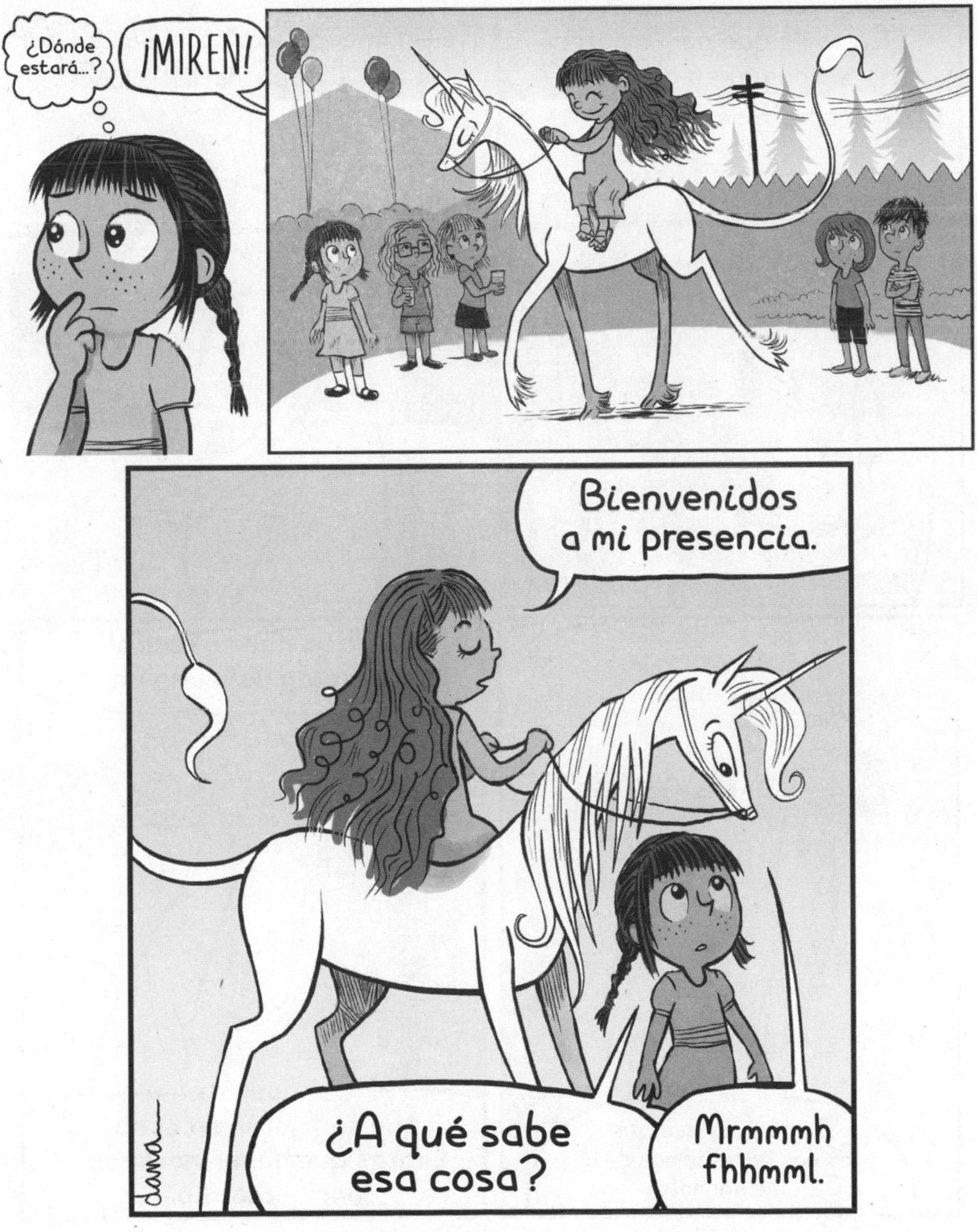
¿Dónde estará...?
¡MIREN!
Bienvenidos a mi presencia.
¿A qué sabe esa cosa?
Mrmmmh fhhmml.
dana

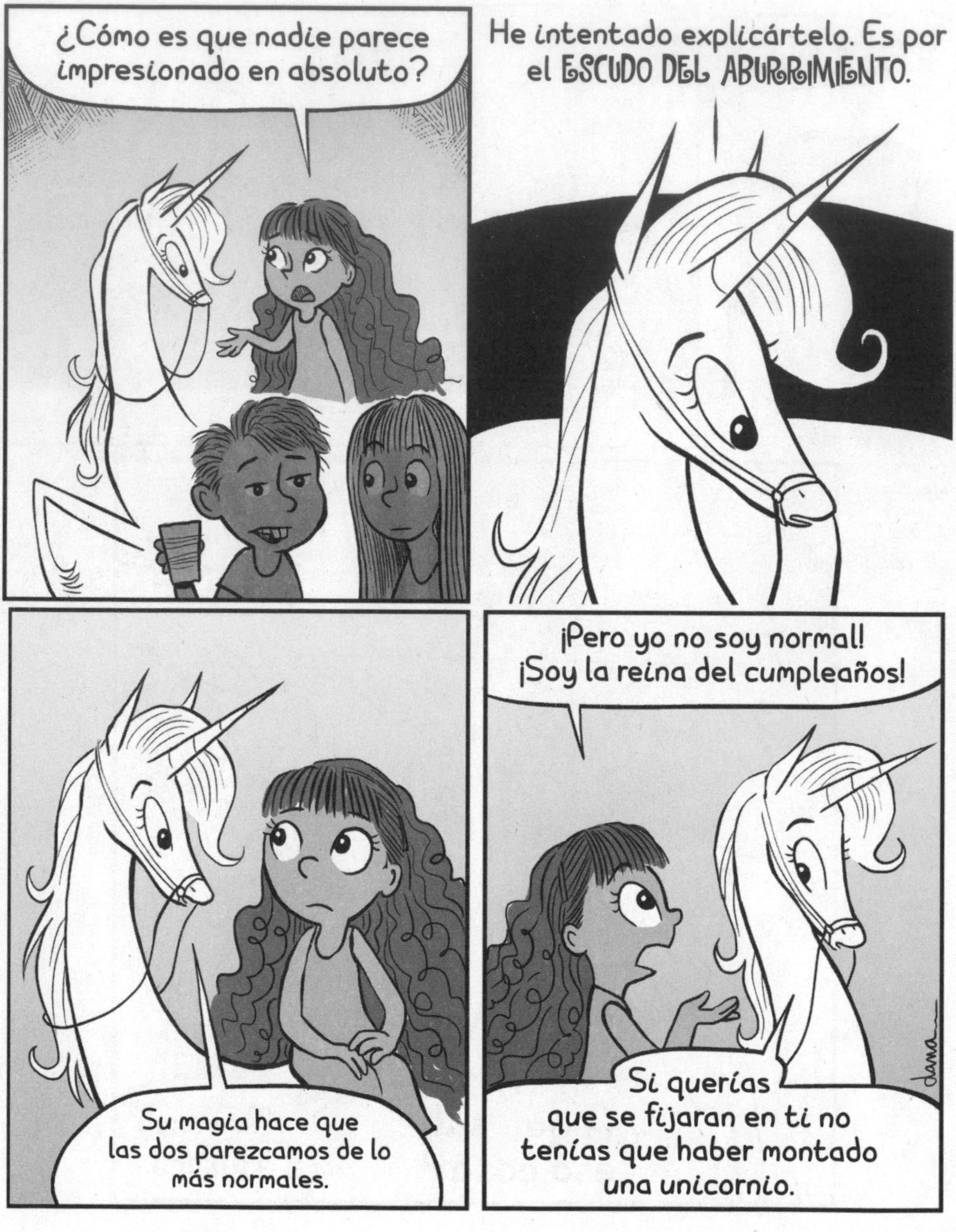

¿Cómo es que nadie parece impresionado en absoluto?
He intentado explicártelo. Es por el ESCUDO DEL ABURRIMIENTO.
Su magia hace que las dos parezcamos de lo más normales.
¡Pero yo no soy normal! ¡Soy la reina del cumpleaños!
Si querías que se fijaran en ti no tenías que haber montado una unicornio.

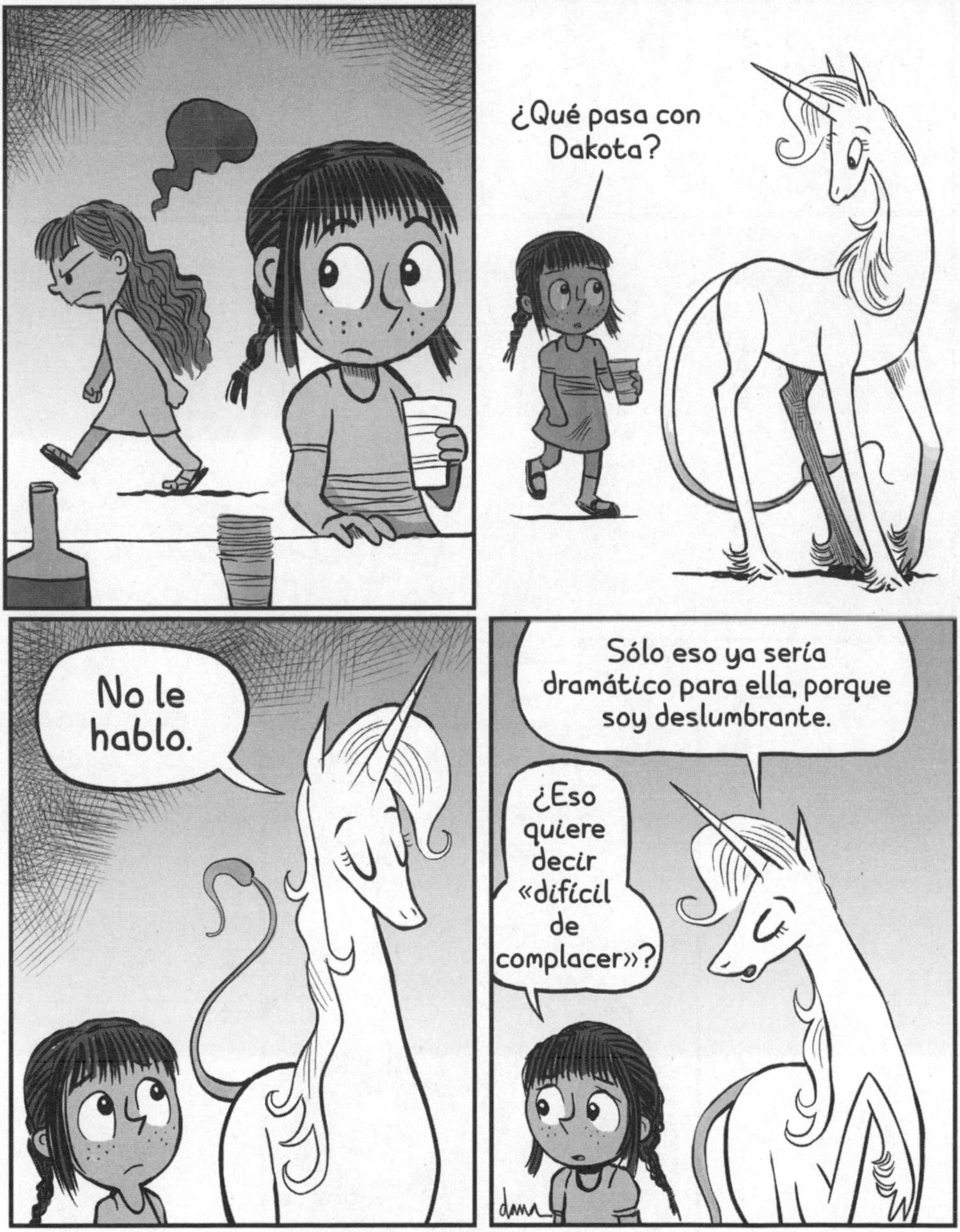
¿Qué pasa con Dakota?
No le hablo.
Sólo eso ya sería dramático para ella, porque soy deslumbrante.
¿Eso quiere decir «difícil de complacer»?

Partes de un unicornio
por Cloe, 9 años
sónar
Antena
trasero
buzón
cerebro
centelleos
Arcoíris
asiento
agarradera
magia
luz del sol
centro de engaños
EGO (no está a escala)
escudo del aburrimiento
Pies con dos puntas

¿Qué se supone que es, ciencia o arte?
Las dos cosas. Yo lo llamo «cien-ciarte».

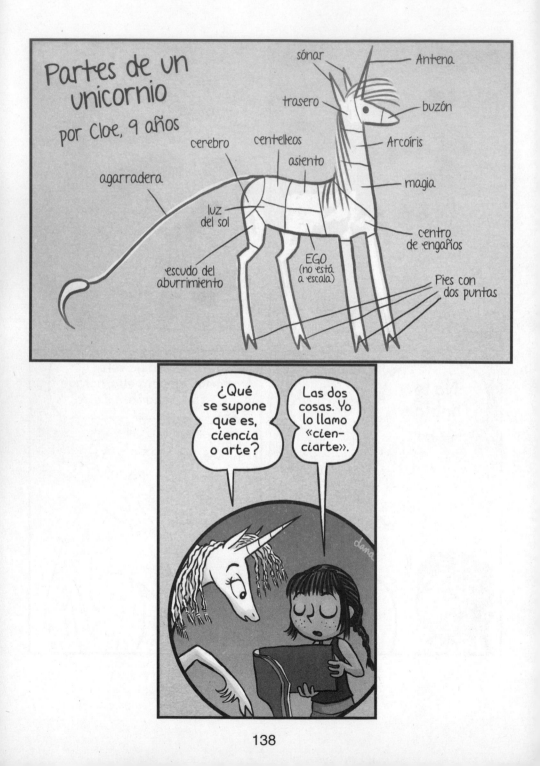

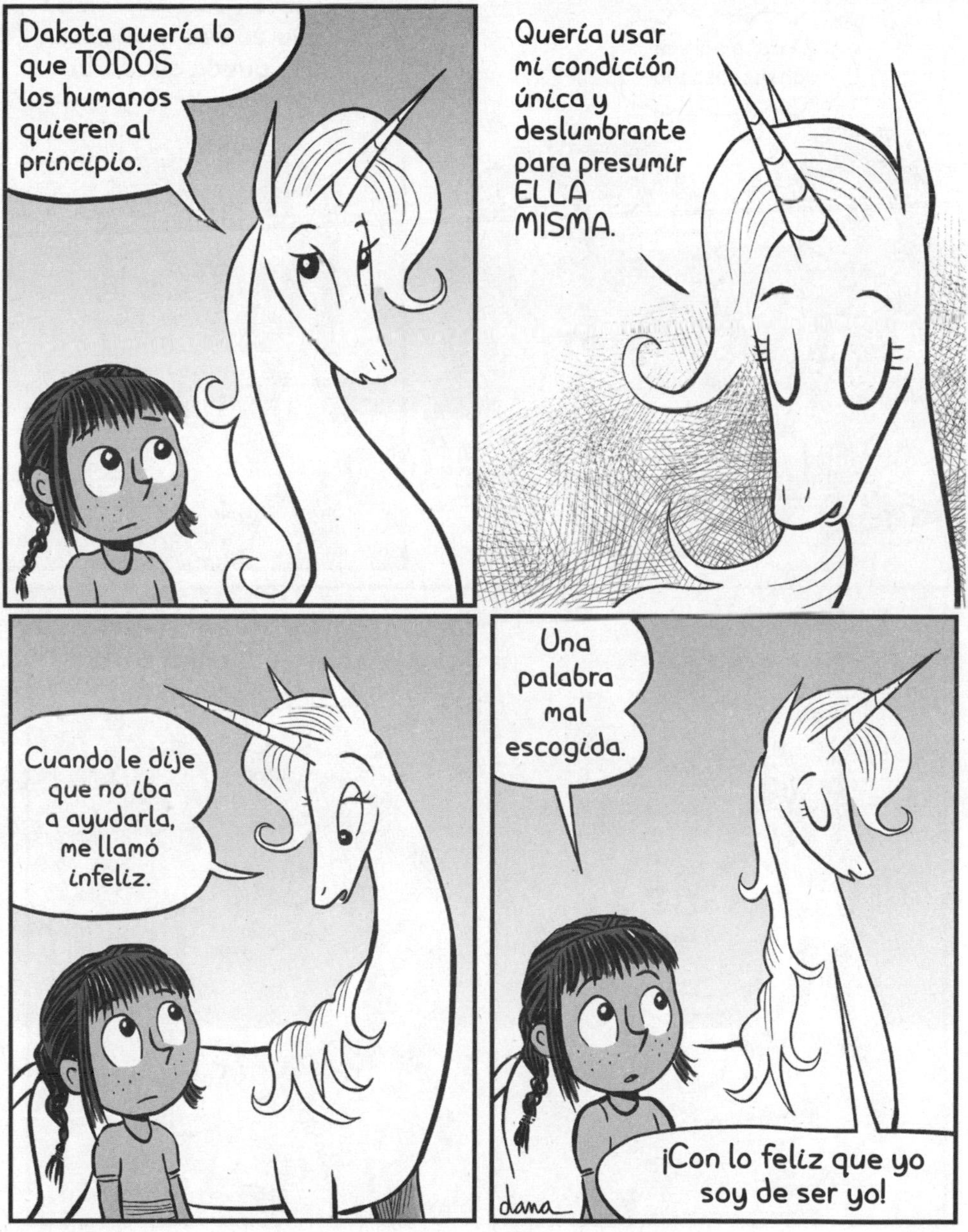
Dakota quería lo que TODOS los humanos quieren al principio.
Quería usar mi condición única y deslumbrante para presumir ELLA MISMA.
Cuando le dije que no iba a ayudarla, me llamó infeliz.
Una palabra mal escogida.
¡Con lo feliz que yo soy de ser yo!
dana

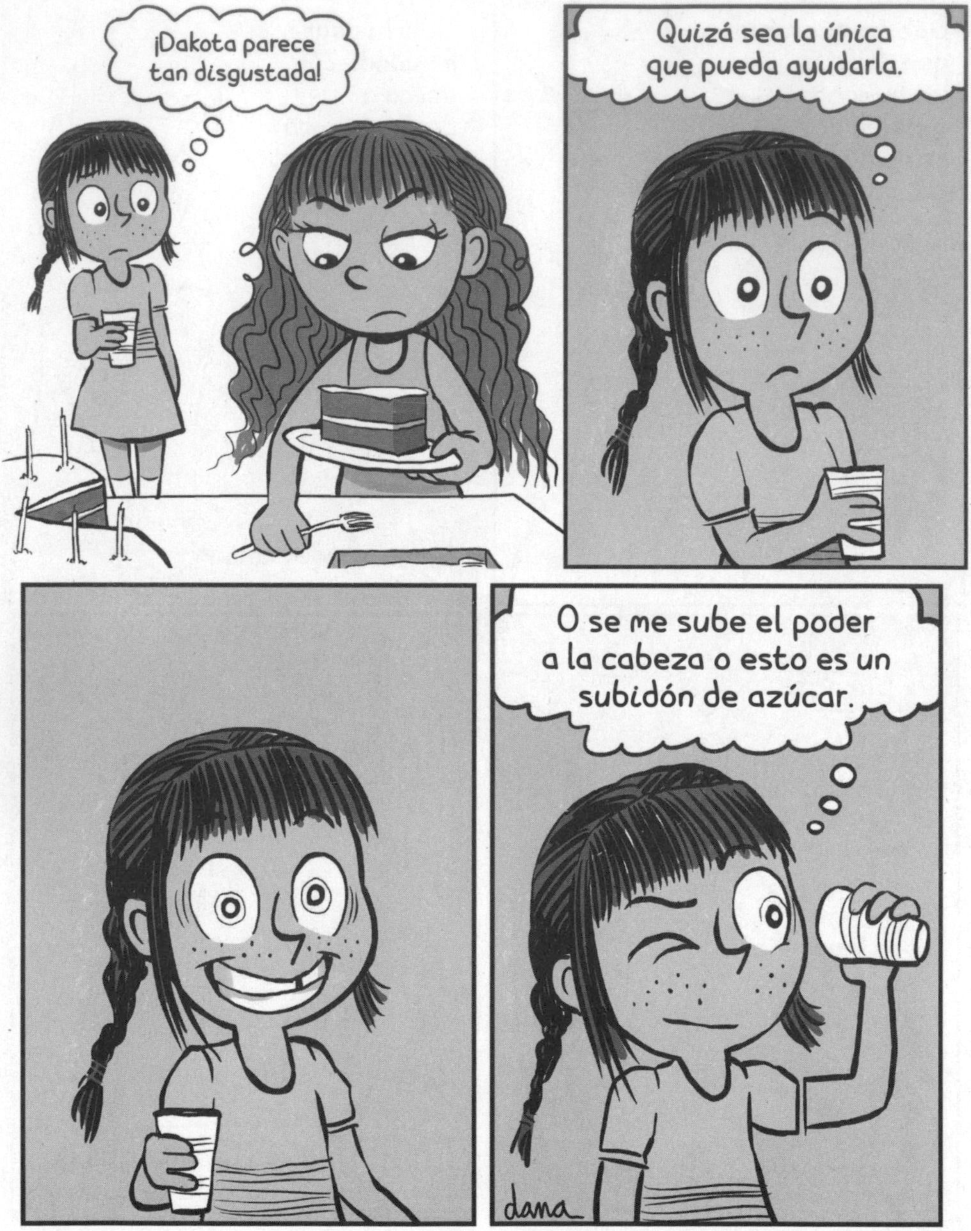
¡Dakota parece tan disgustada!
Quizá sea la única que pueda ayudarla.
O se me sube el poder a la cabeza o esto es un subidón de azúcar.
dana

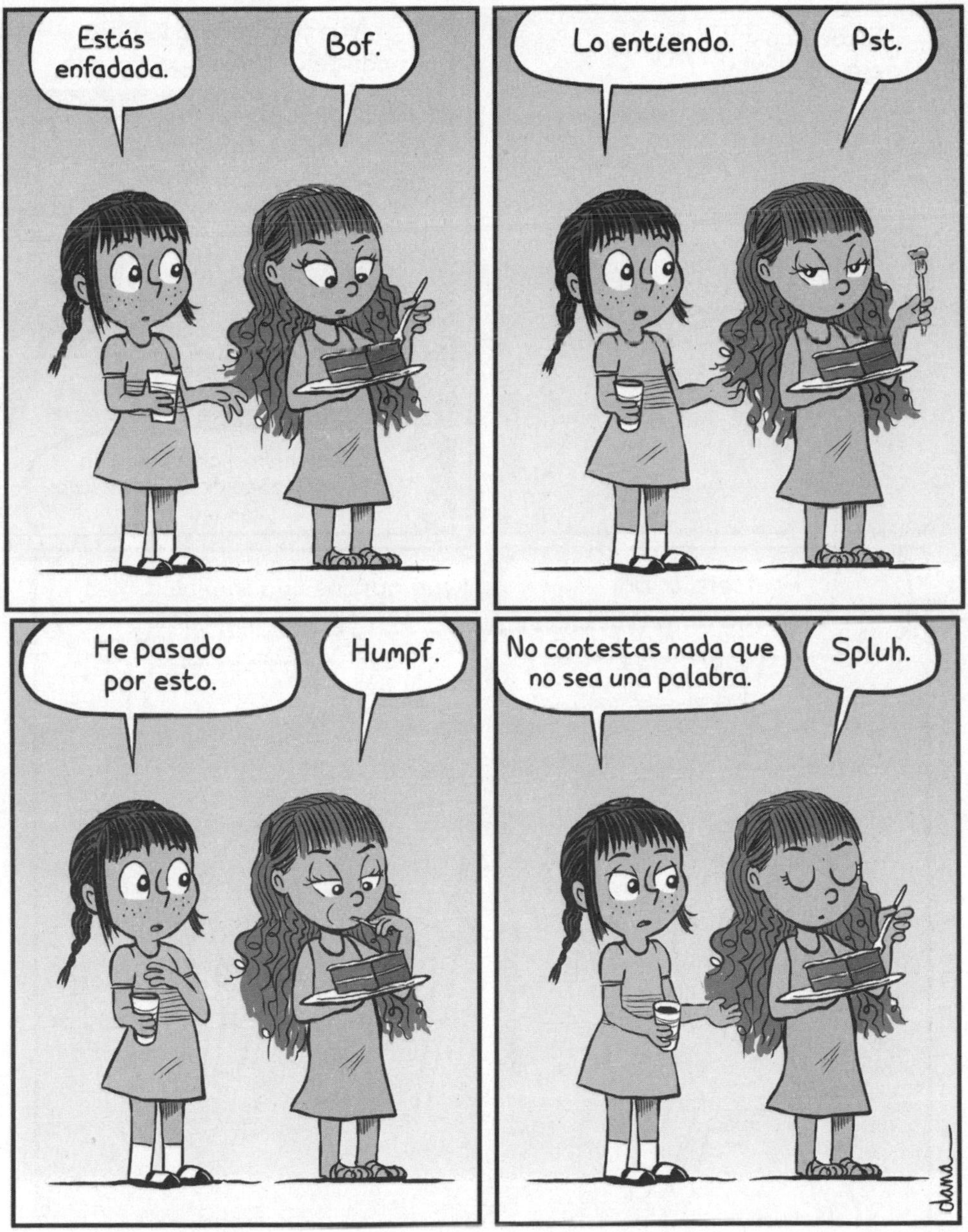
Estás enfadada.
Bof.
Lo entiendo.
Pst.
He pasado por esto.
Humpf.
No contestas nada que no sea una palabra.
Spluh.
dana

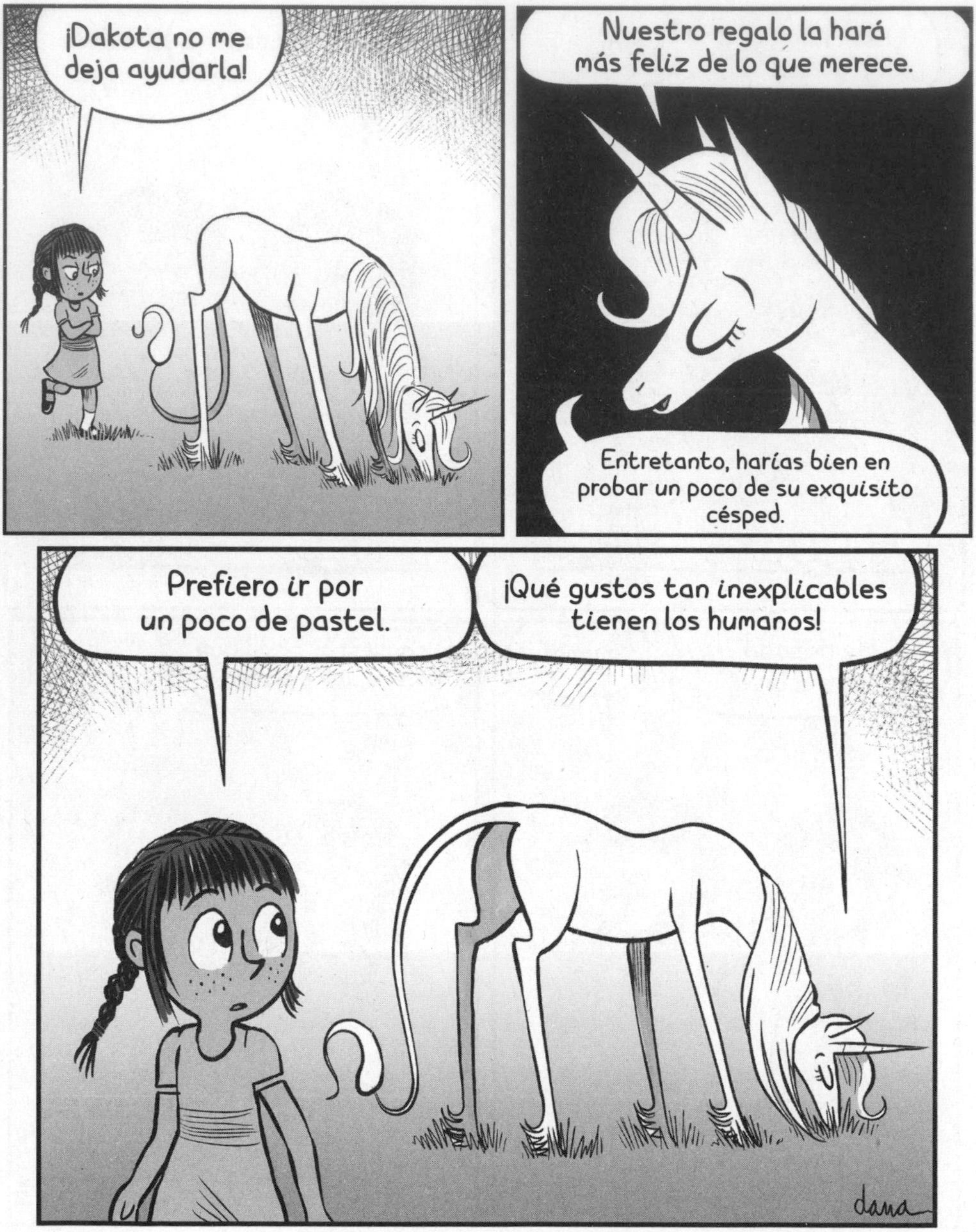
¡Dakota no me deja ayudarla!
Nuestro regalo la hará más feliz de lo que merece.
Entretanto, harías bien en probar un poco de su exquisito césped.
Prefiero ir por un poco de pastel.
¡Qué gustos tan inexplicables tienen los humanos!
dana

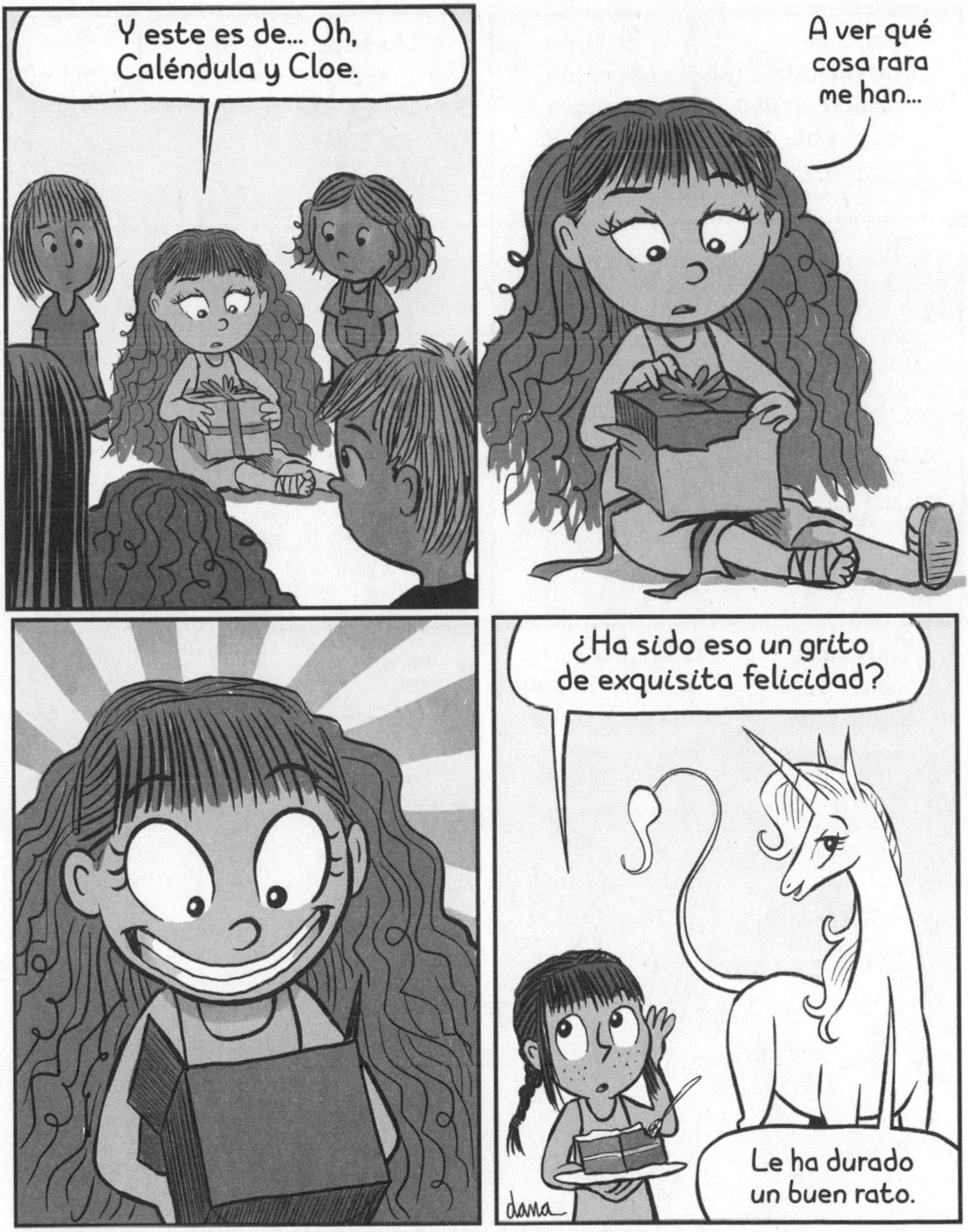
Y este es de... Oh, Caléndula y Cloe.
A ver qué cosa rara me han...
¿Ha sido eso un grito de exquisita felicidad?
Le ha durado un buen rato.
dana

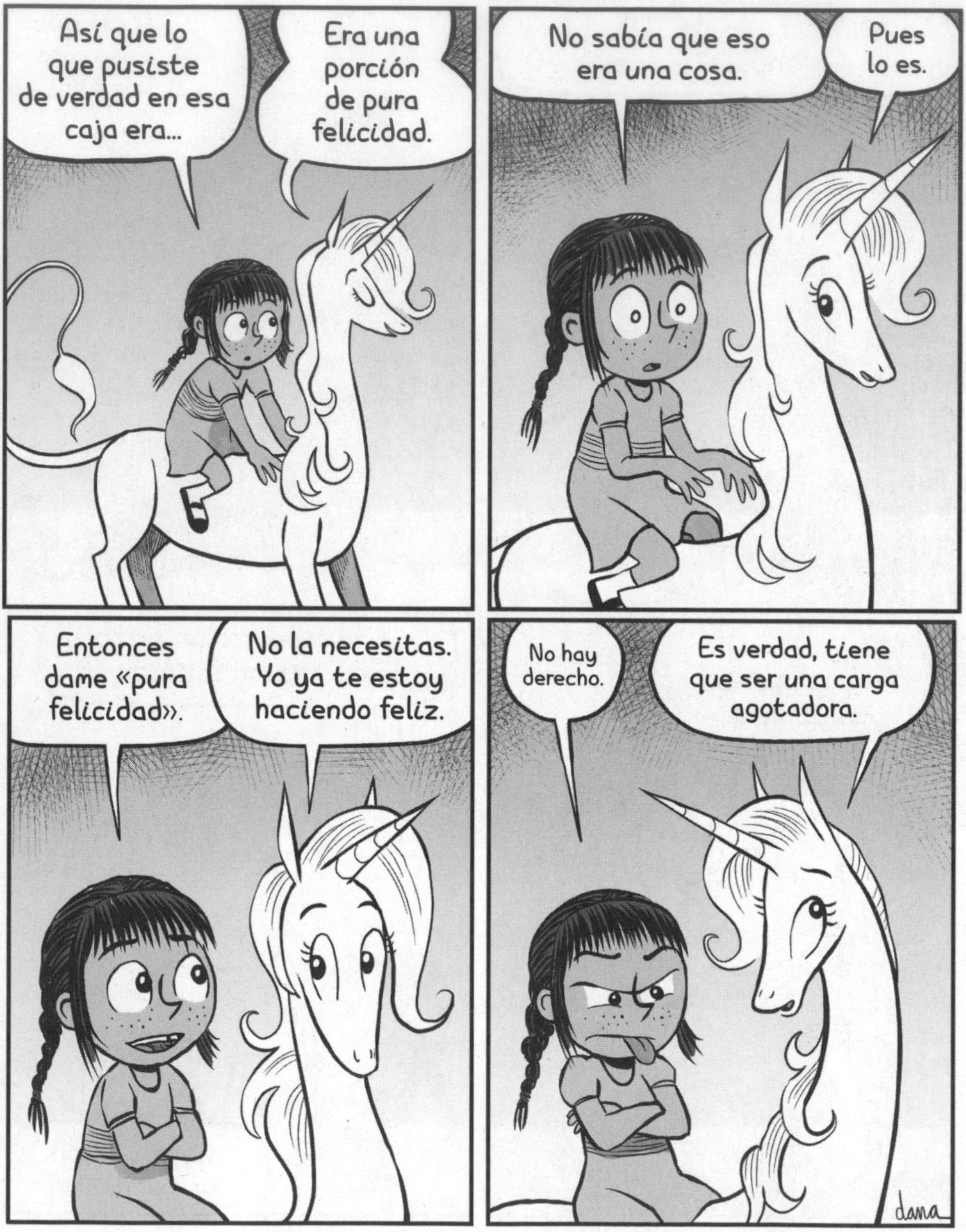
Así que lo que pusiste de verdad en esa caja era...
Era una porción de pura felicidad.
No sabía que eso era una cosa.
Pues lo es.
Entonces dame «pura felicidad».
No la necesitas. Yo ya te estoy haciendo feliz.
No hay derecho.
Es verdad, tiene que ser una carga agotadora.
dana

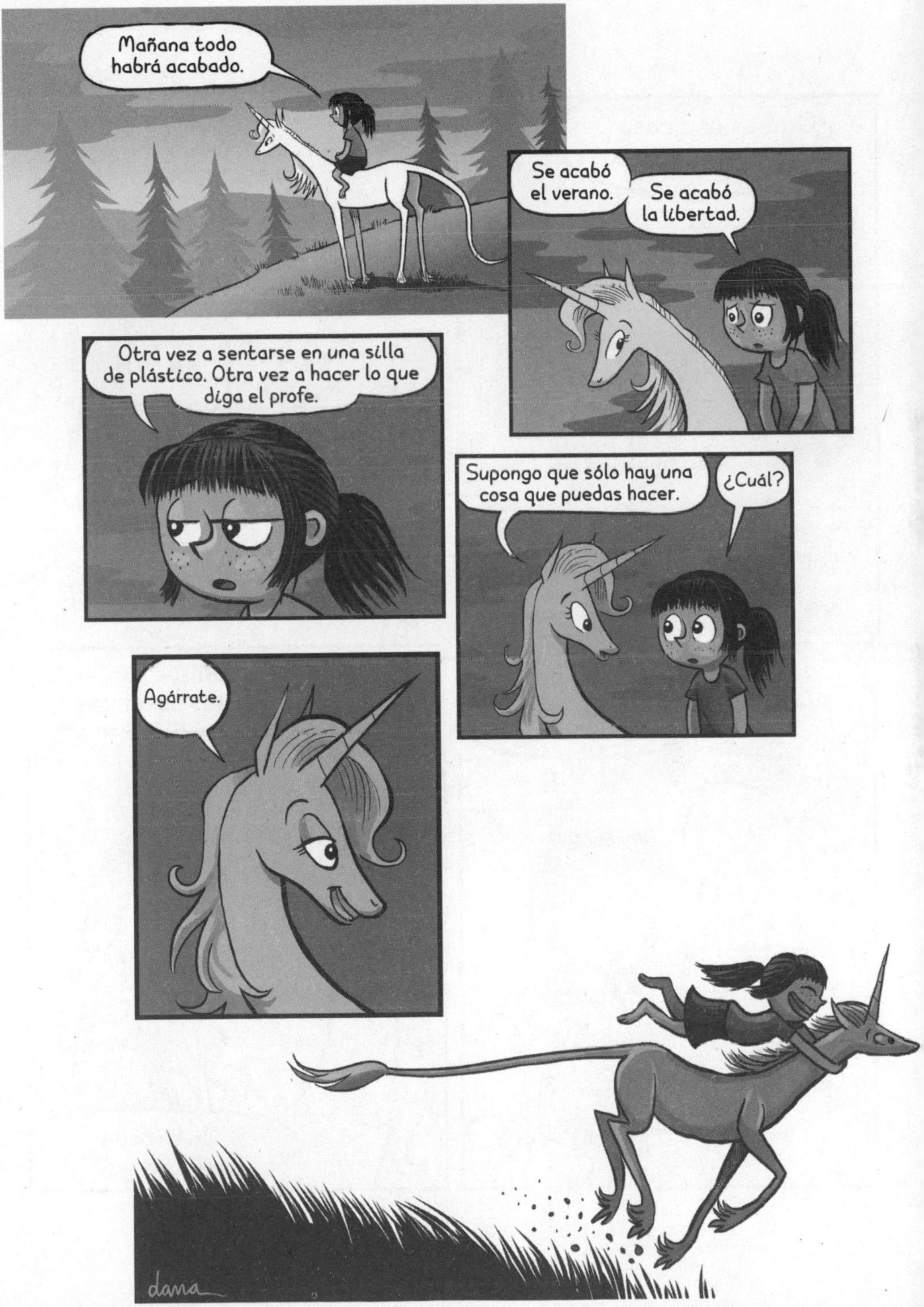
Mañana todo habrá acabado.
Se acabó el verano.
Se acabó la libertad.
Otra vez a sentarse en una silla de plástico. Otra vez a hacer lo que diga el profe.
Supongo que sólo hay una cosa que puedas hacer.
¿Cuál?
Agárrate.
dana

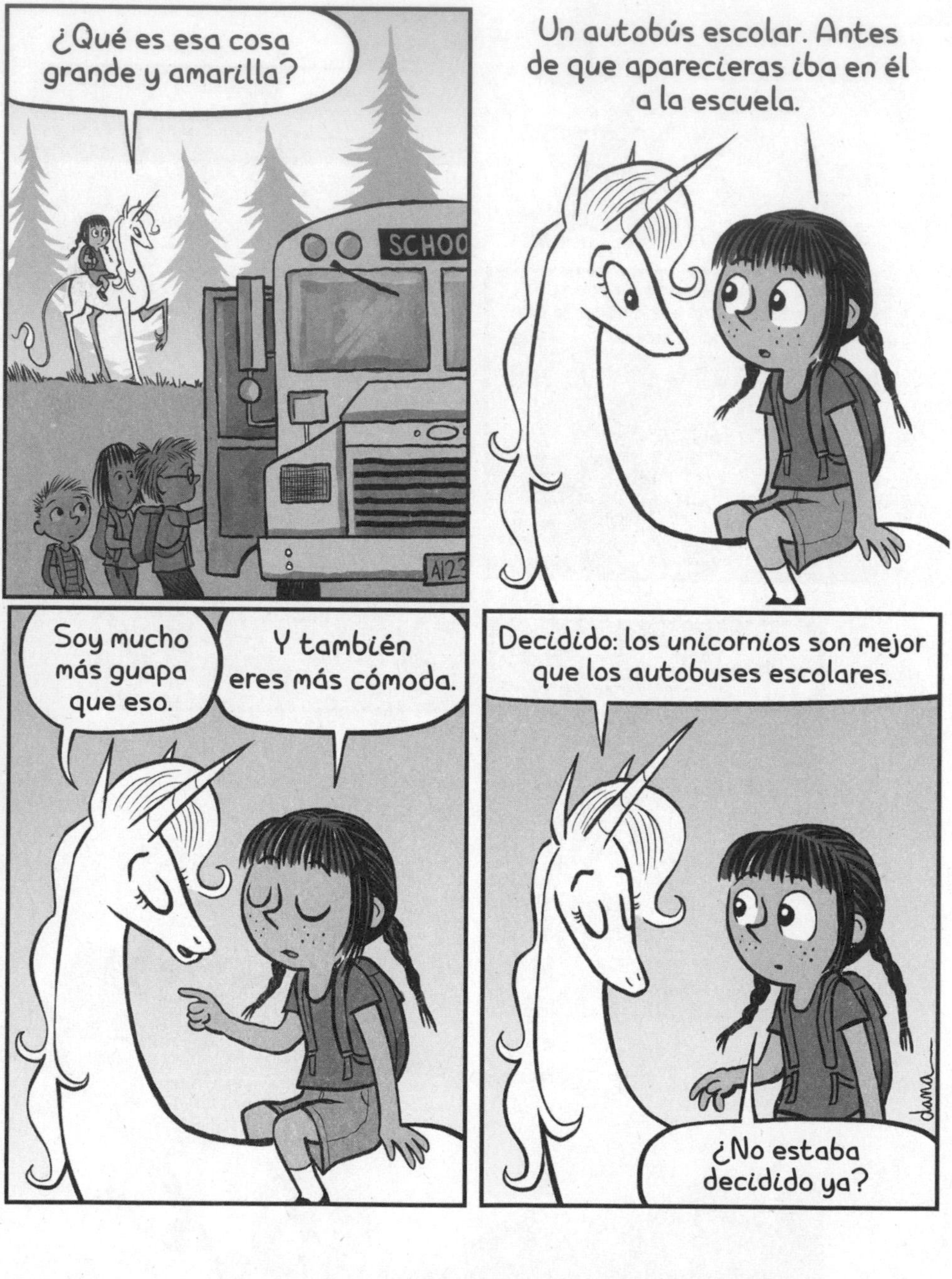
¿Qué es esa cosa grande y amarilla?
SCHOO
A123
Un autobús escolar. Antes de que aparecieras iba en él a la escuela.
Soy mucho más guapa que eso.
Y también eres más cómoda.
Decidido: los unicornios son mejor que los autobuses escolares.
¿No estaba decidido ya?
dana

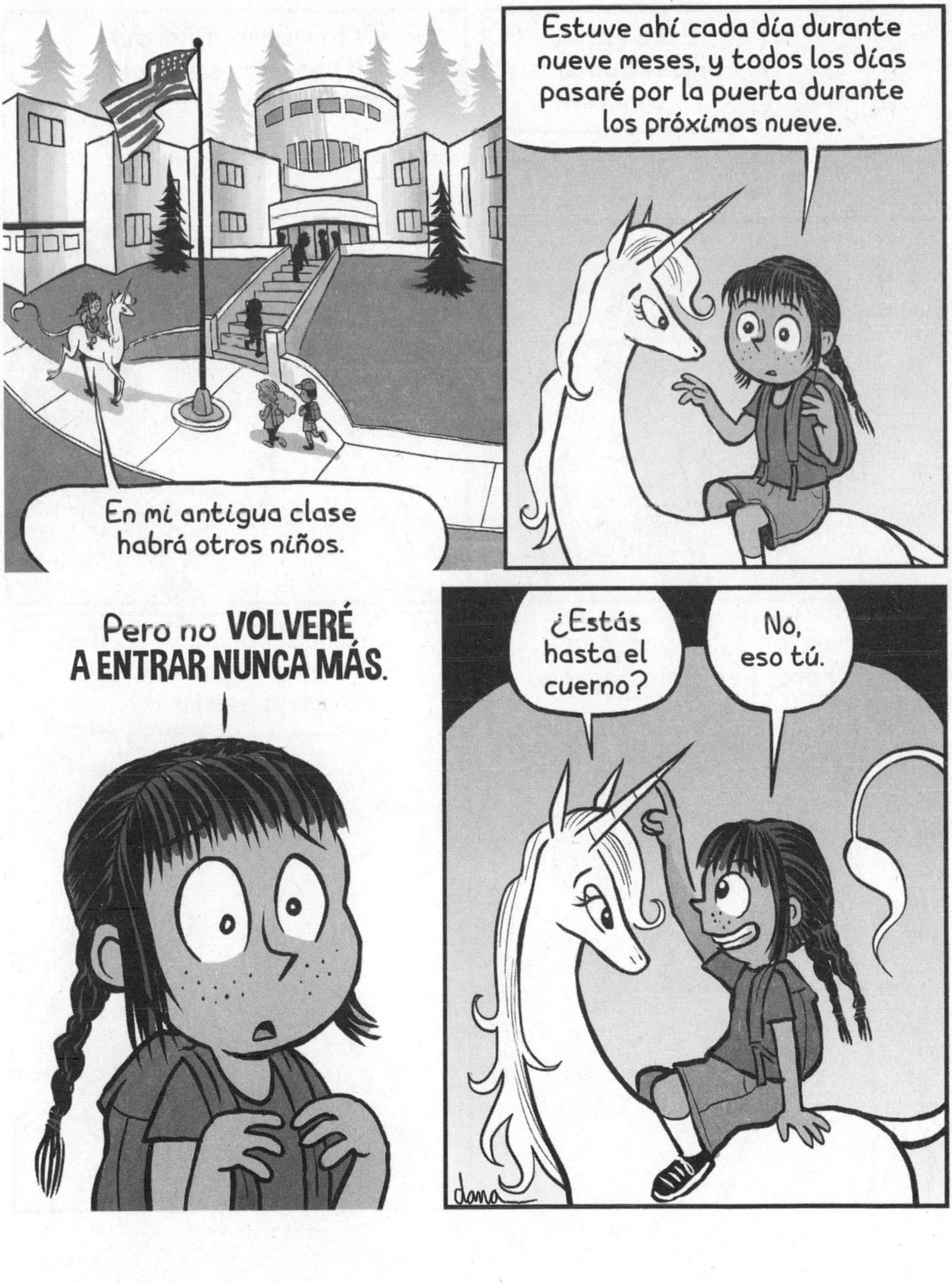
En mi antigua clase habrá otros niños.
Estuve ahí cada día durante nueve meses, y todos los días pasaré por la puerta durante los próximos nueve.
Pero no VOLVERÉ A ENTRAR NUNCA MÁS.
¿Estás hasta el cuerno?
No, eso tú.
dana

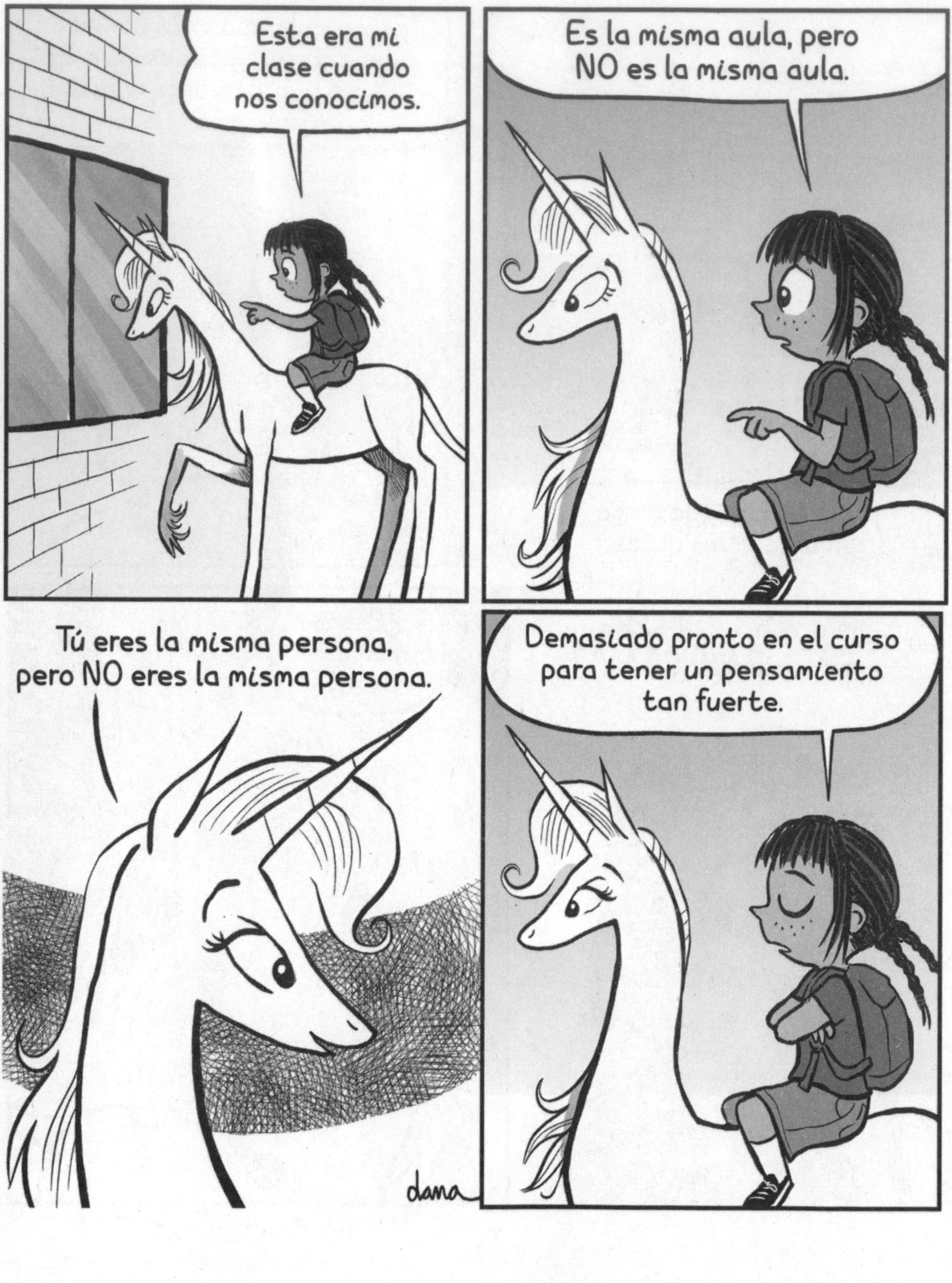
Esta era mi clase cuando nos conocimos.
Es la misma aula, pero NO es la misma aula.
Tú eres la misma persona, pero NO eres la misma persona.
Demasiado pronto en el curso para tener un pensamiento tan fuerte.
dana

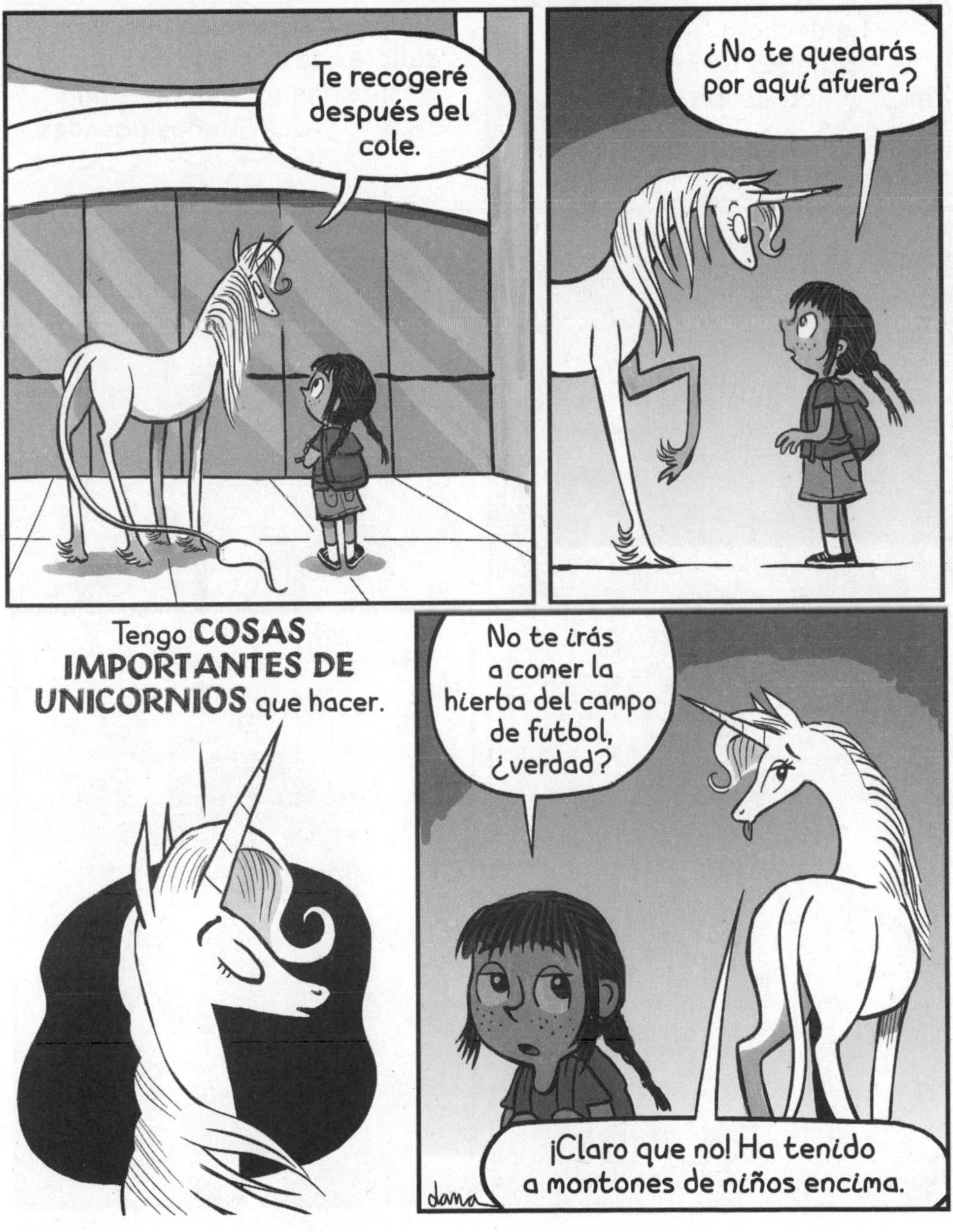
Te recogeré después del cole.
¿No te quedarás por aquí afuera?
Tengo **COSAS IMPORTANTES DE UNICORNIOS** que hacer.
No te irás a comer la hierba del campo de futbol, ¿verdad?
¡Claro que no! Ha tenido a montones de niños encima.
dana

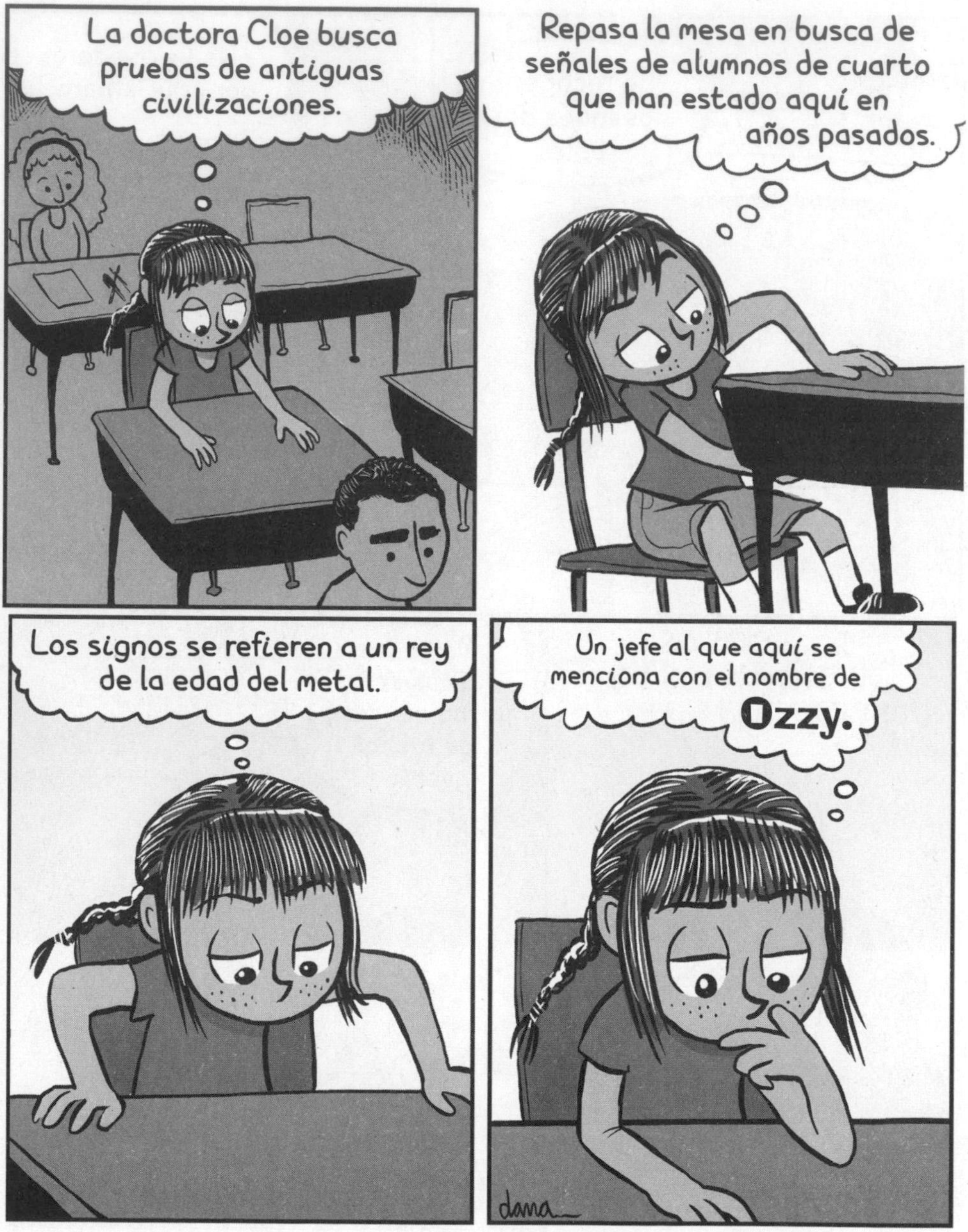
La doctora Cloe busca pruebas de antiguas civilizaciones.
Repasa la mesa en busca de señales de alumnos de cuarto que han estado aquí en años pasados.
Los signos se refieren a un rey de la edad del metal.
Un jefe al que aquí se menciona con el nombre de **Ozzy.**
dana

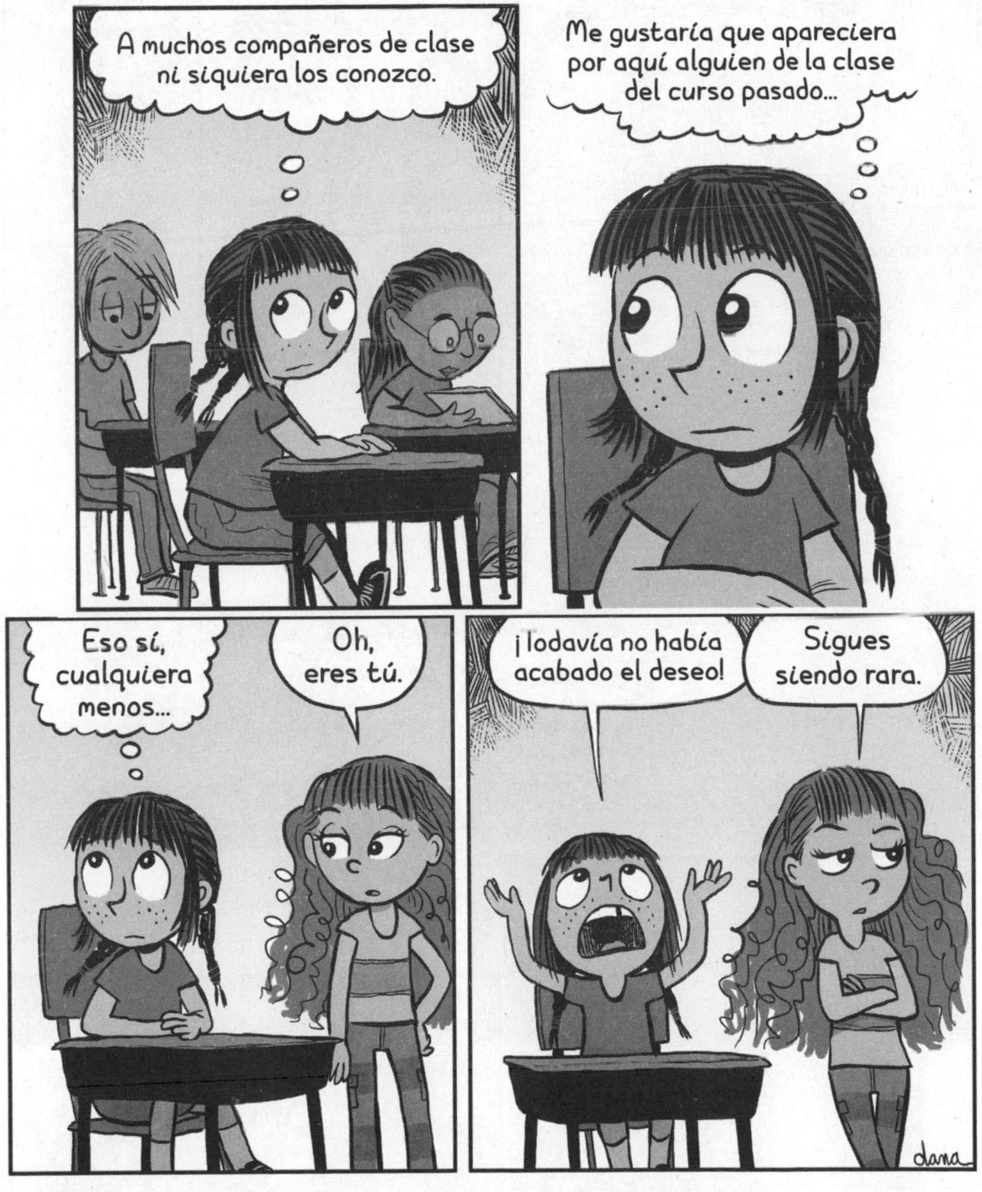
A muchos compañeros de clase ni siquiera los conozco.
Me gustaría que apareciera por aquí alguien de la clase del curso pasado...
Eso sí, cualquiera menos...
Oh, eres tú.
¡Todavía no había acabado el deseo!
Sigues siendo rara.
dana

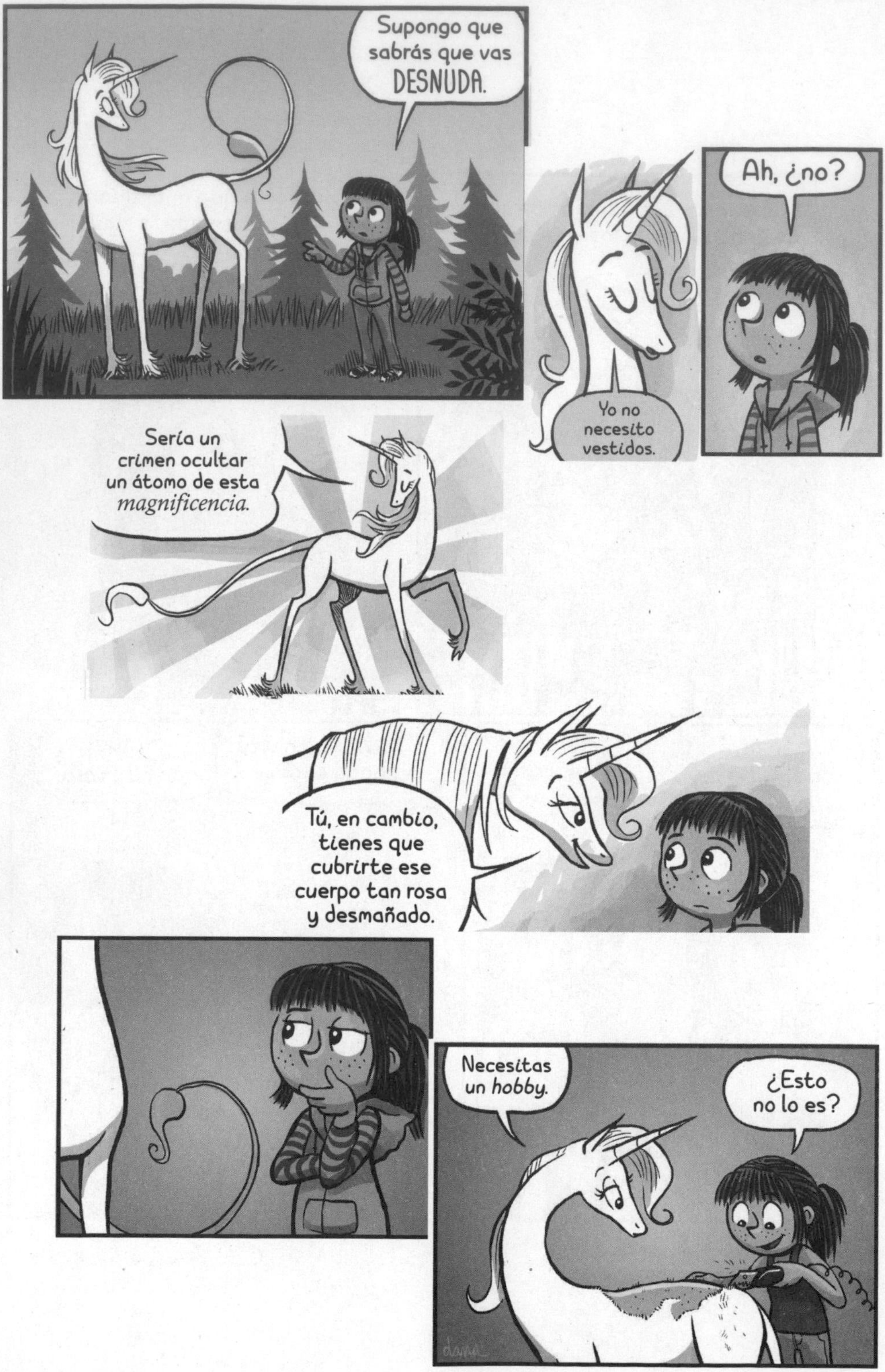
Supongo que sabrás que vas DESNUDA.
Yo no necesito vestidos.
Ah, ¿no?
Sería un crimen ocultar un átomo de esta *magnificencia.*
Tú, en cambio, tienes que cubrirte ese cuerpo tan rosa y desmañado.
Necesitas un *hobby*.
¿Esto no lo es?

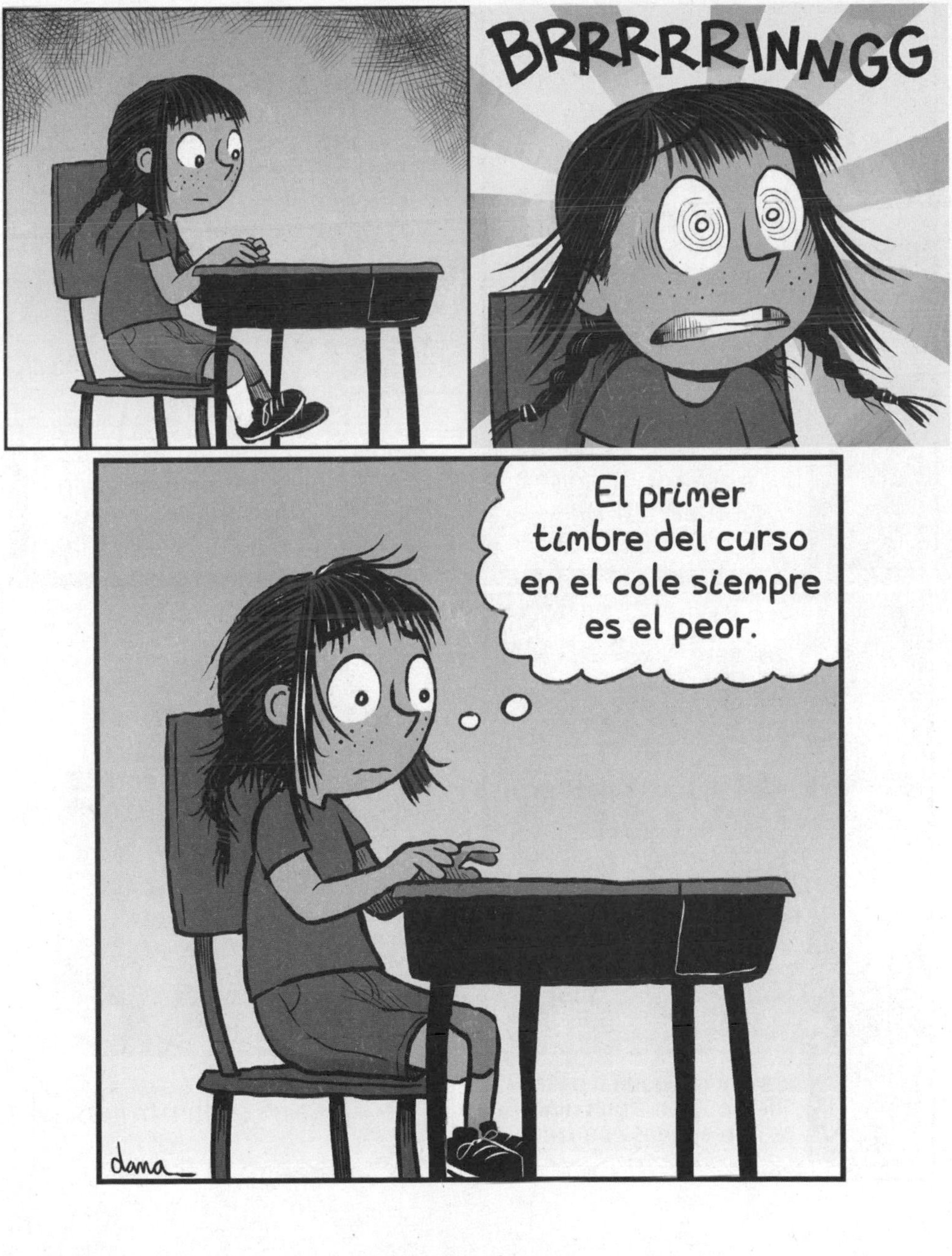
BRRRRRRINNGG
El primer timbre del curso en el cole siempre es el peor.
dana

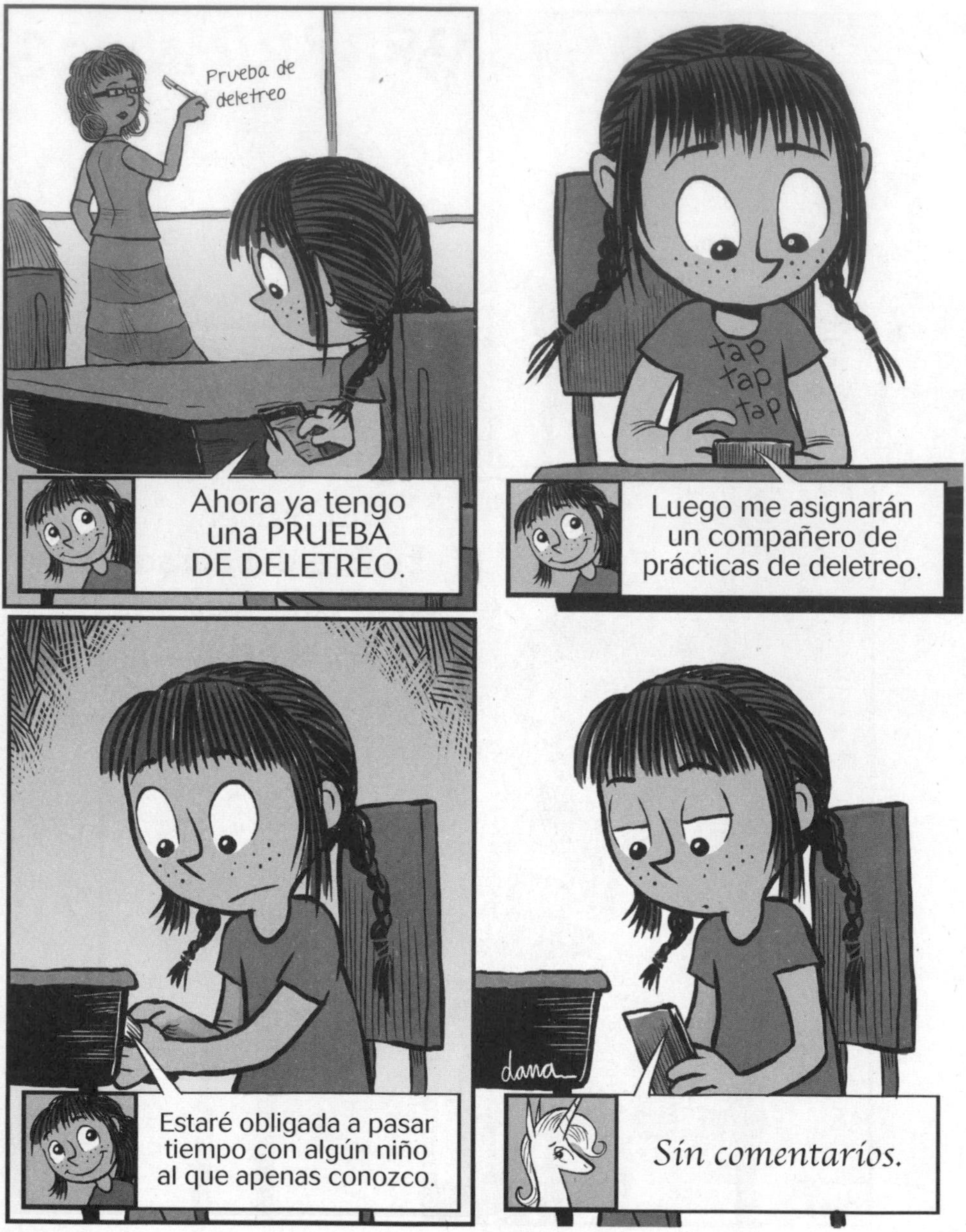
Prueba de deletreo
Ahora ya tengo una PRUEBA DE DELETREO.
tap tap tap
Luego me asignarán un compañero de prácticas de deletreo.
Estaré obligada a pasar tiempo con algún niño al que apenas conozco.
dana
Sin comentarios.

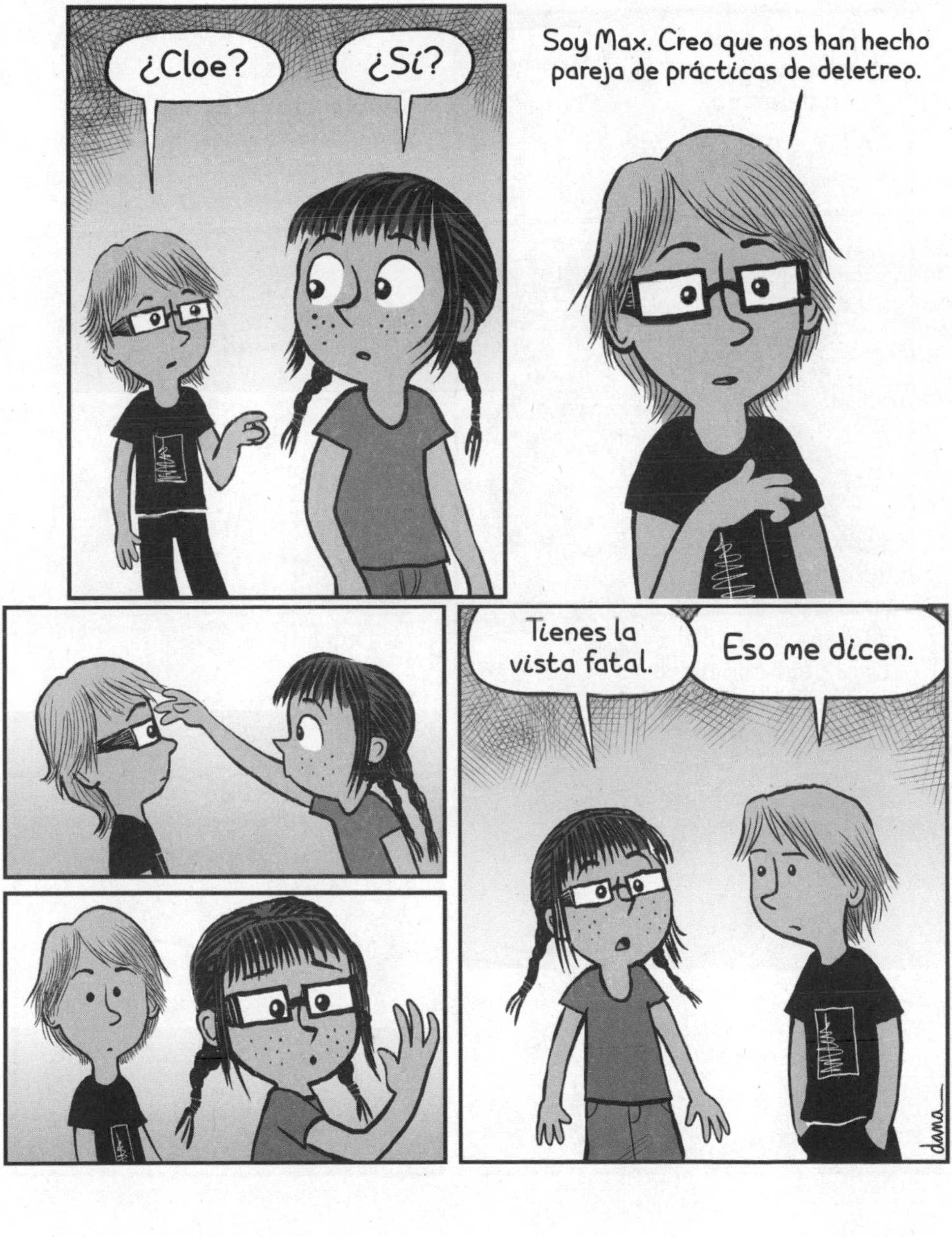

¿Cloe?
¿Sí?
Soy Max. Creo que nos han hecho pareja de prácticas de deletreo.
Tienes la vista fatal.
Eso me dicen.
dana

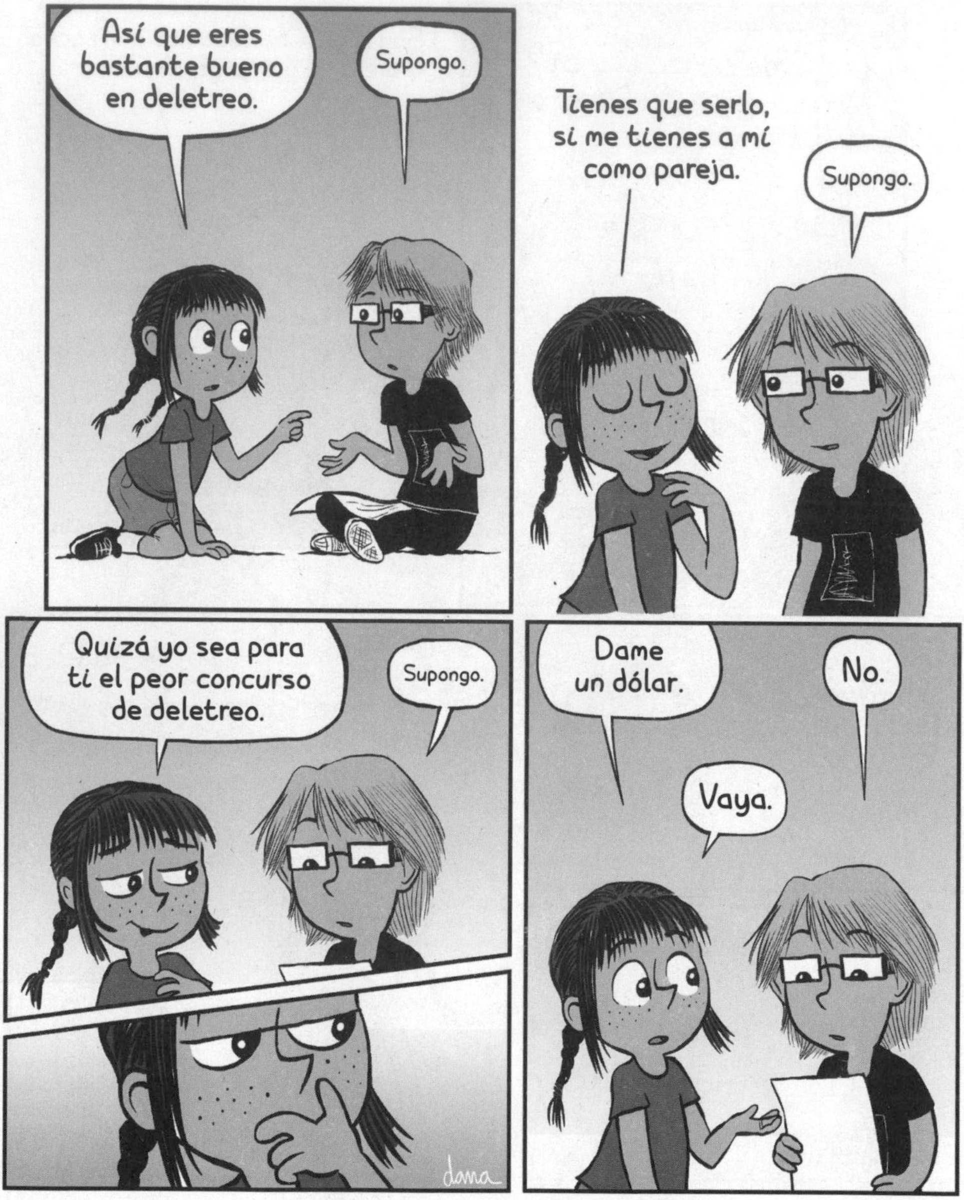
Así que eres bastante bueno en deletreo.
Supongo.
Tienes que serlo, si me tienes a mí como pareja.
Supongo.
Quizá yo sea para ti el peor concurso de deletreo.
Supongo.
Dame un dólar.
No.
Vaya.
dana

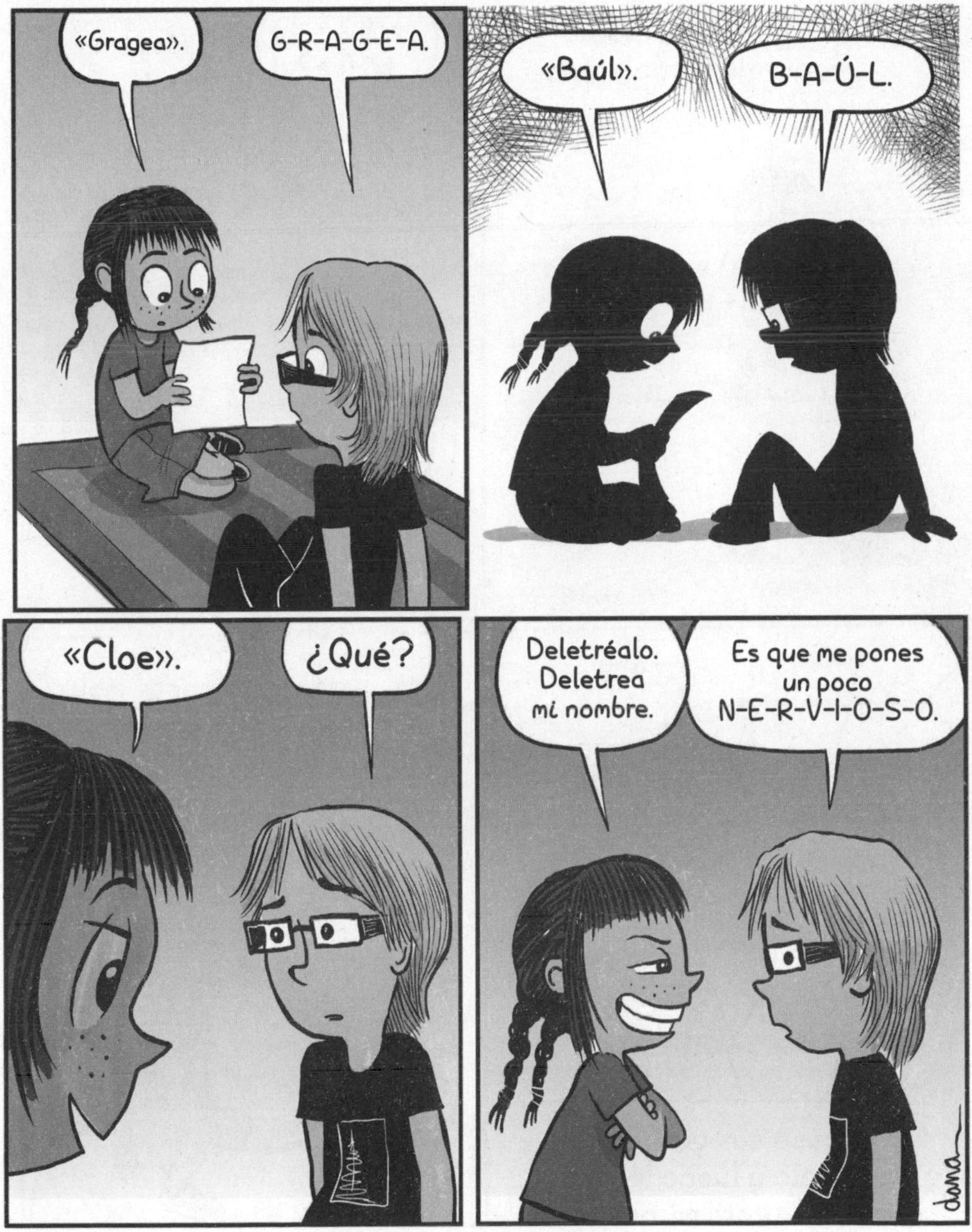
«Gragea».
G-R-A-G-E-A.
«Baúl».
B-A-Ú-L.
«Cloe».
¿Qué?
Deletréalo. Deletrea mi nombre.
Es que me pones un poco N-E-R-V-I-O-S-O.

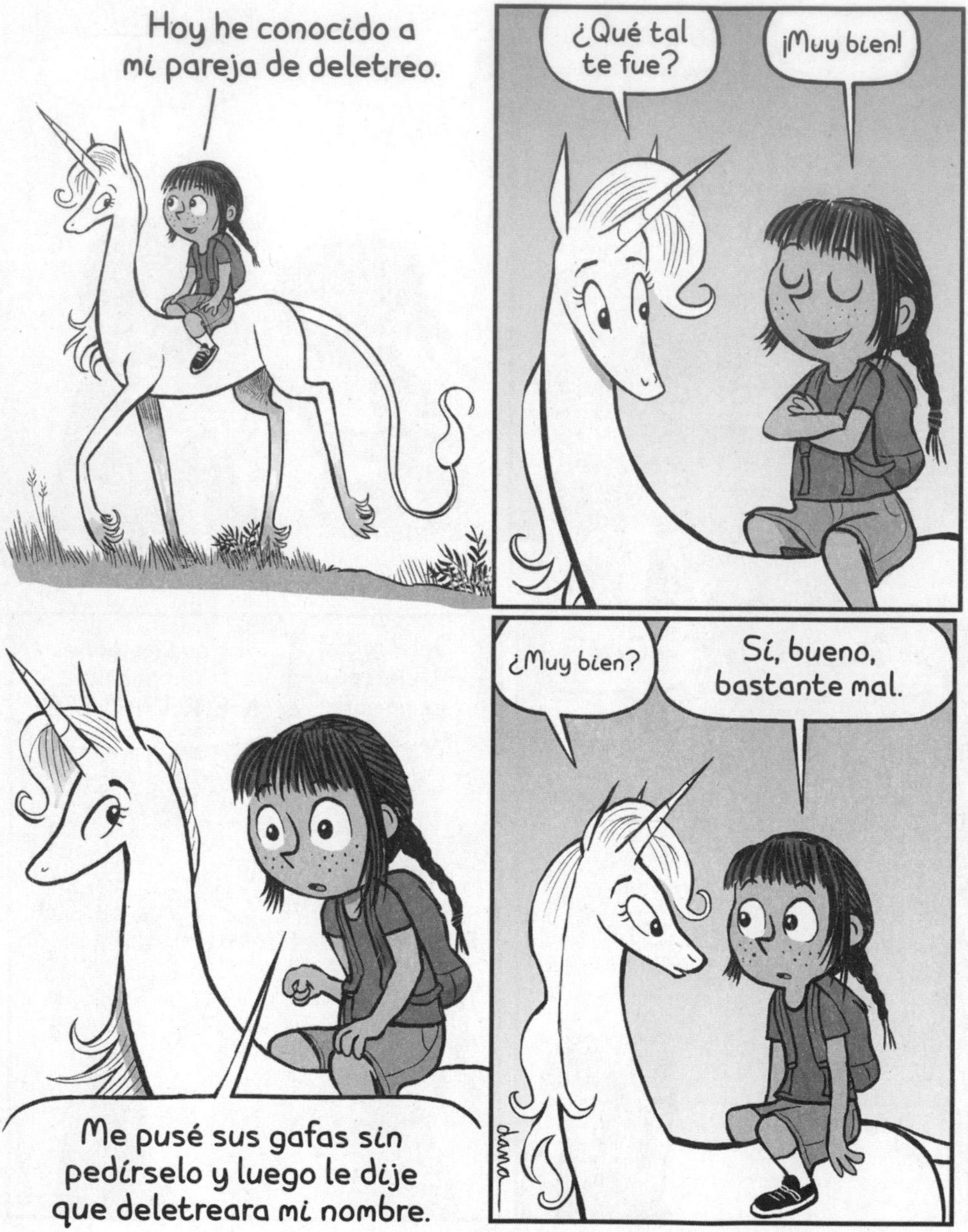
Hoy he conocido a mi pareja de deletreo.
¿Qué tal te fue?
¡Muy bien!
¿Muy bien?
Sí, bueno, bastante mal.
Me pusé sus gafas sin pedírselo y luego le dije que deletreara mi nombre.
dana

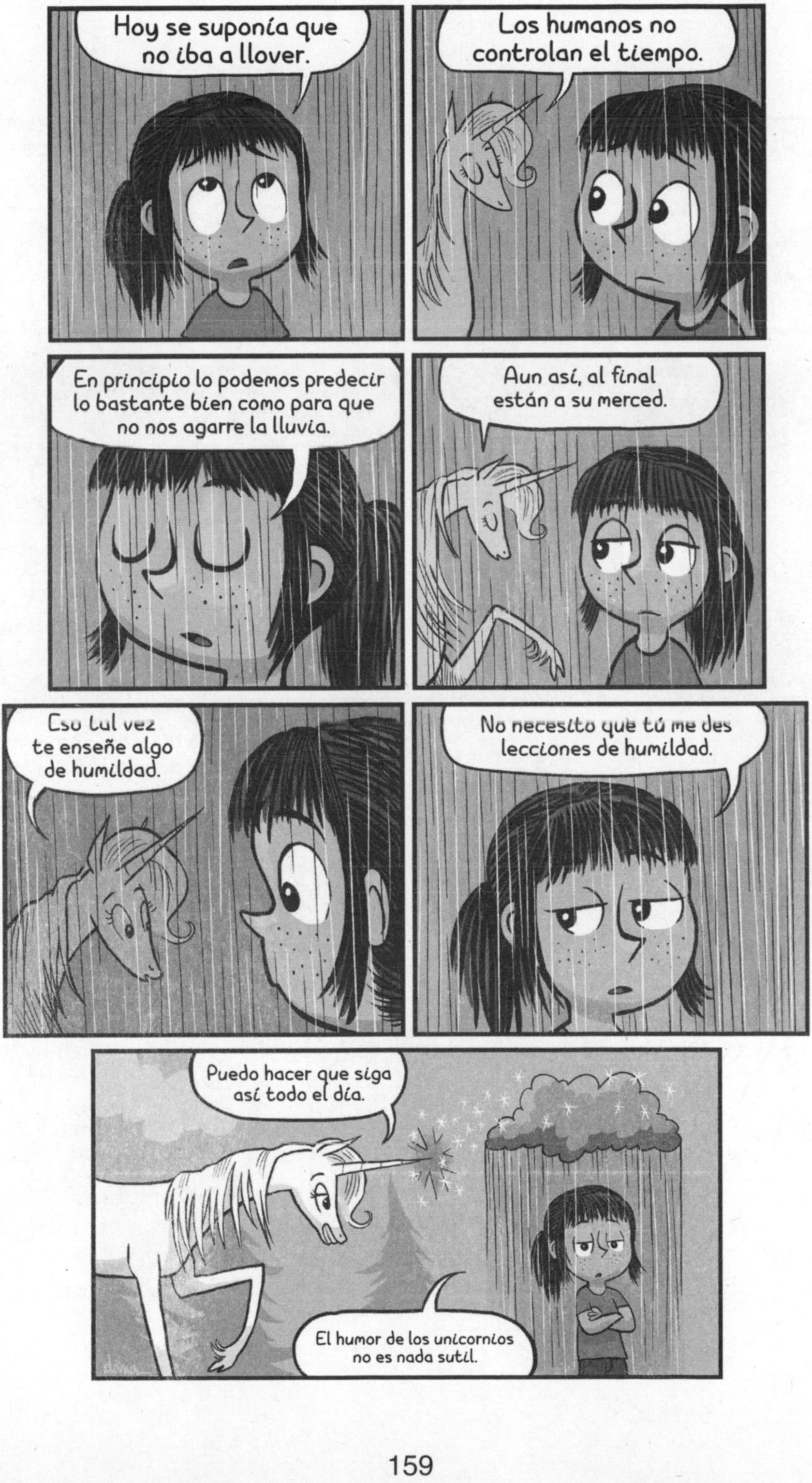
Hoy se suponía que no iba a llover.
Los humanos no controlan el tiempo.
En principio lo podemos predecir lo bastante bien como para que no nos agarre la lluvia.
Aun así, al final están a su merced.
Eso tal vez te enseñe algo de humildad.
No necesito que tú me des lecciones de humildad.
Puedo hacer que siga así todo el día.
El humor de los unicornios no es nada sutil.

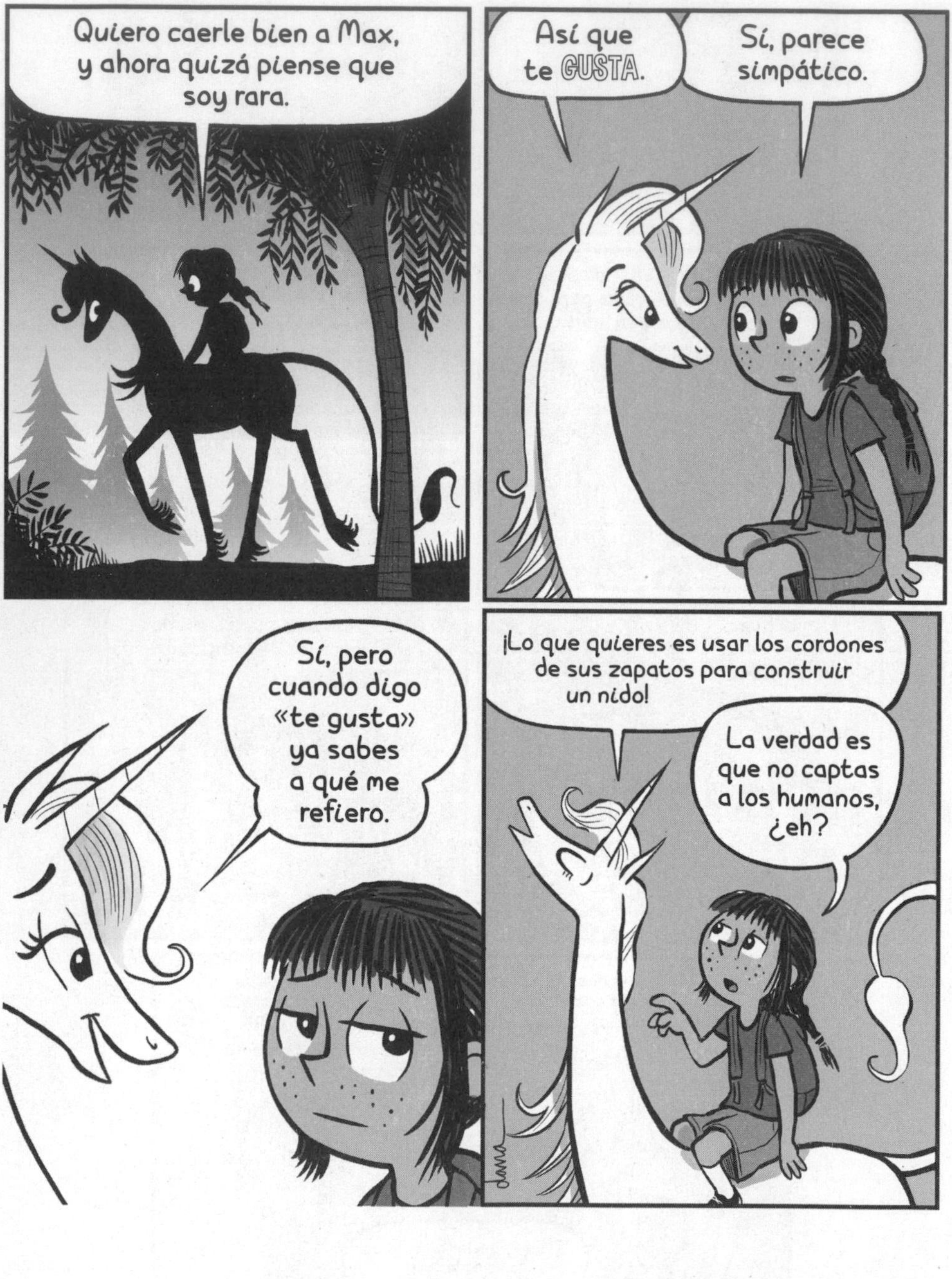
Quiero caerle bien a Max, y ahora quizá piense que soy rara.
Así que te GUSTA.
Sí, parece simpático.
Sí, pero cuando digo «te gusta» ya sabes a qué me refiero.
¡Lo que quieres es usar los cordones de sus zapatos para construir un nido!
La verdad es que no captas a los humanos, ¿eh?

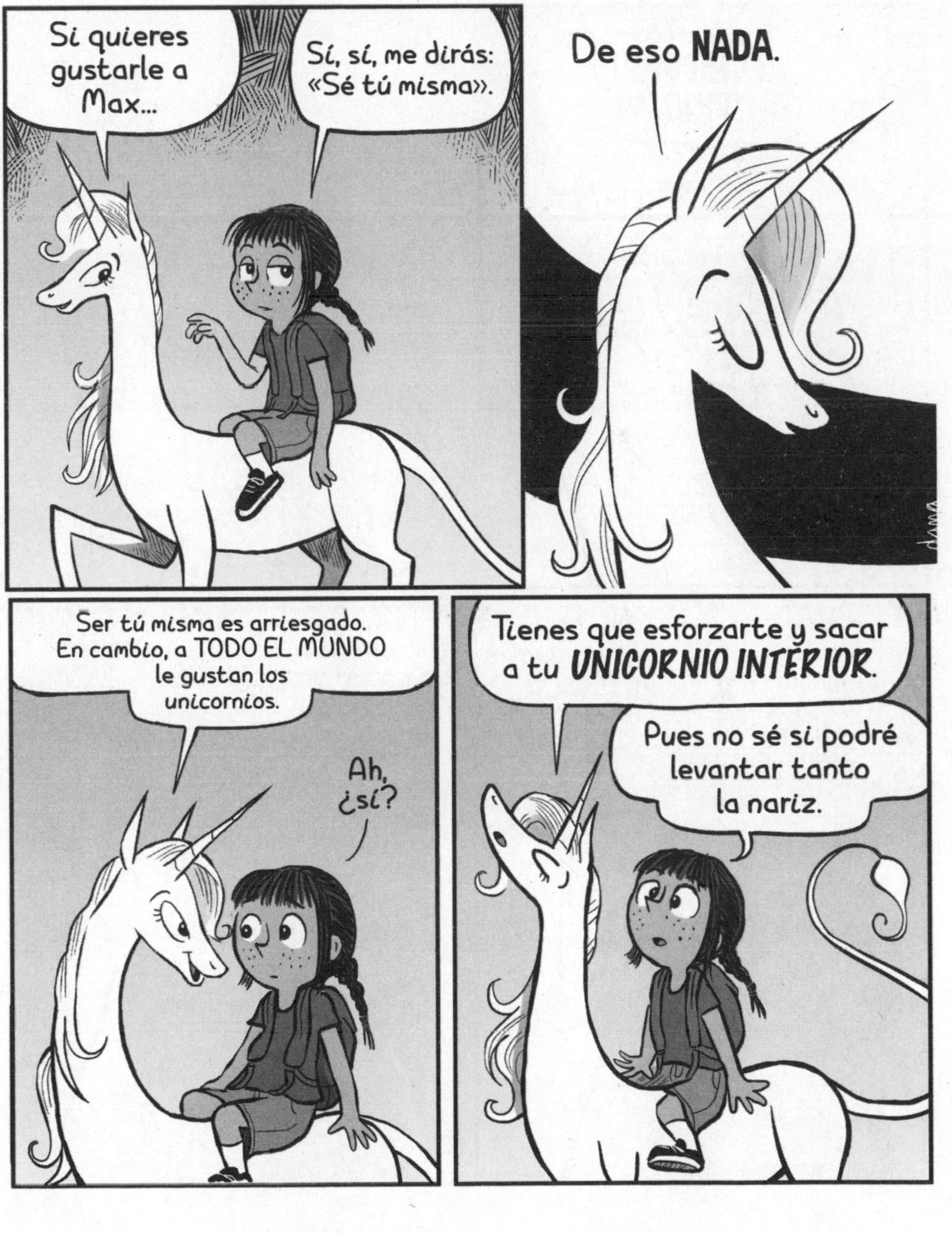
Si quieres gustarle a Max...
Sí, sí, me dirás: «Sé tú misma».
De eso NADA.
Ser tú misma es arriesgado. En cambio, a TODO EL MUNDO le gustan los unicornios.
Ah, ¿sí?
Tienes que esforzarte y sacar a tu UNICORNIO INTERIOR.
Pues no sé si podré levantar tanto la nariz.

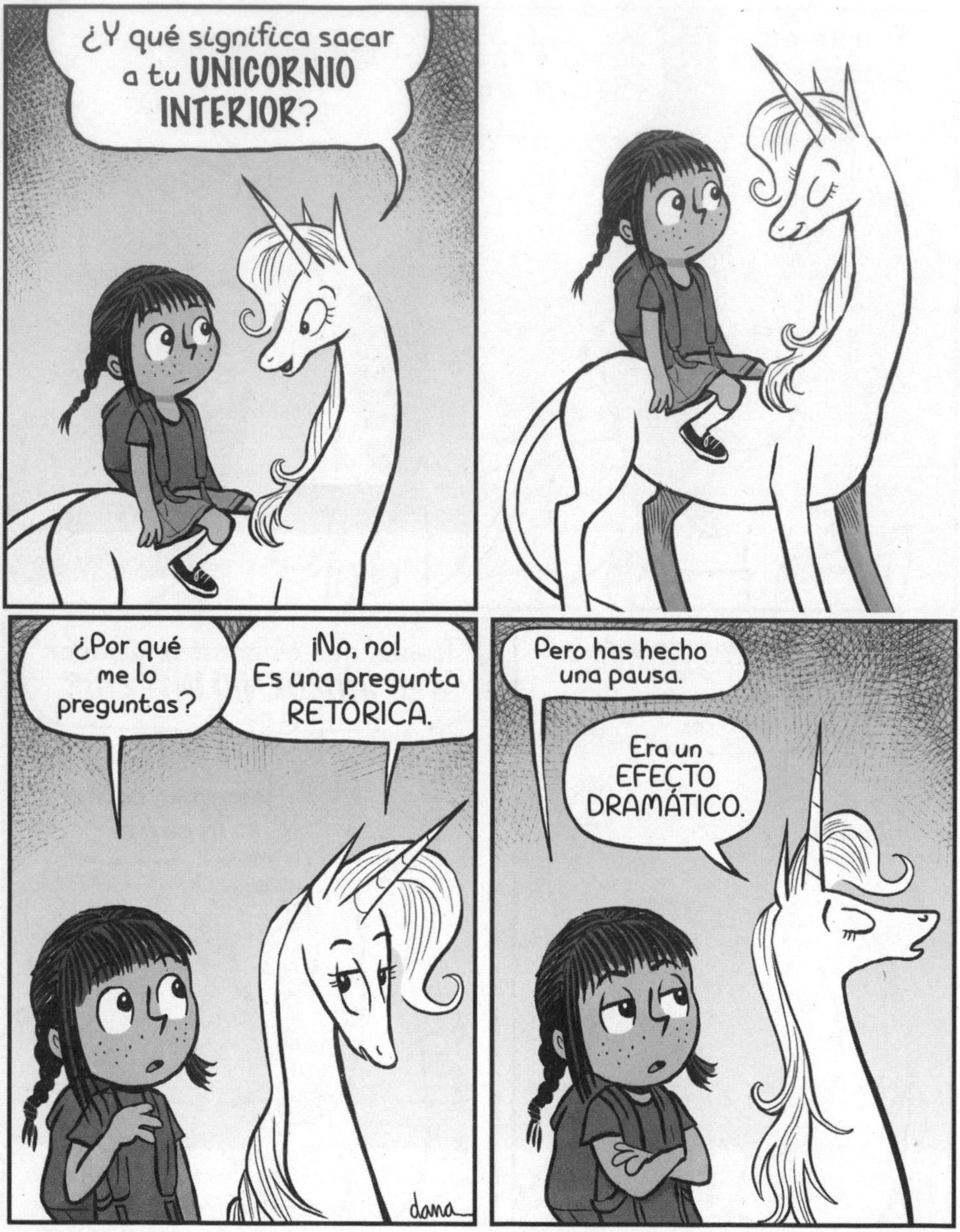
¿Y qué significa sacar a tu UNICORNIO INTERIOR?
¿Por qué me lo preguntas?
¡No, no! Es una pregunta RETÓRICA.
dana
Pero has hecho una pausa.
Era un EFECTO DRAMÁTICO.

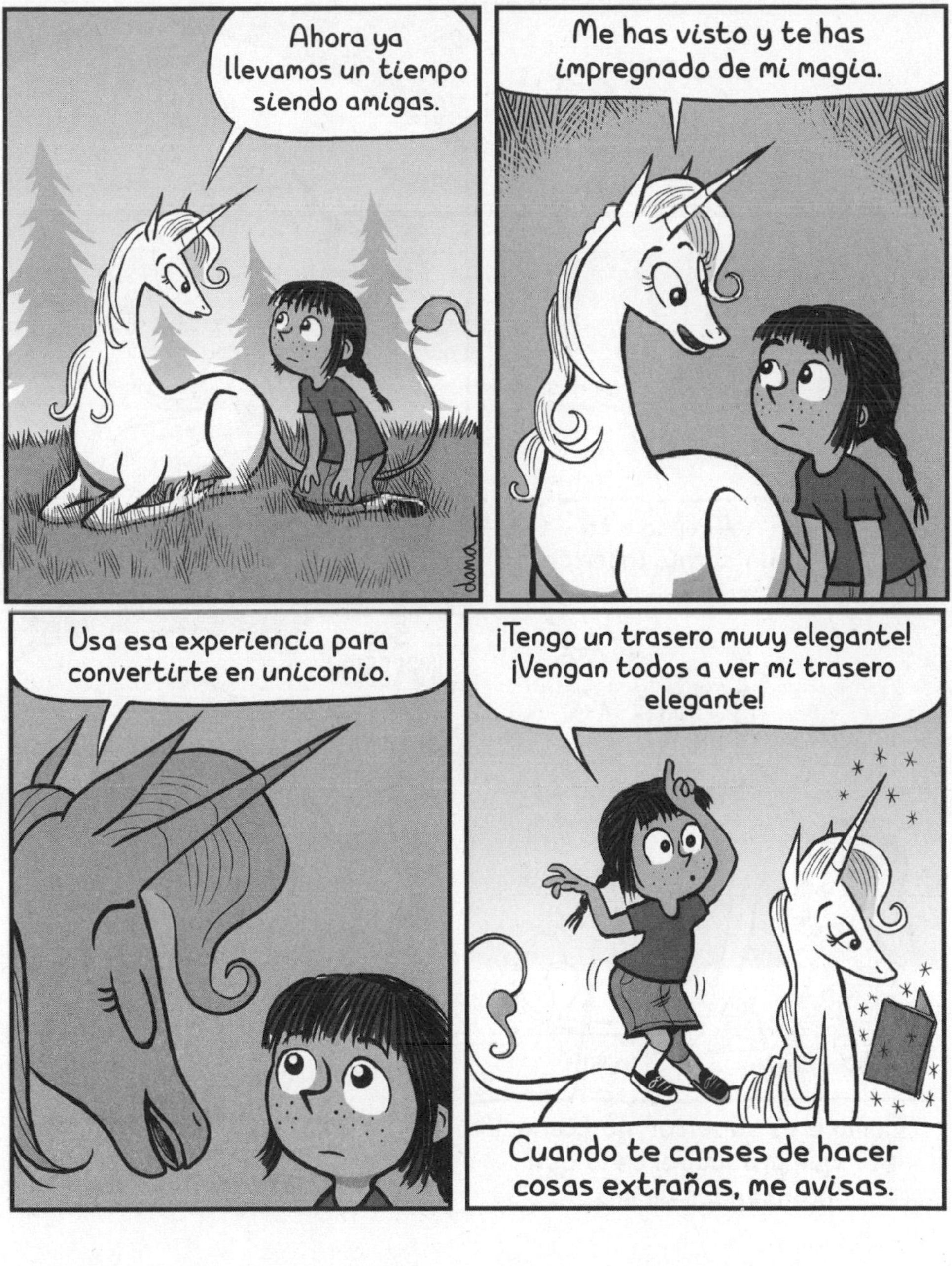
Ahora ya llevamos un tiempo siendo amigas.
Me has visto y te has impregnado de mi magia.
Usa esa experiencia para convertirte en unicornio.
¡Tengo un trasero muuy elegante! ¡Vengan todos a ver mi trasero elegante!
Cuando te canses de hacer cosas extrañas, me avisas.

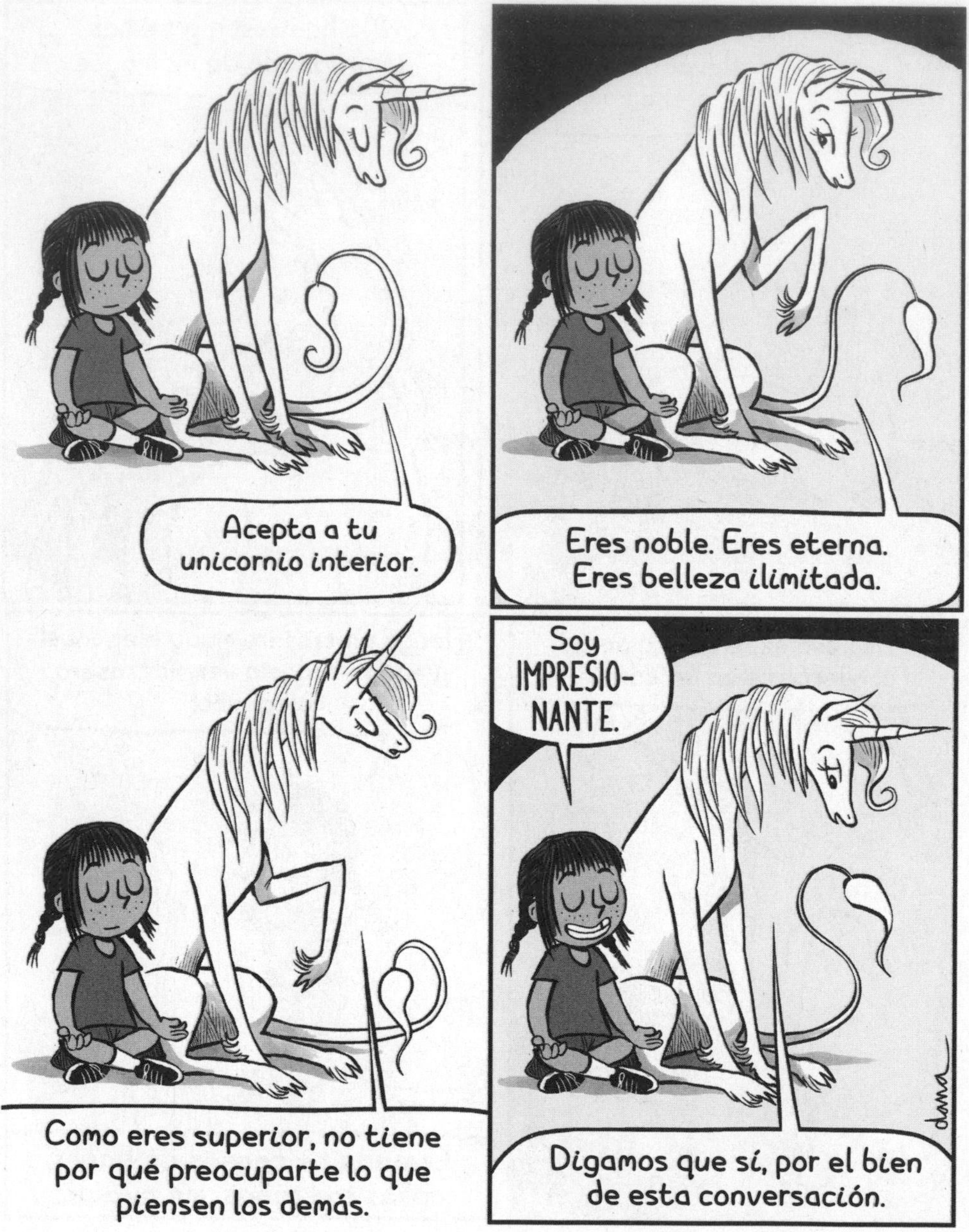
Acepta a tu unicornio interior.
Eres noble. Eres eterna. Eres belleza ilimitada.
Como eres superior, no tiene por qué preocuparte lo que piensen los demás.
Soy IMPRESIO-NANTE.
Digamos que sí, por el bien de esta conversación.
dana

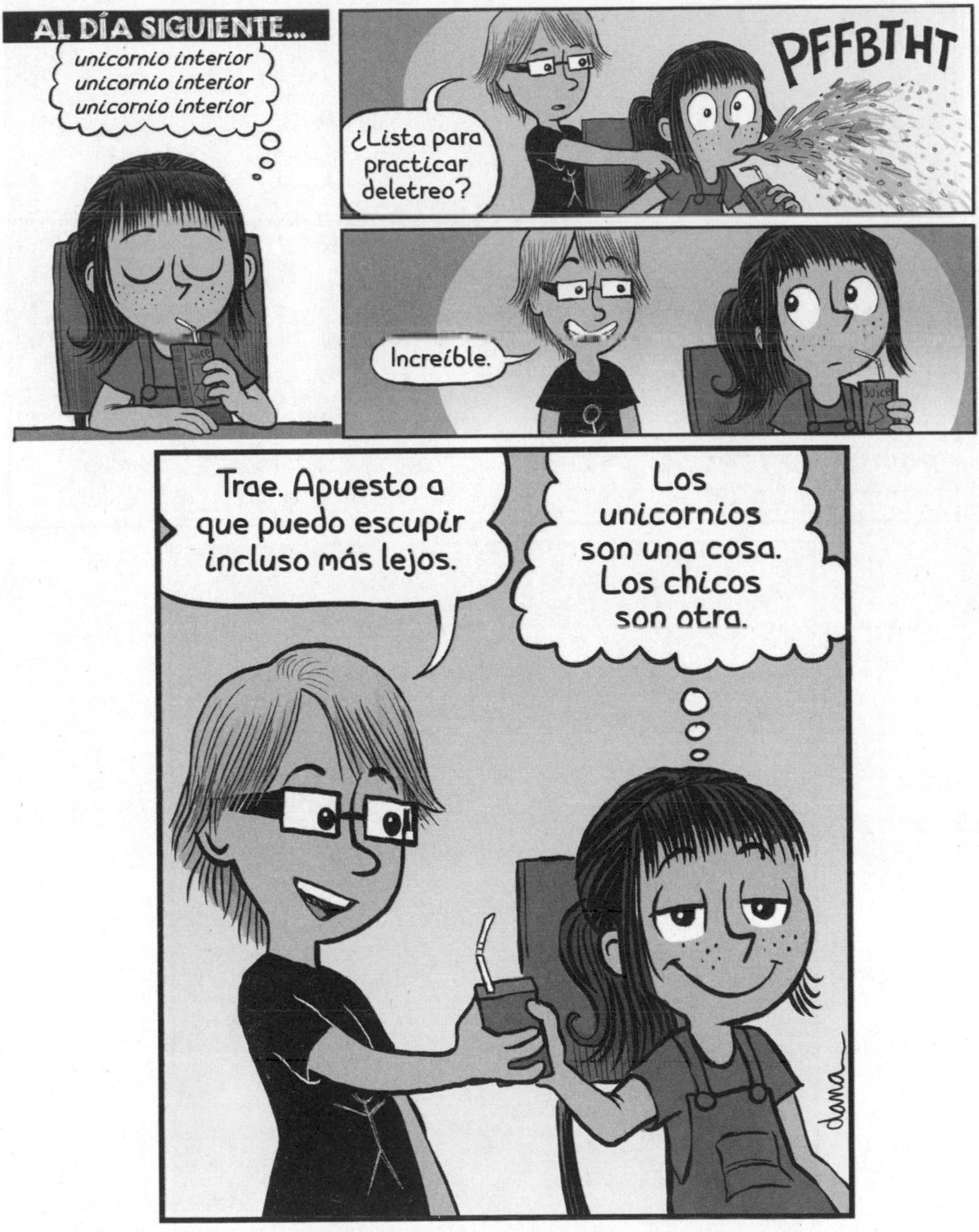
AL DÍA SIGUIENTE...
unicornio interior
unicornio interior
unicornio interior
¿Lista para practicar deletreo?
PFFBTHT
Juice
Increíble.
Juice
Trae. Apuesto a que puedo escupir incluso más lejos.
Los unicornios son una cosa. Los chicos son otra.
dana

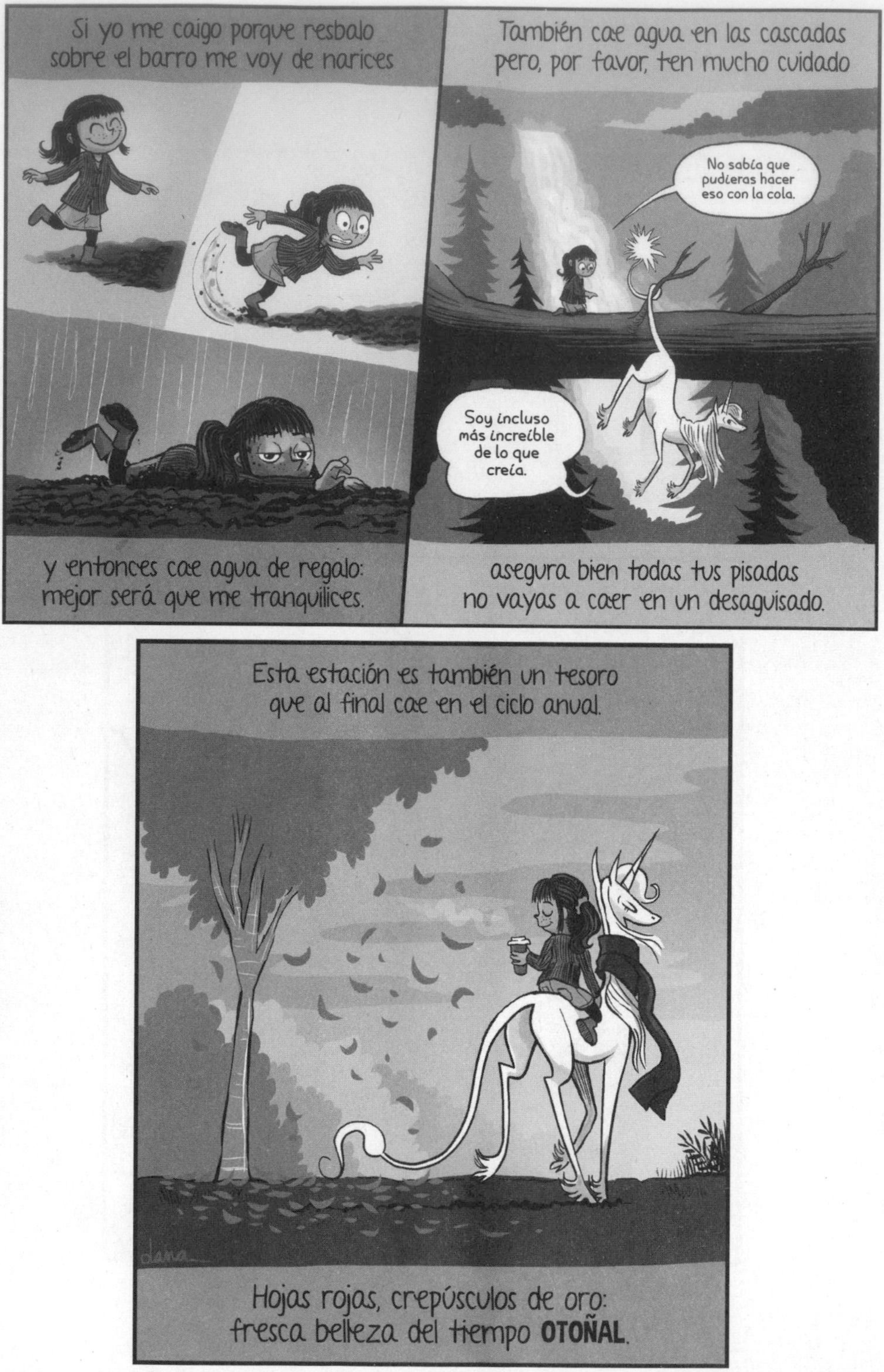
Si yo me caigo porque resbalo
sobre el barro me voy de narices
y entonces cae agua de regalo:
mejor será que me tranquilices.
También cae agua en las cascadas
pero, por favor, ten mucho cuidado
No sabía que pudieras hacer eso con la cola.
Soy incluso más increíble de lo que creía.
asegura bien todas tus pisadas
no vayas a caer en un desaguisado.
Esta estación es también un tesoro
que al final cae en el ciclo anual.
Hojas rojas, crepúsculos de oro:
fresca belleza del tiempo **OTOÑAL**.

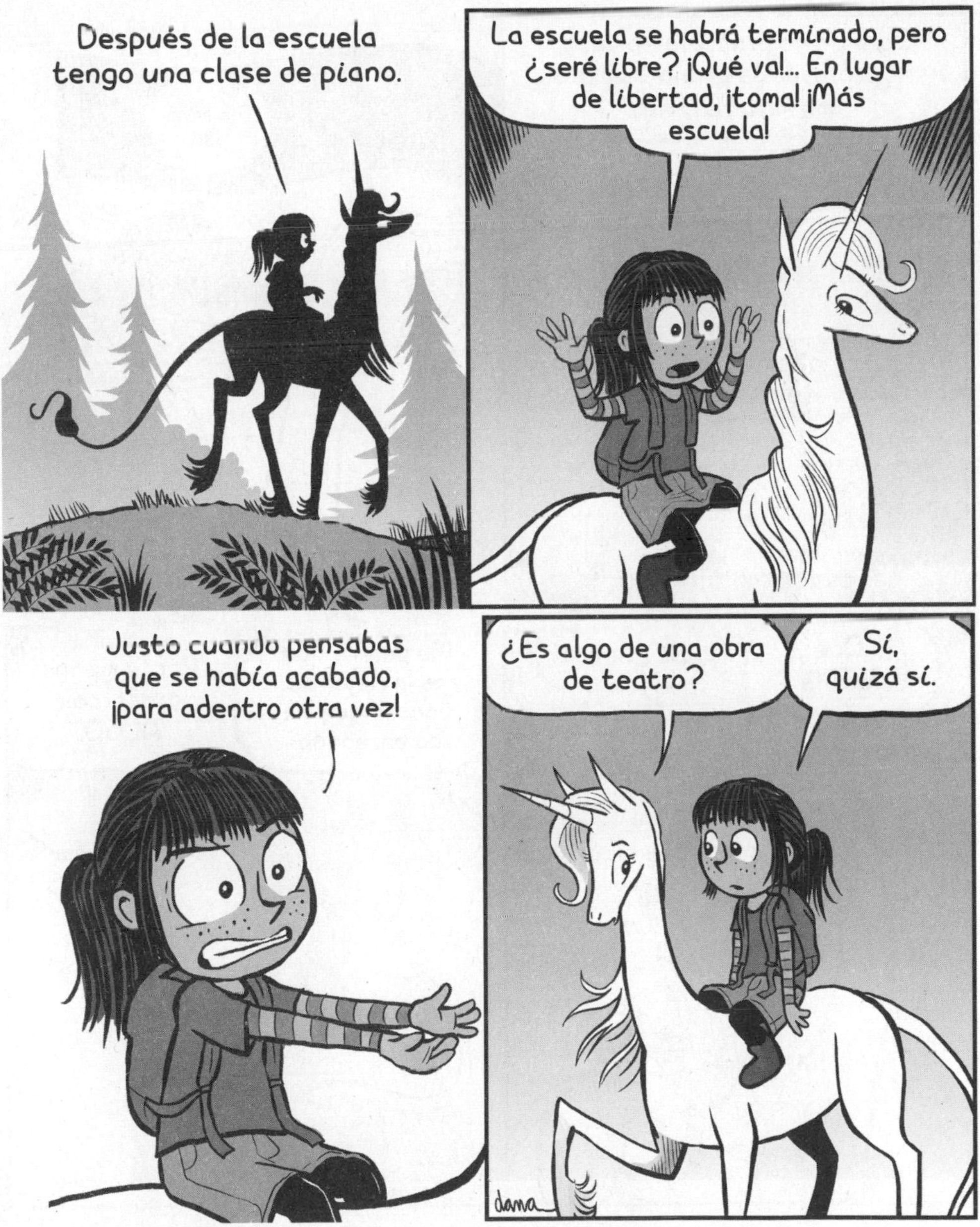
Después de la escuela
tengo una clase de piano.
La escuela se habrá terminado, pero ¿seré libre? ¡Qué va!... En lugar de libertad, ¡toma! ¡Más escuela!
Justo cuando pensabas que se había acabado, ¡para adentro otra vez!
¿Es algo de una obra de teatro?
Sí, quizá sí.
dana

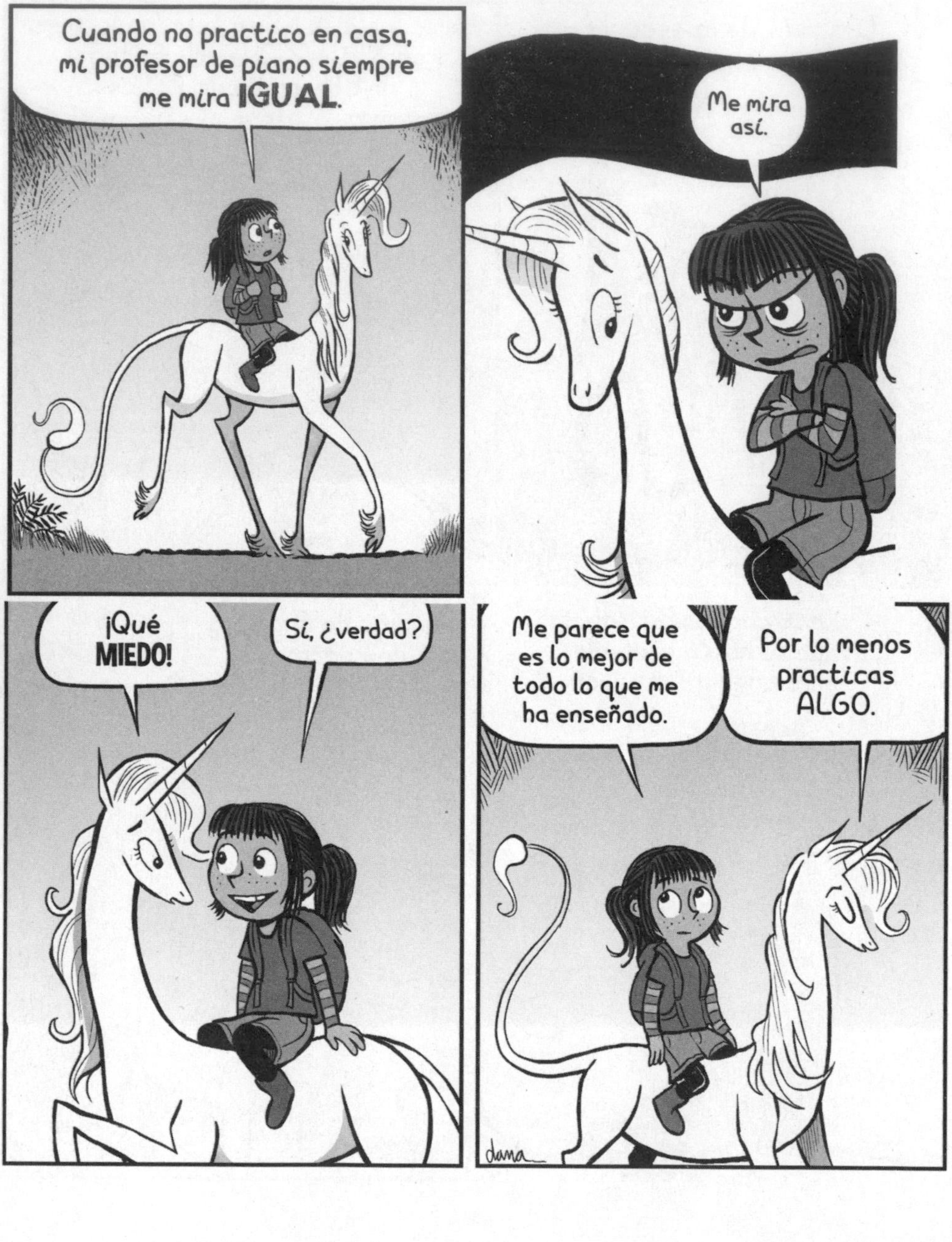
Cuando no practico en casa, mi profesor de piano siempre me mira IGUAL.
Me mira así.
¡Qué MIEDO!
Sí, ¿verdad?
Me parece que es lo mejor de todo lo que me ha enseñado.
Por lo menos practicas ALGO.
dana

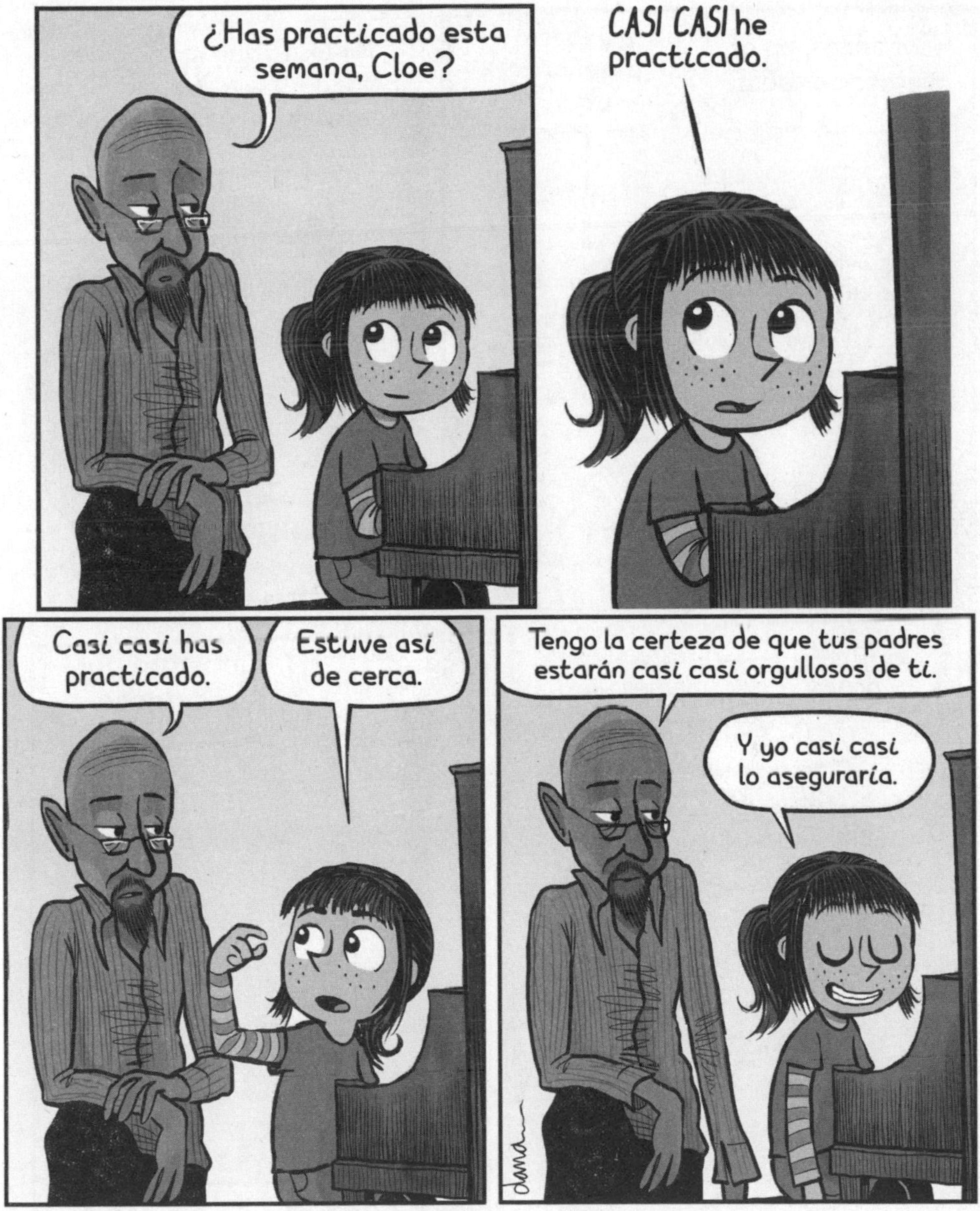
¿Has practicado esta semana, Cloe?
CASI CASI he practicado.
Casi casi has practicado.
Estuve así de cerca.
Tengo la certeza de que tus padres estarán casi casi orgullosos de ti.
Y yo casi casi lo aseguraría.

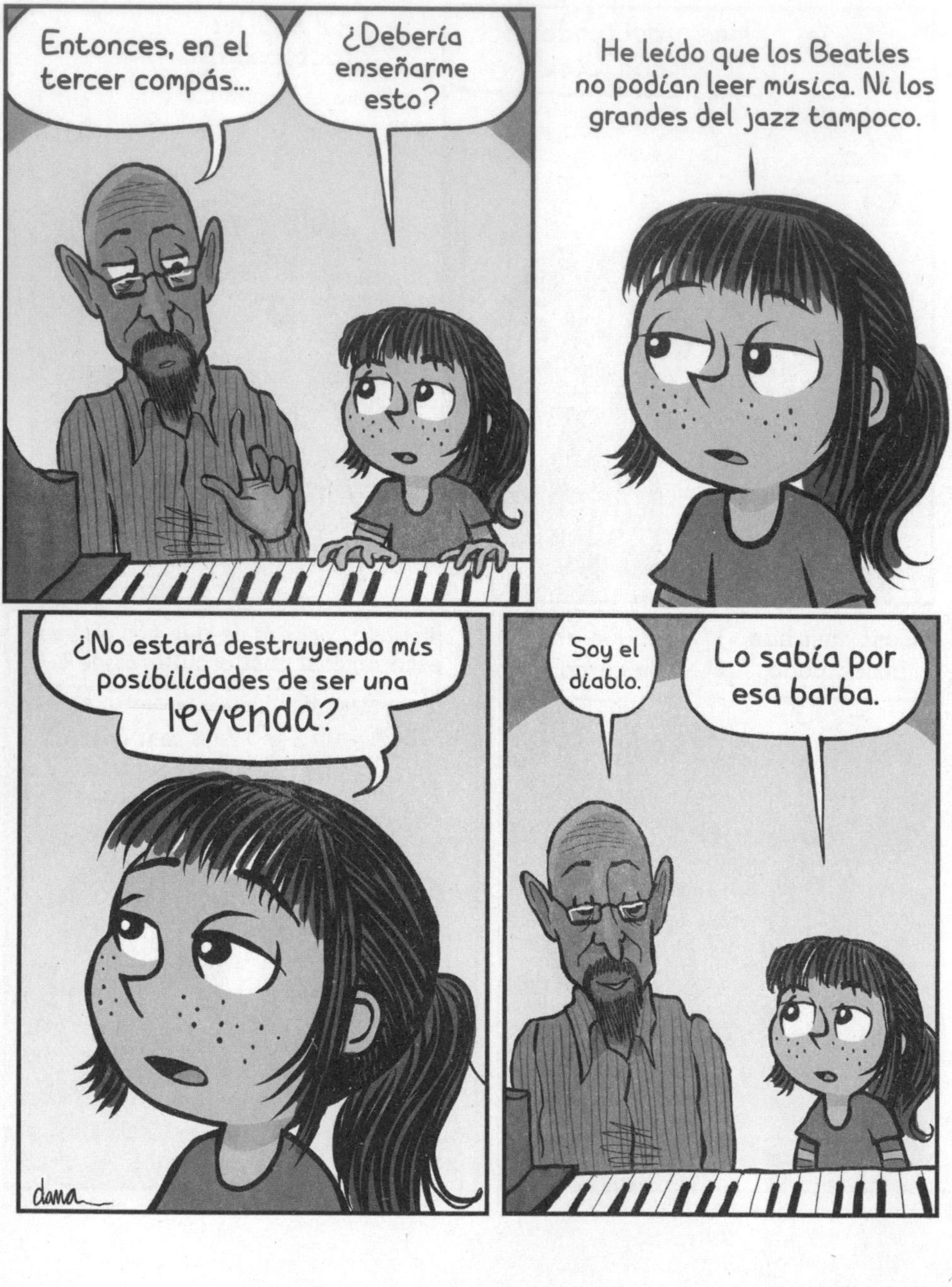
Entonces, en el tercer compás...
¿Debería enseñarme esto?
He leído que los Beatles no podían leer música. Ni los grandes del jazz tampoco.
¿No estará destruyendo mis posibilidades de ser una leyenda?
Soy el diablo.
Lo sabía por esa barba.
dana

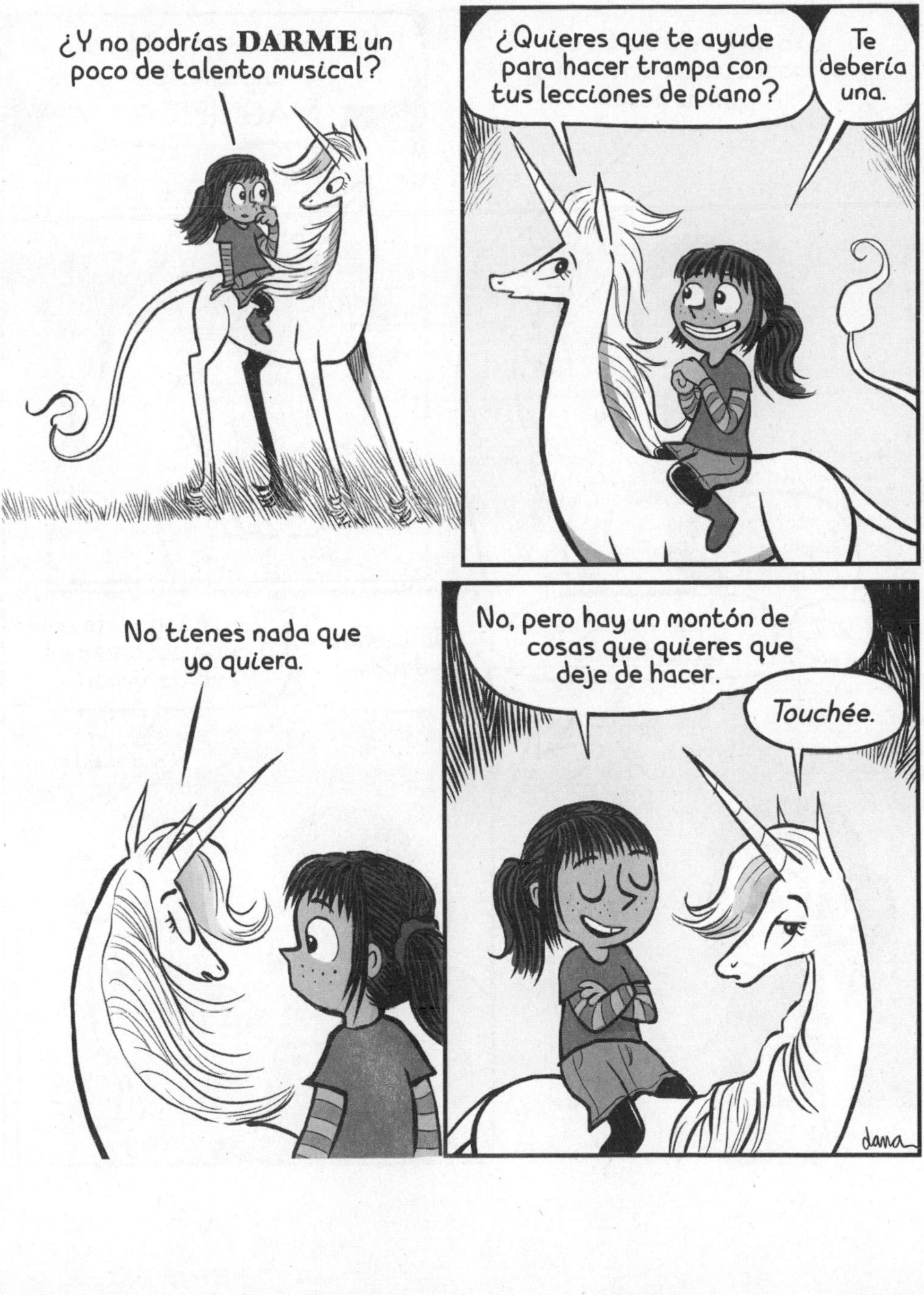
¿Y no podrías **DARME** un poco de talento musical?
¿Quieres que te ayude para hacer trampa con tus lecciones de piano?
Te debería una.
No tienes nada que yo quiera.
No, pero hay un montón de cosas que quieres que deje de hacer.
Touchée.
dana

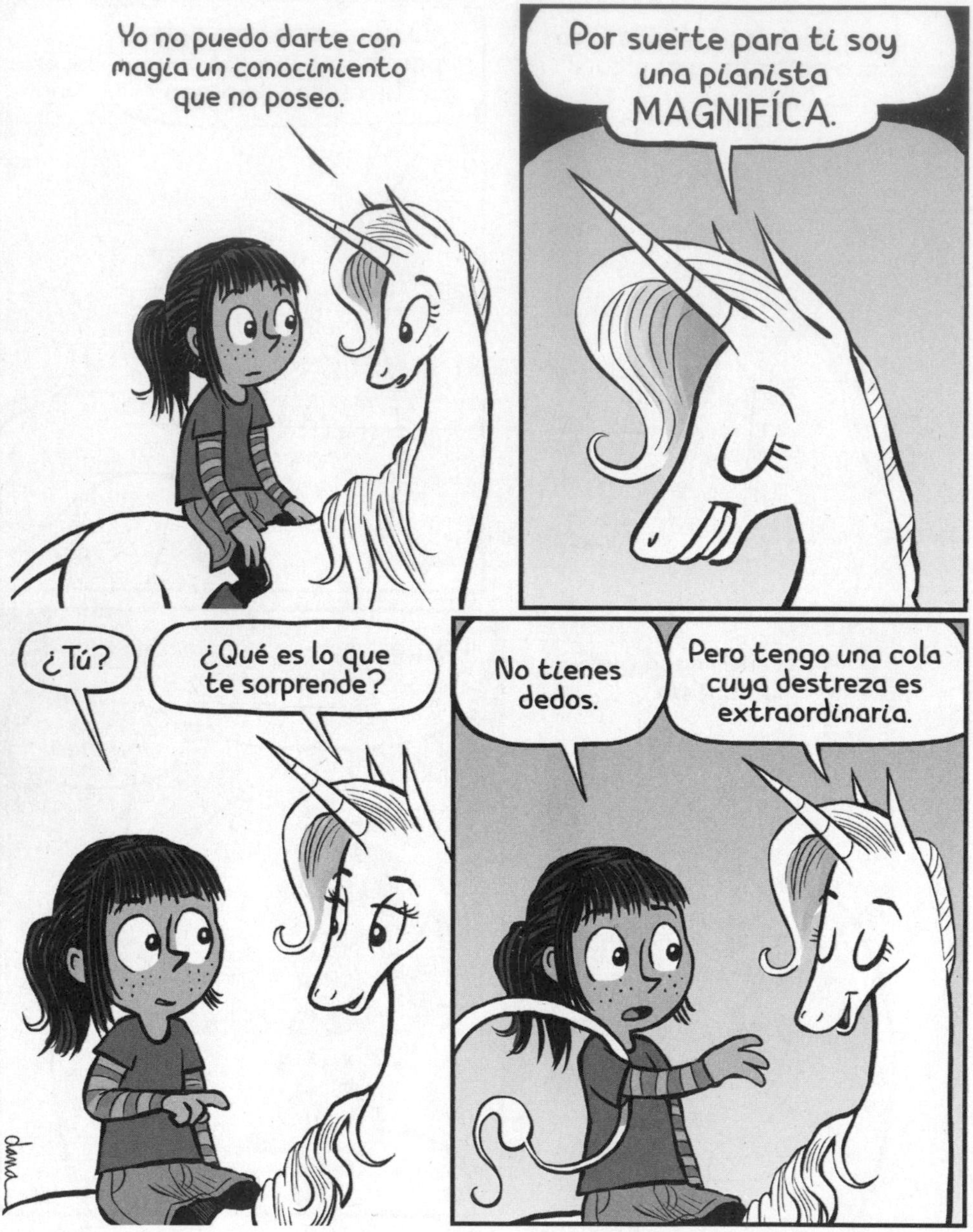
Yo no puedo darte con magia un conocimiento que no poseo.
Por suerte para ti soy una pianista MAGNIFÍCA.
¿Tú?
¿Qué es lo que te sorprende?
No tienes dedos.
Pero tengo una cola cuya destreza es extraordinaria.
dana

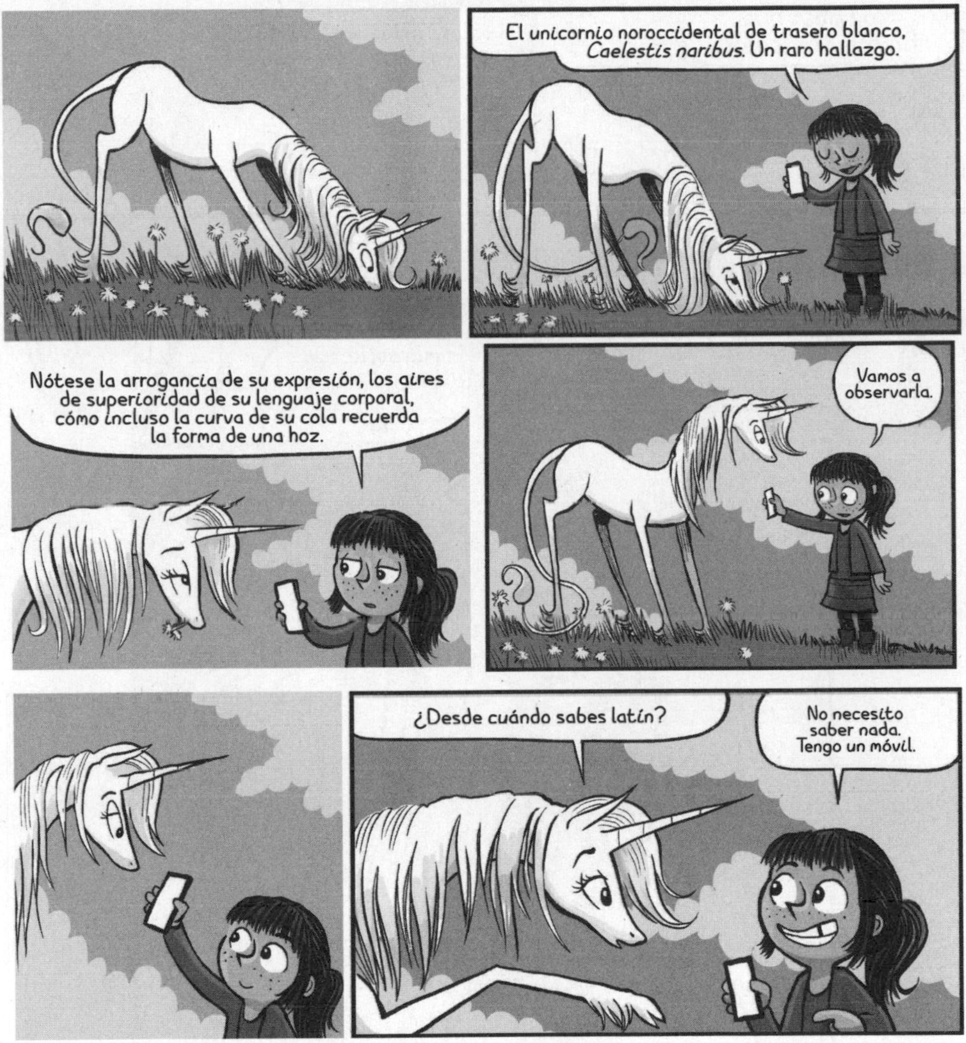
El unicornio noroccidental de trasero blanco, *Caelestis naribus*. Un raro hallazgo.
Nótese la arrogancia de su expresión, los aires de superioridad de su lenguaje corporal, cómo incluso la curva de su cola recuerda la forma de una hoz.
Vamos a observarla.
¿Desde cuándo sabes latín?
No necesito saber nada. Tengo un móvil.

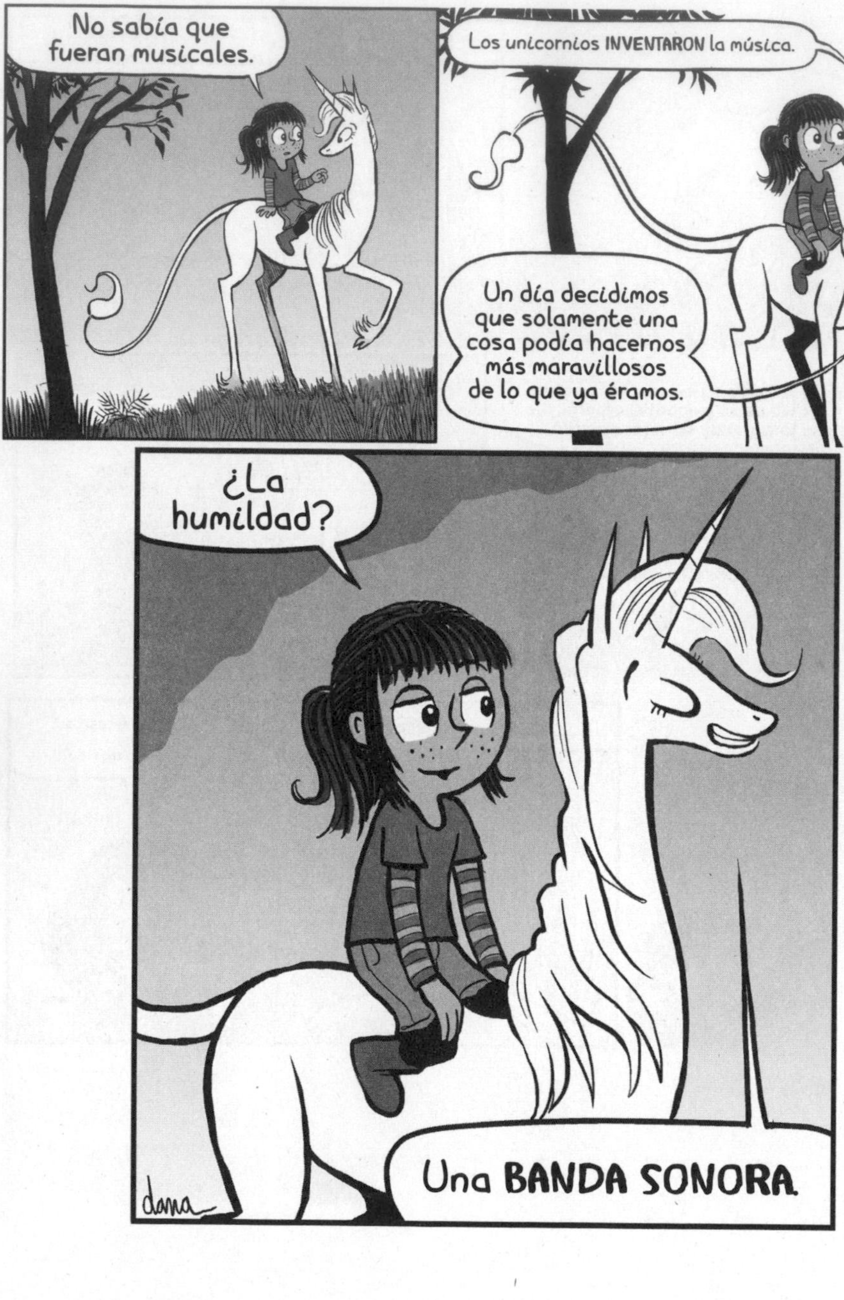
No sabía que fueran musicales.
Los unicornios INVENTARON la música.
Un día decidimos que solamente una cosa podía hacernos más maravillosos de lo que ya éramos.
¿La humildad?
Una BANDA SONORA.
dana

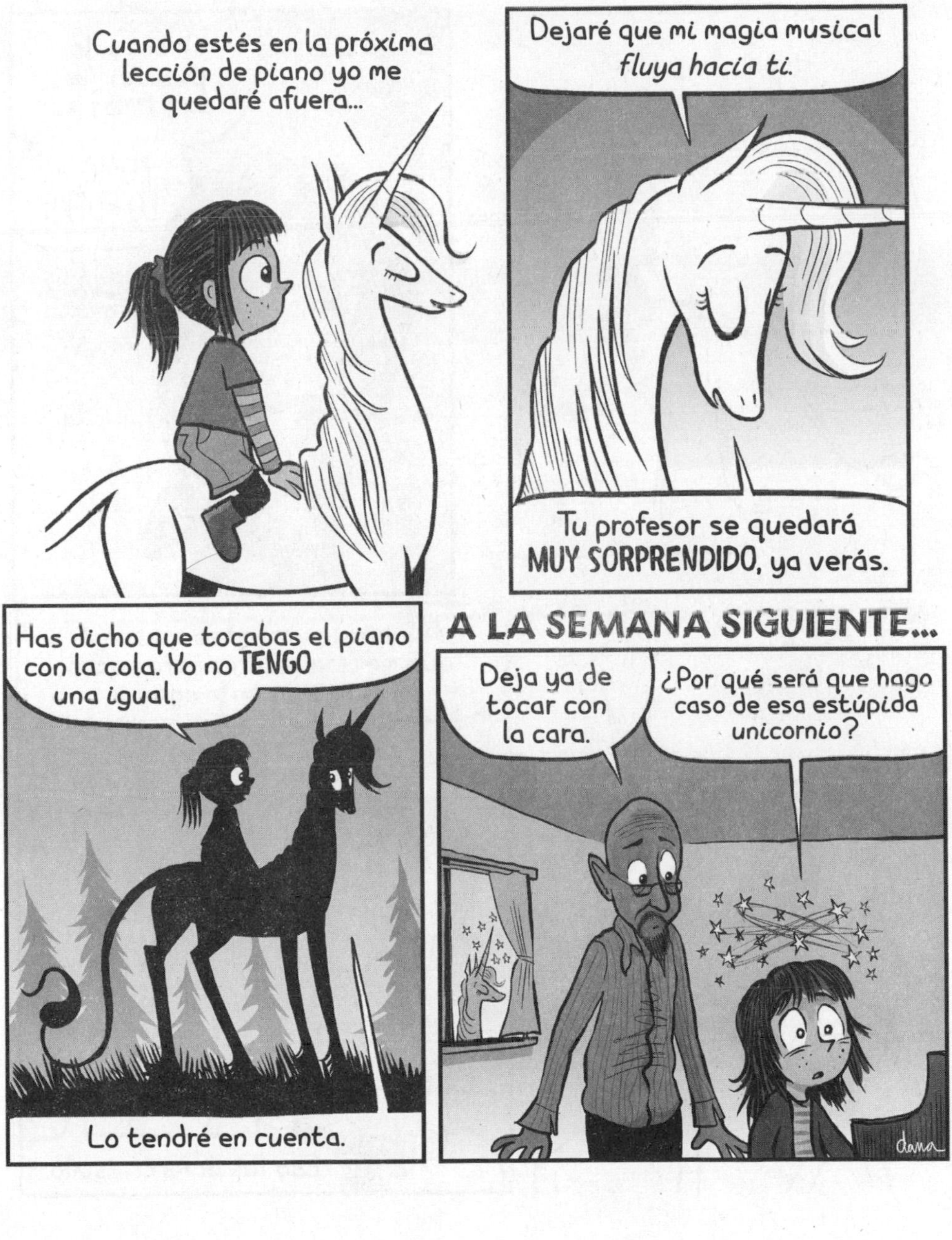
Cuando estés en la próxima lección de piano yo me quedaré afuera...
Dejaré que mi magia musical fluya hacia ti.
Tu profesor se quedará MUY SORPRENDIDO, ya verás.
Has dicho que tocabas el piano con la cola. Yo no TENGO una igual.
Lo tendré en cuenta.
A LA SEMANA SIGUIENTE...
Deja ya de tocar con la cara.
¿Por qué será que hago caso de esa estúpida unicornio?
dana

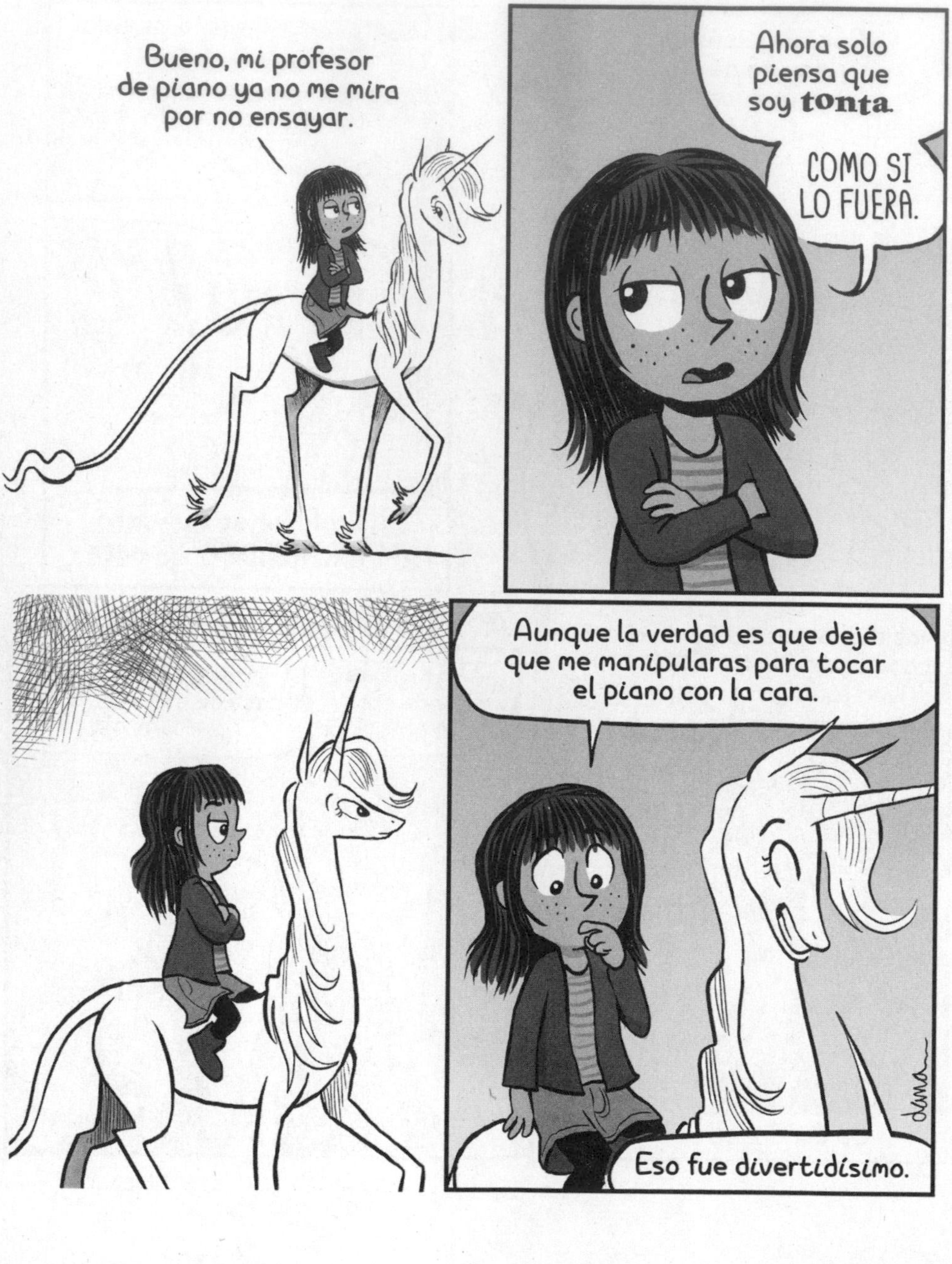
Bueno, mi profesor de piano ya no me mira por no ensayar.
Ahora solo piensa que soy **tonta**.
COMO SI LO FUERA.
Aunque la verdad es que dejé que me manipularas para tocar el piano con la cara.
Eso fue divertidísimo.

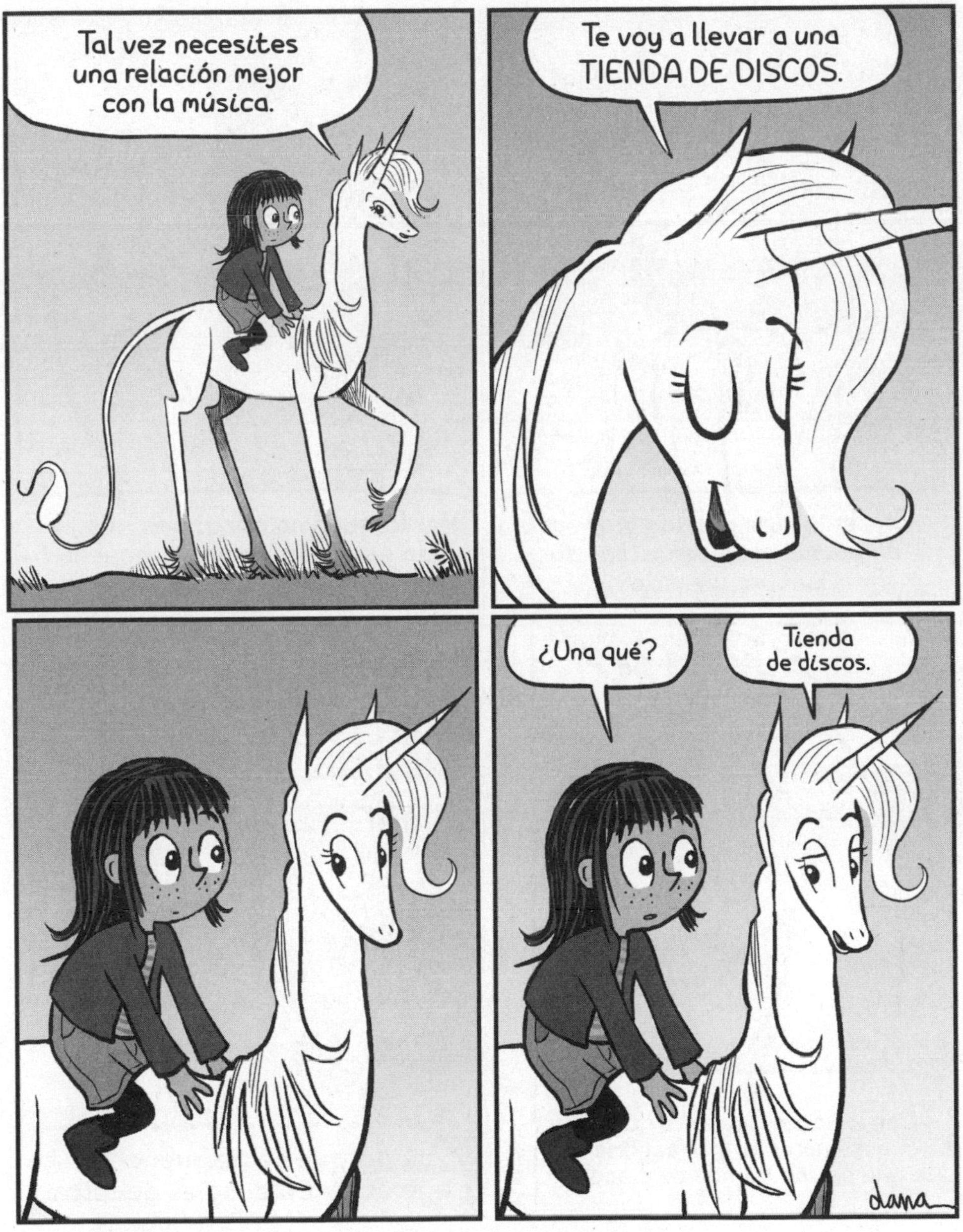
Tal vez necesites una relación mejor con la música.
Te voy a llevar a una TIENDA DE DISCOS.
¿Una qué?
Tienda de discos.
dana

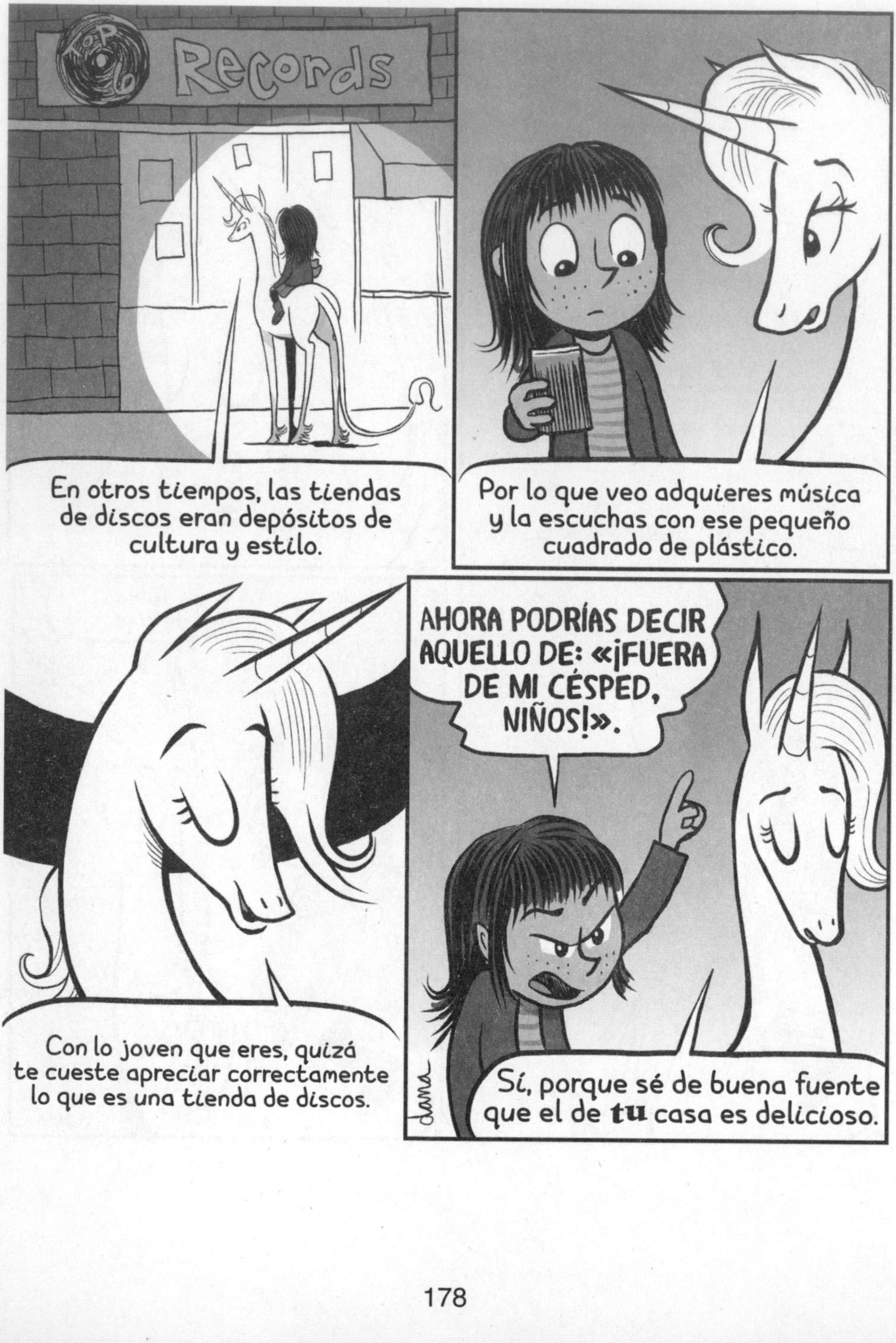
Records
En otros tiempos, las tiendas de discos eran depósitos de cultura y estilo.
Por lo que veo adquieres música y la escuchas con ese pequeño cuadrado de plástico.
Con lo joven que eres, quizá te cueste apreciar correctamente lo que es una tienda de discos.
AHORA PODRÍAS DECIR AQUELLO DE: «¡FUERA DE MI CÉSPED, NIÑOS!».
Sí, porque sé de buena fuente que el de **tu** casa es delicioso.
dana

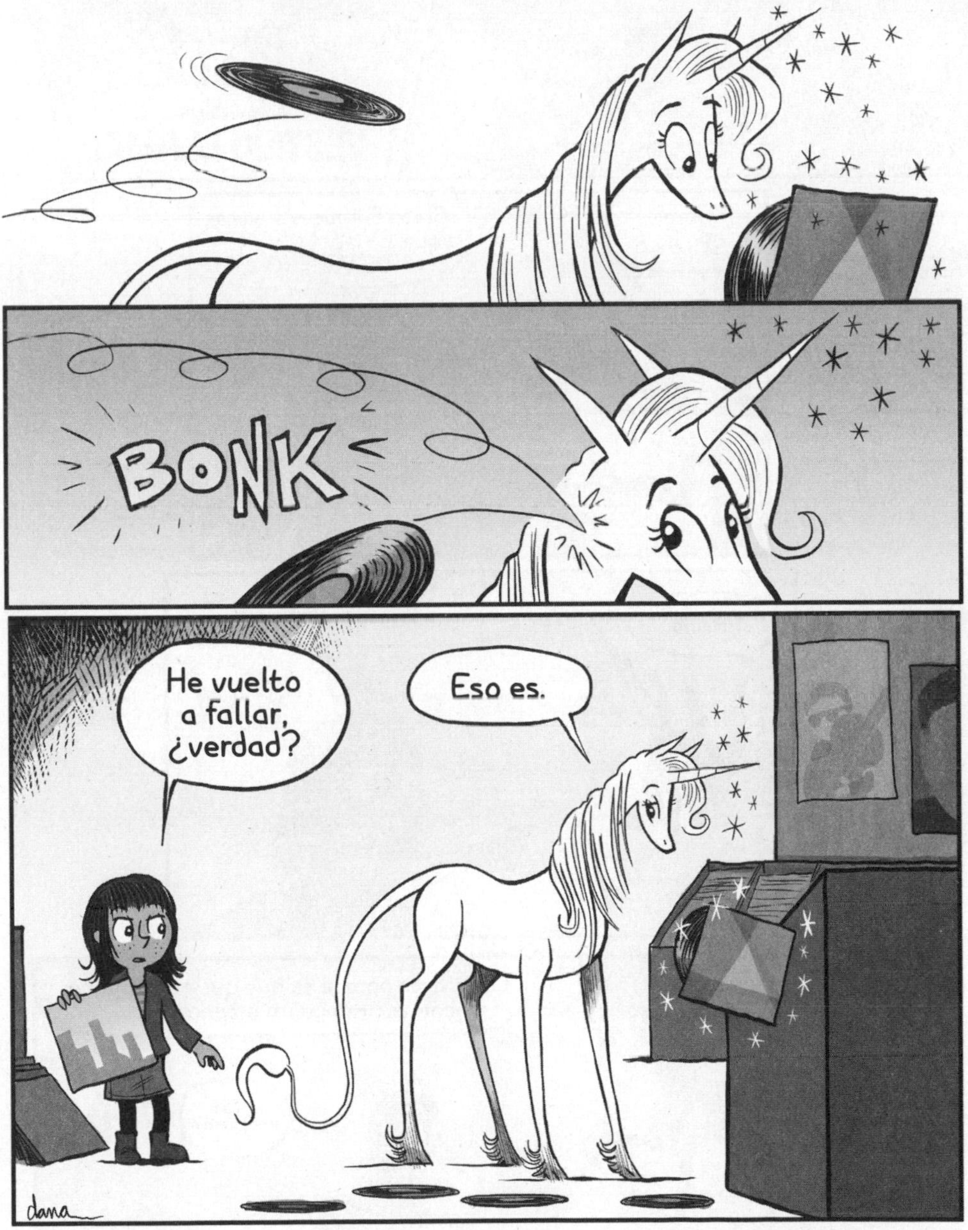
BONK
He vuelto a fallar, ¿verdad?
Eso es.
dana

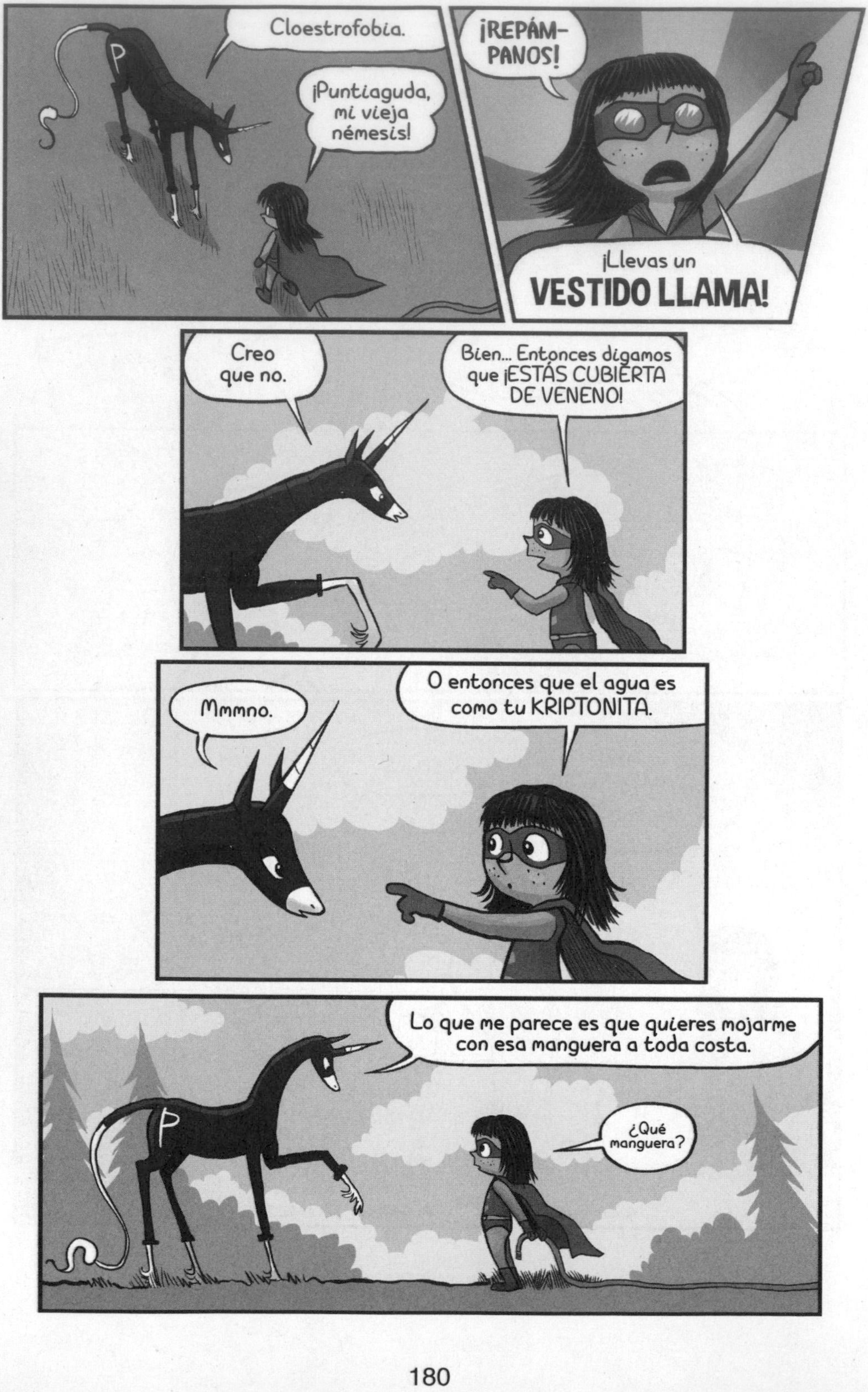

Cloestrofobia.
¡Puntiaguda, mi vieja némesis!
¡REPÁMPANOS!
¡Llevas un VESTIDO LLAMA!
Creo que no.
Bien... Entonces digamos que ¡ESTÁS CUBIERTA DE VENENO!
Mmmno.
O entonces que el agua es como tu KRIPTONITA.
Lo que me parece es que quieres mojarme con esa manguera a toda costa.
¿Qué manguera?

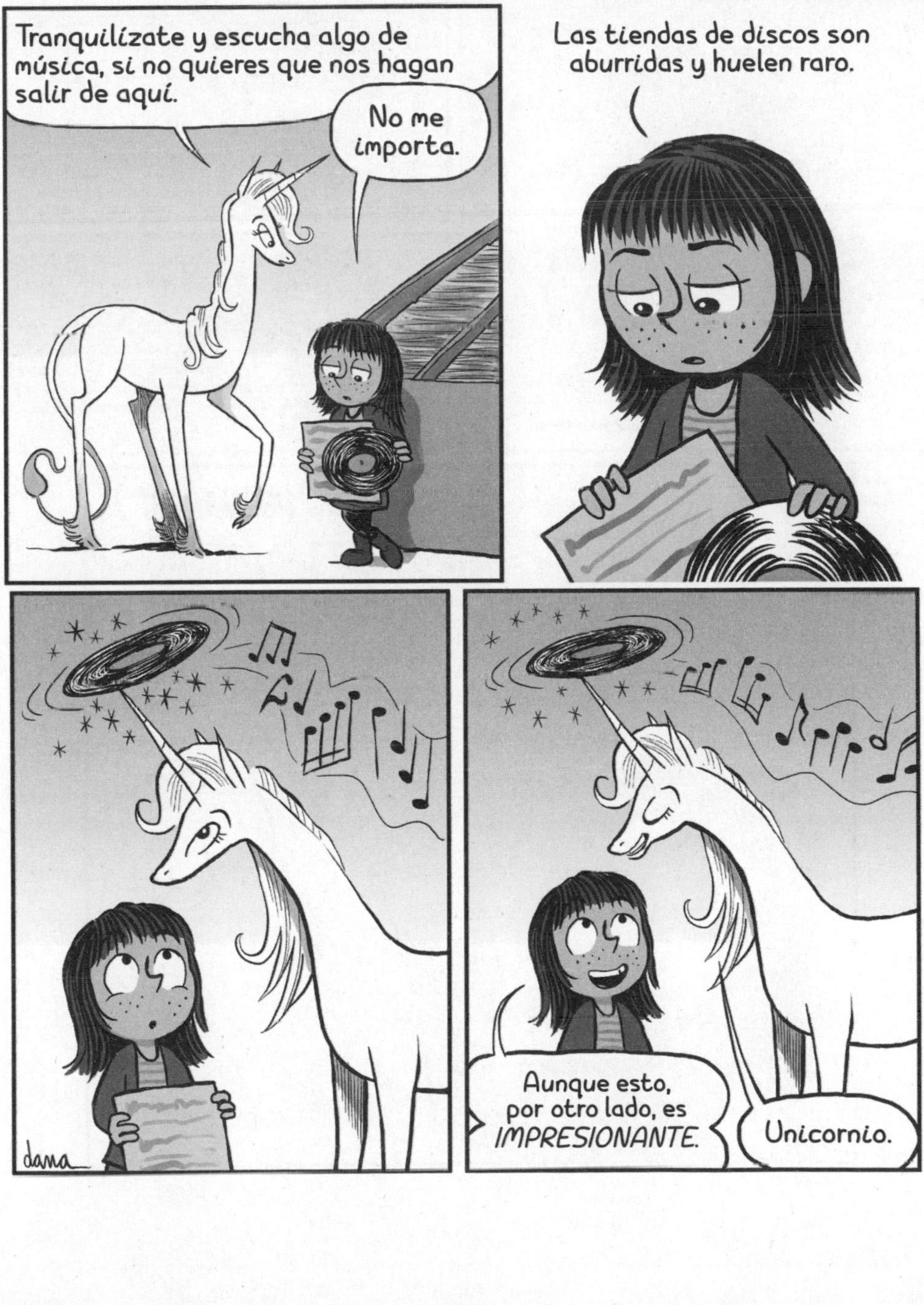

Tranquilízate y escucha algo de música, si no quieres que nos hagan salir de aquí.
No me importa.
Las tiendas de discos son aburridas y huelen raro.
dana
Aunque esto, por otro lado, es IMPRESIONANTE.
Unicornio.

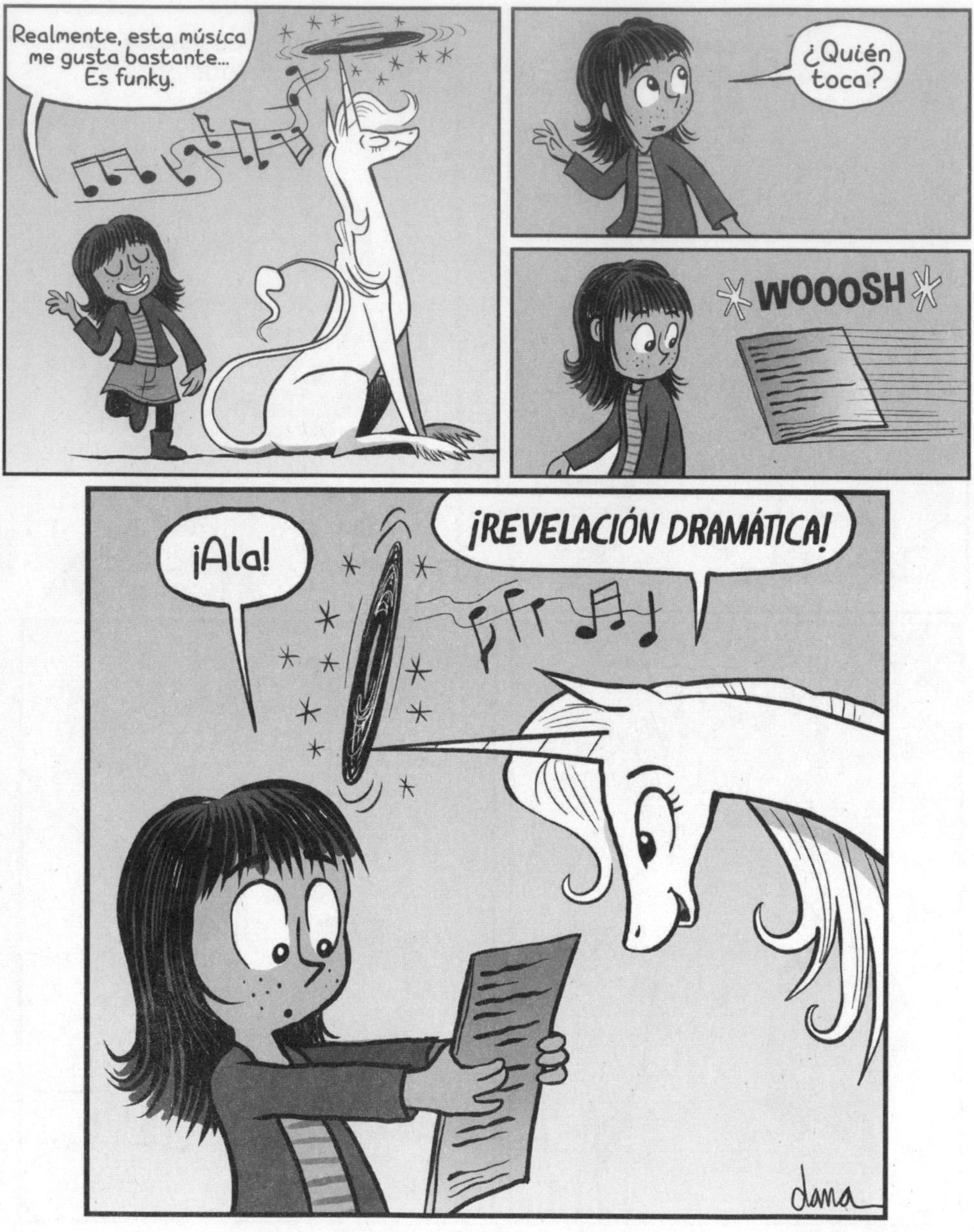
Realmente, esta música me gusta bastante... Es funky.
¿Quién toca?
WOOOSH
¡Ala!
¡REVELACIÓN DRAMÁTICA!
dana

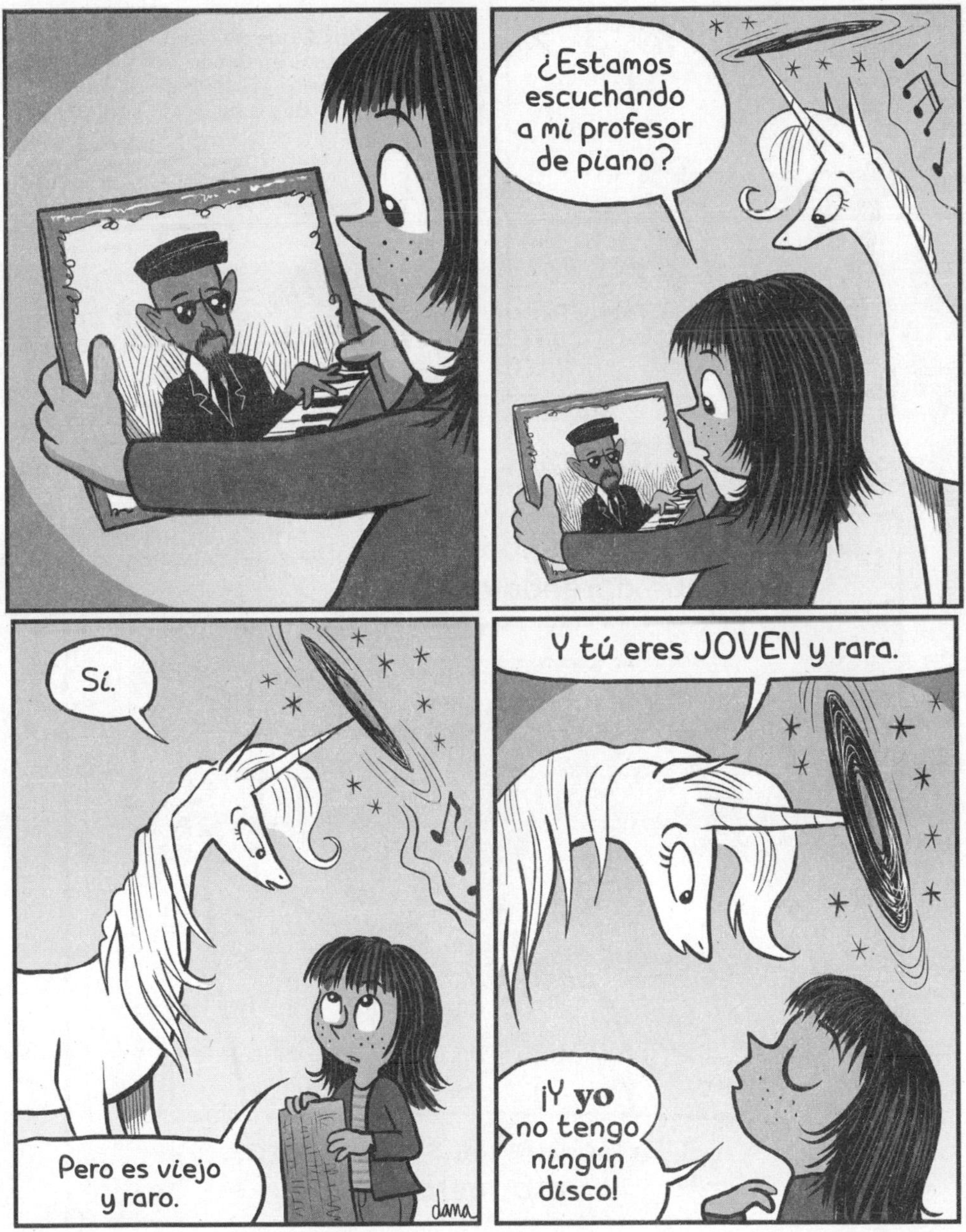
¿Estamos escuchando a mi profesor de piano?
Sí.
Pero es viejo y raro.
Y tú eres JOVEN y rara.
¡Y **yo** no tengo ningún disco!
dana

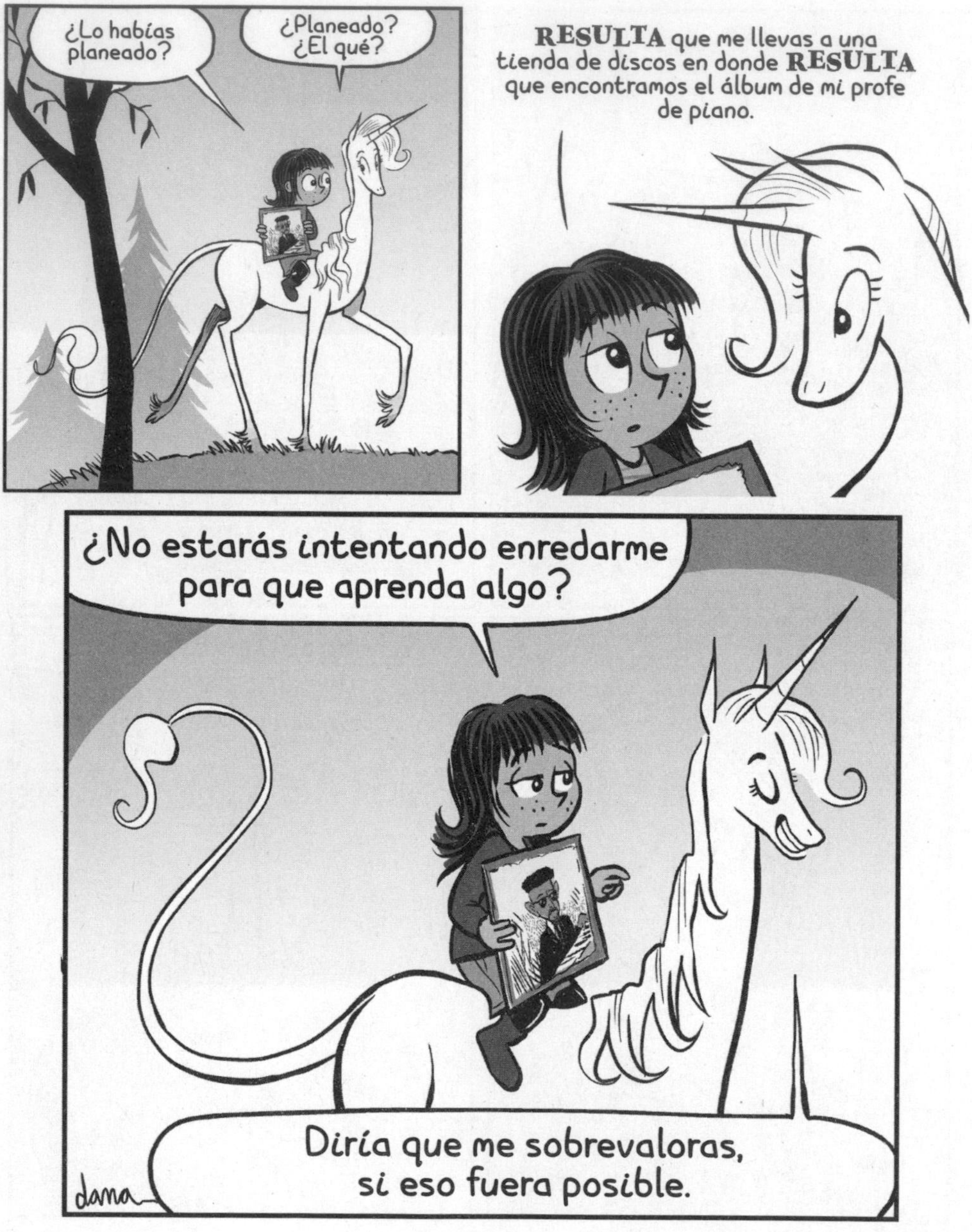
¿Lo habías planeado?
¿Planeado? ¿El qué?
RESULTA que me llevas a una tienda de discos en donde RESULTA que encontramos el álbum de mi profe de piano.
¿No estarás intentando enredarme para que aprenda algo?
Diría que me sobrevaloras, si eso fuera posible.
dana

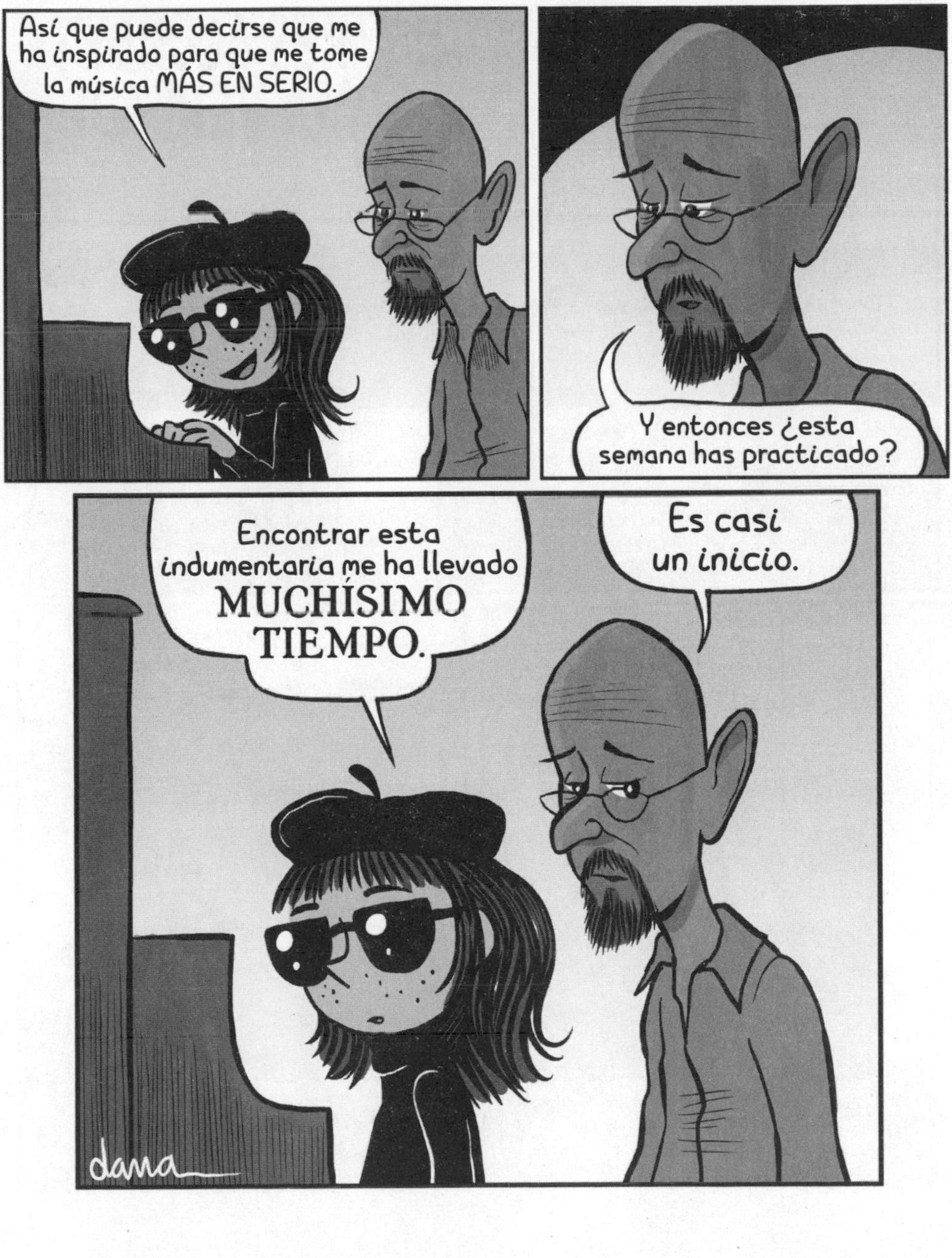
Así que puede decirse que me ha inspirado para que me tome la música MÁS EN SERIO.
Y entonces ¿esta semana has practicado?
Encontrar esta indumentaria me ha llevado MUCHÍSIMO TIEMPO.
Es casi un inicio.
dana

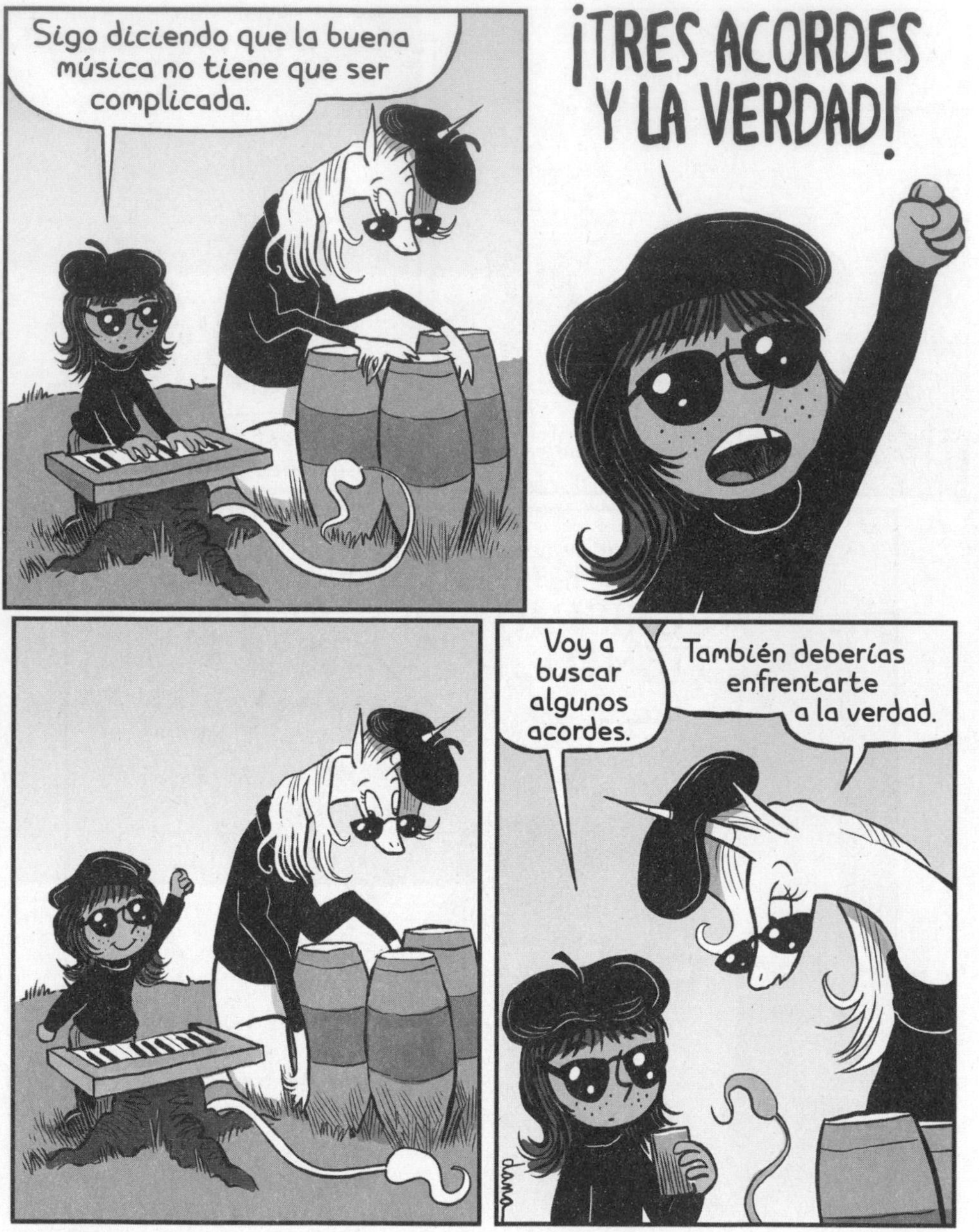
Sigo diciendo que la buena música no tiene que ser complicada.
¡TRES ACORDES Y LA VERDAD!
Voy a buscar algunos acordes.
También deberías enfrentarte a la verdad.

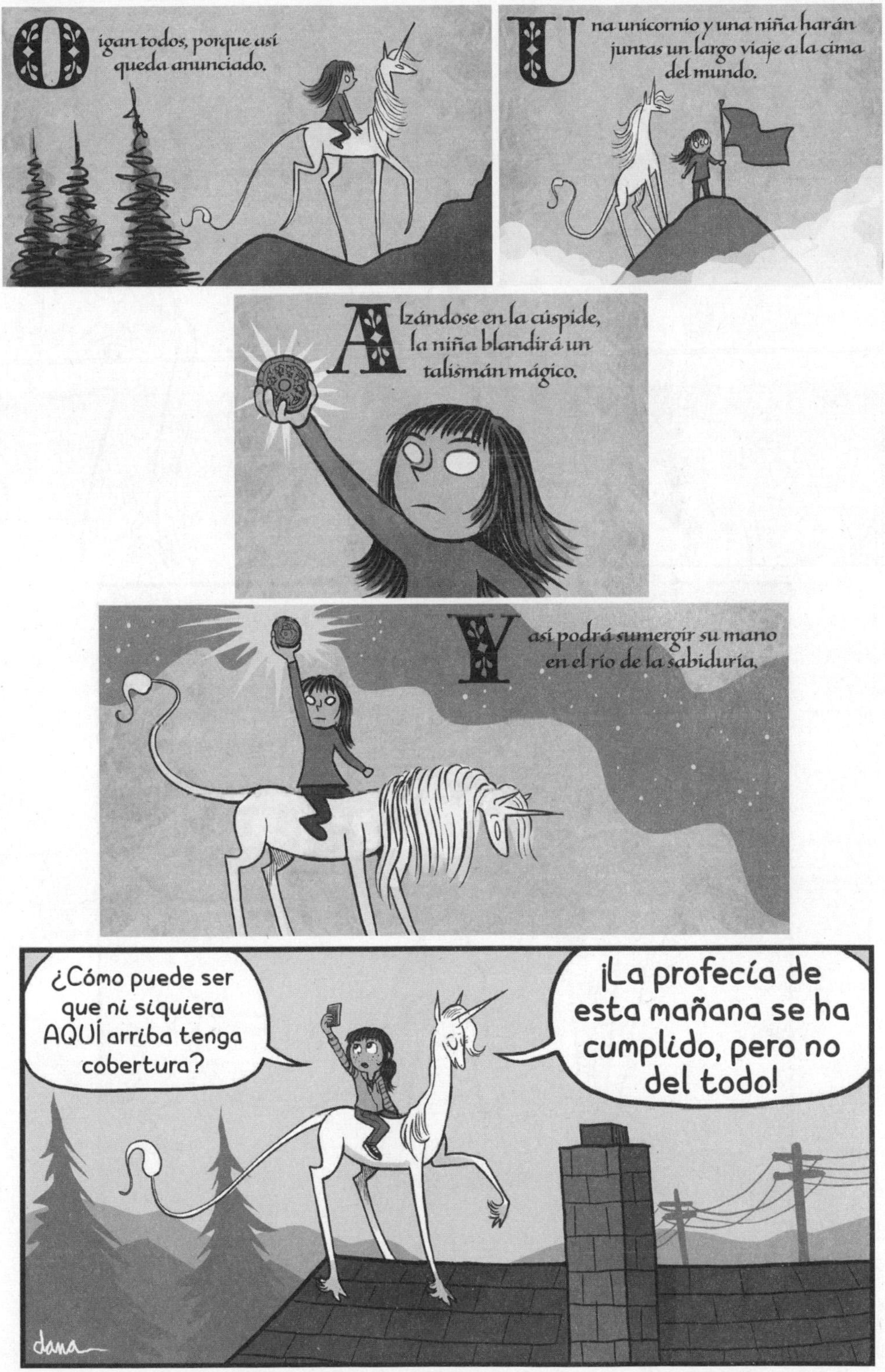
Oigan todos, porque así queda anunciado.
Una unicornio y una niña harán juntas un largo viaje a la cima del mundo.
Alzándose en la cúspide, la niña blandirá un talismán mágico.
Y así podrá sumergir su mano en el río de la sabiduría.
¿Cómo puede ser que ni siquiera AQUÍ arriba tenga cobertura?
¡La profecía de esta mañana se ha cumplido, pero no del todo!
dana

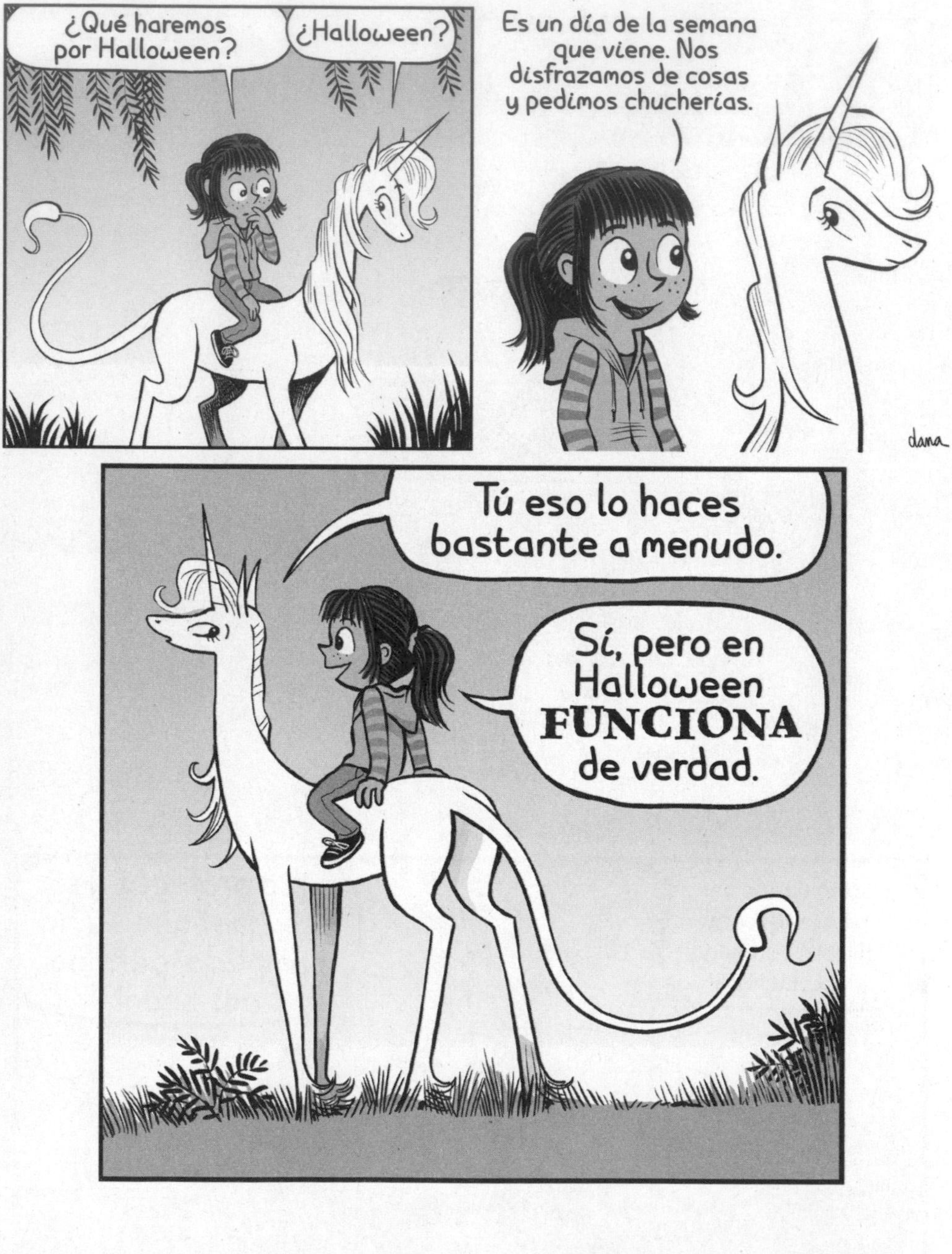
¿Qué haremos por Halloween?
¿Halloween?
Es un día de la semana que viene. Nos disfrazamos de cosas y pedimos chucherías.
dana
Tú eso lo haces bastante a menudo.
Sí, pero en Halloween **FUNCIONA** de verdad.

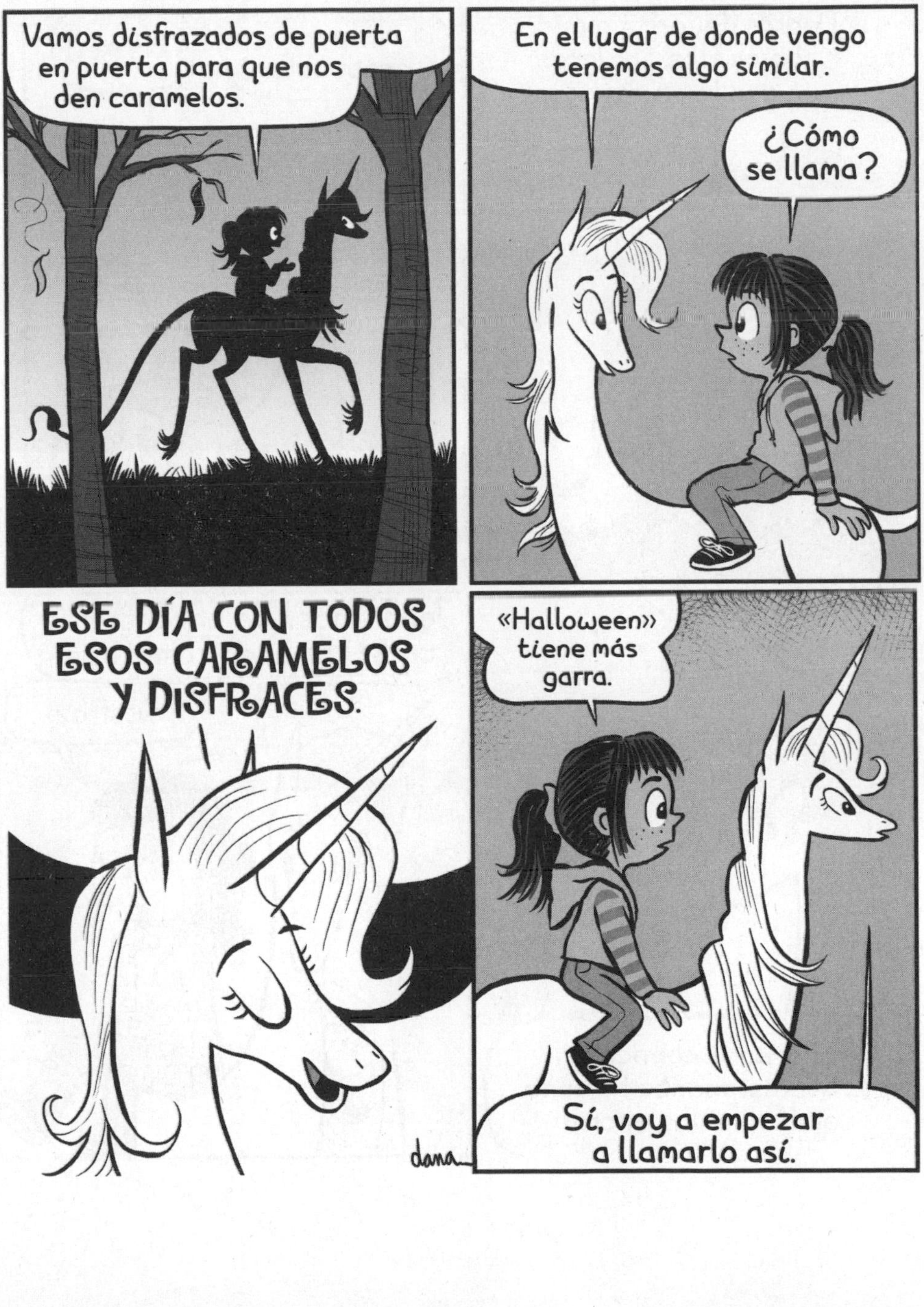
Vamos disfrazados de puerta en puerta para que nos den caramelos.
En el lugar de donde vengo tenemos algo similar.
¿Cómo se llama?
ESE DÍA CON TODOS ESOS CARAMELOS Y DISFRACES.
«Halloween» tiene más garra.
Sí, voy a empezar a llamarlo así.
dana

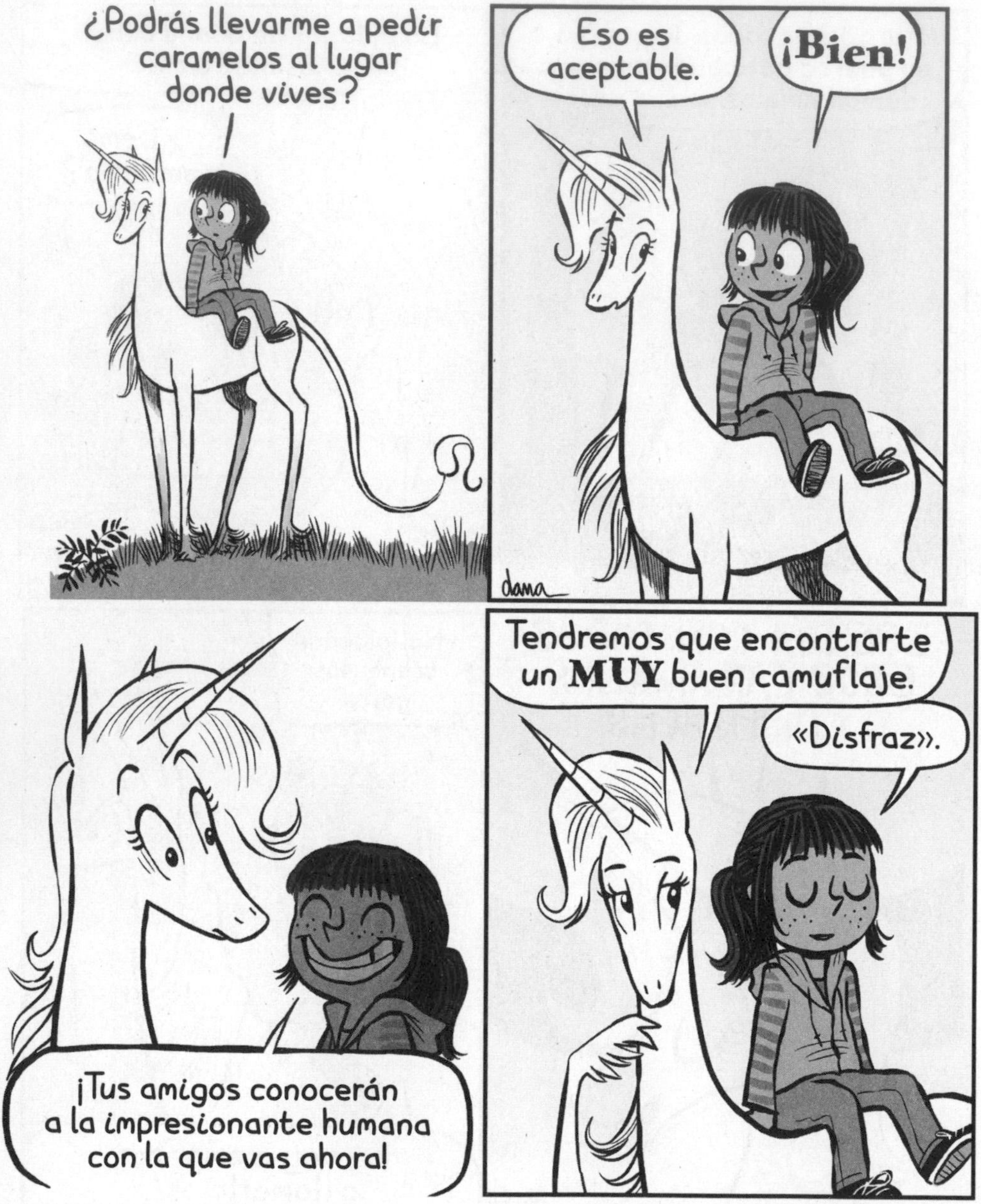
¿Podrás llevarme a pedir caramelos al lugar donde vives?
Eso es aceptable.
¡Bien!
dana
¡Tus amigos conocerán a la impresionante humana con la que vas ahora!
Tendremos que encontrarte un MUY buen camuflaje.
«Disfraz».

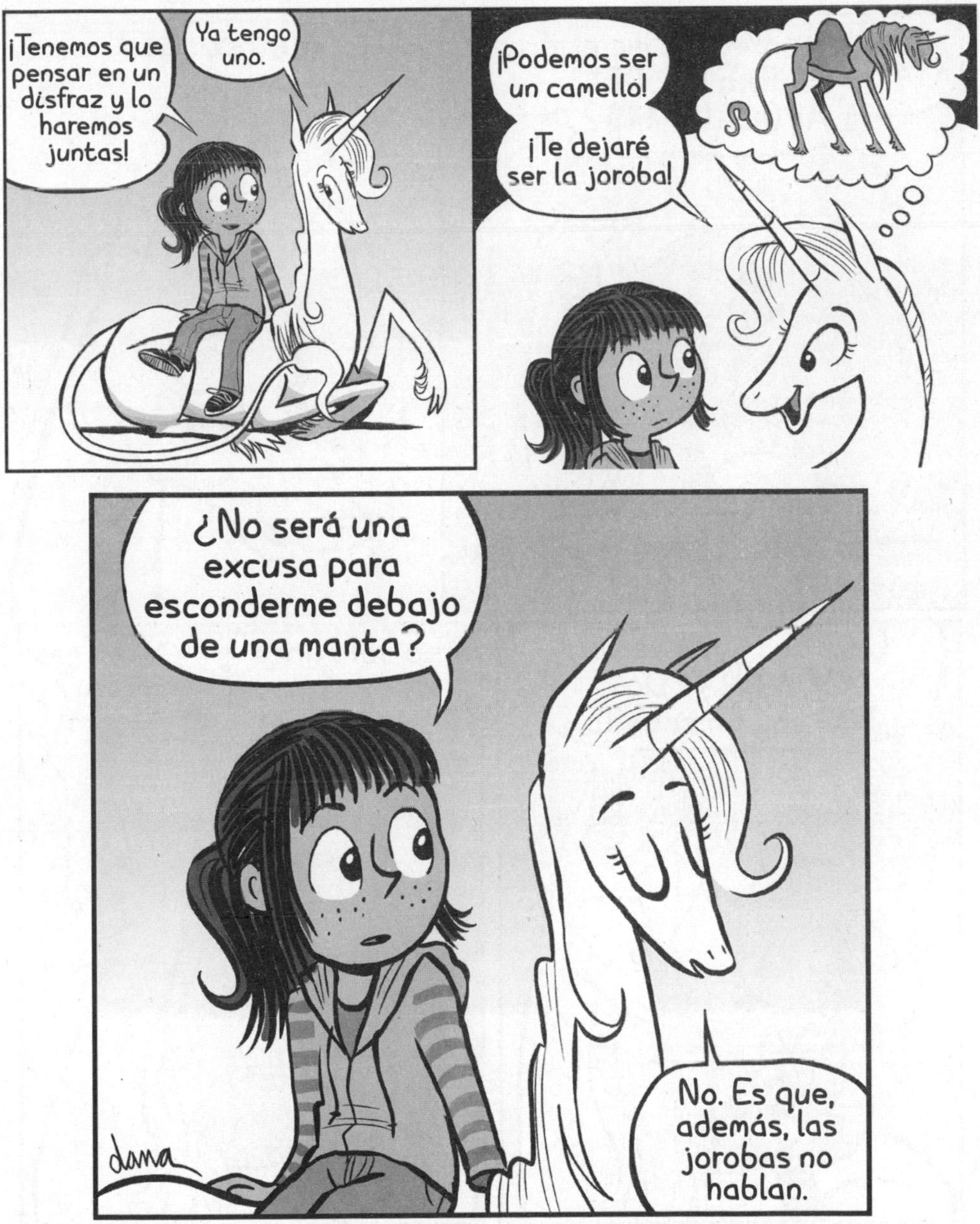
¡Tenemos que pensar en un disfraz y lo haremos juntas!
Ya tengo uno.
¡Podemos ser un camello!
¡Te dejaré ser la joroba!
¿No será una excusa para esconderme debajo de una manta?
No. Es que, además, las jorobas no hablan.
dana

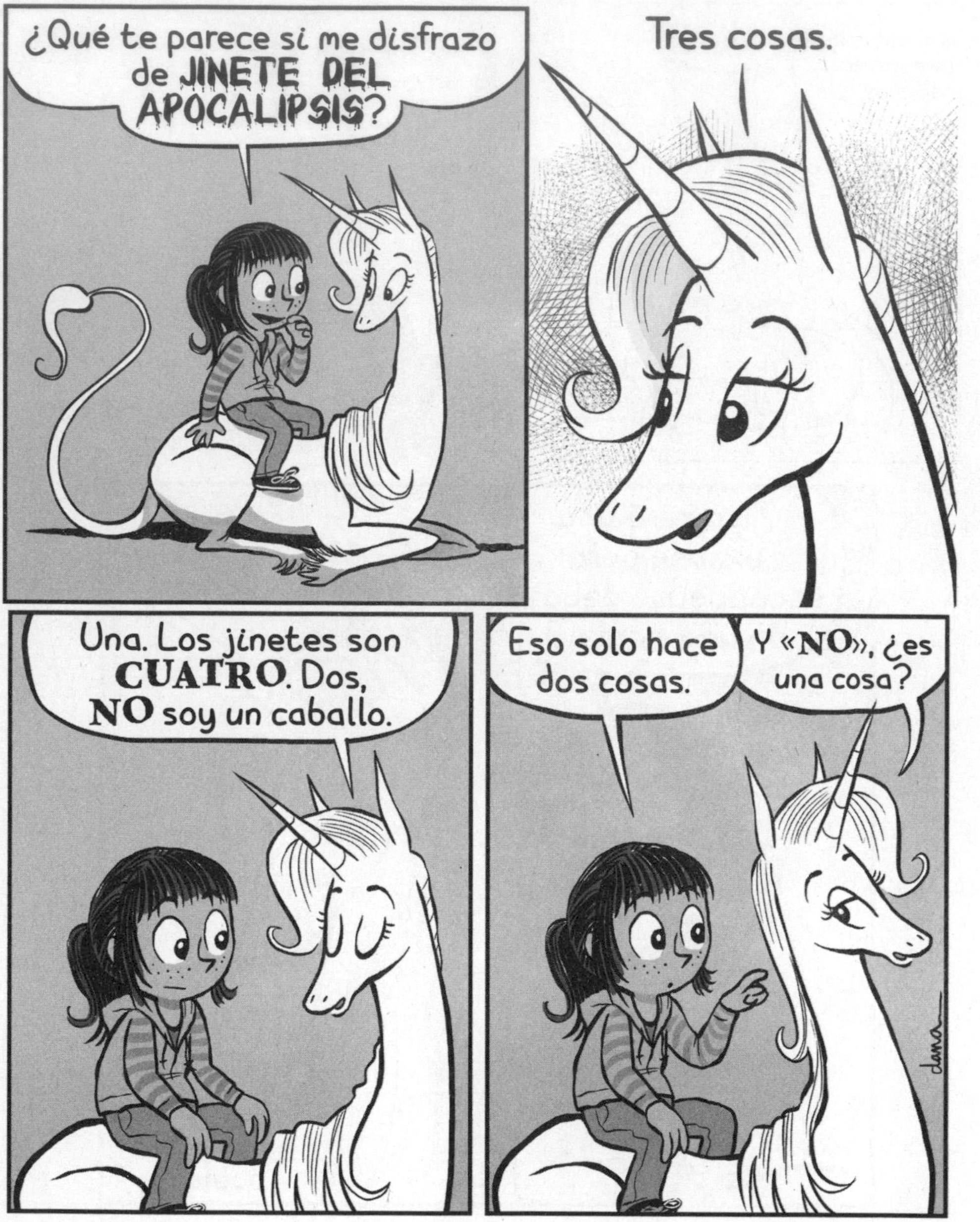
¿Qué te parece si me disfrazo de JINETE DEL APOCALIPSIS?
Tres cosas.
Una. Los jinetes son CUATRO. Dos, NO soy un caballo.
Eso solo hace dos cosas.
Y «NO», ¿es una cosa?
dana

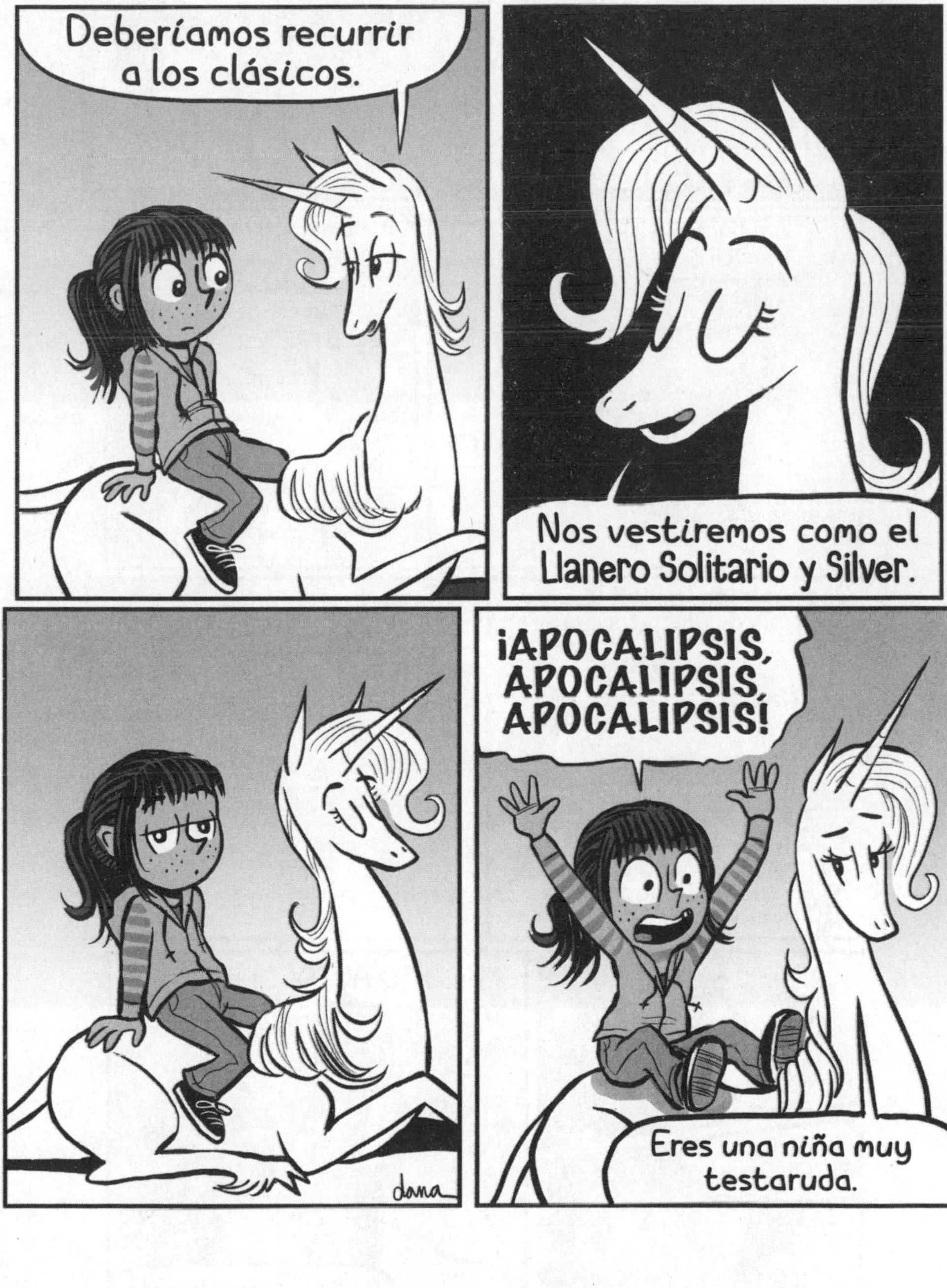
Deberíamos recurrir a los clásicos.
Nos vestiremos como el Llanero Solitario y Silver.
¡APOCALIPSIS, APOCALIPSIS, APOCALIPSIS!
Eres una niña muy testaruda.
dana

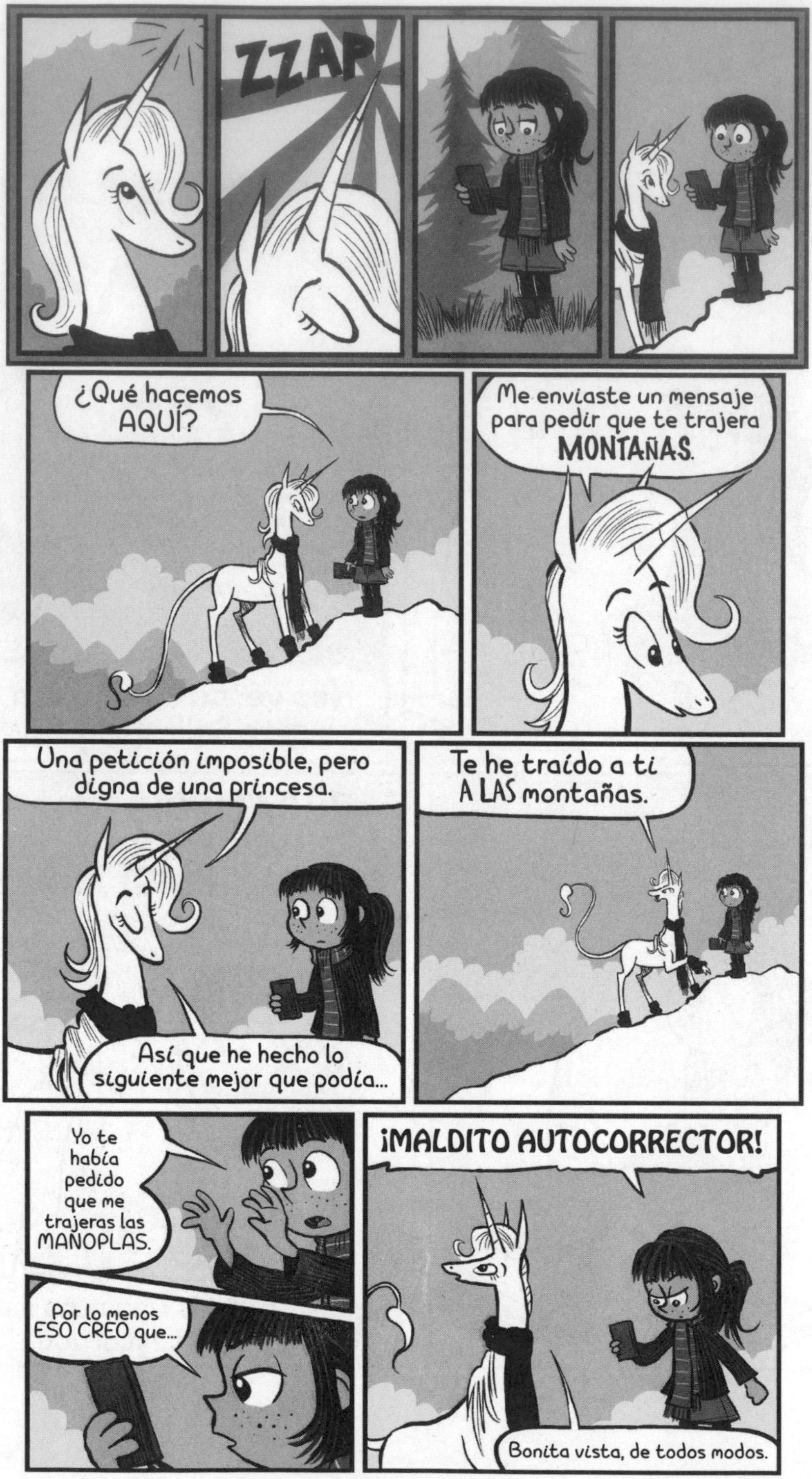
ZZAP
¿Qué hacemos AQUÍ?
Me enviaste un mensaje para pedir que te trajera MONTAÑAS.
Una petición imposible, pero digna de una princesa.
Así que he hecho lo siguiente mejor que podía...
Te he traído a ti A LAS montañas.
Yo te había pedido que me trajeras las MANOPLAS.
Por lo menos ESO CREO que...
¡MALDITO AUTOCORRECTOR!
Bonita vista, de todos modos.

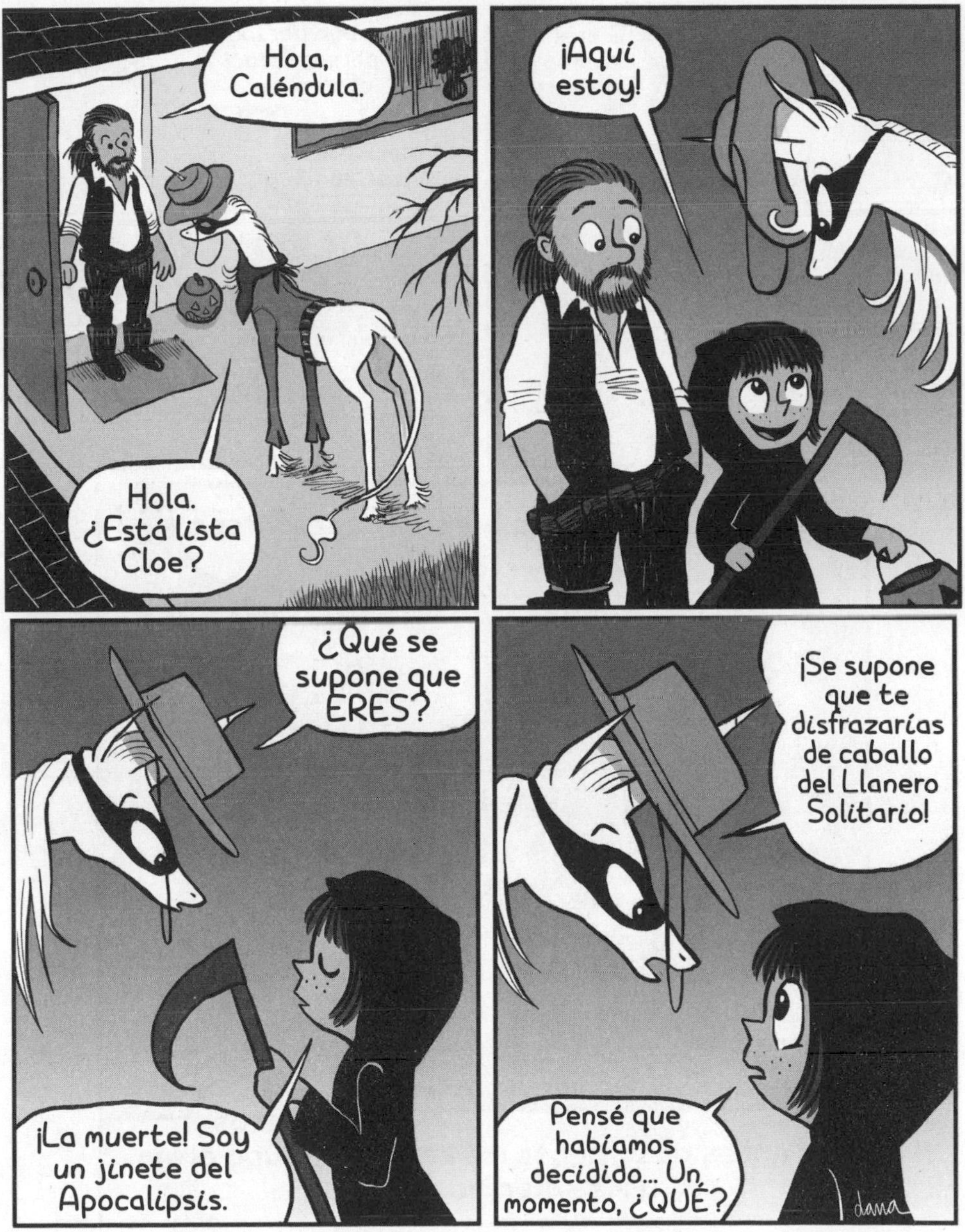
Hola, Caléndula.
Hola. ¿Está lista Cloe?
¡Aquí estoy!
¿Qué se supone que ERES?
¡La muerte! Soy un jinete del Apocalipsis.
¡Se supone que te disfrazarías de caballo del Llanero Solitario!
Pensé que habíamos decidido... Un momento, ¿QUÉ?
dana

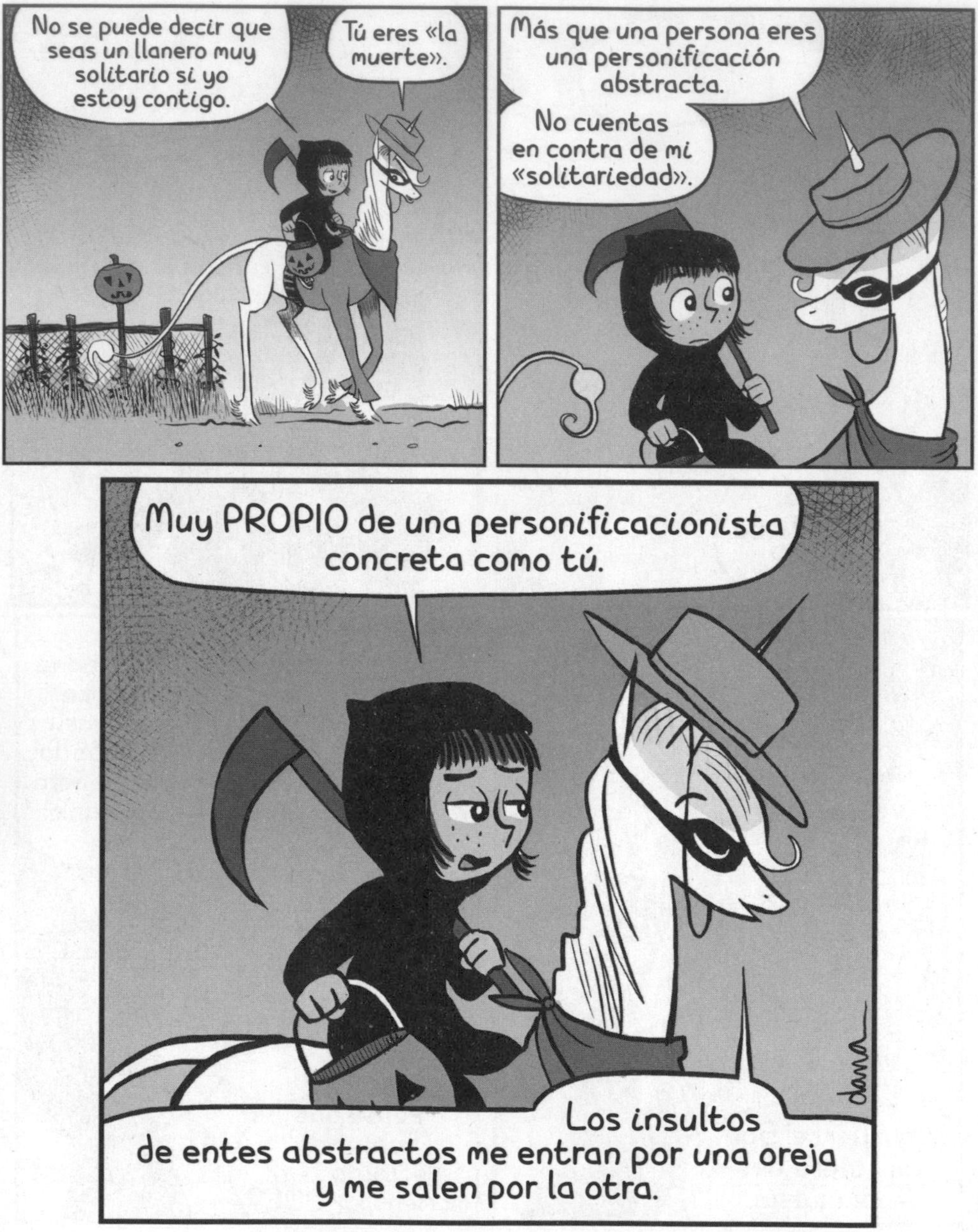
No se puede decir que seas un llanero muy solitario si yo estoy contigo.
Tú eres «la muerte».
Más que una persona eres una personificación abstracta.
No cuentas en contra de mi «solitariedad».
Muy PROPIO de una personificacionista concreta como tú.
Los insultos de entes abstractos me entran por una oreja y me salen por la otra.
dana

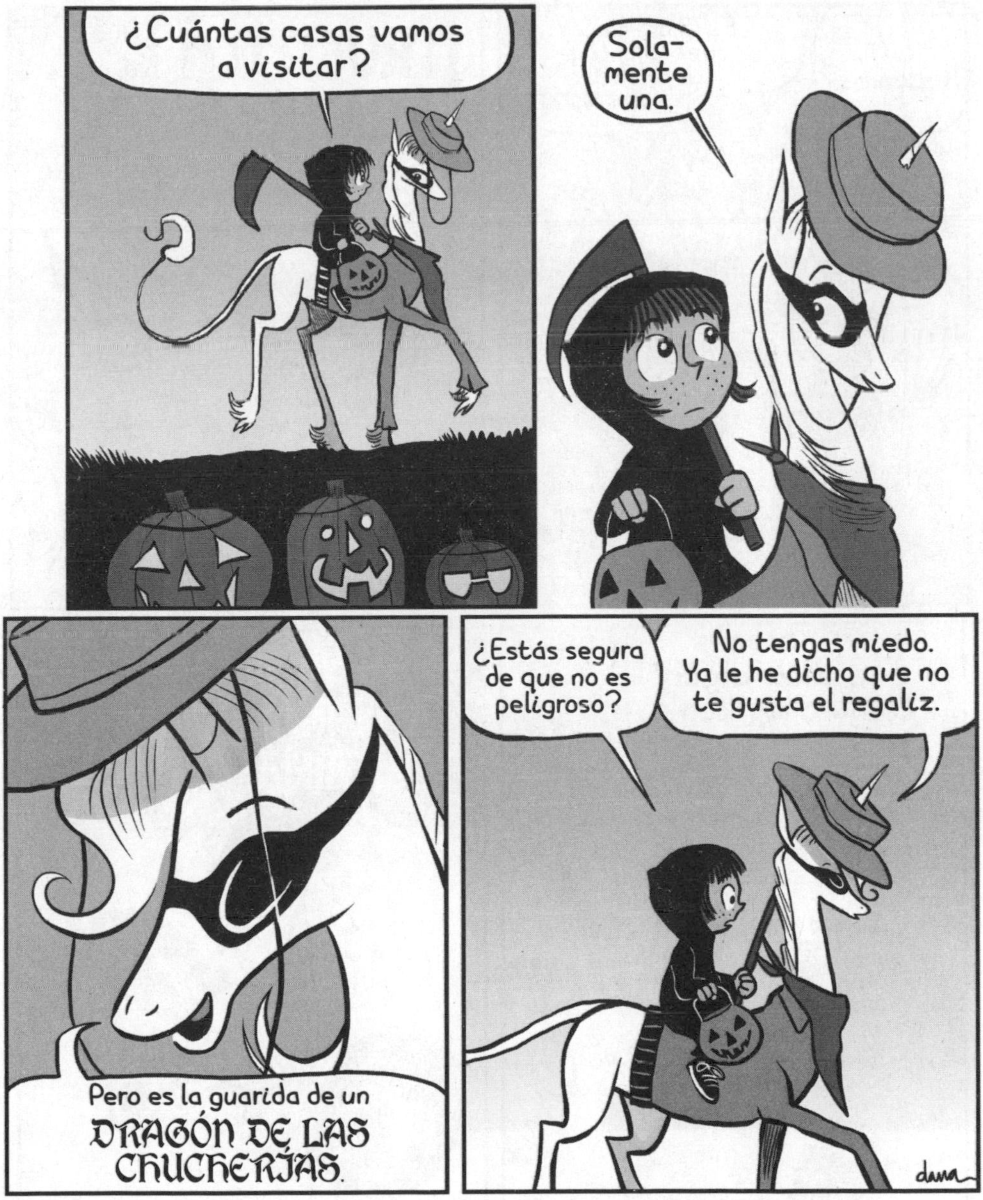

¿Cuántas casas vamos a visitar?
Sola-mente una.
Pero es la guarida de un DRAGÓN DE LAS CHUCHERÍAS.
¿Estás segura de que no es peligroso?
No tengas miedo. Ya le he dicho que no te gusta el regaliz.
dana

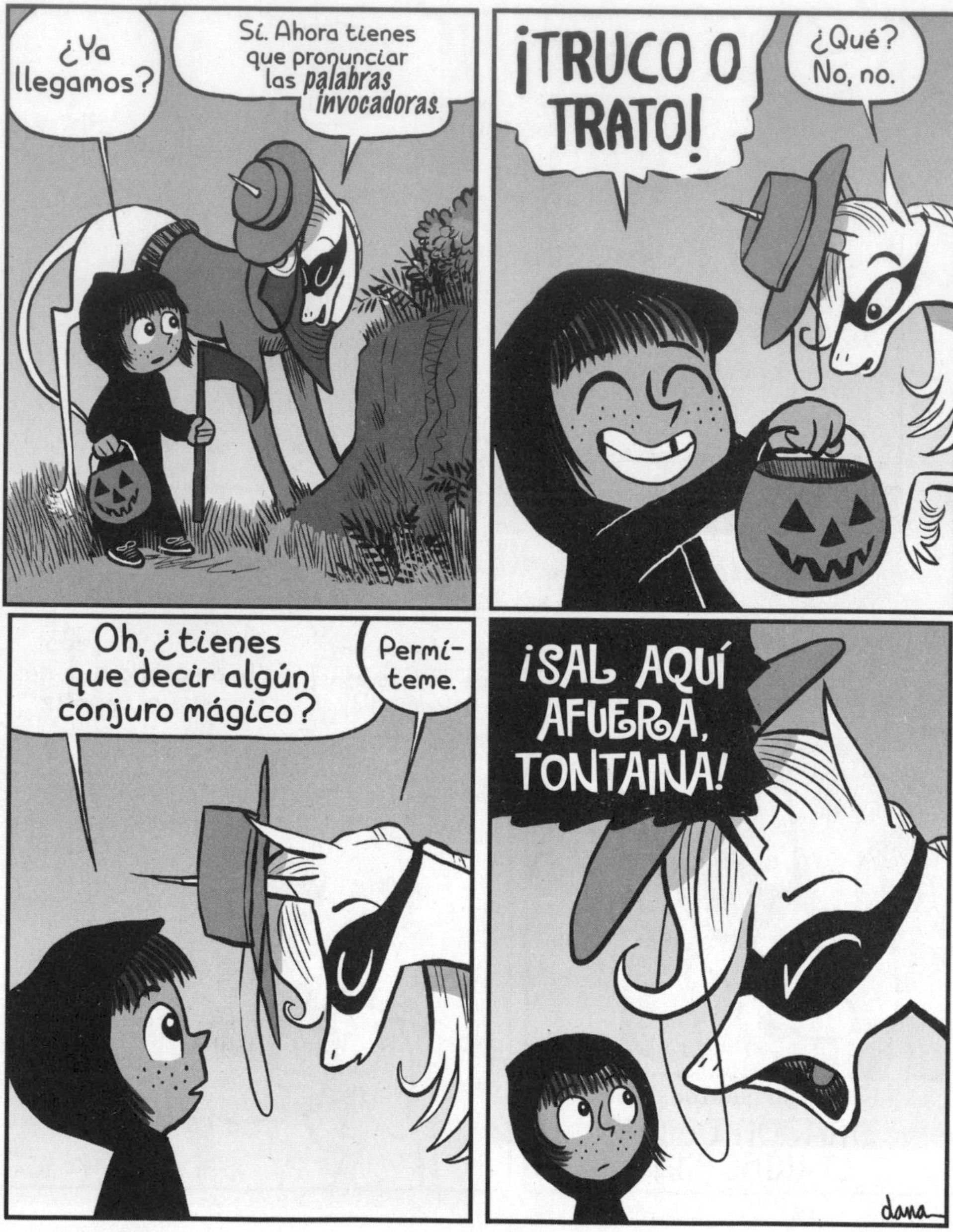
¿Ya llegamos?
Sí. Ahora tienes que pronunciar las palabras invocadoras.
¡TRUCO O TRATO!
¿Qué? No, no.
Oh, ¿tienes que decir algún conjuro mágico?
Permíteme.
¡SAL AQUÍ AFUERA, TONTAINA!
dana

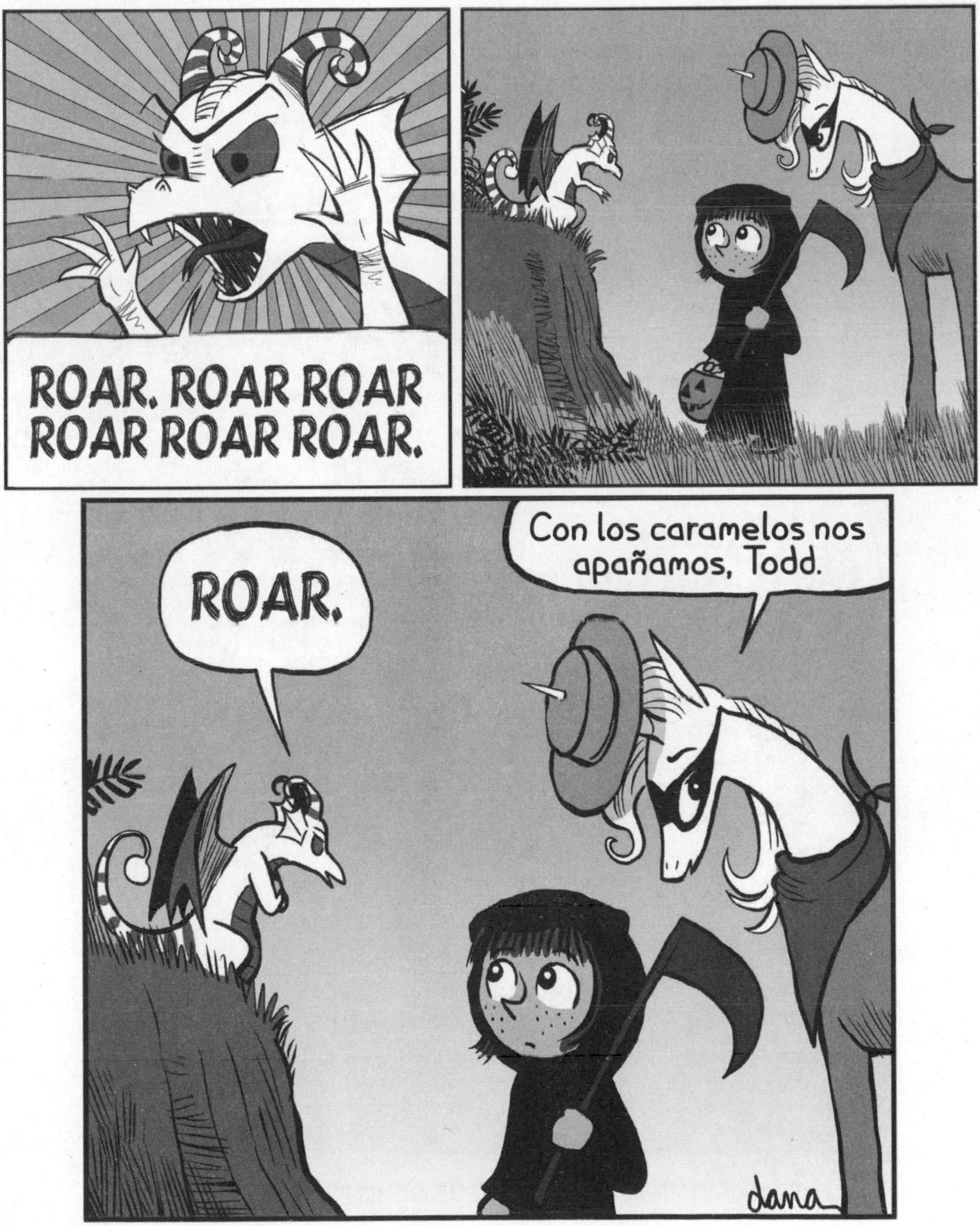
ROAR. ROAR ROAR ROAR ROAR ROAR.
ROAR.
Con los caramelos nos apañamos, Todd.
dana

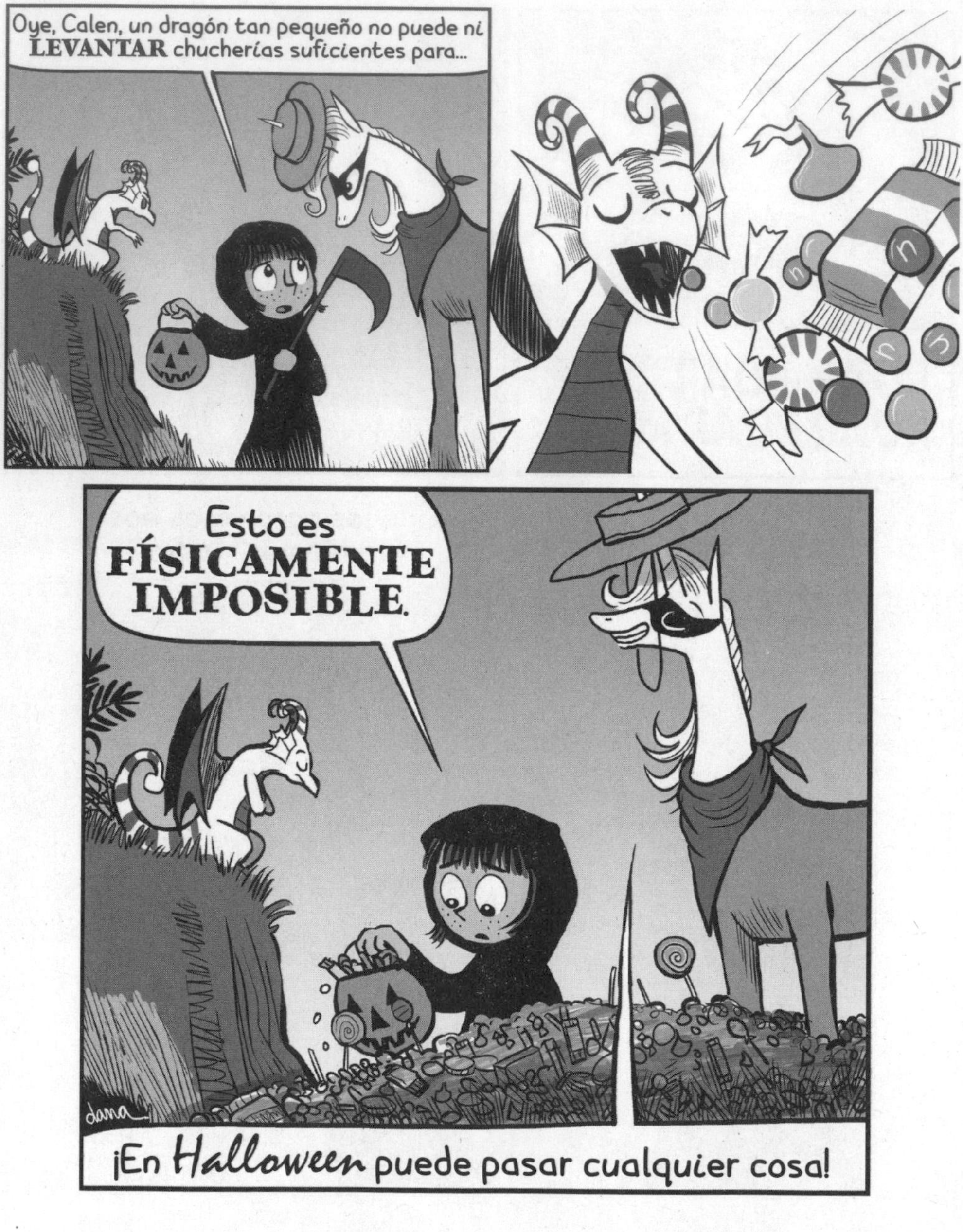
Oye, Calen, un dragón tan pequeño no puede ni LEVANTAR chucherías suficientes para...
Esto es FÍSICAMENTE IMPOSIBLE.
dana
¡En Halloween puede pasar cualquier cosa!

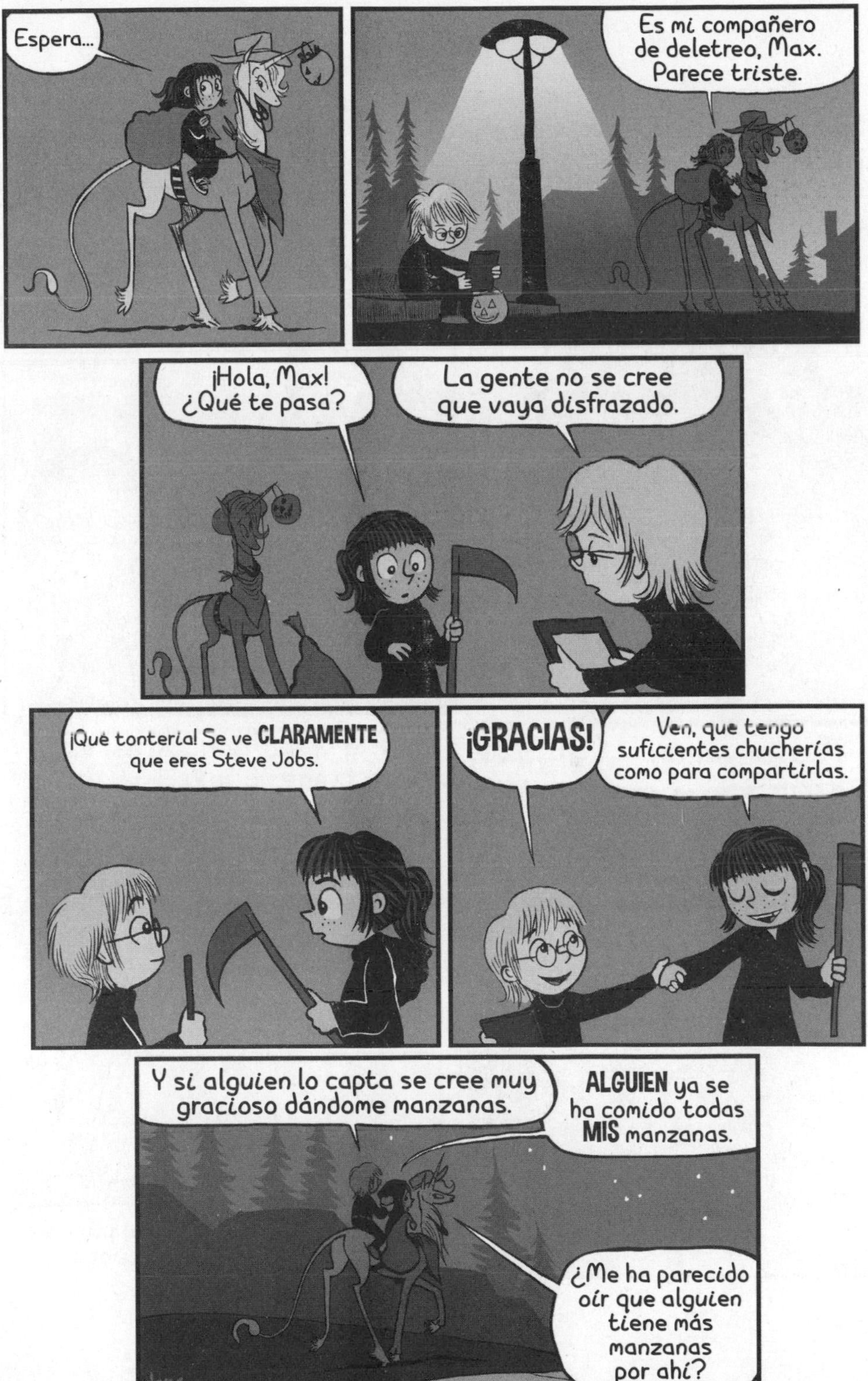
Espera...
Es mi compañero de deletreo, Max. Parece triste.
¡Hola, Max! ¿Qué te pasa?
La gente no se cree que vaya disfrazado.
¡Qué tontería! Se ve CLARAMENTE que eres Steve Jobs.
¡GRACIAS!
Ven, que tengo suficientes chucherías como para compartirlas.
Y si alguien lo capta se cree muy gracioso dándome manzanas.
ALGUIEN ya se ha comido todas MIS manzanas.
¿Me ha parecido oír que alguien tiene más manzanas por ahí?
dana

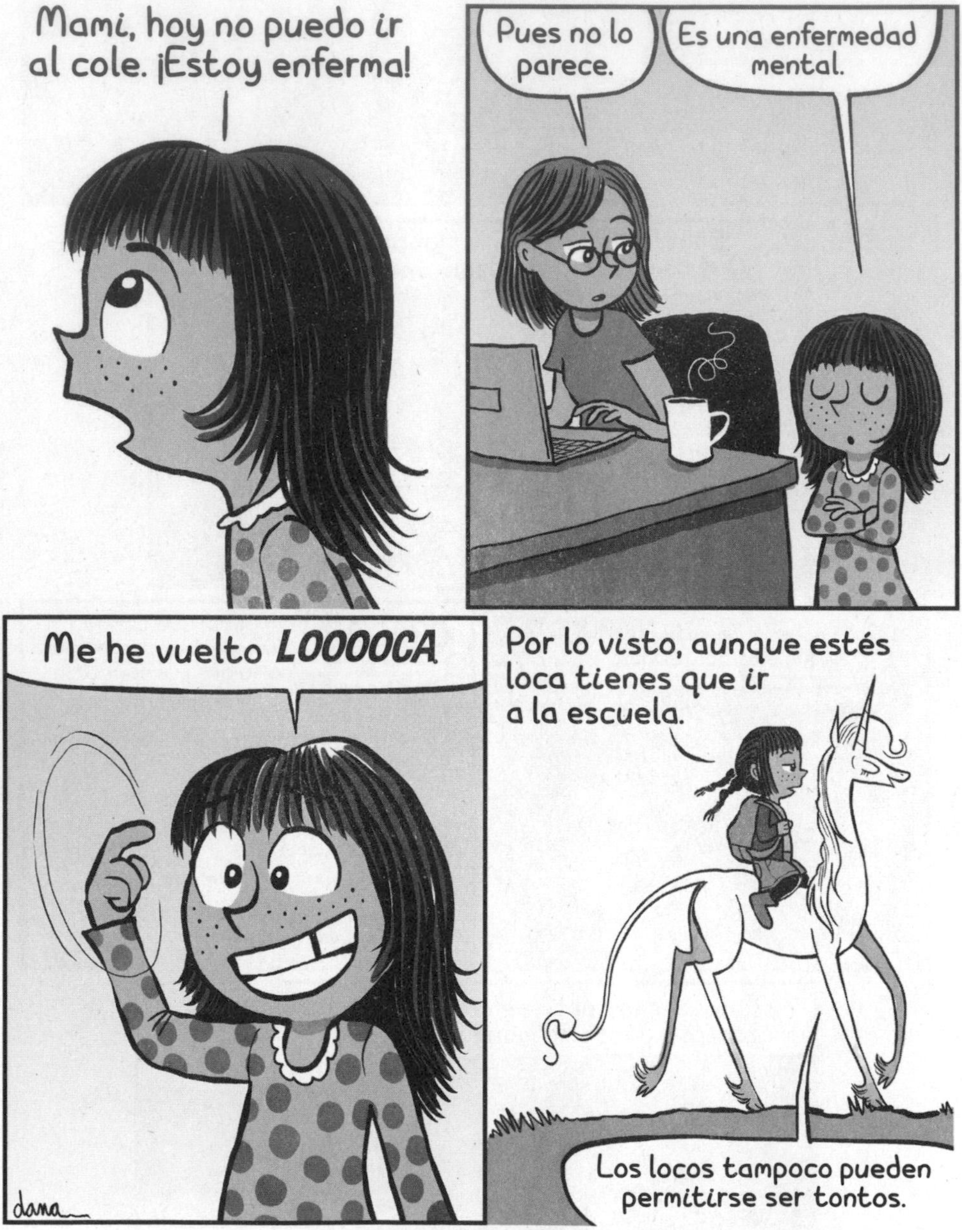
Mami, hoy no puedo ir al cole. ¡Estoy enferma!
Pues no lo parece.
Es una enfermedad mental.
Me he vuelto LOOOOCA
Por lo visto, aunque estés loca tienes que ir a la escuela.
Los locos tampoco pueden permitirse ser tontos.
dana

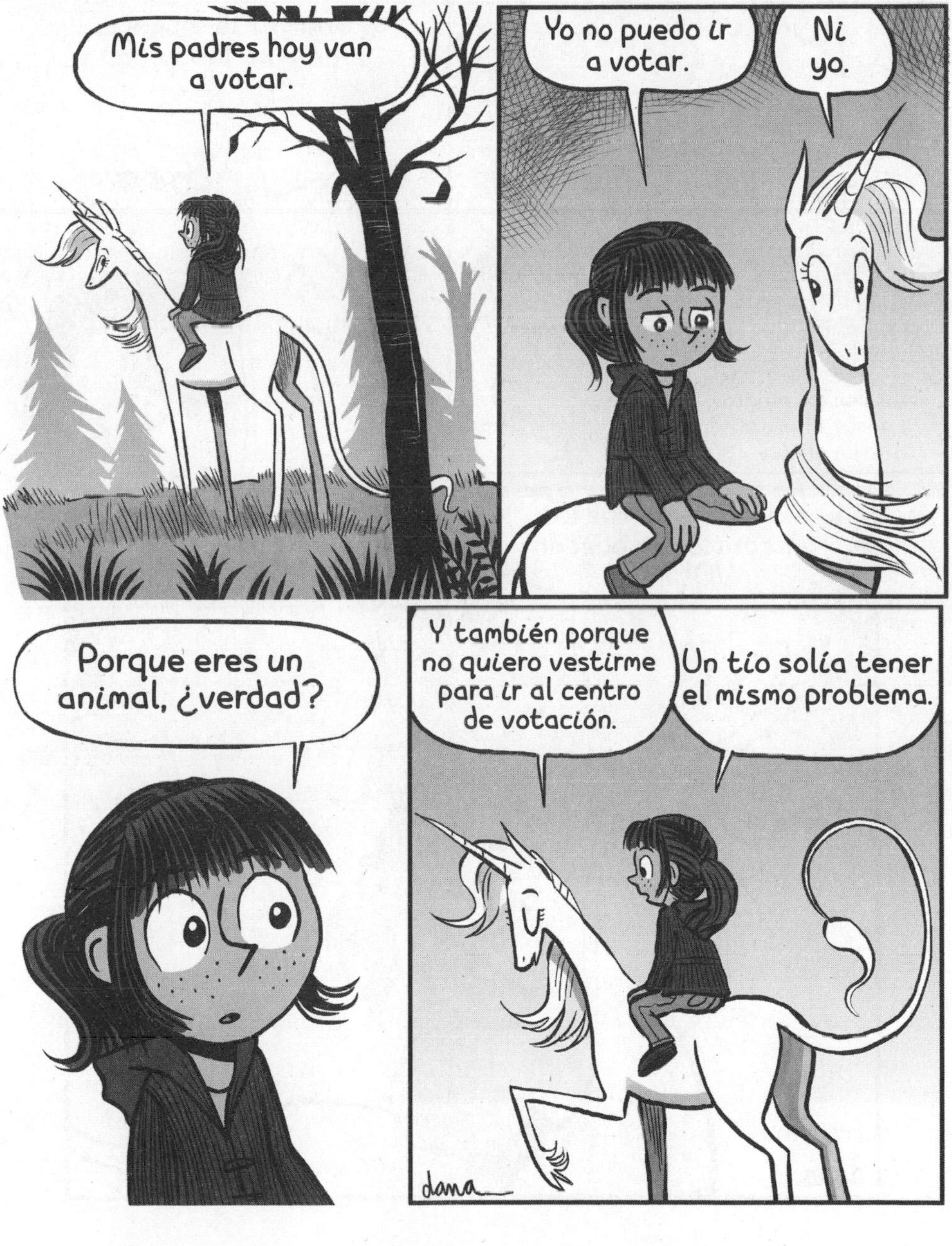
Mis padres hoy van a votar.
Yo no puedo ir a votar.
Ni yo.
Porque eres un animal, ¿verdad?
Y también porque no quiero vestirme para ir al centro de votación.
Un tío solía tener el mismo problema.
dana

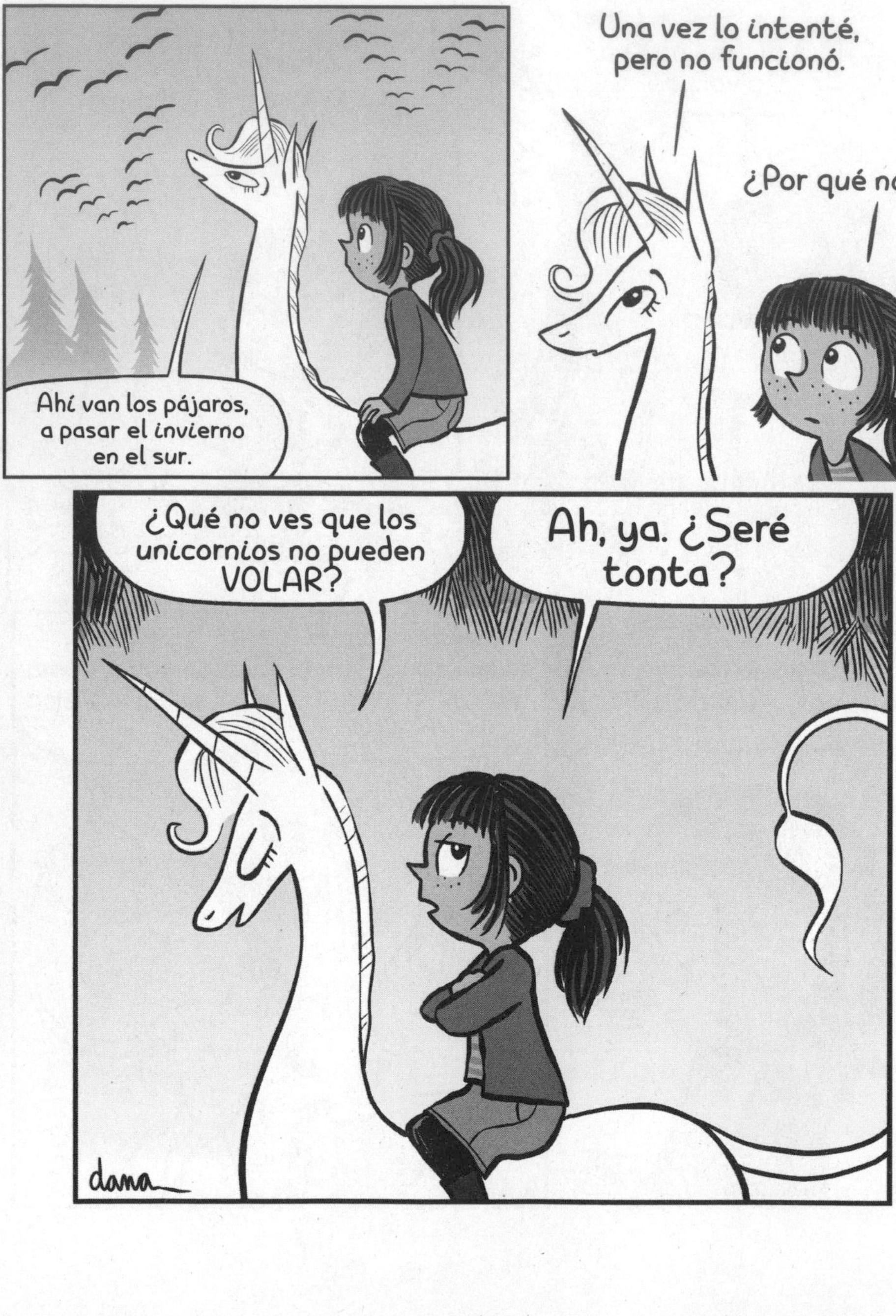
Ahí van los pájaros, a pasar el invierno en el sur.
Una vez lo intenté, pero no funcionó.
¿Por qué no?
¿Qué no ves que los unicornios no pueden VOLAR?
Ah, ya. ¿Seré tonta?
dana

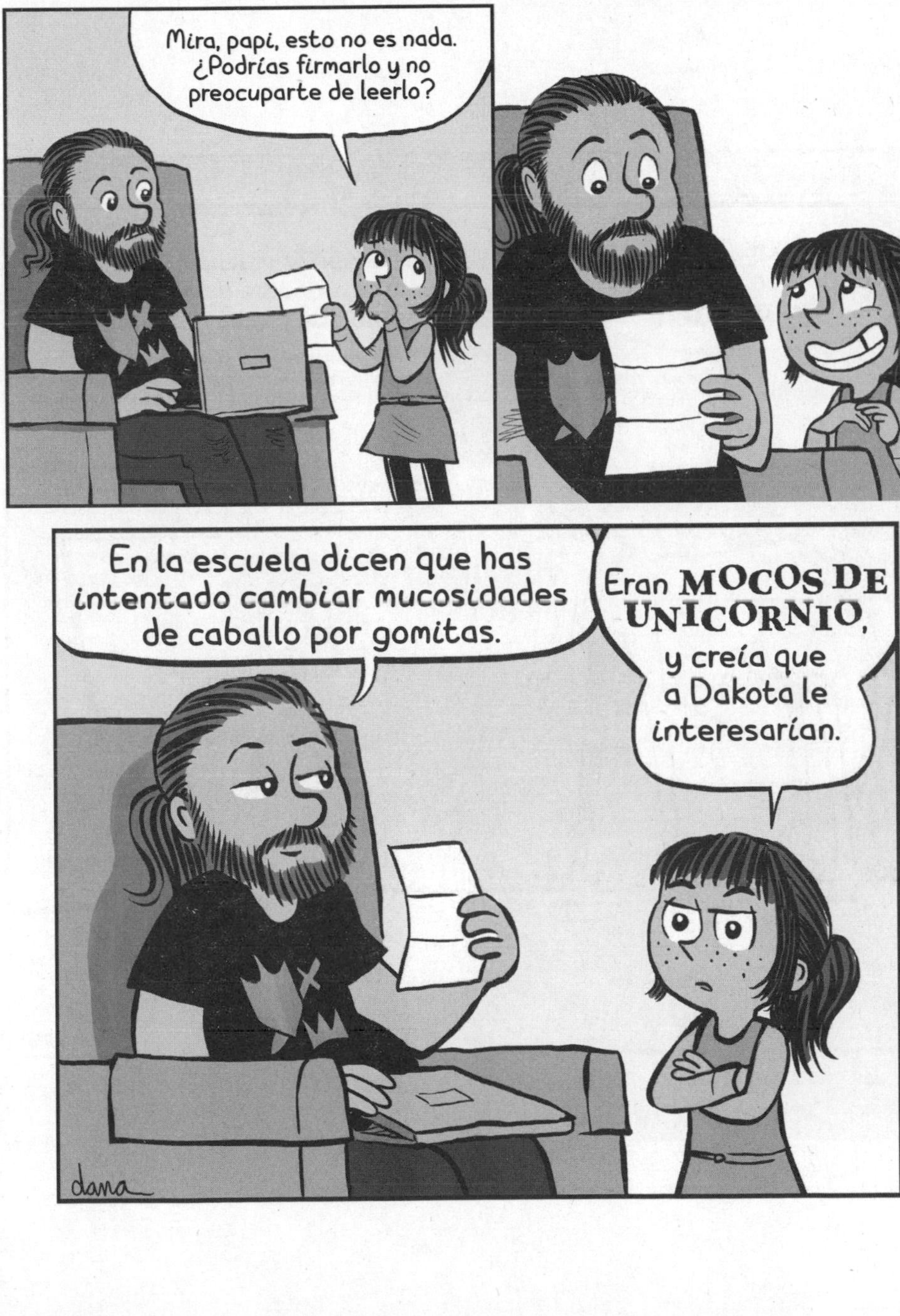
Mira, papi, esto no es nada. ¿Podrías firmarlo y no preocuparte de leerlo?
En la escuela dicen que has intentado cambiar mucosidades de caballo por gomitas.
Eran MOCOS DE UNICORNIO, y creía que a Dakota le interesarían.
dana

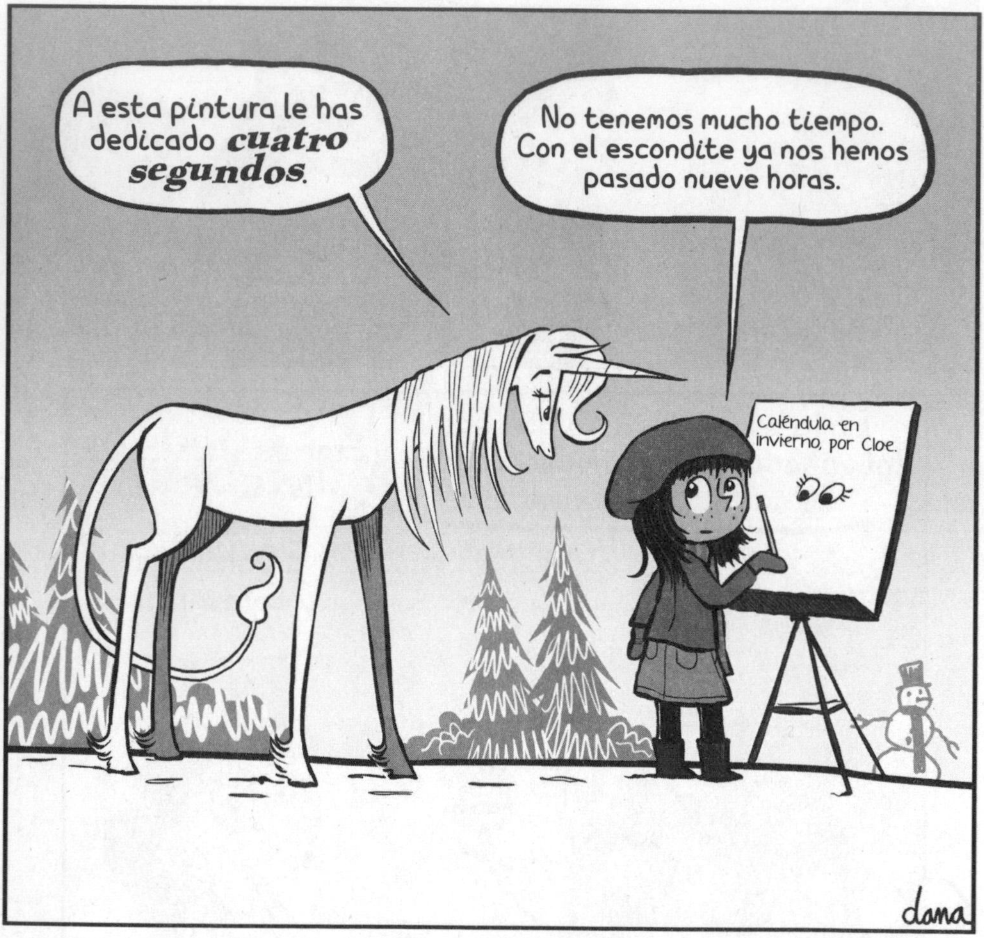
A esta pintura le has dedicado **cuatro segundos**.
No tenemos mucho tiempo. Con el escondite ya nos hemos pasado nueve horas.
Caléndula en invierno, por Cloe.
dana

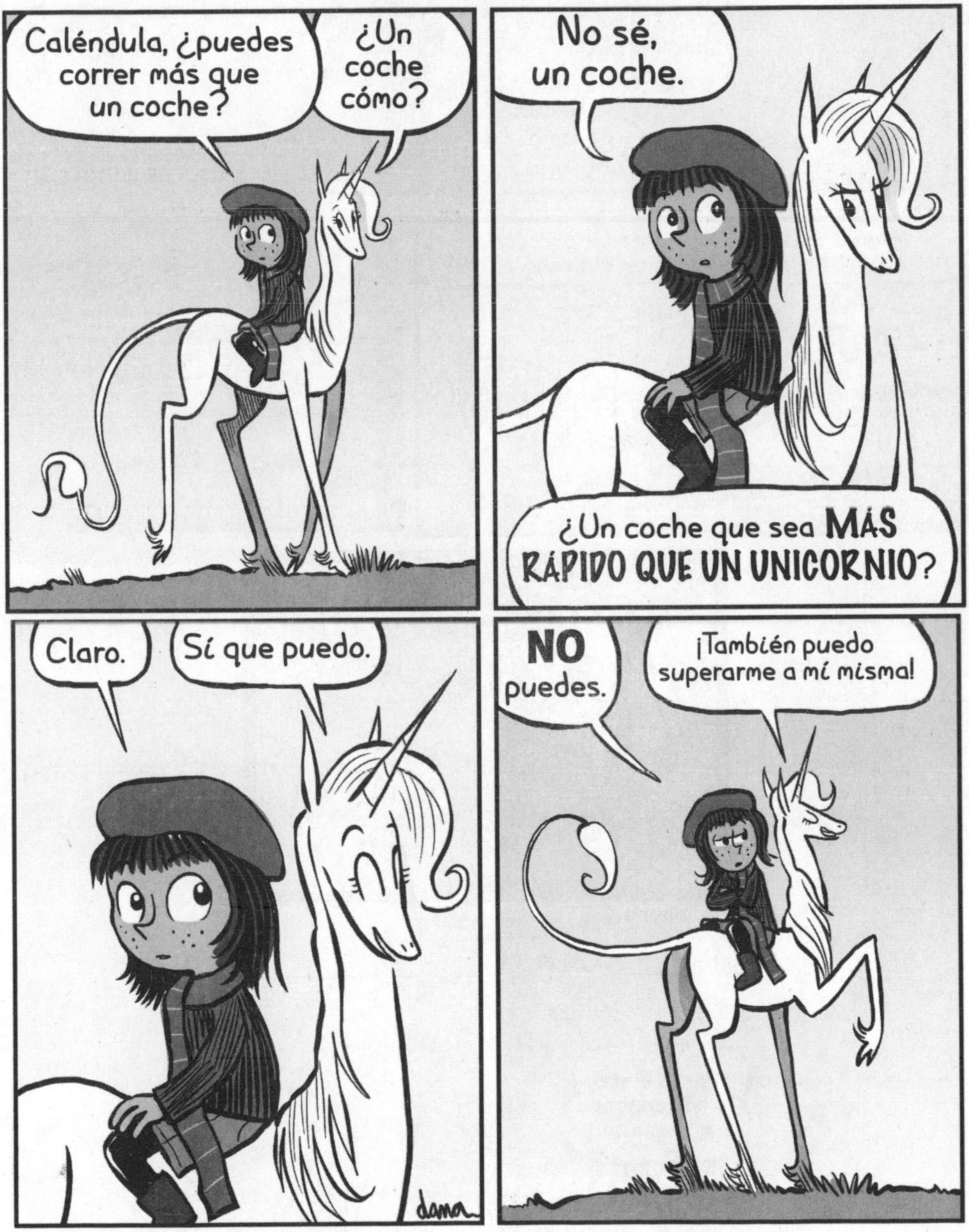
Caléndula, ¿puedes correr más que un coche?
¿Un coche cómo?
No sé, un coche.
¿Un coche que sea MÁS RÁPIDO QUE UN UNICORNIO?
Claro.
Sí que puedo.
NO puedes.
¡También puedo superarme a mí misma!
dana

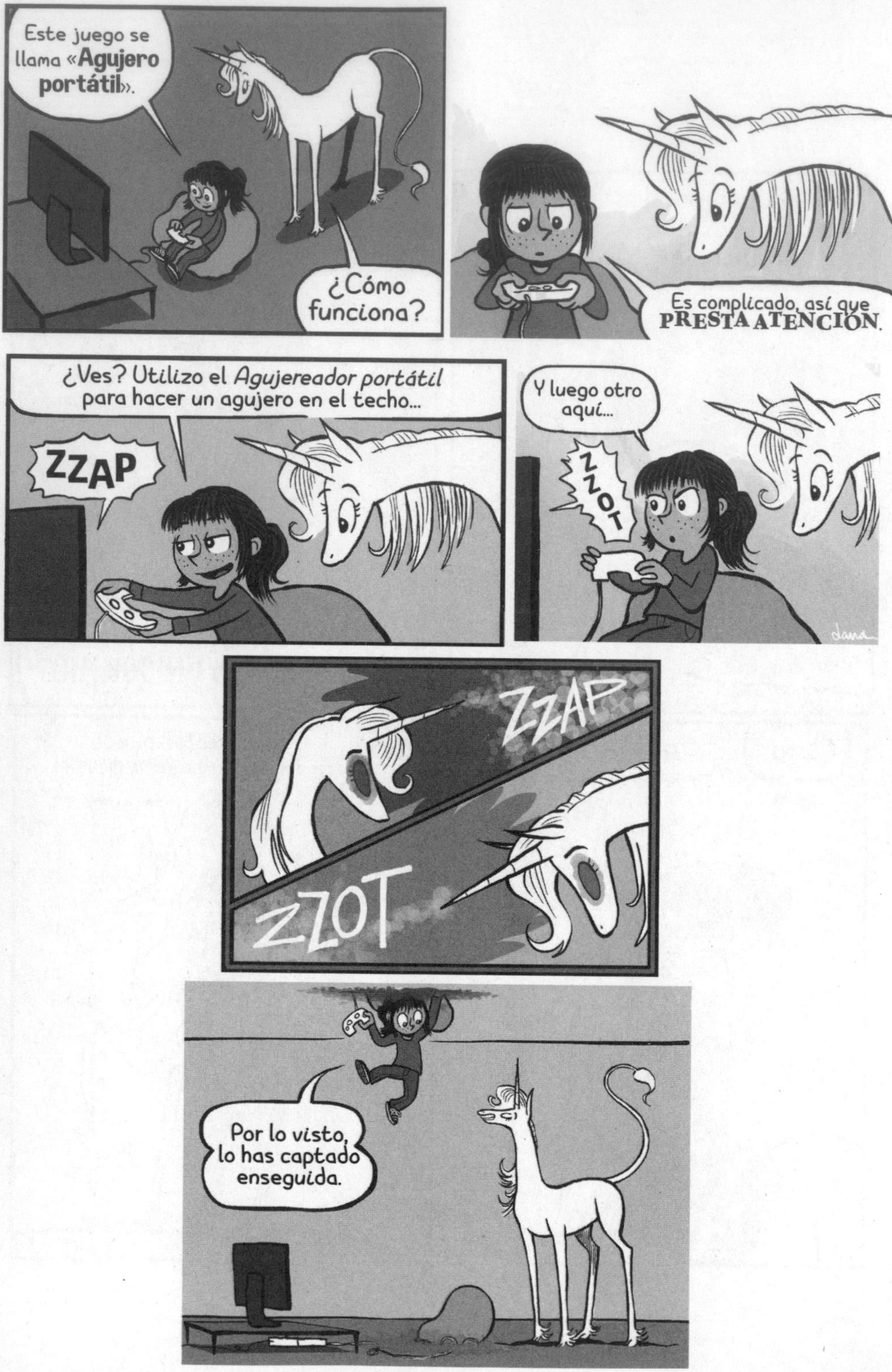

Este juego se llama «Agujero portátil».
¿Cómo funciona?
Es complicado, así que PRESTA ATENCIÓN.
¿Ves? Utilizo el *Agujereador portátil* para hacer un agujero en el techo...
ZZAP
Y luego otro aquí...
ZZOT
ZZAP
ZZOT
Por lo visto, lo has captado enseguida.

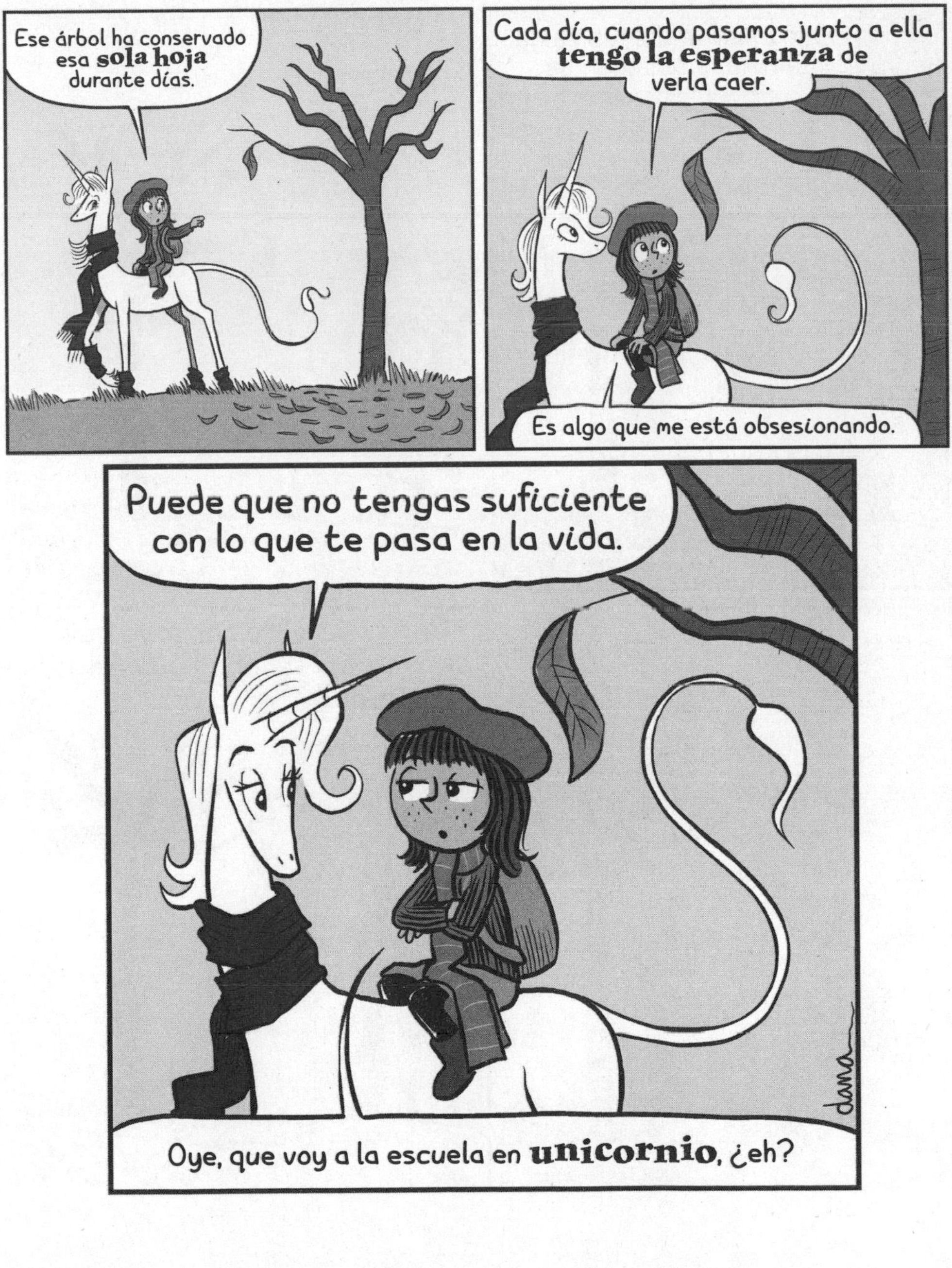
Ese árbol ha conservado esa **sola hoja** durante días.
Cada día, cuando pasamos junto a ella **tengo la esperanza** de verla caer.
Es algo que me está obsesionando.
Puede que no tengas suficiente con lo que te pasa en la vida.
Oye, que voy a la escuela en **unicornio**, ¿eh?
dana

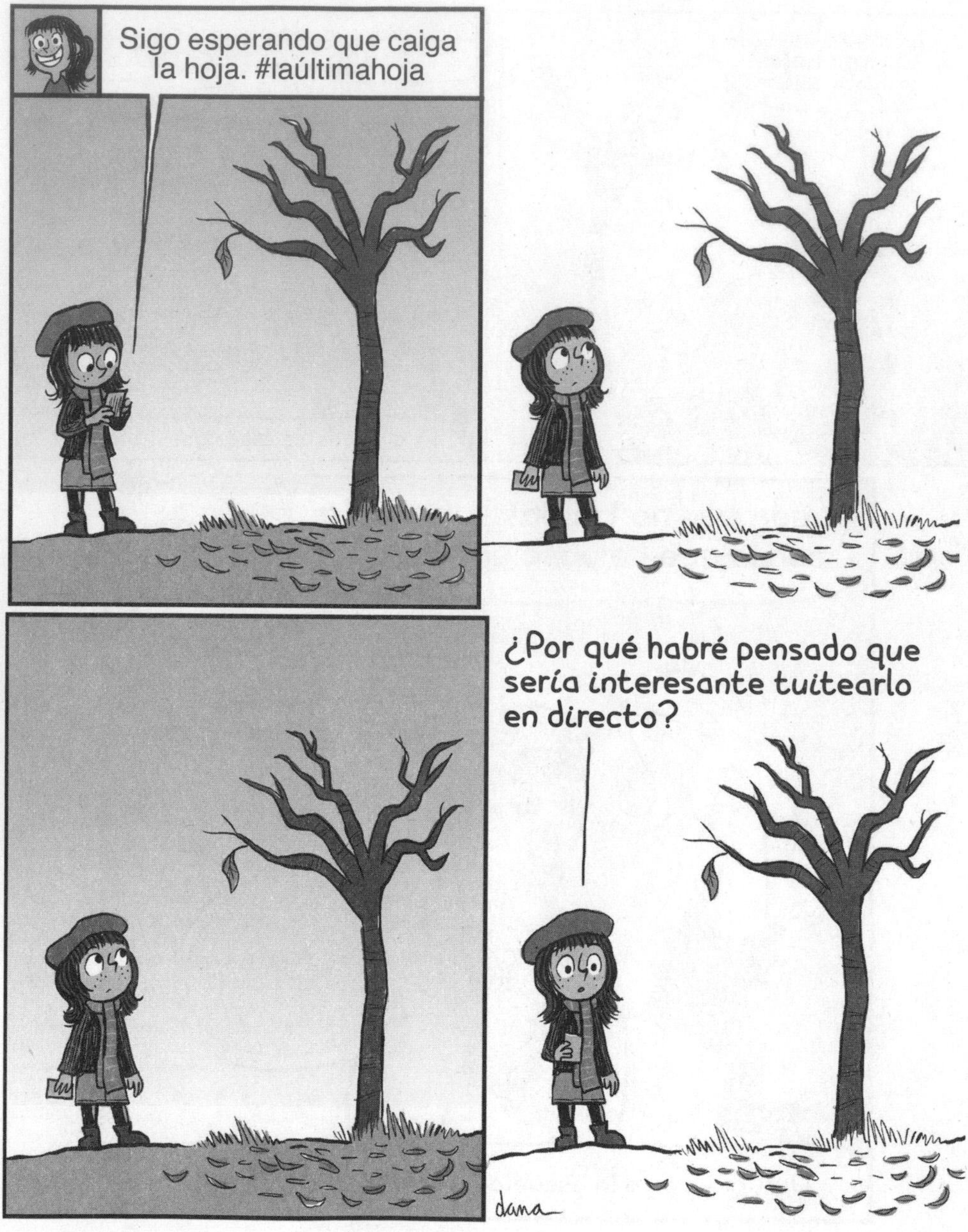
Sigo esperando que caiga la hoja. #laúltimahoja
¿Por qué habré pensado que sería interesante tuitearlo en directo?
dana

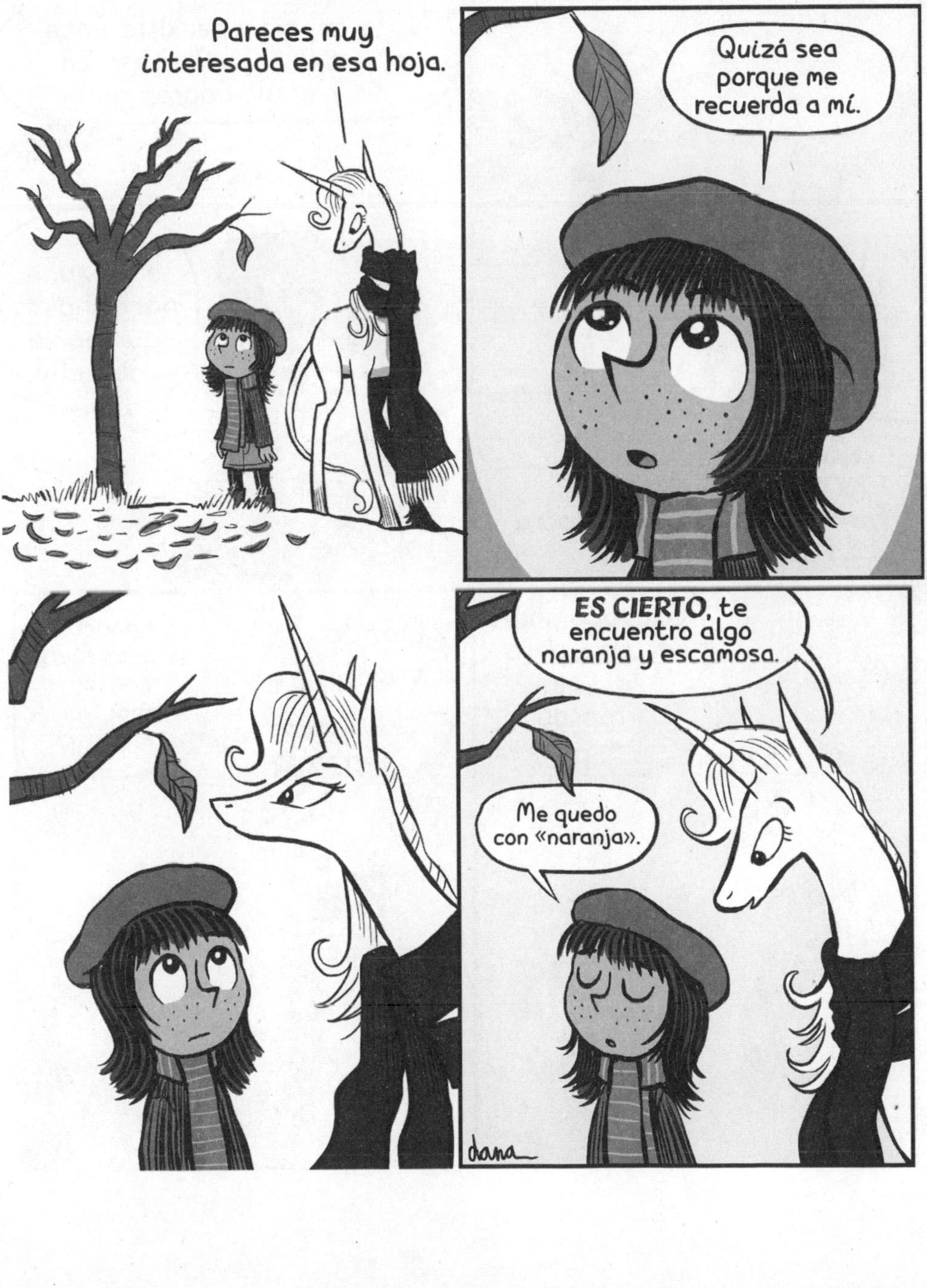
Pareces muy interesada en esa hoja.
Quizá sea porque me recuerda a mí.
ES CIERTO, te encuentro algo naranja y escamosa.
Me quedo con «naranja».
dana

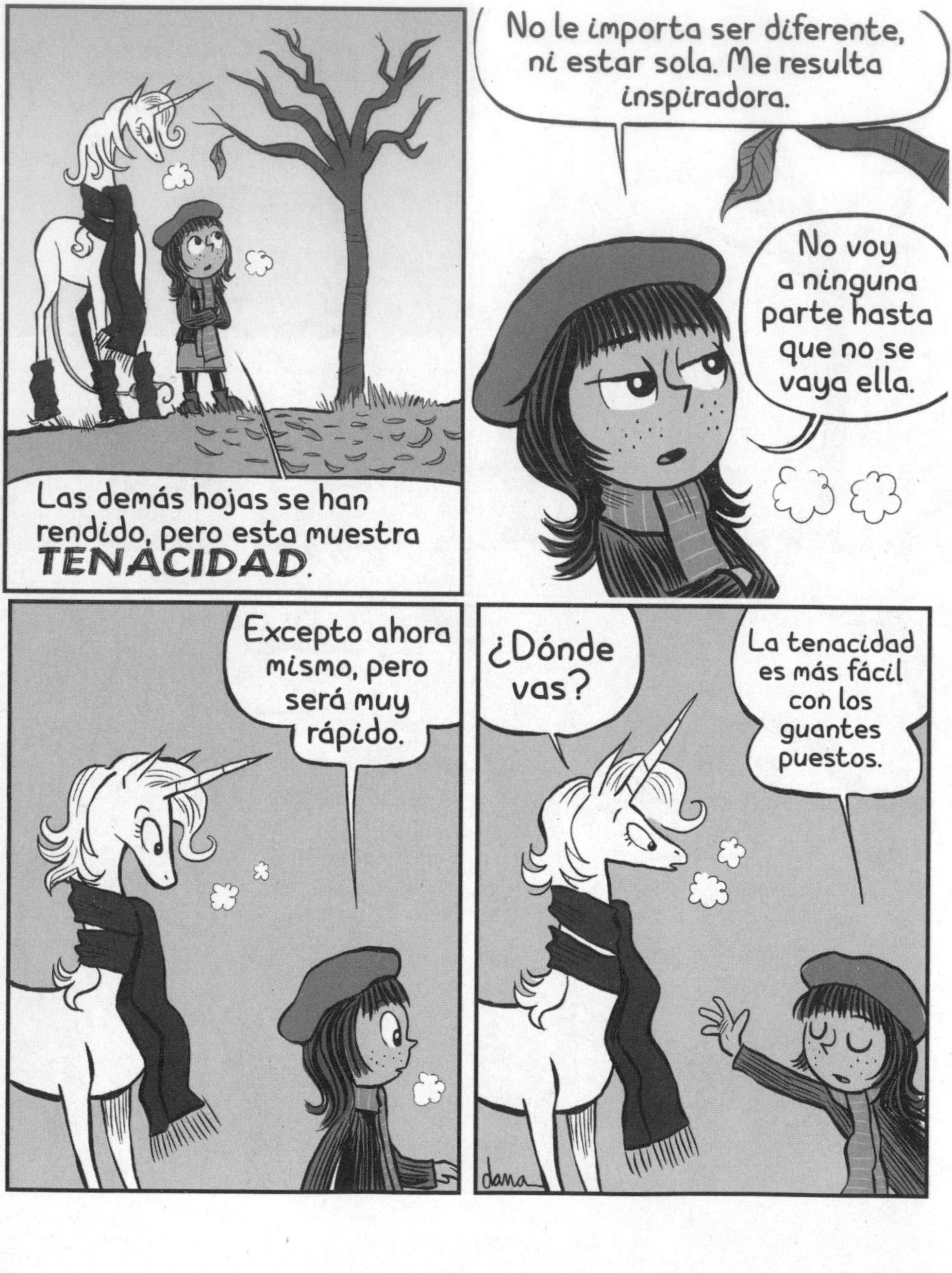
Las demás hojas se han rendido, pero esta muestra TENACIDAD.
No le importa ser diferente, ni estar sola. Me resulta inspiradora.
No voy a ninguna parte hasta que no se vaya ella.
Excepto ahora mismo, pero será muy rápido.
¿Dónde vas?
La tenacidad es más fácil con los guantes puestos.
dana

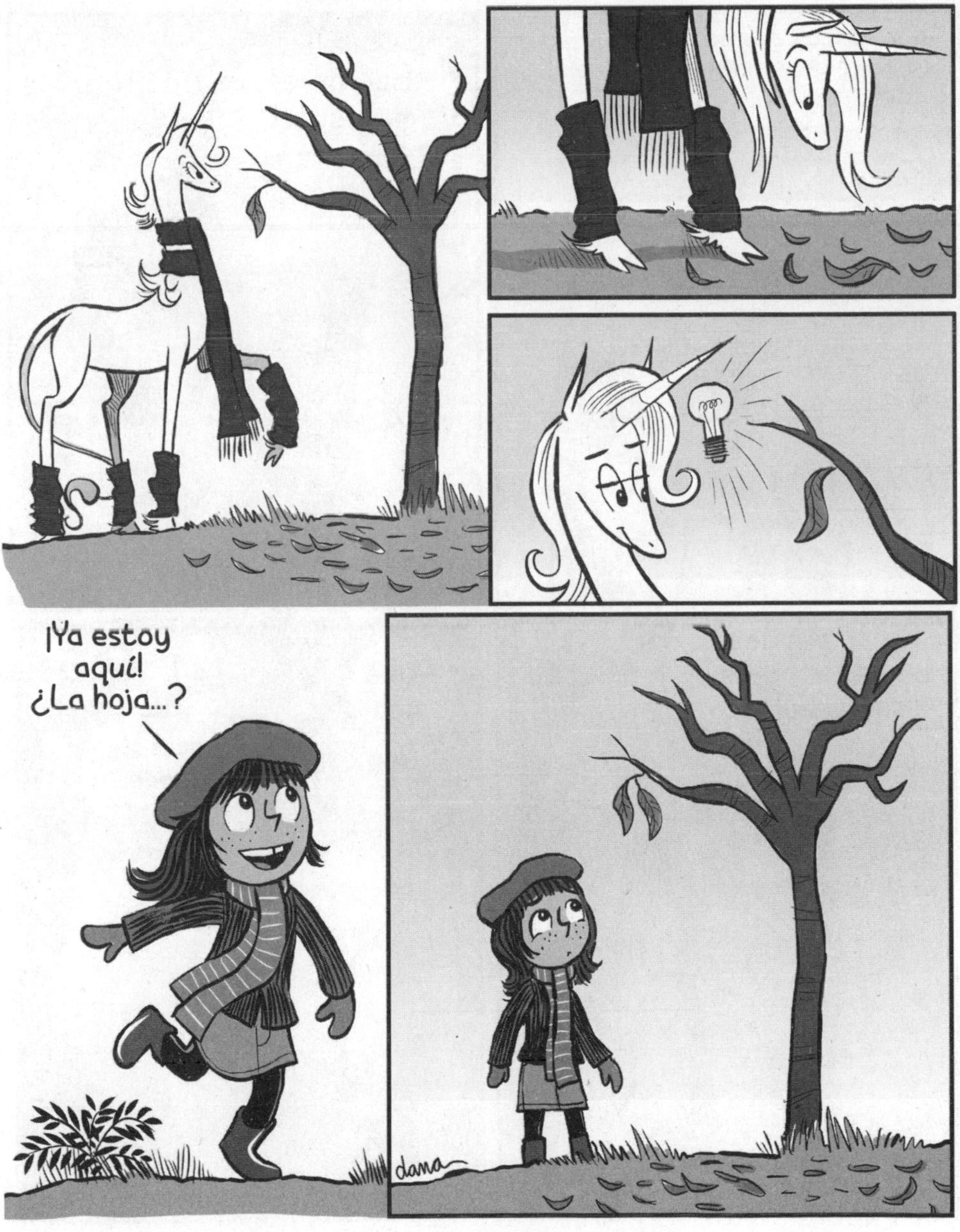
¡Ya estoy
aquí!
¿La hoja...?
dana

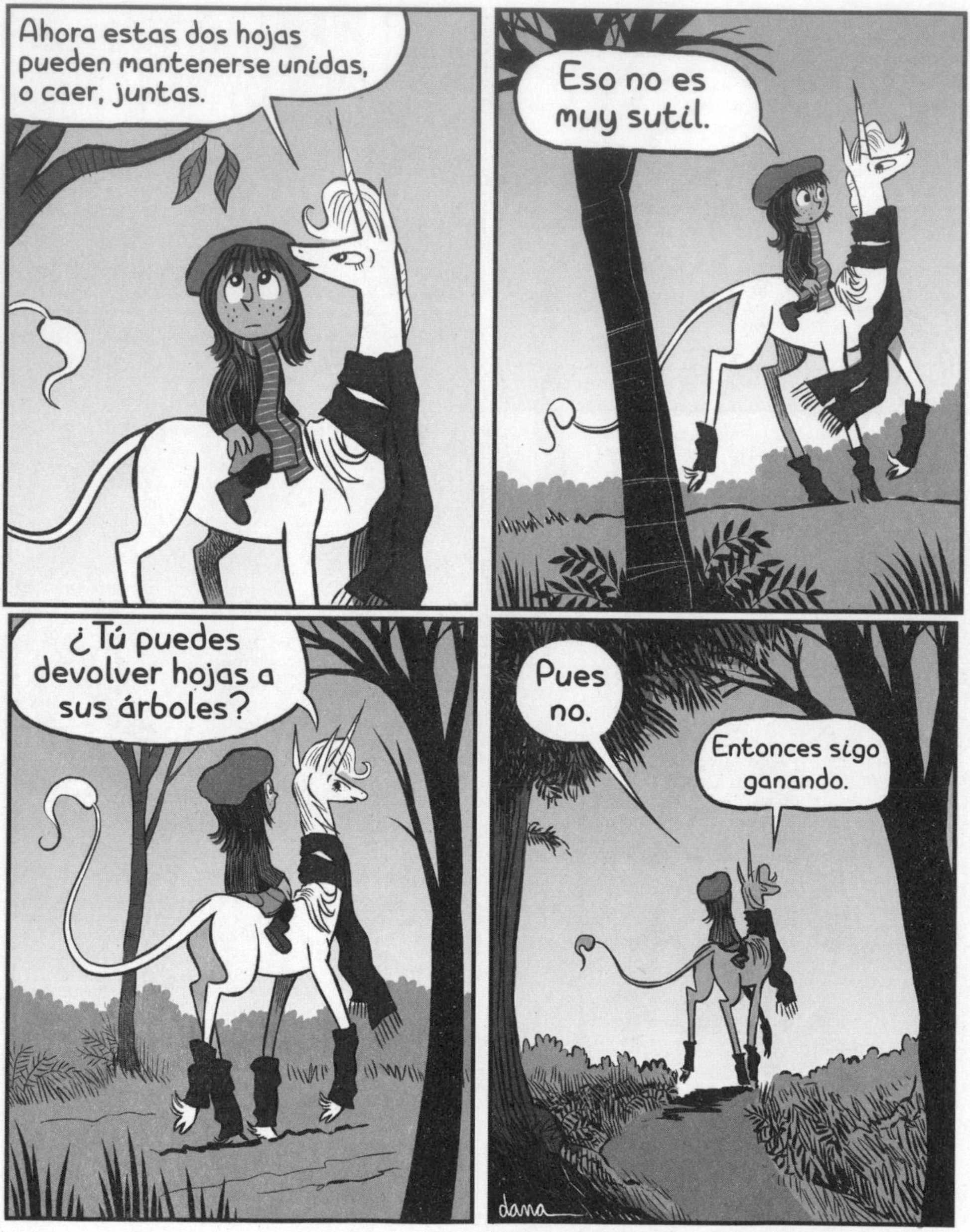

Ahora estas dos hojas pueden mantenerse unidas, o caer, juntas.
Eso no es muy sutil.
¿Tú puedes devolver hojas a sus árboles?
Pues no.
Entonces sigo ganando.
dana

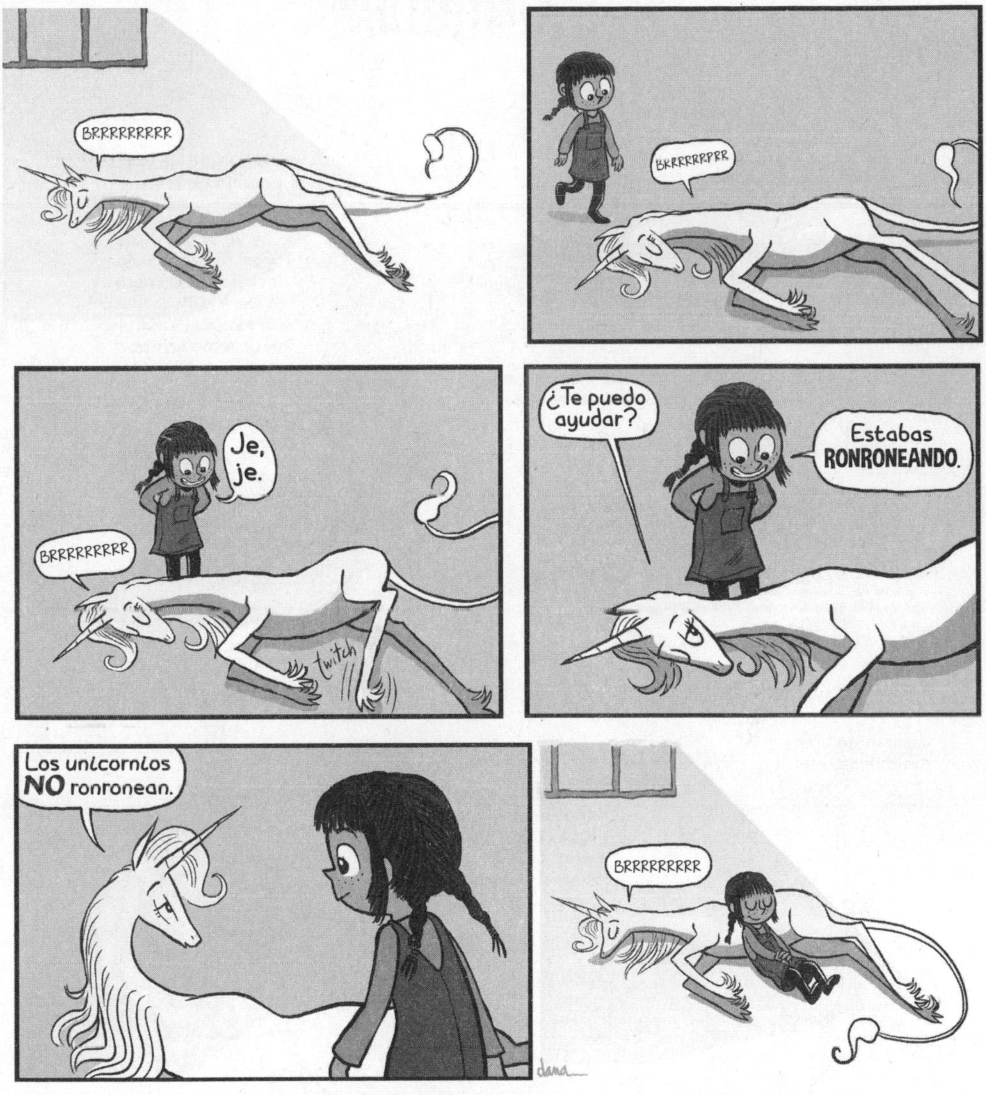
BRRRRRRRRR
BRRRRRRRRR
Je, je.
BRRRRRRRRR
twitch
¿Te puedo ayudar?
Estabas **RONRONEANDO.**
Los unicornios **NO** ronronean.
BRRRRRRRRR
dana

Cómo dibujar a Caléndula

La cabeza de Caléndula tiene un círculo en el centro.

Antes de dibujar los rasgos propios de un unicornio, se parece más bien a un dinosaurio.

Los ojos son óvalos, con un espacio entre ellos de alrededor de un ojo.

El cuerno tiene cuatro líneas espirales.

El cuerno queda justo por encima de los ojos.

(En las primeras tiras no me mostré demasiado consistente sobre el asunto, de manera que tenía el síndrome del cuerno errante).

La parte frontal de la crin es básicamente una caída ondulante y queda detrás de la cabeza y del cuerno, no importa en qué dirección esté mirando.

(Es mágica).

Unas cuantas líneas para mostrar que su cabello no es algo sólido.

Los ojos tienen pequeños puntos de realce.

Agujeros pequeños de nariz celestial.

Caléndula tiene una forma como de cisne, con un cuello largo y esbelto.

El cuerpo se basa en dos círculos.

Las patas tienen las mismas articulaciones que tus brazos y piernas, solo que dispuestos de manera algo diferente.

«hombro»

«codo»

«rodilla»

«muñeca»

«tobillo»

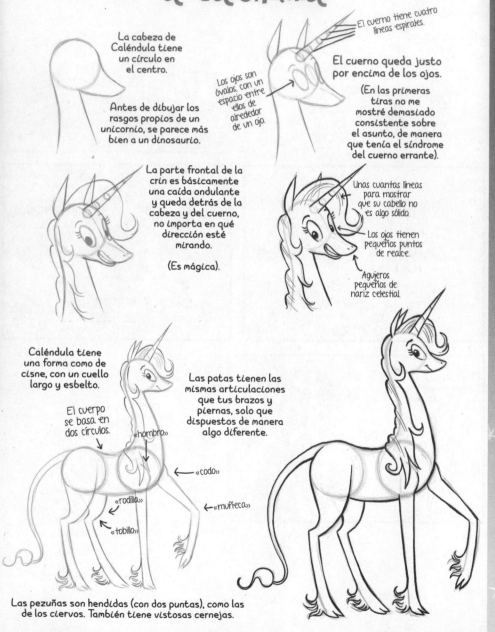

Las pezuñas son hendidas (con dos puntas), como las de los ciervos. También tiene vistosas cernejas.

Cómo dibujar a Cloe

La cabeza de Cloe es muy redonda.

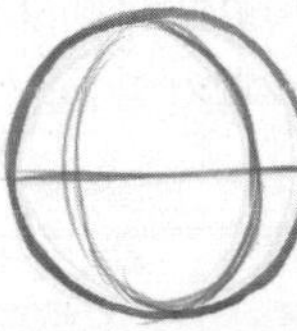

Tiene ojos ovales y una pequeña punta como nariz.

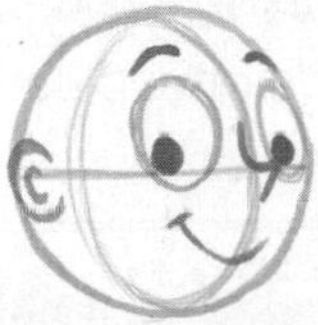

El pelo tiene muchas líneas.

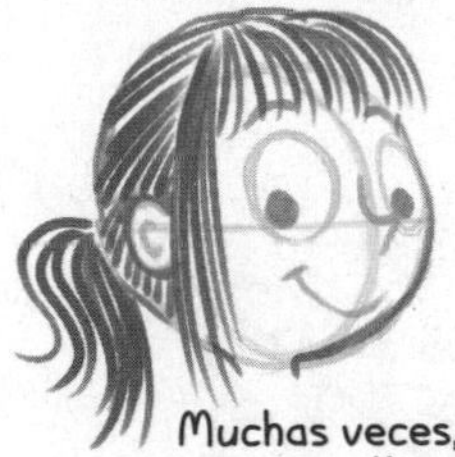

Muchas veces, pero no siempre, lleva cola de caballo.

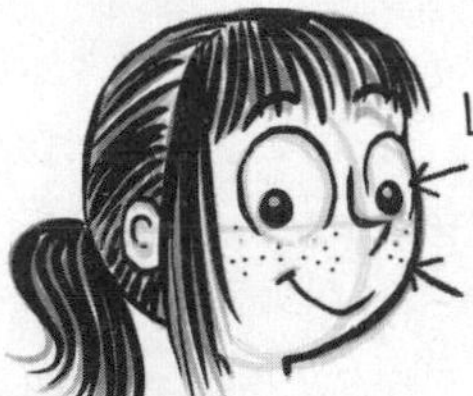

Los ojos tienen puntitos de realce.

¡Pecas!

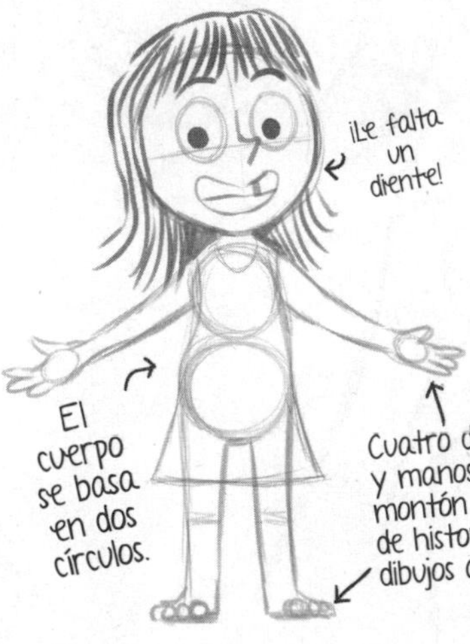

¡Le falta un diente!

El cuerpo se basa en dos círculos.

Cuatro dedos en pies y manos, como un montón de personajes de historietas y dibujos animados.

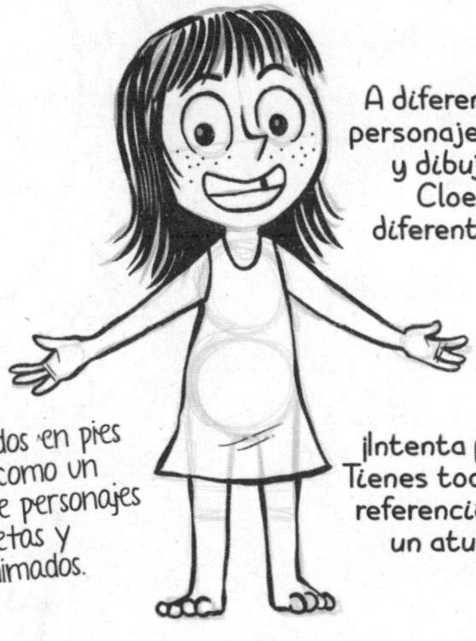

A diferencia de algunos personajes de historietas y dibujos animados, Cloe va vestida diferente según el día.

¡Intenta ponerle alguno! Tienes todo un libro como referencia. O invéntate un atuendo nuevo.

Haz un títere de palo de Caléndula Nariz Celestial

MATERIALES: Cartulina blanca o plato de papel blanco, tijeras, lápiz, palo de helado para manualidades grande, colores, pegamento, cinta adhesiva, hilo.

INSTRUCCIONES:

 Fotocopia o calca esta imagen de Caléndula.

 Colorea la imagen.

 Recorta la imagen y pégala a la cartulina o al plato de papel.

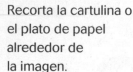 Recorta la cartulina o el plato de papel alrededor de la imagen.

 Pega con cinta adhesiva la imagen al palo de manualidades.

 Pégale hilos para la crin.

Haz un libro animado

Los dibujantes de historietas crean historias en viñetas. Es habitual que estos dibujantes sean también animadores. Como tales, tienen que captar una amplia gama de movimientos para que los dibujos parezcan continuos. La animación es posible gracias a un fenómeno llamado «persistencia de la visión»: cuando una secuencia de imágenes se produce ante los ojos a suficiente velocidad, el cerebro suple las partes que faltan, de manera que el dibujo parece moverse.

MATERIALES: papel, fichas de cartulina o bloque de post-it, engrapadora y grapas, clips o sujetadores de papel; lápiz o marcador.

INSTRUCCIONES:

1. Corta por lo menos 20 tiras de papel del mismo tamaño exacto, o utiliza materiales alternativos, como fichas o post-it.

2. Sujeta las páginas juntas mediante una grapa, clip o sujetador.

3. Escoge un tema: lo que sea, desde una pelota que bota hasta Caléndula corriendo o una estrella fugaz.

4. Dibuja entonces tres imágenes clave: la primera en la página 1, la última en la página 20 y la de la mitad en la página 10, y luego llena las páginas entre las imágenes clave.

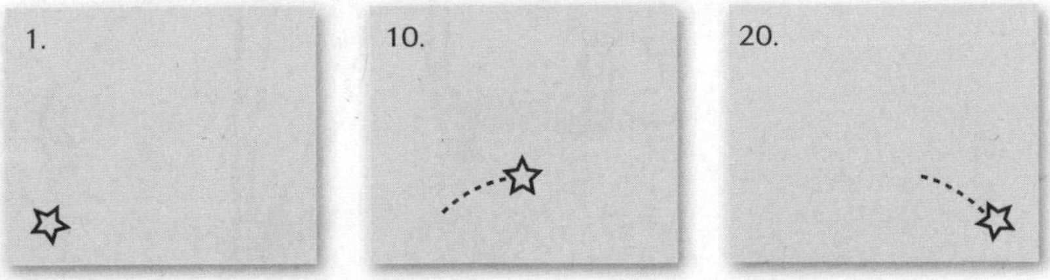
1.
10.
20.

Prepara una botana especial para tu fiesta de piyamas de unicornio

La comida preferida de Caléndula puede ser la hierba tierna y fresca, pero en una fiesta de piyamas se precisa algo para botanear. Esta es una idea de lo más apetitosa y muy fácil de hacer.

INGREDIENTES: una bolsa de frituras (conos de maíz en forma de cuernos de unicornio), 1 bolsa de churritos de amaranto, 1 bolsa de gomitas, 1 taza de cacahuetes, 1 taza de jícamas o pepinos, salsa picante y limones al gusto.

INSTRUCCIONES:

1 Mezcla la salsa picante con los limones en un bol pequeño.

2 Pon las frituras de maíz, los churritos de amaranto, las gomitas, los cacahuates y las jícamas o pepinos en un bol grande.

3 Añade el aderezo del bol pequeño al bol grande y mezcla.

4 Guárdalo en una bolsa o recipiente herméticos.

Cosas divertidas que saber sobre los unicornios

Aunque el unicornio sea un animal de ficción, no deja de ser uno de los animales oficiales de Escocia y ya figuraba en su escudo real de armas en los tiempos medievales. (El león rojo que también aparece es el otro animal oficial).

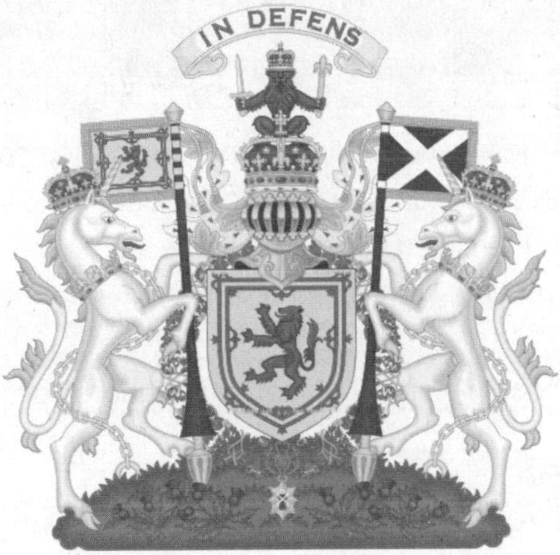
IN DEFENS

La Lake Superior State University (a través de su Departamento de Unicornios Naturales de los Cazadores de Unicornios) facilita Licencias de Búsqueda de Unicornios. Compruébalo en: *www.lssu.edu/banished/uh_license.php*.

Los unicornios han aparecido en el folclore y en el arte desde tiempos antiguos y en lugares tan diferentes como China, Grecia y Francia. Una de las más famosas representaciones de unicornios la hallamos en *La caza del unicornio*, una serie de siete tapices que se guarda en The Cloisters, una parte del Metropolitan Museum of Art de Nueva York. Puedes verlos y aprender más de ellos en: www.metmuseum.org/collections/search-the-collections/467642.

Crea tu propia tira cómica

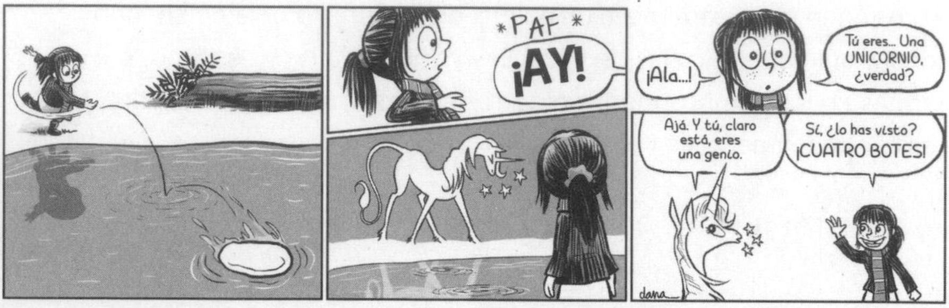

PAF
¡AY!
¡Ala...!
Tú eres... Una UNICORNIO, ¿verdad?
Ajá. Y tú, claro está, eres una genio.
Sí, ¿lo has visto? ¡CUATRO BOTES!
dana

La tira cómica que en su versión original se conoce como *Phoebe and Her Unicorn* empezó cuando Cloe conoció a Caléndula y se convirtieron en amigas íntimas. Piensa en cómo conociste a uno de tus amigos favoritos y dibuja una tira cómica sobre eso.

MATERIALES: papel en blanco, lápiz, marcadores o lápices de colores.

INSTRUCCIONES:

1. Haz tres viñetas.
2. Mira el ejemplo de arriba para ver cómo Dana Simpson establece el decorado del encuentro y acaba con la broma final.
3. Una vez hayas decidido qué historia quieres contar, dibújala en las tres viñetas. recuerda que tiene que tener un inicio, un desarrollo y un final.
4. En la primera viñeta, ponle un nombre a tu tira cómica.

> *—Seremos amigos para siempre, ¿verdad Pooh? —preguntó Piglet.*
> *—Incluso durante más tiempo —contestó Pooh.*
>
> Winnie the Pooh

Cloe y su unicornio

Título original: *Phoebe and Her Unicorn*

Primera edición en España: octubre, 2018
Primera edición en México: abril, 2019

D. R. © 2014, Dana Simpson

D. R. © 2018, Penguin Random House Grupo Editorial, S. A. U.
Travessera de Gràcia, 47-49. 08021 Barcelona

D. R. © 2019, derechos de edición mundiales en lengua castellana:
Penguin Random House Grupo Editorial, S. A. de C. V.
Blvd. Miguel de Cervantes Saavedra núm. 301, 1er piso,
colonia Granada, delegación Miguel Hidalgo, C. P. 11520,
Ciudad de México

www.megustaleer.mx

D. R. © 2018, Francesc Reyes Camps, por la traducción

ISBN: 978-607-317-766-5

Impreso en México – *Printed in Mexico*

El papel utilizado para la impresión de este libro ha sido fabricado a partir de madera procedente
de bosques y plantaciones gestionadas con los más altos estándares ambientales, garantizando
una explotación de los recursos sostenible con el medio ambiente y beneficiosa para las personas.

Penguin
Random House
Grupo Editorial

Cloe y su unicornio, Dana Simpson
se terminó de imprimir en el mes de abril de 2019
en los talleres de Diversidad Gráfica S.A. de C.V.
Privada de Av. 11 #4-5 Col. El Vergel, Del Iztapalapa,
C.P. 09880, Ciudad de México.